外国文学
经典阅读丛书

美国文学经典

旅客奇谈

lvke qitan

〔美〕欧 文 / 著

王星贤 / 万 紫 / 汤定九 / 译

百花洲文艺出版社

BAIHUAZHOU LITERATURE AND ART PRESS

目　次

第一部
一位神经质先生所说的奇异故事

第二部
白克桑和他的朋友们

第三部
意大利强盗

第四部
掘金者

致读者

　　敬爱的读者！——当你正在愉快地旅行时，有没有碰到过这样的事：忽然不知不觉地害了病？那时候你就只好停下来，寂寞地等在一家旅馆的房间里，数计着漫长的时刻，一分钟一分钟地过去？假如你经历过这样的事，那你就会同情我了。你瞧我，当我正沿着美丽的莱茵河逆流而上，一路游览时，忽然得了病，因此只好在马因斯①这个古老的边疆城市停留下来。种种的消遣都失去了趣味。这里每一个时钟、每一架大钟敲打的声音，我都听得熟了。我知道什么时候能听到召集警备队检阅的第一下普鲁士鼓声，也知道什么时候能听到远远的奥地利军乐声。这一切都使我厌倦了；那位给我看病的医生，在慢慢地走过回廊时，他的皮鞋咯吱咯吱的声音，曾经对我起过安慰的作用，现在就连这种熟悉的脚步声，也不能使我沉闷的房间，添上一点愉快的气氛了。

　　有一段时间，我请了房东的小女儿卡特琳来教我德文，企图借此排遣烦闷的时光；可是不久我又发觉，连德文也没有力量打动我无精打采的耳朵了，甚至 ich liebe②的动词变化也似乎失去了魅力，尽管这两个字出自于玫瑰似的朱唇。

　　我想看看书，可是定不下心来。我翻了一本又一本，可是都厌恶地把它们丢开了。"好吧，"最后我绝望地说，"如果我看不进书，我就写一本吧。"没有比这再好的主意了；我立刻有事做了，也有了消遣。古时候，把著书看作是一项艰苦的事业，甚至把挖

---

　　① 德国城市，在莱茵河左岸。
　　② 德文："我爱"。

空心思想出来的最琐碎的东西也称为"著作"，而社会上谈到"学者的劳动"，总是抱着敬畏的态度。今天大家对这类事情比较明白了。

多亏各种制造方面的进步，连最无能的人也都精通著书的技术了。人人都是作家。信手写一个四开本，只不过是闲汉的消遣；一位少爷在游猎季节的间隙时间里，能一口气写出两部十二开本的书来；一位小姐出版一套书，就像她祖母当年做一套椅垫一般容易。

因此，既然我心里起了个写书的念头，读者自然容易了解，这实行起来并不是难事。我翻遍了我的纸夹子，从我的记忆中找寻那些零零落落的材料——这是一个人在旅行中自然而然地搜集起来的。于是我就把它们编排在这部小书里。

我知道现在是讲故事和看故事的时代，同时知道社会上总喜欢从寓言里吸取教训，所以我把我所要传达的教训分配在一些故事里。这些故事也许不及当代许多人所讲的那么有趣动人，但是每一篇故事都有严正的寓意，我倒自以为是很有价值的。初看时，也许寓意并不明显，可是看到末了，读者一定能够看得出来。我喜欢用王道的药来医治社会，而不喜欢用霸道的药。其实，不应该让病人知道是在吃药，这一点是我从马因斯那位可敬的希普克拉提斯[①]给我的治疗中得来的经验。

因此我不喜欢那种开门见山的故事，一下子就把教训搬出来，摆在读者面前；这些教训足以使神经质的读者一见就害怕。我却相反，常常把寓意隐藏起来，尽量加上甜食和香料，因此当天真的读者张大着嘴倾听着鬼怪或者爱情故事时，可能已经把一大粒寓意严正的丸药吞下喉咙去了，结果自己上了当还不晓得。

---

① 希腊内科医生（公元前 468– 前 367），世称"医药之父"。这里是指来治病的医生。

一般读者往往有这样的好奇心：想知道故事的来历，这自然是要想知道其中有几分可以相信。我愿意说明，那篇《德国学生的奇遇》，说得确切一点，这篇故事的后半部，是根据人家告诉我的一段轶闻写的，据说关于这轶闻，某个地方有个法文本；在我写这个故事时，确实有人告诉我，有一位英国作家曾经根据这段轶闻，写了一篇精巧的故事；可是无论法文本或英文本，我却从未看见过。《神秘的画像》和《意大利青年的故事》中有些情节，是我模模糊糊回想起来的几年前人家告诉我的一些逸事，但是它们的来历，我就不知道了。青年画家遇盗的故事几乎全部取材于某个手稿中的确实的记载。

至于本书中其余的故事，其实凡是我所讲的一般的故事，我只能说明一点：我是个老旅客，书多少读过几本，所见所闻比较多些，而梦中所见却最多。因此脑子里充满了各种各样的零星片断。在旅途中，这些杂七杂八的东西在我心中摇来晃去，正像胡乱装叠在一口旅行箱里的物件，它们往往就是这样；因此，当我打算抽出一件事实时，我也不确定这一件到底是读过的、听过的，还是梦见过的；而且我对于自己所说的故事，到底有几分可以相信，自己也搞不清楚。

这些话既然交代过了，可敬的读者，那就请你放开胃口，尤其是鼓起兴致来，把摆在你面前的东西，尝一尝吧。

如果你读了之后，觉得我的故事不佳，那至少也并不冗长。

因此，每一篇故事都不致使读者感到过分厌倦。正如某一位诗人所说："变化是有趣的。"①

变化自能使人得到某种安慰，哪怕是变得更糟！正如我在旅行中坐在驿车上常常经历的一样，一个位置坐得久了，调动一下，

———————————

① 见厄色克斯先驱报 Essex Herald 所引 "古歌"。

往往会觉得舒服些，哪怕你一坐下去，就撞了一块乌青。

永远是你的，

治奥弗瑞·柯瑞因①

由马因斯，一名马恩斯，

德·丹穆斯达旅馆，

原名马黎旅馆寄

×年×月×日

---

① 作者的笔名。

第一部
一位神经质先生所说的奇异故事

我再告诉你一段吧，捉到了一条鱼，

一条极大的鱼。旁边有一把刀，一把长刀。

脖子上刺着一杆枪，鼻子里还有一尊炮，一尊大炮。

嘴里还衔着佛罗伦萨公爵发给的几张委任状。

柯林赛斯：这是个弥天大谎。

托尼：我承认是。

你以为我会对你说实话吗？

弗莱契：《一个月的妻子》

伟大的隐名作家

在《勃雷斯勃列奇大厦》那本书①里，有一篇浪漫的故事，叫做"大块头先生"，那是一位神经质的先生告诉我的，下面这些奇遇也是他对我讲的。奇怪的是，我虽然明白地交待过，那个故事是人家讲给我听的，并且还把讲故事的人描写了一番，然而许多读者却把那个故事当作了我本人的奇遇。现在我声明，我从来不曾有过任何这类的奇遇。本来这件事我也不放在心上，可是后来那位《维弗莱》的作者②，又著了一部小说，叫作《山峰上的派发瑞尔》③，他在绪言上说到，他本人就是我所说的那位大块头先生，这一来可叫我为了难。从此以后，有些先生，尤其是许许多多女士，老是来问我，写信给我，关于我所见到的这位伟大的隐名作家的情形。

如今这一切真叫人烦恼透了。这好像摸彩落了空，而人家偏偏恭维你得了头奖，因为我也跟任何读者一样，很想揭穿这位奇怪人物的秘密，这位先生的声音早已传遍了世界上每个角落，只是谁也不知道是从哪儿发出来的。

我那位神经质的朋友本来是很怕羞，不愿意见人的，他也抱怨自己招来了无数麻烦，因为他那附近一带都传说着他是个有眼福的人，他甚至于成了那两三个乡镇上相当有名的人

---

① 作者在 1822 年出版的一本书，在本书出版前两年。
② 苏格兰小说家兼诗人司各特（1771–1832），《维弗莱》是他的第一部历史小说。后来他的长篇总名为"维弗莱说丛"。他的许多小说都不署名，故称伟大的隐名作家。
③ 司各特最长的一本历史小说。

物，老是给人硬请去参加一些女文人的集会，这没有别的理由，无非因为他是"瞥见过《维弗莱》的作者的那位先生"。

真的，这位可怜的人，由于这样可靠的根据，发现了那位大块头先生是谁之后，就更加十倍地神经质起来了；他因为当日没能下定决心，争取看个全貌，始终觉得自己是不可饶恕的。他竭力想把当日见到那位仪表堂堂的人物的情形回想起来；而且从此以后，凡是遇见身材比一般人魁梧的先生要上驿车时，他总是以好奇的眼光盯着。一切都是白费劲！他所瞥见的特点，似乎是一切大块头先生都有的，于是这位伟大的隐名作家依然还只是一位伟大的隐名作家罢了。

以上我把这些情形已经交代过了，现在就让那位神经质的先生把他的故事讲下去吧。

打猎后的宴会

有一次我参加了一次打猎后的宴会，主人是一位年高望重、好打狐狸的准男爵，他在中部一个郡里有一所白嘴鸦出没的古老的大宅子。他一直没结过婚，自己守着一间大厅，过着寻欢作乐的生活。他年轻时候一味崇拜女性；由于游踪很广，他研究各国的女子有卓著的成绩；回到家乡以后，自以为深懂妇女的习惯，并且精通讨好的技术，可是遗憾的是，他却被一位寄宿学校的小姑娘所抛弃了，她对于"爱"字的文法变化都还不大弄得清楚哩。

准男爵经过了这次难以相信的失败，完全灰了心；他怀着愤世嫉俗的心情，隐遁起来；把家事交给了女管家，一切听她管理；自己像个十足的尼穆洛德①，经常打起狐狸来了。尽管诗人们可能有相反的意见，不过人到老来，对于爱情总是愈来愈淡薄的，只要有了一队追逐狐狸的猎狗，就连他心中对寄宿学校那位仙女的怀念，也可以给驱逐出去。这位准男爵在我见到的时候，已经是个很快乐很圆熟的老单身汉，比得过任何带狗打猎的人；他从前专心于一个女子的爱情，这时候已经普及于全体女性，因此凡是本乡和周围一带脸蛋漂亮的妇女，都分享着一份。

宴会延长下去，直到夜深；因为我们这位主人家里没有夫人小姐请我们退席到会客室里去，因此酒瓶就不曾被它的

---

① 伟大的猎师，见《旧约》创世纪第十章。

劲敌茶壶所战胜，一直保持着它那种地道的单身汉的势力。我们在席间谈起打狐狸，大家谈得兴高采烈，哄堂大笑，直笑得那所古老的大厅四壁发出回声，连墙上挂着的古老的鹿角都摇动起来。可是我们主人的酒宴对于打猎之后已经有点疲乏的人们却渐渐起了作用。那些兴致最好的人在宴席一开始，劲头十足，一时精神百倍，可是到了后来，一个一个的都不行了，只偶尔还从眼眶子里闪出一点微弱的光来。有几个最健谈的人，开头谈得很畅快，这时候也都睡熟了；只有几个语言冗长无味的人，还在继续谈着，他们好比短腿的猎狗，在谈话开始时，就喋喋不休，唯恐别人不听他们，可是他们倒始终精神抖擞，一定能坚持到收场的。最后连这些人也沉默下去了；这时候几乎没有别的声音，只听见两三个老饕，鼻子里发出鼾声，他们醒着时一声不响；这时候睡着了，倒来补偿他们的朋友啦。

后来仆人报告，请大家到杉木客厅里去喝茶、喝咖啡，这一声惊醒了大家暂时的昏沉。个个人醒了过来，精神又特别振作起来了，他们一面用准男爵传家的老式瓷杯呷着提神的饮料，一面想起各人得回到家里去安歇了。这时候忽然发生了一种困难。当我们的宴席正拖延着的时候，外边下起了冬季的大风雪，刮着一阵阵砭骨的寒风，夹着雨、雪和霰。

"这样的天气，"我们那位殷勤的主人说，"要把头探到门外去，那完全是妄想。所以，诸位，我至少要留你们在这里做一夜客人了，各位下榻的地方可以想办法。"

恶劣的天气劲头越来越大，使得大家无法辞谢主人的盛意。这时候只有一个问题，屋子本来已经拥挤，再加上一批意料不到的客人，要管家张罗留宿，这岂不是叫她为难吗？

"哼！"我的主人叫道，"你们可曾听说过，哪个单身汉的客厅没有伸缩性，不能把本来的容量扩充一倍？"

于是，他出于好意，激动地，喊了管家当着我们大家的面来商量。那位老太太，身穿一套褪色的锦缎的节日盛装，由于她的慌张激动，在走出来时，那衣服发出了一阵响声；因为，尽管我们主人夸下了海口，她到底有点儿窘。可是在一个单身汉家里，客人又都是单身的，这一类事情是容易安排的。家里没有夫人；因此没有人会拘泥细节，不会不好意思把诸位先生安排在离奇古怪的暗室和角落里，或者不愿暴露出家里不体面的地方。一位单身汉的女管家对于权宜办法和紧急措施是搞惯了的；因此，经过管家操心地跑来跑去，经过大家对于红房间、蓝房间、花房间、绯色房间及带凸窗的小房间的多方协议，事情终于安排好了。

一切停当了以后，主人又请我们大家去吃东西，这原是乡下经常的娱乐。那位脸色红润的司膳人认为，大家在宴席之后，打过盹儿，在杉木厅里喝过茶和咖啡，又商量过房间，过了这么长时间，对晚饭该有相当的胃口了。于是就把宴席上的残余略加整治，开上了一桌简单的饭菜，其中有冷的牛腰肉，有切碎的鹿肉，以及一种用辣子烤过的火鸡腿等等，另外还有几样清淡的菜，这种菜叫乡下的先生们吃下去，保证能够酣睡，发出沉重的鼾声。

刚才大家在饭后打了一个盹，因此每个人的精神又焕发起来；座中有几位结了婚的先生自以为对于单身汉的家庭有权利开玩笑，因此对于我们主人和他那管家的不知所措的样儿，讲了一大堆俏皮的笑话。后来话题一转，从开玩笑的题目转到了住宿问题上，因为大家突然投身到这样古老的一座邸宅里，人人都不知道将会碰到怎样的住处。

"说真的，"一位爱尔兰龙骑兵上尉说道，他是座中最快活、最好吵闹的人，"说真的，假如在这个大风雪的夜里，有几位墙上挂着的漂亮绅士，到各房间里来走走，或者那些穿着长长的胸衣的女鬼中有哪一位把我的床铺错看作教堂里的坟墓，跑了进来，我是不会惊讶的。"

"那么你相信鬼吗？"一位瘦瘦的尖脸的先生说，他凸着一双眼睛，像一只龙虾。

这个人，我在宴席上就注意到了，他是个提起问题来没完没了的人，谈起话来总是贪得无厌地带着过火的劲头儿。

他每次听完一个故事，似乎总还嫌不够，人家笑时他总不笑；却老是对笑话提出疑问。他吃一个胡桃时，从来不能领略那胡桃肉的味儿，总是自找麻烦，想从壳里再挖一点什么出来。"那么你相信鬼吗？"这位好问的先生说道。

"老实说，我是相信的，"那个快活的爱尔兰人说，"我从小受的教育就是那一套，信鬼，也怕鬼。我们自己家里就有个本什，亲爱的。"

"本什——那又是个什么东西呢？"发问的人叫道。

"嗳，那是个老女鬼，老注意你们那些地道的爱尔兰人家，到了谁家里有人要死的时候，就守在他们窗口上，让他们知道。"

"这段话可真有趣！"一位年纪略大的先生叫道，他带着自作聪明的样子，生就一个灵活的鼻子，什么时候他要耍滑稽，就可以奇形怪状地一扭一缩。

"说真的，你要晓得，凡是经本什拜访过的人，那倒是一种荣誉呢。这证明那人的血统纯洁。现在我们在谈鬼，老实说，像眼前这样的住宅，或者今夜这样的天气，如果鬼怪要出现，没有比这更好的机会了。请问，约翰男爵，你有没有一个闹鬼的房间，可以安顿一位客人呢？"

“也许，”准男爵微微一笑说道，“即使这样的房间，我也能供给你。”

“啊，那是我最欢喜的了，我的宝贝！一个黑暗的橡木房间，挂着几幅丑陋的悲哀的画像，它们对你阴沉沉地瞪着眼睛，关于那些画像，女管家又能说出许多有趣的爱情和惨杀的故事来。再来一盏昏暗的灯，一张桌子，上面放一把生锈的刀，一个浑身穿白的妖怪，到了半夜把你的帐子一掀——”

“真的，”桌子那一头一位老先生说，“你说到这里，我倒想起一段轶闻来了——”

“啊，来个鬼的故事！来个鬼的故事！”四座都大喊起来，每个人把椅子都向前凑拢了一点。

这时候大家的注意力都集中在讲话人身上，发言的是一位老先生，脸的一边有一点歪。眼睑耷拉着，好像掉了铰链的百叶窗，实际上，他那半边脑袋好像要塌下来似的，真像一间经常关着的、老是闹鬼的厢房。我可以保证，这半边脑袋一定塞满了鬼怪的故事。

大家一致要求他把这段故事讲出来。

“是的，”这位老先生说，“这只是一段轶闻，而且也很普通，我就照原来的样子给你们讲一下吧。这故事我有一次听我叔父讲过，据说这是他亲身的经历。他那个人常常会碰到奇异的冒险事情。我另外听他说过一些故事，还要古怪得多呢。”

“你那位叔父是一种什么样的人？”好问的先生说道。

“嗳，他可以说是那种身体枯瘦而伶俐的人；他是个大旅行家，最喜欢讲自己的那些奇遇。”

“请问，那件事发生的时候，他大约有多大的年纪？”

“哪件事情发生的时候？”鼻子灵活的先生忍不住叫起来。

“哎呀，无论什么事情，你都还不曾让它有一个发生的机会哩。

好吧，我们那位叔父的年纪，你也不用操心；就让我们来听听他的奇遇吧。"

好问的先生当下给堵住了嘴巴，那个一脑袋鬼怪的老先生就开始讲起来了。

我叔父的奇遇

多年以前，那时候法国革命①还没发生，我叔父在巴黎住了几个月。当时英国人和法国人相处得比现在好些，在社交上彼此有亲切的往来。当时英国人出国是去花钱，法国人总是随时帮助他们花钱，如今他们出国是去积钱，这件事自己可以干，不消法国人帮忙的了。也许，当时的英国旅客比较少些，身份也比较高贵，不像如今，全国犹如开了闸的潮水一般地泛滥到大陆上去。无论如何，他们那时候在法国社会上跟人家的交际比较密切，比较经常化，因此我叔父在侨居巴黎的期间就结识了许多法国贵族，彼此搞得很熟。

过了些时候，他有一次冬季旅行，来到诺曼底②一个地方，叫作德·高丝，在暮色苍茫的时候，他望到了一座古老别墅的几座角楼，耸立在邸园的树杪之上，园外是一道围墙；每一座角楼都有一个高高的、圆锥形的，用灰色的粘板岩盖起来的顶子，好像一支蜡烛，上边带着一个熄火的灯帽儿。

"那座别墅是谁的，朋友？"我叔父对着一个身体瘦削而性情暴躁的左马驾驶人叫道，那马车夫穿着一双很大的长筒靴子，戴着一顶卷边帽子，正在前面奋力前进。

"是侯爵大人——"马车夫说着，用手碰碰帽子，一半是尊敬我叔父，一半也是敬重他提的那个尊贵的名字。

我叔父记起来了，这位侯爵原来是他在巴黎时的一个极

---

① 即 1789-1794 年的法国大革命。
② 法国西北部，从前是个公国。

要好的朋友。这位朋友屡次说过，希望以后能在自己的祖传别墅里见到他。我叔父是一位老旅客，他很懂得利用机会。他心里转了几下，想到他那位侯爵朋友要是受到这样一次亲切的、突如其来的拜访，该会多么高兴啊；一面又想到自己能在一座别墅里找到一间舒服的屋子，尝一尝侯爵家里著名的烹调，品一品他那种超等香槟和红葡萄酒，免得到乡下旅店里去住那种粗陋房间，吃那种粗陋伙食，岂不更加愉快。因此，过了不几分钟，那个瘦削的马车夫就噼里啪啦地挥着鞭子，简直像个魔鬼，或者像个地道的法国人似的，顺着长长的笔直的林荫路，向别墅直奔而去了。

毫无疑问你们大家一定都见过法国的别墅吧，因为如今人人都到法国去旅行。这是一座最古老的别墅，赤裸裸地孤立在铺着一些石子路和冷冰冰的石台阶的荒野里，一座给画成了许多三角形和长菱形的冷落呆板的花园，一个冷落的看不见树叶的邸园，给几条笔直的小径分割成了几块几何图案，有两三尊冷冰冰的没有鼻子的石像；还有几道喷泉，喷出来的水冷得会叫你嗑牙。至少我叔父在那个寒冬的日子里去的时候，所感觉到的就是这样；尽管到了夏天，我担保强烈的阳光烤得瞎你的眼睛。

他们走得越近，那马车夫把鞭子挥得越响，惊得一群鸽子从窝里飞了出来，一群白嘴老鸦也从屋顶上四下飞散了，最后侯爵一人当先，后面跟着一群仆人，从别墅里跑了出来。他一见是我叔父，欢喜得不得了，因为他这别墅那时候也同我们现在这位可敬的主人的住宅一样，里边的客人并不太多，足够招待朋友。于是他就按照法国的习惯，吻过了我叔父的两颊，陪他进别墅里去。

侯爵以法国人的文雅风度尽着东道主的情谊。他对自己这座祖传的古老别墅，实在很得意，因为其中有一部分非常古老，有一座塔楼和教堂，几乎谁也记不得是什么时候建造的了；其余的建筑物比较近代一些，这座城堡在盟军作战期间①几乎全毁了。侯爵讲起这件事情来，扬扬得意，好像真的很感谢亨利第四②似的，因为承亨利第四看他得起，居然认为他那座祖传的城堡，值得他的炮火一轰。他对于祖上的勇武，说起来故事很多，他还拿出若干钢盔、铁盔、石弓以及各种大靴子、牛皮短裤子来给客人看，那全是当日盟军穿戴的。其中尤其是一把双手用的大刀，他几乎抢都抢不动，他就以此证明他的上几代一定出过一些巨人。

实际上，他不过是这种伟大的武士的渺小后裔。当你见过画像上画的那些粗犷的面貌和强壮的四肢，再看看那位矮小的侯爵，生得一双细弱的腿，一副淡黄的灯笼似的脸，耳朵旁边两撮敷了粉的鬓发，这就是法国人所谓的"鸽子翅"，好像要带着那张脸飞走似的，你简直不大会相信他们是一脉相传。可是你再看看他那钩鼻子两旁一双炯炯发光的甲虫似的眼睛，那你马上就看得出，他的确是把祖先所有的勇武精神都继承了下来。事实上，法国人无论身体缩到多小，精神气魄是从不衰落的。当他那血肉之躯逐渐缩小时，他那精神反而显得纯净，而且越来越易于激动；我亲眼看见过一个性情暴躁的法国小矮子，他那股子勇气足足充得起一个差不多的巨人。

侯爵一旦戴起一顶大厅里陈列着的铁盔——他常常喜欢这样——尽管他的头太小，恰像豌豆荚里的一粒干豌豆，可

---

① 法国在 1562–1598 年间的内战，由于新旧教徒的仇恨演变成政治斗争，欧洲许多国家都被牵涉进去。
② 法国国王。在位期为 1589–1610 年。

是他那双眼睛却从铁盔下面闪闪发出红宝石似的光芒；当他拿起祖上那把沉重的双手使用的大刀来，简直会叫你觉得好像见到了勇猛的小大卫①在挥着砍歌利亚的刀，拿在侯爵手里，就好像是纺织工的一根又粗又长的卷轴。

不过诸位，我老形容侯爵和他的别墅，闲话讲得太多了；可是你们得原谅我，他是我叔父的老朋友，我叔父每次讲起这段故事来，总欢喜把那位东道主详详细细描述一番。

这位可怜的矮小的侯爵！他是那批英勇的廷臣之一，在八月十日②那个悲惨的日子，他们在杜依勒瑞斯宫中，为了保卫国王，对进攻的暴动群众做了忠心耿耿、然而毫无希望的抵抗。他表现了法国骑士的勇敢精神，直战到最后一刻；他在整整一军团穷人面前，勉强挥动着那把短短的廷臣的佩刀，嘴里喊着好，好！可是一个卖鱼的女人，一枪把他钉在墙上，好像一只蝴蝶，他那英勇的灵魂就此凭着那一双鸽子翅飞升到天国去了。

不过这一大套对于我的故事并不相干。现在我们还是言归正传吧。当夜到了安歇的时候，有人陪着我叔父，领他到了一座森严、古老的塔楼上去，他的卧房就安顿在那里，这是别墅里最古老的地方，在古时是一座主楼，或者碉堡；那房间自然并不顶好。可是侯爵把他安顿在那里。因为晓得他是一位很懂得鉴赏的旅行家，喜欢考究古迹，同时，也因为当时比较好一点的房间都已经住满了客人。实际上，等侯爵提起了塔楼里曾经住过许多大人物——这些人全跟他家多少有点关系——我叔父也就完全满意了。假如你们愿意相信的话，

---

① 大卫是希伯来诗人、预言家、国王，用石子打死非利士巨人歌利亚，见《旧约》撒母耳记上第十八章。
② 在法国大革命时期，1792 年 8 月 10 日武装群众攻破法王路易十六所住的杜依勒瑞斯宫，路易逃走，不久被捕，1793 年被处死。

我可以告诉你们。他说，当日约翰·巴力奥——他管他叫若安·德·彼勒，听到自己的对头罗贝特·德·布鲁斯在班诺克白恩一战成功了，他就是在这间屋子里恼恨而死的①。后来他又说起，居伊兹公爵②也曾在这里睡过，于是我叔父倒很愿意利用这个机会，来享受一下这个特等房间的光荣了。

当天夜里天气严寒，风又大，房间里也很冷。一个长脸蛋高个儿的老仆，穿了一身古怪的制服，来伺候我叔父，他抱来一大捆劈柴，扔在炉子旁边，带着奇怪的神气把屋子四周打量了一下，然后对我叔父道了一声晚安，把脸一歪，肩膀一耸，径自走掉了。如果他不是一个法国老仆人，这神气可真有些可疑呢。

这屋子确实显得荒凉破败，凡是看过传奇小说的人，见了都会不免栗栗危惧，担心总要出事。窗户高而窄，从前本是个枪眼，后来就着墙壁的厚度，胡乱地扩大了一下；窗框子安得也不合适，风一吹就嘎嘎发响。在狂风呼号的夜晚，叫你觉得好像是当年一些联军，穿着大靴子，带着踢马刺，在屋子里很响地踱着呢。一扇合不上缝的门，真像一扇地道的法国门，无论你怎样用心费劲，总是合不拢，门外边是一道黑暗的长廊，天晓得它是通到哪里去的，好像专门是为了给半夜里从坟里出来的鬼魂透透风似的，呜呜的风总是顺着这条走廊吹来，把门吹得吱吱呀呀，摇摇摆摆，好像有个多疑的鬼魂，心里正打不定主意，是进去好，还是不进去好。总之，假如这座别墅有鬼的话，那么这种孤寂的房间，正是鬼

---

① 布鲁斯和彼勒在 13 世纪末年争夺苏格兰王位，英王爱德华第一立彼勒为苏格兰王。后来苏格兰人反英，以彼勒为领导者，英王战胜，彼勒退位并被囚。后来苏格兰人又拥戴布鲁斯的孙子布鲁斯反抗英王，1314 年 6 月在班诺克白恩击败英人获得独立。彼勒于 1315 年去世。
② 可能指一位法国名将，1576 年任旧教联军总司令。

要挑中的心爱的游玩之地。尽管我叔父时常遇到奇怪的事情，这次他也并不害怕。他几次想要关门，可总关不上。这倒并不是他怕什么，他是个老旅客，不会被一间荒凉的屋子吓倒的。不过那天夜里，我已经说过，天很冷，风又大，当时在那座古老的角楼周围，狂呼怒号的风的劲儿跟我们现在这座古老邸宅周围的风势不相上下；从黑暗的长廊上，吹过来的一阵阵的风，虽然要小一点，可是又潮又冷，仿佛是从地牢里吹出来的一般。我叔父既然关不上房门，因而就在炉火上添加了一些劈柴。不一会，那敞口的大烟囱里冒上了一道火焰，照得满屋通红，火钳的影子射到对面墙上，好像是一个长腿的巨人。这时候我叔父爬上了床，那张床是法国式的，嵌在一个深深的壁龛里，铺着十来层褥垫。他舒舒服服地钻进被里，把被头一拉，直蒙到下巴，躺在那里望着炉火，听着风声，心里想着自己多么聪明，闯到他这位侯爵朋友的家里，得到一夜的安身之地——这样想着，他就睡着了。

别墅里有一口钟，正好挂在他寝室上头的角楼里。这时候钟声正报午夜，他头一觉睡了不过一半就惊醒了。这口钟恰好是鬼魂喜欢的老钟。钟声沉着而凄凉，响得很慢，很讨厌，我叔父以为是永远不会敲完的，他数着数着，自己认为数到十三下，钟声就停止了。

炉火已经小了，最后一把柴的火焰正在消逝，还发着小小的蓝色火光，有时候升高一下，变成了白色的火焰。我叔父躺在那里半闭着眼睛，睡帽向下扯得几乎盖到鼻子。他的幻想已经弥漫起来，把当下的情景同维苏威的火山口、法国的歌剧院、罗马的大剧场、伦敦的达利小饭馆，以及旅行家脑子里塞得满满的名胜中的杂七杂八的东西，统统打成了一片——总而言之，他那时正要睡着了。

忽然走廊上一阵慢慢的脚步声把他惊醒了。我听叔父自己说过，他是个不轻易害怕的人。因此他躺在那里一点不动，以为是另外的客人，也许是个仆人，走去睡觉。然而那脚步声越走离房门越近；房门轻轻地开了——它自己开的，还是有人推开的，我叔父也分辨不清；只见一个人影穿一身白，轻轻地溜进来了。那是一个女人，修长而庄严，威风凛凛。她穿着古代的服装，又宽又大，直拖到地上。她走到火炉边，并不注意我叔父，而我叔父却一双手把睡帽推上去，很起劲地盯着她。她在炉旁立了一会儿，火焰一闪一闪，发出蓝色和白色的光焰来，我叔父借此可以把她的面目看个仔细。

她的脸色白得可怕，也许是映着微蓝的火光，显得更可怕。她的脸本来很清秀，可是清秀之中带着凄惨，仿佛心事重重。看样子她是饱经忧患的，可是也看得出忧患不能压倒她；因为她还有一种倔强的神情，表示高傲不屈的决心。至少这是我叔父当时的见解，而且他自以为是个大星相家。

那个人影，我说过，在炉火前面站了一会儿，先伸出一只手来，然后伸出另一只来；然后分别伸着两只脚，好像要取暖的样子；因为那些鬼魂，如果真是鬼的话，很容易冷的。

我叔父又发现，她穿的是高跟鞋，按照古代的式样，鞋扣上是假宝石，也许是钻石，放着光，好像跟阳世的一般。最后那影子轻轻地转过身来，在房间里向周围打量了一下，那暗淡的眼光掠到我叔父身上，使得他血液变冷，直冷到骨髓。接着她又把两只胳膊向天一伸，十指交叉，以祈祷的神情搓了搓手，慢慢地又溜出了房间。

我叔父躺了一会，思考着这个人影的来临（他给我讲这个故事时，就是这样说的）。他为人虽然很坚定，却又喜欢思考，并不因为一件事出乎常情就根本不信。然而他到底是一个大旅行家，我已经说过，古怪惊险的事情见得多，因而又把睡帽坚决一拉，盖住了眼睛，把背转向门口，把盖被拖到肩膀以上，渐渐又睡着了。

他睡了多久，自己也说不清，后来床边有了人声，把他惊醒了。他转身一看，原来是那个法国老仆，一副瘦长的灯笼脸，两耳旁的鬈发密密卷曲，脸上由于多年的习惯，深深地印下了永不消逝的微笑。他作了千百种怪相，又道了千百回歉，因为打搅了主人，不过时光已经很不早了。我叔父一面穿着衣服，一面又模糊地记起了昨夜的来客。他问起这位老仆人，夜里在别墅的这一带出没的是一位什么夫人。那老仆人把肩膀一耸，耸得同头一般高，把一只手放在胸口，另一只手伸开五个指头，又作了一个很奇特的怪相，他的意思是表示祝贺，回答说，关于主人的好运气，他可一点也不想知道。

我叔父看透了，从这方面打听不出一点满意的消息来。早饭吃过了以后，他同侯爵走过别墅里一些现代化的屋子，那客厅墙上挂着绸缎，地板上打好了蜡，陈设都是镀金的，织锦的，他们仿佛溜冰一样地走过去，后来走进一间很长的绘画陈列室，里边有许多画像，有的是油画，有的是炭画。

到了这里，他那位东道主的口才可找到了施展的机会了，他那种得意的神气完全是革命以前的旧贵族的样子。凡是诺曼底的大族，而且几乎是全法国的贵人，没有一个不是同他家沾点亲的，不是老爷一边的亲就是太太一边的亲。

我叔父站在那里听着，心里已经耐不住了，时而踮着这只脚，时而换过来，踮着那只脚，只听得那位矮小的侯爵以他通常那种热情和兴致详详细细对着墙上挂的遗像，讲他那几位祖先的功业，从刚强的铁衣武士的军功，直到蓝眼绅士的风流和诡计，那些绅士都有笑盈盈的漂亮脸孔，耳边的鬈

17

发上敷着粉，衣服的皱褶镶着花边，身上穿着粉红和蓝色的上衣和裤子；此外他也没有忘记介绍那些被爱情所俘的可爱的牧羊女，她们穿着撑圈的裙子，腰身细得和滴漏一般，手里拿着雅致的曲柄牧杖，上边系着飘飘然的彩带，似乎在管理她们的绵羊，也管理她们的情郎。

这位朋友正讲得热闹，我叔父忽然看到一张全身画像，恰和昨夜到他房里去的女人一模一样，不觉吃了一惊。

"我想，"他说，一边指着那幅画，"我见过这幅画像的本人。"

"对不起，"侯爵恭恭敬敬地答道，"不会的，因为这位夫人已经死去一百多年了。这是漂亮的德·龙格斐公爵夫人，她出风头的时候，路易十四还年轻着哩。"

"她的生平有什么显著的事迹么？"

从来没有人问过这样倒霉的问题。一看这位矮小的侯爵听了这话的神气，就知道他要长篇大论地讲下去了。真是的，我叔父把佛朗德的全部内战史招惹到自己头上来了，当日那位漂亮的公爵夫人正是这场内战的一个重要角色。屠隆、考利格尼、马扎林都被侯爵从坟墓里请了出来，给他的故事增添光彩；连当日巴黎的街垒和骑兵团，也都一点不曾遗漏。我叔父那时候巴不得自己离开侯爵和他的吓人的记忆力十万八千里，忽然这个矮子的回忆转到一个比较有趣的情节上去了。他谈起德·龙格斐公爵和贡德、贡提两位亲王被拘禁在凡桑尼别墅里的境况，以及公爵夫人设法要诺曼底壮士去救他们而终于没有结果的情形。他说到了公爵夫人被御林军围困在第厄普堡里的那一段故事。

"公爵夫人，"侯爵接下去说，"由于环境的考验而精神抖擞起来。这样文弱的美人儿居然有那么大的决心同艰难的环境斗争，看来实在可惊。她决计不顾一切，设法逃走。你也许见过拘禁她的那座城堡——一座古老破败的大厦，就在半山坳里,位于那座古色斑斓的第厄普小镇的上方。有一天夜里，天气恶劣，她从堡垒后面小门偷偷走出去，因为敌人忘记了在后门设岗。那后门至今还存在，对着一座狭窄的桥，桥下是一条很深的壕沟，这边是堡垒，那边是个山头。她带着她的侍女，还有几个仆人，几个英勇的骑兵，他们在她患难之中，仍旧对她忠心耿耿。她的目的是想赶到六里以外的一个小小的港口，她在那里准备了一条船，以备紧急时脱身之用。

"这一小队逃亡者，除了徒步赶这一段路程，别无他法。他们到了海口的时候，风大雨急，潮水又是逆流，离船抛锚的地点很远。没法上船，眼前只有一条打鱼的两桨船，在惊涛骇浪之上,像乌蛤壳一般颠来簸去。公爵夫人决意冒这个险。船上的人想劝阻她，可是陆上的危险眼看就要逼近，加上她自己那种勇敢的精神，使她只知道向前。一个船夫把她抱上渔船去。因为风太大，浪太猛，船夫站立不稳，一失足，就把他那珍贵的负担落到海里去了。

"公爵夫人几乎淹死，幸而一半靠她自己挣扎，一半靠船夫们的共同努力，她又到了陆地上。她的气力稍一恢复，就坚持要再来一次。可是这时的狂风暴雨更厉害，一切人力都无法施展。拖延下去就要被敌人发现，俘虏了去。这时候只剩了一条路，她要了马匹来，由护送她的勇士骑着，她自己和侍女们坐在勇士背后的添鞍上，急急忙忙跑到乡下，去找个暂时隐藏的地方。"

"当时公爵夫人，"侯爵接下去说，他看到我叔父的注意力逐渐松弛了下去，就把一个食指向他胸口上一放，藉此提起他的精神来——"当时公爵夫人，可怜的夫人，就在狂风暴雨之中凄凉惨淡地一路漂泊，到了这座别墅。她这一来，引起了一些不安；因为当时夜深人静，一座孤独的别墅外边的大路上忽然一阵嘚嘚的马蹄声，在那个不安全的时代，又是在国内一个多事的地带里，足以引起惊惶。

"一个身高膀阔的侍卫，全副武装，一马当先，通报了来宾的姓名。一切的不安都消除了。全家人都打着火把去迎接她，在火把的照耀下，从未见过这样一队饱经风霜、行色狼狈的人马。可怜那公爵夫人和她的侍女，一个个脸色忧愁惨白，衣服拖泥带水，坐在骑士的背后；而那些仆役随从一半淋透了，一半瞌睡得厉害，疲乏不堪，好像随时可能从马上摔下来似的。

"公爵夫人受到我先人的热诚欢迎。她被接到别墅的大厅里，火炉立刻生起来，哔哔剥剥地发着光，振作了她和一班随从的精神；所有的烤钎和炖锅都被拿了出来，给旅客们准备丰富的饮食。

"她应当得到我们的殷勤款待，"侯爵接着说，一面带着一点庄严的神情把身子一挺，"因为她同我们家有亲戚关系。我要告诉你，这是怎么一回事。她父亲亨利·德·布尔奔，贡德亲王……"

"公爵夫人在别墅里过夜么？"我叔父突然插嘴说，他一想到又要引起侯爵讨论谱系来，实在吓慌了。

"啊，至于那位公爵夫人，当日就给安排在你昨晚住的那间房里，那时候还是一间豪华的房间。她的随从都住在附近一排廊房里，她的亲信仆役睡在她隔壁的小屋里。替她通报姓名的那个魁梧的武装侍卫这时候当了一名哨兵或卫兵，就在走廊上来回走动。他是个黑汉子，一副坚定刚毅的神情；走廊上的灯光射到他那瘢痕深刻的脸上和强壮的身体上，似乎他只凭着一只胳膊就能保得住这座城堡。

"当天夜里，天气坏得很，大约就是现在这个季节——

巧得很！我现在想起来了，昨天夜里正是她来访的纪念日。我也应该记得准那个日子，因为那一夜真是我们家里难忘的日子。关于那天夜里，我们家里有一段古怪的传说。"说到这里侯爵犹疑了一下，他那一双浓眉周围似乎蒙上了一层阴云，"有一段传说——据说当天夜里发生了一件怪事——一件奇特，神秘，说不清的事情"——说到这里他住了口，停了一下。

"是不是有关那位夫人的？"我叔父急急地问道。

"当时已经过了半夜，"侯爵又说下去，"整个的别墅里"——说到这里他又一停。我叔父好奇心切，急躁地动了一下。

"对不起。"侯爵说着，他那淡黄的脸色微微一红，"有些情形是关于我们家世的，我不愿意说了。那时候是一个野蛮的时代，伟人们常犯大罪的时代；因为贵族的血统你是知道的，假如做了错事，就不会像下等人的血统那样温顺的。可怜的夫人！不过我有一点尊重门第的心情，因此——对不起——要是你愿意的话，我们换一个话题吧。"

我叔父的好奇心已经给勾起了。开头的一段楔子说得铺张堂皇，好比一条林荫大道能通向胜境，他听了很希望下边接着就是一段奇闻轶事。他没想到，侯爵忽然会毫无道理地拘谨起来，不让他听下去了。再则，他本是一个到处打听消息的旅行家，因而认为样样事情他都应该调查一下。

可是侯爵避开了一切询问。

"哼，"我叔父说着，有点急起来了，"无论你怎么想，昨天夜里我可看见了那位夫人。"

侯爵吃了一惊，倒退了一步，望着他。

"她到我房间里去看过我。"

侯爵把肩膀一耸，微微一笑，掏出自己的鼻烟壶来；毫无疑问，他把这话当作了英国人的笨拙的幽默，为了礼貌，

21

只得表示一下颇感兴趣。

于是我叔父正色讲下去，把整个情形说了一遍。侯爵十分注意，直听到底，手里的鼻烟壶并没顾得打开。故事讲完了以后，他不慌不忙地拍打着鼻烟壶盖子，很响地深深吸了一撮鼻烟。

"呸！"侯爵说着，走到陈列室的对面那一头去了。

说到这里，讲故事的停止了。大家等了一下，盼望他接着再讲下去；可是他老不开口。

"嗳，"那位好问的先生说道，"那么你叔父又说了些什么呢？"

"什么也没说。"那一个答道。

"那侯爵又说了些什么呢？"

"没说什么。"

"只有这些吗？"

"只有这些。"讲故事的说着，斟满了一杯酒。

"我疑心，"那位精明的鼻子灵活的老先生说，"我疑心那个鬼魂一定是那老管家，夜里出来到处检点检点。"

"呸！"讲故事的说，"我叔父所见的奇怪事情可多了，哪里会连一个鬼魂和一个管家都分不清楚？"

只听得餐桌四周一阵喃喃声，一半是快乐，一半是失望。我颇觉得这位老先生实在是把他的故事留了个后半段；可是他只管呷他的酒，什么也不说；他那副颓唐的面貌露出一种古怪的神情来，我疑心他究竟是说笑话，还是说真话。

"哎呀，"那个鼻子灵活自作聪明的老先生说道，"听了你叔父这段故事，我倒记起来我姨母常常讲的一个故事来了；尽管我不知道能不能比得上你叔父那一个，因为这位贤德的夫人不大容易碰到古怪的事情。不过无论如何，我要讲给你们听听。"

我姨母的奇遇

　　我姨母是一个身材魁梧，意志坚强，很有决断的夫人，我们可以称她为巾帼丈夫。我姨父是一个瘦弱矮小的人，性情柔顺，事事听话，配不上我那位姨母。据说，从他结婚那天起，他渐渐地越缩越小了。他受不了妻子那一副刚强的意志；简直把他折磨透了。然而我姨母却尽一切可能照料他；城里的医生她请过一半，都给他开过方子；凡是开过的方子她都叫他吃下去，他吃的药足足能医好整个医院里的病人。一切都是白费劲。我姨父越是吃药，越是加意看护，他的病越是一天天沉重起来。世界上原有许多人因为结婚之后，死于亲切的照料，他这一死，只不过再加上一个例子罢了。

　　"他的鬼魂有没有在她面前出现过？"那个好问的先生，已经问过上一个讲故事的人，这回又问起来了。

　　"你听着，"讲故事的说道，"我姨母因为她那可怜的、亲爱的丈夫一死，十分伤心。也许她懊悔不该灌他那么多药，把他看护到坟墓里去了。无论如何，凡是寡妇纪念丈夫所能做到的，她统统做了。她置办了丧服，在数量和质量上决不吝惜费用，脖子上挂着他一个小照，足足有个小日晷那样大，自己卧房里老是挂着他一幅全身遗像。社会上提起她的行为来，个个人把她捧上了天；于是别人就下了结论说，一个妇女对于前夫既然极尽追念之能事，自然不久也就应该再嫁一个丈夫了。

　　丧事过了不久，她就到了德贝郡乡下一座别墅里去住起来。那个别墅长久以来只由一个管事和一个女管家照看着。她把大部分仆人都带过去,打算就拿那里当正式的住处。这别墅坐落在乡间一个寂寞荒凉的地方,周围环绕着德贝郡的灰蒙蒙的群山。望得见一座山峰上有一个用铁链子吊着的杀人犯。

城里来的几个佣人一想到要住在这样凄凉可怕的地方,先就吓掉了一半魂魄;尤其是他们晚间在下房里凑到一起,彼此把白天听来的鬼怪故事交换意见的时候。他们都害怕单独在暗淡阴黑的房间里。我们夫人的侍女本来有点神经病,自己说她一个人决不能在这样"阴森可怕的老屋里"睡觉;那个男佣人本是个好心的小伙子,就尽力鼓励她打起精神来。

我姨母见了房子这样冷落,心里也是一动。因此她在上床睡觉以前,就把门窗都好好检查了一遍;亲手把金银器皿都锁起来,带了一串钥匙,同一小匣银钱珠宝,走到自己房间里去;因为她是一位善于治家的妇女,样样事情一向都是亲自检点。她把钥匙放在枕头下,把侍女打发走了,就坐在梳妆台前梳头;因为她虽然哀悼我姨父,却是一位漂亮的寡妇,对于自己的容貌相当讲究。她坐了一会儿,自己照着镜子,先看看左边,再看看右边,妇女们要看自己打扮好了没有,总是这样;因为附近有一位好摆架子的乡绅当天曾经来拜访过,欢迎她下乡来住,这位乡绅原来是她做姑娘时就彼此眉目传情过的。

忽然间她仿佛听到背后有什么在动。她连忙转身一看,什么也不曾看见。除了墙上挂着一幅画得有点可怕的她那可怜的丈夫的遗像以外,什么也没有。

她怀念起他来,深深地叹了一口气,她在人前提起他来总是这样;于是又继续整一整她的睡衣,一面想念着那位乡绅。

只听得她那一声叹息有了回音，也许是有了回答，是一声深长的呼吸。她又转身一看，仍旧看不到人。她只当是风声穿过了老屋子的老鼠洞，于是又从从容容地把自己的头发用纸卷了起来。忽然间，她仿佛看见那遗像的一只眼睛在动。

"她可是后脑对着遗像的呢！"那个耷拉着脑袋的原来讲故事的人说道，"是嘛！"

"是的，先生，"讲故事的人冷淡地回答，"她的确是背向着遗像的，不过她的两只眼睛却盯着镜子里的影子哩——嗳，我刚才说到，她看见那遗像的一只眼睛在动。这样奇怪的事情，你们也可以想象，使她猛然一惊。她因为要看个究竟，就把一只手拍在前额上，好像要摸一摸的样子；从指头缝里偷看了一下，一面用另一只手把蜡烛一挪。灯光照到那只眼上，又从那眼上反射回来。她看得一点不错，是在动。不仅如此，还有，那只眼似乎对她眨了一下，正像她所知道的，她丈夫在世的时候有几次他对她这样眨过！当下她心里觉得一阵冰冷；因为她是个孤寡的妇女，觉得自己所处的境地很可怕。

这一阵冷只是暂时的。我那位姨母本是很果敢的人，几乎也比得上你那叔父，先生（说着话，他掉头看了先前那个说故事的老人一眼），她立刻镇定下来。她接着整理自己的衣服。她甚至还哼了一个曲儿，个个音调没唱错。她偶然碰翻了一个梳妆匣子；拿起蜡烛来照着，从地板上把东西一样一样地捡起来；内中有一个圆滚滚的针插，一路直滚到床下去，她赶着追过去；然后打开了房门，向走廊上望了一望，好像拿不定主意向哪一头走似的；然后才安安静静地走出去。

她连忙下了楼，吩咐佣人们带上随手抓得到的武器，自己率领着，几乎立刻就回到了房间里。

她这个仓促集合起来的队伍成了一支令人生畏的兵力。管事的拿了一杆生锈的大口径枪，车夫拿了一根装铅的马鞭子，佣人拿了两支骑兵手枪，厨子拿了一把大菜刀，管伙食的两只手里拿着一对酒瓶。我姨母拿了一把烧得通红的火钳，身先士卒。据我想来，她在这批人里倒是最可怕的一个。那个侍女不敢待在自己的下房里，也作了殿军，她嗅着一个装碳酸亚①的破瓶子，说她怕女鬼。"鬼!"我姨母毅然决然地说，"我要烫焦它们的胡子!"

他们走进了卧房。一切静悄悄的，丝毫未动，和她走出去的时候一样。他们走到我姨父的遗像跟前。

"把那张像扯下来!"我姨母叫道。只听得遗像上发出一声沉重的叹息，还带着嗑牙的声音。佣人们都向后一缩；那侍女轻轻喊了一声，连忙靠紧了一个佣人，免得跌倒。

"马上扯!"我姨母又加了一句，把脚一顿。

遗像是扯下来了，像后面有个壁龛，从前里边摆过一架钟，他们从那里拖出一个圆肩膀、黑胡子的恶棍来，手里拿了一把刀，有我的胳膊长，抖动着，像一片白杨叶子。

"嗳，他是谁呢? 不是鬼吧，我猜想。"好问的先生说道。

"是个惯犯，"说故事的人回答，"他迷上了这位富孀的财产；或者还不如说是个打家劫舍的塔尔昆②，他溜进了她的卧房，专等夜深人静，好偷她的钱袋和保险箱子。说得明白些，"他接着又说，"这个流氓是附近一个游手好闲的家伙，从前在这家里当过佣人，这次女主人回来，家里准备接她，又请了他来帮忙收拾屋子。他招认说他设法躲藏在这里，为了罪恶的目的，从遗像上挖下一双眼睛，留一只洞孔，向外张望。"

"他们拿他怎样呢? 有没有吊死他?"好问的那一位又说。

---

① 安神药。
② 罗马末代的帝王，好杀成性。大约死于公元前 495 年。

"吊死他！他们怎么能？"一个浓眉突起的鹰嘴鼻的律师叫道，"他并无死罪。不曾抢劫也不曾行凶。又不是闯到宅子里去的。"

"我的姨母，"讲故事的人说，"是个有魄力的妇女，她会自己办的。她对于清洁也自有一套见解。她吩咐把那家伙放在洗马池里洗清了他的罪恶，然后用橡木毛巾①好好地给他擦抹一番。"

"后来他落得个什么下场呢？"好问的先生又说。

"我不很清楚了。我相信是把他流放到博塔尼湾②改造去了。"

"还有你那姨母呢？"好问的先生说道，"我敢担保她从此以后，一定很谨慎，会把那个侍女留在自己房里睡觉。"

"没有，先生，她的办法更高明，不久就嫁了那个好摆架子的乡绅；因为她常说，一个女人在乡间独宿太凄凉了。"

"她这话是对的，"好问的先生说着，点点头，表示自己的聪明，"不过我感到遗憾的是他们没把那个家伙吊死。"

大家一致认为刚才这个故事讲得再圆满不过了，只不过有一位乡村教士惋惜这两个故事里的主要人物，一位叔父，一位姨母，不曾结合起来；假如结合起来，一定是恰好的配偶。

"可是我始终没有听出来，"好问的先生说道，"刚才讲的这个故事里有什么鬼怪。"

"啊，假如你要听的是鬼怪，好朋友，"那个爱尔兰的龙骑兵上尉叫道，"假如你要的是鬼怪，我可以让你听到一整团的鬼怪。既然这两位先生说了他们叔父和姨母的奇遇，我保证，我简直可以给你们讲一段我自己家里的历史。"

---

① 棍棒。
② 澳大利亚东海岸的一个海口，英国流放罪犯的殖民地。

大胆的龙骑兵或我祖父的奇遇

我的祖父是个大胆的龙骑兵,因为你们明白,这是我家里世袭的职务。我的祖先个个都是龙骑兵,都在战场上光荣牺牲了,除我本人,我希望我儿孙也能说这句话;可是我并不打算夸口。是的,我祖父,刚才说过,是个大胆的龙骑兵,曾经在荷兰服过兵役。据我的托贝叔叔说,当日佛兰德斯有一支军队,骂起人来可怕得很,事实上他正是那一支队伍中的人。他骂起人来,会骂个不停;而且,他还介绍特黑姆伍长的理论。这种理论是关于基本温度和基本湿度的。换句话说,就是用烫热的白兰地酒驱除壕沟湿气的办法。

无论如何,这于我的故事并不相干。我说这段话,只是告诉你们,我的祖父不是个容易欺骗的人。他见过战阵,或者照他自己的说法,见过魔鬼,也就是说见过一切。是的,诸位先生,我祖父要到美国去,他打算从奥斯坦德上船——该死的地方!我个人在那里就因为天气太坏,顶头风,在那里耽搁了足足三整天,还有一个见鬼的快乐伴侣,也就是漂亮姑娘,安慰着我。暖,我刚才是说,我祖父要到美国去,不如说要到奥斯坦德去——无论哪里,反正一样。于是,有一天黄昏,夜幕将临,他骑着马,高高兴兴地进了布鲁日。很可能你们诸位都晓得布鲁日;那是佛兰德斯的一座古怪的老式城市。据说,在古代有个时期是做大生意发大财的地方,那时候荷兰人正盛极一时,可是到了今天,那地方差不多和一个爱尔兰人的口袋一样大,也一样空了。暖,诸位,那时候正是赶年会的时候。整个的布鲁日人山人海；运河里挤满了荷兰小船，街道上挤满了荷兰商人；种种的货物、器具、商品，穿着宽大裤子的农民，系着五六条裙子的妇女，挤在一起，简直走也走不过去。

我祖父高高兴兴地骑着马，自由自在，随便乱闯。因为他本是一个莽撞快活的汉子，东张西望地看着那些花花绿绿的人群和那些老房子，山形的墙头排列在街道两边，烟囱上是老鹳窝；他对着从窗口露出脸来的姑娘们眨眨眼，对着马路上左右两边的女人开开玩笑；她们都笑起来，并不见怪；尽管他对荷兰话一个字也不懂，可是他总有办法，让那些女人懂得他的意思。

嗳，诸位，那时候正是赶年会的时候，全城都拥挤得很，家家旅店和酒馆都客满，我祖父走了一家又一家，老找不到歇脚的地方。最后他骑着马到了一家东倒西歪，眼看就要坍下来的老客店，那里边的老鼠很多，如果它们能在别的屋子里找到藏身的地方，也早都跑了。

那座房子恰像你们从荷兰画片上看到的那种古怪的建筑，高高的屋顶直插云端，顶阁一层一层地叠上去，好像穆罕默德的七重天。这屋子之所以没垮，完全靠着烟囱上一个老鹳窝。在荷兰，凡屋顶上有这种窝的，都有好运气。那天正当我祖父到来的时候，那烟囱顶上刚刚有两只这种长腿的吉祥鸟，像魔鬼似的站在那里。真的，可是这屋子也就靠了它们至今不倒，你们几时路过布鲁日，随时都看得到这屋子还在那里，不过已经改成一家佛兰德斯浓啤酒的酿造厂了——至少我在滑铁卢战后从那里路过时还是那样子。

我祖父走近门口，好奇地打量着那座房子。只见门上用大写字母写着一行字，意思是：

"本店出卖好酒。"

当时他若不是看见了这几个字，也许他根本不理会这座房子呢。

我祖父对于荷兰文刚学了一点点，可以懂得这个招牌是出卖好酒的。"这正是我的住处。"他说着，就在门前突然停下来。

一家老客店，平常只有老老实实的生意人来往，忽然来了一个雄赳赳的龙骑兵，真是一件大事。当时有位安特卫普富翁，一个很神气的大块头，戴着一顶佛兰德斯式的宽边帽子，他在这家酒店里是个大人物，大主顾，正坐在门旁边拿着一枝干干净净的长烟管吸烟；还有一个矮胖的希达姆人，是做日内瓦烧酒的，坐在门的那一边吸烟；店主人是一个大鼻子的家伙，站在门口；标致的老板娘，戴着有皱褶的帽子，站在他旁边；老板娘的女儿是个胖胖的佛兰德斯姑娘，耳朵上戴有一双长长的金坠子，站在旁边的窗口前。

"哼！"那个安特卫普富翁说，他看见这陌生人，很不高兴地望了他一眼。

"魔鬼！"矮胖的希达姆酒商说。

老板因为是酒店主人，目光敏锐，看得出新来这位客人完全不对老客人的劲；说老实话，他自己也不喜欢我祖父那种鲁莽的眼神。他摇摇头。"本号客满，一间阁楼也没有了。"

"一间阁楼也没有了！"老板娘应声说道。

"一间阁楼也没有了！"那女儿也应声说道。

安特卫普的富翁和希达姆那个小酿酒师傅接着抽他们的烟，气咻咻地，从他们的宽边帽子下斜眼打量着这个敌人，可是一言不发。

我祖父不是看脸色就吓得了的人。他把马缰绳往马脖子上一扔，脑袋一歪，一手叉腰。"千真万确！"他说，"不过我今天晚上就要宿在这里。"他说着用手在大腿上一拍，以加重语气。这一拍，拍到了老板娘的心里。

他说过了这句话，接着就跳下马来，一路走进了酒店，从那两个瞪眼睛的荷兰人面前经过，走到客厅里。也许你们各位到佛兰德斯那种老店的酒吧间里去过。真的，那可真是一个漂亮的屋子，正是你想要看到的；一片砖地，一个大火炉，全部的圣经故事都画在上了釉的花砖上；再就是那壁炉架子，从墙上探出头来，上面摆着整整一排有裂缝的茶壶，陶瓷罐头；不用说还有半打德尔夫特的大盘子，挂在屋子四壁上当作图画，屋角还有一个小小的柜台，里边一个精神饱满的酒吧女郎，头戴一顶红印花布小帽，耳朵上戴着一副黄耳环。

我祖父把手指头在头的上方啪的打了个捻子，一面向屋里周围一看。"真的，这正是我要找的房间。"他说。

防守的一方又露出一次抵抗的神气来；不过我祖父是个老军人，又是个爱尔兰人，并不是容易打退的，尤其是在他攻进了堡垒以后。于是他奉承了老板，吻了老板娘，逗乐老板的女儿，拍了一拍酒吧女郎的下巴；于是大家一致认为，要把这样一个大胆的龙骑兵赶到街上去，不但万分可惜，而且也是奇耻大辱。于是他们碰头商量了一下——那就是说，我的祖父和老板娘商量了一下——最后同意把他安顿在一间锁了很久的老屋子里。

"有人说那屋子里闹鬼，"老板的女儿悄声说道，"不过你是个大胆的龙骑兵，我敢说并不怕鬼。"

"一点也不怕！"我祖父说着，把她那个圆滚滚的腮帮捏了一把。"假如有鬼来打扰我，我当年是到过红海的，我有个很有趣的法子可以驱鬼，我的宝贝。"

于是他又低声对那姑娘说了几句，逗得她笑起来，她开着玩笑，打了他一记耳光。总而言之，要在脂粉堆里打开一条路，谁也没有我祖父的办法多。

过了不久，他又是老一套，已经把整个屋子占领了，到处大摇大摆；时而跑到马棚里去查看他的马匹，时而跑到厨房里去检点他的晚餐。他碰到了每个人都有话可说，有事可做；同荷兰人一起吸烟，同德国人一起喝酒，拍一拍老板的肩膀，又同他女儿和那酒吧女郎嬉戏。

自从艾利·克罗克尔①的时代起，从来还没见过这样鲁莽的人。老板吃惊地瞪着眼看他；老板的女儿垂着头，等他走到跟前就吃吃地笑起来；当他拖着一把腰刀在走廊上摇摇摆摆地走着的时候，一些女佣人一面从身后望着他，一面彼此低声说："多么漂亮的人！"

吃晚饭的时候，我祖父坐在主位上，好像在自己家里一样；他替每个人分菜，同时也没忘记了自己；他同每个人谈话，不管懂不懂他们的话；同安特卫普那位富翁扯上了交情，那个人，大家都知道，一辈子对谁也没亲近过。实际上，他把整个店里改换了一个局面，把大家都鼓动起来，连房子也随着摇摇欲动的样子。他靠桌子坐着，直坐到人人都走开了，只剩下希达姆那个矮胖子酿酒师傅，坐在那里大喝其酒，喝了许久才开腔；可是一开腔，他简直是魔鬼的化身。他对于我祖父非常亲热，于是两个人坐在那里一边喝酒，一边吸烟，一边讲故事，一边唱荷兰歌、爱尔兰歌，唱的什么彼此一个字也听不懂，搞到末了，这个荷兰矮子被他自己制作的水加烧

---

① 英国 18 世纪作家戈德史密斯的喜剧中的角色。

酒淹没了，有人把他抬到床上去，一路上他喊着，打着嗝，嘴里还高唱着一首荷兰情歌末尾的叠句。

嗳，诸位，这时候有人带我祖父走上一个大楼梯，那楼梯是用很多砍下来的树枝做成的；他们穿过了几条乱七八糟的长廊，墙上挂的画片都已经薰黑了，画的是鱼、水果、野味，还有乡间的狂欢会，大厨房和大块头市长，都是佛兰德斯的古老旅店里常见的景物，后来就到了他的房间。

那卧房真正是一间古老的房子，里边塞满了各色各样无用的东西。那里好像是一座专门收容一切破败腐朽的家具的病院，出了毛病或受了损伤的东西都送到那里去看护着，或者把它们忘掉。再不然也不妨看作一场旧式的合法动产大会，会场上种种东西，算是各个地方的代表。没有两把相同的椅子。高背的，低背的，皮垫子的，绒垫子的，草垫子的，还有没有垫子的；还有裂缝的大理石桌子，桌脚雕刻得奇奇怪怪，每只桌脚里抓着一个球，好像它们要玩九柱戏①一般。

我祖父一进屋子，对这个杂乱大会就来了个一鞠躬，接着自己把衣服一脱，把照亮的火向炉子里一送，对火钳道了一声歉，炉边角落里放着一把铲子，那火钳好像正对着它要谈恋爱，俯在它耳朵上说些无聊的情话。

其余的客人这时候都睡熟了，因为你们那些荷兰先生们都是睡觉大王。女仆们一个个打着呵欠，各自爬上了阁楼；当天夜里旅店里每个妇女睡了以后都梦见这位大胆的龙骑兵。

至于我祖父呢，他上了床，把那大鸭绒被拉了一条盖在身上，他们在荷兰总盖这种被，简直可以把人闷死；于是他躺在那里，铺了一床鸭绒褥子，盖了一床鸭绒被，暖得快要融

---

① 一种游戏，立九根木柱，用木球滚过去，把它们撞倒。

化了，好像两片涂了奶油的烤面包中间夹着一片鳗鱼。他本来脸上就暖烘烘的，这一闷，闷得他要命，于是，确确实实，过了不久好像是无数小鬼都在猛抽猛拉，拉得他全身的血液都沸腾起来。

可是他还是躺着不动，直躺到夜深人静，除了那些荷兰人在各个房间里打呼噜，各种声调彼此唱和，好像沼泽里的一片蛙声。房间里越安静，我祖父越不安静。他感到越来越热，直到末了，他在床上热得躺不住了。"

"也许是女佣人把床铺得太暖了吧？"好奇的先生又提出了疑问。

"我倒想到反面去了呢，"爱尔兰人说。"不过，管它是怎么样，反正是热得我祖父受不住了。"

"真的，这简直受不住，"他接着说，"因此他就从床上跳下来，在这屋子里到处溜达。"

"干什么？"好问的先生说。

"嗳，当然是要凉快凉快——再不然就是要找个舒服一点的床铺——再不然也许——可是不管他要去做什么，他从来也没讲过，我们也用不着多费时间去胡乱猜想。

嗳，我祖父出了房门，过了一会儿，回房间的时候完全凉快了，可是刚回到房门口，只听见里面有一种奇怪的声音。他停住了脚步听着。好像是有人害气喘病，却偏要哼一支歌曲似的。他想起来人家说这个房间闹鬼，可是他向来不信鬼，因此他轻轻把门一推，偷偷向里一望。

我的天，诸位，原来里边在跳跃，跳得好热闹，连圣·安东尼①见了也会吃惊的。他借着炉火的光看见一个家伙，一张

---

① 埃及人，251–356年。禁欲主义创始人，提倡宗教式隐居生活。

枯瘦的灰色脸，穿了一身法兰绒长袍，戴了一顶高高的白色睡帽，上边还带着一条穗子，他坐在炉火旁边，一只胳膊夹着一个风箱，当作一支风笛，刚才打扰我祖父的那种气喘似的声音，就是从这里挤出来的。他一面奏乐，一面老是歪着扭着身子，作出千百种古怪样子来，点着头，摇晃着那顶带穗子的睡帽。

我祖父认为这事很古怪，而且非常狂妄，正要准备质问他，干吗要跑到别人房间里来弄乐器，这时候又看见一种惊人的新情况。只见对面一张高背弯腿的椅子，上边镶着皮，钉着满满的小铜钉，非常华丽的样子，忽然动了起来。它先探出一只脚来，然后伸出一只弯曲的胳膊来，最后弯腿行了一个礼，很文雅地溜到一把扶手椅子跟前——那椅子上的锦缎已经黯然无光，垫子上还有一个洞——殷殷勤勤地把它带过来，幽灵似的在地板上跳起小步舞来。

这时那音乐家越演奏劲头越大，晃动他的头和睡帽，像疯了一般。渐渐地这种跳舞病似乎是传染了其余一切家具。那些古老的高椅子，一对对都配起来，跳起对舞来了；一只三条腿的凳子跳了一种乡间舞，尽管多余的那一条腿简直不知所措；同时那多情的火钳把那把铲子拦腰一搂，也在屋子里转来转去，跳起德国华尔兹来。总而言之，所有的家具都行动起来，把着手，把脚趾转来转去，好像无数魔鬼一般；只剩下一口大衣柜，老在屋角上仔仔细细按着乐声的节拍施礼，像个老太太，因为她太胖了，跳不动，也许是找不到舞伴。

我祖父断定了她是找不到舞伴；因此，他拿出地道爱尔兰人的劲头来——敬重妇女，随时寻欢作乐——一步跳进房间里去，他招呼那音乐家来一个"裴第·欧·莱弗尔提"①，一面跳到衣柜跟前，抓住两个把手就要扯她出来；这时候只听得"砰"的一声，全场的热闹一起停下来。椅子，桌子，火钳，还有铲子，立刻都悄悄地溜到自己原来的位子上去了，好像根本没有发生过什么，那位音乐家也从烟囱里钻上去，无影无踪，只是仓促中撇下了那只风箱。我祖父一看，自己坐在地板中央，那口衣柜躺在他面前，两个把手已经扭下来了，可是还在他手里。

"这样说来，说到究竟，这不过是一个梦罢了。"好问的先生说。

"绝不是梦！"爱尔兰人回答，"世界上没有比这更真的事情了。真的，我倒很想听听，有哪个敢对我祖父说，他是做了一个梦。

嗳，诸位先生，那口大柜体积既大又很笨重，而我祖父也一样，尤其是他那屁股，你们可以想象，这样笨重的两个身子倒下来，房间里的声音一定很大。真的，那老屋子都动摇起来，几乎错把它当作地震。全班人马都惊动起来了。

老板本来睡在下边。点了一支蜡烛急急跑上来，问是什么事，可是他虽然跑得快，他那女儿却抢先赶到了这个喧闹场所。老板身后跟着老板娘，老板娘身后跟着那个精神饱满的酒吧女郎，女郎身后跟着几个痴笑的收拾房间的女仆，大家连忙拿起手边的衣服，披在身上，急急忙忙赶来看那个大胆的龙骑兵房间里出现的是什么魔鬼。

我祖父把他亲眼看到的奇怪景象说了一遍，还有那倒下的衣柜的一对破把手作证。这样的证据是没法辩驳的；尤其

---

① 裴第是爱尔兰人的绰号。这是爱尔兰通行的古调。

是碰到我祖父那种少年气盛的样子，他为了证明自己句句都是实话，似乎不惜动武。于是老板搔了一搔头，一副傻相，他每次觉得迷惑时就是那种神气。老板娘搔——不对，她并没有搔头，她只是皱皱眉头，对于那一番解释似乎不太满意。可是老板娘的女儿却来作证，她说，她记得这房间上次住的那个客人是一个变戏法的，他死于舞蹈病。没有问题，所有的家具一定是被他传染上了。

这话一提出来，样样事情都对了，尤其是那几个女仆也说，她们都亲眼见过那房间里的奇怪景象；而且她们说时还用名誉担保，这事自然毫无疑问了。

"那么，你祖父还在那房间里睡吗？"好问的先生说。

"那我就说不清了。那天后半夜他在哪里过的，他从没讲起，成了个秘密。实际上，他虽然打过许多仗，可是对于地理却模模糊糊，一路所过的旅店，头一天晚上住了，第二天早晨要叫他说出来，往往就弄不清楚，很容易搞错。"

"他向来有没有梦里走路的毛病？"那个机灵的老先生说道。

"我从来没听说过。"

这一篇冗长的爱尔兰奇闻说过以后，略停了一停，那个满脑袋鬼怪的老先生说，以上讲的这些故事都近乎滑稽，"可是我想起一桩奇遇来，"他又说，"那是我从前住在巴黎的时候听说的。我敢担保，那是千真万确的，那故事很严肃，也很奇怪。"

德国学生的奇遇

正当法国大革命汹涌澎湃的时代，在一个暴风雨的晚上，一个德国青年深夜里回到寓所去，经过巴黎一个古老的区域。电光闪闪，雷声在那些窄而高的街道上隆隆地震动着——不过我应当首先告诉你们一下，关于这个德国青年的情况。

戈特弗里德·沃尔夫冈是个好人家的青年。他在戈丁根念过书，可是因为他生性热情，爱空想，结果走到狂放的哲理中去了，德国学生往往上这种当。他那种孤独的生活，又认真用功，加上研究学问的那种古怪的气质，对于他的身心都产生了影响。他身体受了损伤，想象力也有点病态。他对于精神的本质，老是想入非非，到后来，同斯韦登伯格①一样，在自己周围构成了一个主观的世界。我也不知道他怎么起了一个念头，才说有一种魔力缠绕着他；有个魔鬼要引他上圈套，送他到地狱里去。他那种忧郁的性情加上这种观念的影响，使他极其消沉。他变得又憔悴又沮丧。朋友们发现他受到心病的折磨，断定最好的医治办法是改变环境；于是就把他送到巴黎的繁华世界里，去完成他的学业。

沃尔夫冈到了巴黎，正是革命爆发的时候。起初群众的狂热投合了他那种热烈的思想，他听了当时的政治和哲学理论，五体投地；可是后来流血的情景震动了他那种敏感的气质，他对社会，对世界，都感到厌恶，于是就更加隐遁起来。

---

① 瑞典神学家，神秘主义者（1688–1772），自称上帝的预言人，能同神灵往还。

他在学生们聚居的拉丁区里找了一间寂寞的住房，就在索尔邦修道院附近一条阴暗的街上；他关起门来，又搞起自己所喜欢的那套空想来了。有时候他跑到巴黎的大图书馆里一坐就是几个钟头，那里藏着许多过去作家的著述，他翻查着那些尘封中的陈旧书籍，找些精神食粮，配合自己那种不健全的胃口。他似乎成了一个文字上的食尸鬼，老从陈旧文献的藏骸所里找粮食。

沃尔夫冈虽然孤独隐遁，却是一腔热情，不过这种热情暂时只在他的想象上起作用罢了。他对于世故人情一窍不通，又怕见人，因此对于妇女不敢接近，可是他对于女性的美却又热烈倾慕，在那孤独的房间里，对于所见的形影面貌时常想入非非，而且在想象中也时常刻画装点一些可爱的形象，远远超过了实际上的人物。

正当他思潮激荡，想得神化的时候，他做了一个梦，对于他起了非常大的影响。他梦见了一个女人的面孔，美丽无比。这印象来得很深，因此他接二连三地梦见她。他白天里思想，夜晚里睡眠，老看见这个形象；总之，他对于这个梦中的幻影热烈地钟情起来。这种心情日积月累，对于心里怀着忧郁的人，它就变成了牢不可破的念头，有时候人家以为他发了疯。

戈特弗里德·沃尔夫冈就是这样一个人。在我开始说的那段时间，他就是这样的情况。一天深夜里，狂风暴雨，正当他回家的路上，经过巴黎的古老的马雷区几条阴暗陈旧的街道。那里街道狭窄，房屋又高，隆隆的雷声震得很响，他走到了德·格雷夫广场，就是当时的法场。电光在那古老的德·维尔旅馆的许多尖阁上闪动，照得前面一片空地上忽明忽暗。沃尔夫冈正穿过这个广场，一见自己来到断头台跟前，吓得连忙向后退缩。那时正当恐怖统治的高潮，这个可怕的杀人工具摆在那里，随时可用，断头台上继续不断地流着正直和勇敢的人们的鲜血。就在当天还起过积极的作用，杀了许多人；这时候，在一个沉沉入睡、鸦雀无声的城市里，阴森森地陈列着，等待着新来的牺牲品。

沃尔夫冈心里感到厌恶，正要从那架可怕的机器下战战兢兢地转身回来，只见一个人影，好像在绞架下的台阶底缩成了一团的样子。接着又是几次雪亮的闪电，照得格外分明。原来是个女人的影子，穿了一身黑衣服。她正坐在绞架下低层的一个台阶上，向前弯着身子，脸孔低到膝盖上，乱蓬蓬的长头发一束束地垂到地面，这时候大雨倾盆，雨水顺着头发向下流。沃尔夫冈停住了脚步。这一座凄凉的灾难纪念台上一定出了可怕的事情。这个女子的仪表不像是平民阶级。他知道这是一个兴衰无常的时代，有许多美人儿本来枕着鹅绒枕头，这时候却流离失所，无家可归。也许这是一个可怜的送丧人，那把可怕的斧头害得她孤单凄凉，她坐在生命的岸边，心伤欲碎，而她所有的亲人都从这里被抛下了大海，一去不返。

他走到她跟前，以同情的声调向她招呼。她抬起头来，好像发了狂似的望着他。他借着闪电的亮光一看，大吃一惊，原来那张脸孔正是他梦中常见的。只见她脸色灰白，神情忧郁，可是仍旧美丽得令人陶醉。

沃尔夫冈的情绪非常激动，战战兢兢地去招呼她。他对她说，在这样的深夜里，风雨又是这样狂暴，她还没地方存身，他愿意带她去找她亲友。她用可怕的手势向断头台上一指。

"在这世界上没有我的亲友了！"她说。

"可是你总有个家吧。"沃尔夫冈说。

"是的——在坟墓里！"

这学生听到这句话，伤心透了。

"假如一个生人可以冒昧地提出，"他说道，"而不至于引起误会，我情愿把我的陋室给你存身；我和你做个诚恳的朋友。我在巴黎也没有亲友，在这里是个异乡人；不过如果我的生命能有什么用处，那可以由你支配，我宁肯冒死，也不让你受到危害或侮辱。"

这位青年的诚实恳切的态度产生了效果。他那种外国口音也于他有利，证明他不是巴黎的普通居民。的确，只要有真诚的热情，就有不容置疑的说服力。那个无家可归的陌生人十分信任这个学生，就接受了他的保护。

他扶着她，摇摇晃晃地跨上了纳夫桥，走过亨利四世的像被群众打倒了的地点。这时候风雨小了，雷声还在远处隆隆地响着。巴黎全城静悄悄的；人类的狂热，好比一座大火山，暂时休息，好积贮新的力量，明天再来爆发。这个学生带领着由他保护的女子走过了拉丁区一些古老街道，走过了索尔邦修道院的暗淡墙壁，到了他寄住的那家幽暗的大旅店。看门的是个老太婆，替他们把门一开，她看见沃尔夫冈的忧郁异常的样子，还带着一个女伴，感到很惊讶。

这位学生一进房间，第一次为自己住处的简陋而脸红。原来他只有一个房间，是一间老式的沙龙，雕刻得很精细，旧日豪华的遗迹，把那屋子点缀得奇形怪状；因为这本是卢森堡宫区域的一家旅馆，本来是贵族的产业。屋里乱堆着书籍文件，还有学生的一般用具，屋子一头有个壁龛，放着他的一张床铺。

点亮灯以后，沃尔夫冈可以把那陌生人端详得更仔细些，这时候他更加醉心于她的美丽。她的脸色灰白，可是美丽耀眼，衬托着乌黑的头发，密密丛丛地垂在两边。她一双眼睛又大又亮，神色异常，似乎有点发狂的样子。她虽然罩着一件黑长袍，还可以看得出，身段十分匀称。她的服装尽管极其朴素，整个仪表却非常动人。她身上唯一可以算作装饰品的东西只有一条围着脖子的、用钻石扣起来的黑色的宽领带。

学生开始为难起来，这样一个孤苦的人投奔前来靠他庇护，如何安置呢？他想把他的房间让给她，自己到别处安身。可是，他又被她的风韵迷惑住了，好像有一道符咒镇住他那要离开她的思想和意识，简直走也走不动了。她的举止也奇怪，叫人说不清楚。她不再谈断头台了。她的悲哀也减轻了。这位学生的殷勤起先取得了她的信任，后来，显然又赢得了她的芳心。她显然也和他同样的热情，彼此就心心相印了。

当下沃尔夫冈在迷惑之中，明白说出了自己对她的热情。他告诉她，自己如何做过一个神秘的梦，如何在见面之前早已倾心爱慕她。她听了他一番叙说，大大地被感动，也承认自己心里对他有一种说不出的情意。当时是理论狂放，行为不受拘束的时代。陈旧的成见和迷信都取消了，凡事都听命于"理智女神"①。婚姻的形式和礼节也属于旧时代的废物一类，大家开始认为，只要有崇高的精神，这些都是不必要的束缚。当时民约流行，沃尔夫冈本来是个理论家，听到当时的自由主义，自然不免受些薰染。

"我们何必分离呢？"他说，"我们两人已经同心了；从理智和道义来看，我们好比是一体。两颗高尚的心灵系在一起，又何必要什么肮脏的形式呢？"

陌生人含情倾听着，她显然也受到同一学说的启发。

"你没有家庭，也没有亲人，"他接着说，"让我就做你的

---

① 法国大革命时，扫荡了一切现行制度，只崇拜人类的理智，加以具体化，奉为"理智女神"。

一切吧；或者不如说，让我们彼此互做一切吧。假如还必须什么形式，那我们决定遵照形式——这是我的手。我对你立下永远的海誓山盟。"

"永远的吗？"那陌生人庄严地说道。

"永远的！"沃尔夫冈又说了一遍。

陌生人抓住了他伸给她的那只手。"那么我就是你的人了。"她低声说着，一面靠在他胸前。

第二天早晨这个学生让他的新娘睡着，自己一清早就出去，想找一个宽敞点的寓处，以适应新改变的环境。他回来时，发觉那陌生人垂着头，躺在那里，一只胳膊抱着头。他对她说话，可是她不作声。他走过去要唤醒她，免得她躺得那样不舒服。一拉她的手，手是冷的——没有脉搏——只见她脸色苍白，像死人一般。总而言之，她只是一个尸体。

他在恐怖慌张之中，把整个公寓的人都惊动了。接着是一场忙乱。警察也喊到了。警官走进屋来，一见那个尸体，惊得向后倒退。

"老天爷！"他喊道，"这个女人怎么会到这里来？"

"你知道她的情况吗？"沃尔夫冈连忙问道。

"我知道？"警官喊道，"她昨天上了断头台。"

他走上前去，把那尸体脖子上围着的黑领带一解，那颗头一骨碌就滚在地板上了。

那个学生简直发了狂。"这个恶鬼，这个恶鬼把我弄到手了！"他尖叫了一声，"我永远完了。"

他们想法子安慰他，可是白费力气。他抱定了一种可怕的信念，说是一个恶鬼附在死尸身上来陷害他。从此他就神经错乱，后来死在疯人院里。

神秘的画像

这种故事，讲了这个就引起了那个，在座的人似乎都聚精会神在这个题目上，都想把各人的亲属祖先搬出来，我们假如再听下去简直不知道还有多少奇怪的故事。可是有个胖子，是个猎狐老手，人家讲故事时，他一直呼呼大睡，这时候忽然醒来，大声打了一个很长的呵欠。这一声破了魔法；好像一声鸡叫，鬼怪都跑掉了。于是大家都纷纷去睡觉了。

"现在到那个闹鬼的房间里去吧。"爱尔兰的上尉说着，拿起他的蜡烛。

"呃，今天夜里谁做英雄呢？"那个耷拉着脑袋的先生说。

"那我们明天早晨看吧，"那个鼻子灵活的老先生说道，"谁的脸色灰白，谁就是见了鬼。"

"嗳，诸位先生，"准男爵说道，"玩笑里面倒有不少真话；事实上，今天夜里你们诸位总有一位要在那间房里睡觉的。"

"怎么！——一间闹鬼的房子？——一间闹鬼的房子？我要去冒一下险——还有我——还有我——还有我。"十来个客人说，大家同时又说又笑。

"不，不，"我的主人说，"我这些房间只有一间有个秘密，我打算做个试验；因此，诸位，我先不让你们知道谁住在那间闹鬼的房间里，到时候，自见分晓。我自己也不要知道，只交给管家去分配，碰机会吧。同时，如果你们诸位高兴的话，我为了我这祖上的遗宅的光荣起见，还要说一句，这里几乎没有一间房子不是很值得鬼怪出现的。"

这时候我们都分了手，各自到分配定了的房间里去睡觉。我住的是一间耳房，我一看那格式，很像刚才晚饭席上那几个故事里形容的那种出事的房间，不由得微微一笑。这房间宽大阴暗，墙上装点着灯烟熏黑了的画像，一张古老锦缎的床铺，上面罩着一个巍峨的华盖，足足可以装饰一张御床，还有许多笨重的老式家具。我拉过一把虎爪脚的扶手大椅子，摆在宽大的壁炉前面；把火拨了起来，坐在那里望着炉火，一边想着我所听到的几个奇怪的故事，想到后来，一半由于白天打猎过于疲乏，一半由于吃了主人的酒宴，不知不觉坐在椅子里睡着了。

坐着睡很不舒服，我这一觉睡得很不好，结果害得我做了许多可怕的噩梦。这时候我吃下的那两餐难消化的午饭和晚饭，作起怪来，扰得我很不安。我只觉得一块肥大的羊脊肉压在我背上；一块葡萄干布丁重得像一块铅，压在我心头；一只想想都很开心的阉鸡，这时候却引起我满脑子可怕的联想；还有一只辣子烤过的火鸡腿好像放开大步，作出种种妖魔鬼怪的样子来。总而言之，我害了一次大大的梦魇。我身上似乎是笼罩着一种古怪而说不清楚的灾难，躲也躲不开；一种可怕可厌的东西压迫着我，抖也抖不掉。我觉得自己在睡，努力要起来，可是每一次的努力只有增加这灾难。直搞到末了，我一面喘着，一面挣扎着，几乎像要闷死的样子，我猛然一跳，从椅子上笔直地站立起来，这才醒过来。

这时候壁炉架上的蜡烛已经快点完了，灯芯开了花，烛泪对着我弯弯曲曲地结成了一片。那支烧偏了的细蜡烛发出很大的火焰来，一闪一闪地，光线颇强，照到炉子上边我一直没留意到的一幅画像上。那幅像只有一个头，还不如说只有

45

一张脸，瞪着眼睛正面望着我，那副神气真是可怕。那幅像没带框子，乍看起来，我简直以为是一个活人从黑黝黝的橡木板壁上探出头来。我坐在我那把椅子里望着它，越看心里越不安。我从来没看到过这样惊心动魄的画。它使我的情绪变得很古怪，说不清楚是怎样。这有几分像我所听到的蛇怪的眼睛，或是爬虫类那种神秘的力量，一般的所谓魅惑。我把一只手在眼上擦了好几次，好像是不假思索地要把这个幻象擦掉，可是白费劲。我的眼光立刻又回到那幅肖像上，而它那种教人肌肤起栗、血液变冷的力量反倒加倍厉害起来。我看了看屋里周围其余的图画，也许是要转移一下注意力，也许是要看看别的图画是不是也有同样的魔力。假如单是画得可怕就能引起这种感觉，那么其中也尽有几幅是够狰狞的。然而并非如此；我四下看了一遍，全都毫无感触，可是只要回头一看壁炉上头这副面目，好像全身就触了电一般。其余那些画像都黯淡了，褪了色，只有这一幅在一个平淡的背景里特别突出：形象鲜明，色彩逼真。脸上的表情是痛苦的样子——是肉体上剧烈的痛苦，可是眉头皱起，神气威吓。还洒上了几滴血，更加可怕。然而使我坐立不安的还不是这一切，而是这幅画所引起的一种心情上的恐怖，一种不可思议的反感。

我极力自慰自解，只说这是幻想；只说我因为在主人的宴席上吃了好酒菜，同时又在吃晚饭时听了那些关于图画的奇怪故事，把脑筋搞昏了。我决意把心里这些幻想排遣出去；从椅子上站起来，在屋里走动了一回；把手指头一捻，自己振作一番，大声笑起来。这笑声很勉强，老屋子里发出的回声，很刺我的耳朵。我走到窗口，想隔着玻璃，辨认一下外面的风景。外面一片漆黑，只听见风雨怒号，我正听着树间呜呜的风声，忽然从一块玻璃上又看到那副可恶的面目的反映，好像它正在窗外向我瞪着眼。连那影子也叫人毛骨悚然。

这种讨厌的神经病——这是我的自我劝解，只说是神经发作——怎样治呢？我决计强制自己不去看那幅画像，赶快脱了衣服上床睡觉。我着手脱衣服，可是无论怎么努力，也禁不住随时偷偷看上一眼，而且只要一眼就够我受的。即使我转过身去，我老觉得这张怪脸在我身后，从我的肩膀上窥视过来，这真叫人无法忍受。我把衣服一摔，急急忙忙上了床，可是这副面孔还是盯着我。我躺在床上还是看到它的整个面貌，好一会我的眼光还转不开，眼睛移不开它。我的神经紧张到凄惨的程度。我熄了灯，想法子勉强睡觉——一切都是白费劲。炉火又旺了一点，在屋里映照出闪烁不定的光亮，可是挂像的那块地方还是黑黝黝的一片阴暗。我想，假如这房间正是主人所说的，笼罩着神秘的所在，那怎么办呢？我起先听了他的话，只当是开玩笑；难道那话会是真的吗？我向周围看了看，这间灯光黯淡的房间要作为闹鬼的地方，一切条件俱全。在我这病态的想象中，这房间越看越奇怪；那些旧画像越看越灰，越望越黑；那些古怪的家具映着明一道暗一道的光影，显得样子更奇怪，更特别。有一口庞大黝黑的衣柜，样子很古老，镶着黄铜，打着蜡，又华丽又光泽，我也觉得咄咄逼人。

"那么，难道我，"我自己想道，"真成了闹鬼的房间里的英雄了吗？还是真有什么魔法加在我身上，还是主人故意想法子作弄我，引得大家笑我呢？"想到我要整夜地自己吓自己，到了第二天早晨一副憔悴的脸色还要受大家的嘲笑，简直受不了。可是就这样想想也足以刺激我，使我更加神经紧张起来。"呸！"我说，"不会有这样的事。我那位可敬的主人怎么会想象我，或者无论哪一个，会见了区区一幅图画就苦恼到这步田地呢？不过是我自己的病态心理在折磨自己罢了。"

我躺在床上翻动着，从这边翻到那边，想法子入睡，可是怎么也不行。一个人到了静卧不能入睡的时候，翻来翻去也总是不行。炉火渐渐熄了，房间里只剩下一片昏黑。可是我还是觉得那个莫名其妙的脸在黑暗里瞪着眼，老是目不转睛地望着我；而且，更糟的是，连黑暗也增加了它的可怕。这很像有个看不见的仇敌在夜里临近你。这时候折磨我的不是一幅画像，而是一百幅了。我幻想着四面八方都是。"就在那里，"我想道，"还有那里！还有那里！那可怕的神秘的样子还在那里老盯着我！不行。如果我必须忍受奇怪悲惨的影响，我宁愿面对一个敌人，也不愿让它的一千个形象来作祟。"

谁要是害过神经激动的毛病，一定会知道，越拖得久越无法控制。弄到末了连房子里的空气似乎也因为被这幅画像的毒害所传染。我只觉得它在我头上转来转去。我几乎觉得墙上那张可怕的脸逼近了我的脸；它似乎对着我喷起气来。"这可受不了，"我最后说着，从床上跳下来，"我忍受不了了；我若留在这里一夜只能翻来翻去，把自己也弄成了鬼怪，当真成了这间闹鬼的房子里的英雄。管它结果怎么糟，我也要离开这个该死的房间，另找地方去安歇一夜。无论怎样，他们也不过笑我而已，假如我在这里一夜失眠，第二天早晨给他们一副憔悴悲哀的面孔看，他们当然也要笑我。"

这些全是我一面匆忙穿着衣服，一面喃喃自语的话；衣服穿上之后，我就摸索着走出房间，下了楼梯，到了客厅。进去之后碰上了家具，绊了两三跤。后来我才摸到一张沙发，向上一躺，打定了主意，就在那里过一夜。我刚觉得自己离开了那幅怪画，似乎那魔法立刻也解除了。它的力量也完了。我觉得这种魔法一定是限于挂画的那个凄凉的房间，因为当我关房门的时候，由于直觉上的戒备，顺手把钥匙一拧，锁了起来。因此我不久就安定下来，平平静静；接着就昏昏沉沉；末了睡得很熟，直到女仆拿着扫帚，唱着晨歌，走进来收拾房间，我才醒过来。她一见我躺在沙发上，瞪着眼看了我一下，不过我以为这种情形在她那单身汉的主人家里，打过猎吃过饭以后也是常有的事，因为她照旧唱下去，打扫下去，对我也不再注意了。

我对于那间寝室深恶痛绝，再也不愿回去了。因此走到管家的房间里，趁环境允许尽可能梳洗了一下，就到了早餐席上，我们这一批人到得最早。我们的早餐是给猎狐的人预备的，一顿丰盛的宴席。大家都聚在一起。等到大家把茶、咖啡、冷肉和发泡的淡啤酒喝够吃饱之后——因为这些都按照各位客人的嗜好分别预备得很充足——就又大谈起来，早晨起来大家精神都很愉快、振作，谈得也很热闹。

"可是哪一位是闹鬼的房间的英雄呢？哪一位昨晚见过鬼呢？"好问的先生说着，转动一双龙虾眼在席上周围看了一遍。

这一问引得人人饶舌；彼此嘲笑不已，评论脸色，互相告发，辩驳。有些人喝酒喝多了，有些没刮脸，因此，席间有的是可疑的脸。只有我一个人不能从容活泼地参加这一番玩笑；我觉得自己的舌头结住了，窘得很。昨天夜里我所看见的所感觉的印象还在脑子里作祟。似乎那幅神秘的画像还控制着我。我又以为主人的眼睛带着好奇的神情转向了我。总而言之，我意识到自己是昨夜的英雄，而且觉得似乎每个人都可以从我的神色上觉察出来。然而玩笑过去了，似乎没有人猜疑到我。我正在庆幸自己过了这一关，忽然进来一个仆人说，在客厅里沙发上睡觉的那位先生留下一只表，在枕头下面。

而我那只弹簧自鸣表正在他手里拿着。

"怎么!"那位好问的先生说道,"有哪一位先生睡在沙发上吗?"

"哈,哈!一只野兔,一只野兔!"那个鼻子灵活的老先生叫起来。

我不能不认领这只表,心慌意乱地站了起来,坐在我身旁的那个吵吵嚷嚷的老乡绅拍着我的肩膀喊道:"糟糕,小伙子,原来是你看见了鬼!"

大家的注意力立刻转到我身上来。假如我的脸刚才还是灰白的,这时候却几乎红得发烧。我强作笑容,可是只能把脸扭歪,我觉得脸上的肌肉乱抽乱动,完全不由自主了。

一批猎狐的人聚在一起,一点点事也要逗人发笑。当时出了这个题目,满堂大乐大笑起来,因为我一向碰着玩笑开到自己头上的时候总不喜欢过分,这时候我也就有点火起来了。我极力装作镇静,压着自己的火气;然而人到盛怒之下,冷静总是非常靠不住的。

"诸位,"我说着把下巴稍微一翘,勉强要笑,却笑不出来,"这很有趣——哈,哈!——很有趣;不过我要让你们晓得,我比起在座的随便哪一位来,并不更迷信——哈,哈!——至于说到胆小——诸位,你们尽可以发笑,可是我相信,在座的没有哪一个暗示说我胆小——至于说到房间里闹鬼——我再说一遍,诸位(我看到周围有人龇牙咧嘴地咒骂,就有点火了),至于说到房间里闹鬼,我对于这种胡说八道,我和任何人一样,根本不相信。不过,既然你们把这件事压到我头上来了,我倒要告诉你们,我在我房间里是遇见了一点说不明白的怪事(一阵哗笑)。诸位,我是认真的;我深知道自己所说的是什么事;我是冷静的,诸位(说着,把拳头向桌子上一捶），头上有天，我是冷静的！我并不开玩笑，也不要人家拿我玩笑（大家的笑声止住了，都要装正经，装得也可笑）。昨天夜里我住的那房间里有一幅画像，对我起了极其古怪，极不可解的作用。"

"一幅画像？"那个一脑袋鬼怪的老先生说。"一幅画像！"那个鼻子灵活的说故事的人叫道。"一幅画像！一幅画像！"几个声音一齐响应起来。这时候又是一阵止不住的哄堂大笑。我忍不住了。我从座位上跳起来，大发其火地望了一望周围的人，把两只手向口袋里一插，大踏步地走到一个窗口，好像我就要从那里走出去似的。我突然一停，向外望了望风景，什么也看不见，只觉得一口气涌上来，几乎要闷死的样子。

我的主人看出到了应该劝阻的时候了。他在场上始终保持着严肃的态度；这时候走上前来，好像要保护我，免得大家一致笑得我受不了。

"诸位，"他说，"我不喜欢煞风景，可是你们都笑过了，也都听到了闹鬼的房间的笑话。我现在只得站在这位客人的一边。我不但必须替他辩护，免得你们大开玩笑，我还得劝他自己也别怄气，因为我猜想他这时候也控制不了自己的情绪了；最要紧的是，我把他当作试验的目标，这是必须向他道歉的。是的，诸位，昨天晚上我安顿这位朋友的那间房子是有点古怪；我家里有一幅画，它有一种特别神秘的力量，连带着还有一段很奇异的故事。这幅画，由于种种原委，我对它颇加珍重；每个人见了它总会引起一种奇怪而难受的感觉，我几次三番想把它毁掉，可是始终没能下定决心。这幅画我自己从来也不想看，我所有的仆人也都怕它。因此我把它丢在一间不常住人的房间里。不是由于昨天夜里的一番谈话，我本该把它遮起来，大家好奇地谈到闹鬼的房子，这引

51

起我一个想法，我要做个试验，看看一个完全不晓得内情的陌生人见了这幅画，是否也受什么影响，不然也不会让它露着。"

准男爵这一段话把大家的思想都引到另一条路上去了。大家都急于想听听，这幅神秘的画有什么故事；而我自己呢，也被他引起了特别的兴趣，忘记了怨恨主人，不该拿我的神经当作试验，也随着大家一致要求，急于听听这段故事。因为那天早晨风雨很大，根本无法出门，我的主人也乐得有个什么方法来娱乐他的宾客。于是，他把扶手椅子向火炉前面一拉，就说起来了。

神秘的陌生人

多年以前，我那时还年轻，刚刚离开牛津大学，家里打发我出去旅游一次，以完成对我的教育。我相信父母本来要给我灌输智慧，看来已经灌不进了，因此他们就叫我到社会上去混混，希望我自然地进入社会。至少我们十分之九的青年之所以出国远游，似乎都是由于这个理由。

我在旅行期间，在威尼斯待了一个时期。我喜欢那里的浪漫气息；这是个演假面戏、划游艇的地方，到处弥漫着冒险和迷惑人的气氛，我觉得很有趣；尤其令我颠倒的是：从一件意大利斗篷里透露出一双紧锁双眉的黑眼睛来，打动了我的心；于是我对自己说，逗留在意大利可以研究人物风情；至少我说服了我的朋友们，也就达到了我全部目的。

我很容易注意人家的特殊性格和行动，我的想象中充满了关于意大利的浪漫的联想，因此我老是寻找奇遇。在这样一个古老神奇的都市里，样样事物都适合这种心情。我所住的一套客房是在大运河岸上一座巍峨肃穆的宫殿里，那宫殿原来是威尼斯大公的住宅，虽然豪华消逝，却还带着壮丽的遗迹。我雇的那个船夫在他这一行里是个最精明的人：活泼，愉快，聪明，而且和他的同行一样，守口如瓶。

这就是说，除他的主人以外，对外界完全保密。我用了他不满一个星期，他就对我讲起了威尼斯的一切隐秘。我喜欢当地的宁静和神秘，有时候从窗口看见一只黑游艇在暮色苍茫里神秘地划过去，什么也看不见，只望见一盏闪烁的灯笼，我往往就跳进自己的小艇，对船夫打个手势，要他追上前去。

"可是我想起少年时候的胡闹来，话又说得远了，"准男爵说着，又收住了自己的话头，"我们还是言归正传吧。"

我常去的地方有个娱乐场，在圣马克大广场一边的拱廊下。夏天晚上很热，在意大利，人人都通宵不在屋里，我也常到这里游玩，吃点冰淇淋。有一天晚上，我正坐在那里，只见一群意大利人来到这家沙龙，在我对面围着一张桌子坐了下来。他们谈论起来嘻嘻哈哈，很生动，带着意大利人的那种活泼，打着各种手势。可是，我注意到其中有个青年，似乎并不参加谈论，也不感到什么兴趣，他像是在勉强听人家说话。他的身材修长纤细，看样子满腹心事。他的面貌虽然消瘦，却还漂亮。他的头发很厚，又黑又亮，卷发在头上轻松地披着，和他那脸上的异常灰白形成对照。他的容貌很憔悴，脸上深深的皱纹，似乎是由于心事，而不是由于年龄的关系，因为他显然还是在青春时期。他一双炯炯的眼睛，富于表情，眼神恍惚而狂野。似乎是有种什么古怪的幻想或恐怖折磨着他。他尽管极力聚精会神听同伴们的谈论，可是我注意到，他时时把头慢慢地转过去，向肩后望望，然后突然一下转回来，好像看见了什么，引起他的痛苦。这种情形大约是每过一分钟就有一次，几乎是第一次震动还没摆脱干净，我就眼看着他慢慢又准备去碰第二次了。

这批人在娱乐场里坐了一会，付了点钱，起身走了。这位青年最后离开沙龙，我注意到他出门的时候仍旧掉头向后望着，我忍不住也站起身来跟在后面，因为我那时候正是容易产生好奇的浪漫心情的年纪。那批人慢慢地顺着拱廊走过去，一面走着，一面说说笑笑。他们穿过小广场，走到中央停下了脚步看起热闹来。那天夜里月色皎洁，正是意大利明净晴

朗的好天气。月光照射在圣马克高高的钟楼上，照耀着这座
大教堂的堂皇的门面和巍峨的圆顶。那批人兴高采烈地谈论
着他们的乐趣。我盯住了那位青年，只见他一个人似乎是傻
乎乎的，心事重重。我留神看到他还是那么古怪地，好像是
偷偷摸摸地向肩后望着，同娱乐场上引起我注意的情形一样。
他们在前面走，我在后面跟着。他们走过了布罗格里路，转
过了杜卡尔宫的一角，上了游艇，很快地划走了。

　　这位青年的面貌和举动留在我心中，引起了我极大的兴
趣。过了一两天我又在一个绘画馆里遇到他。他显然是个行家，
因为他老是挑着看那些大名家的作品，他的朋友偶尔引得他
讲出一两句评论来，显出他对于艺术很内行。可是他的兴趣
非常极端；他注意萨尔瓦特·罗莎[1]，看他的最粗犷荒凉的
风景；注意拉斐尔[2]，替善[3]和科雷吉奥[4]，看他们对于女性
美的最细腻的描摹；碰到这些，他往往会暂时热心起来，注
视一下。可是这也不过是临时的遗忘。那种提心吊胆的回望
还是有的，而且老是连忙收回眼光，好像是望见了什么可怕
的东西似的。

　　后来我时常碰到他，在戏院里，在舞会上，在音乐会上；
在圣乔治奥[5]花园的小径上；在圣马克广场那些五花八门的
展览会上；在里雅尔托[6]的交易所商人们熙熙攘攘的地方。实
际上他好像是专到人多的地方去找热闹，找娱乐。可是对于
商业，或娱乐场所从来也没有兴趣。他老是怀着一副痛苦的
心情，傻呆可怜的神气；又老是那么古怪地，提心吊胆地向

---

① 意大利那不勒斯派的名画家（1615–1673）。
② 意大利名画家（1483–1520）。
③ 威尼斯名画家（1477–1576）。
④ 意大利名画家（1494–1534）。
⑤ 威尼斯南部的岛屿。岛上有著名的教堂。
⑥ 岛屿名，在威尼斯大运河旁边。商业中心区。

肩后望过去。起先我未尝不认为是怕人家逮捕；再不然，也许是怕暗杀。可是如果是这样，他又何必老到外边来呢？为什么老是出外抛头露面呢？

我后来渐渐急于要认识这位陌生人了。我因为怀着年轻人有时候互相吸引的那种浪漫的同情心，和他接近起来。他那份忧郁使他产生魅力，毫无疑问，他脸上伤感的表情和男子汉的风度，使得他的魅力更加强烈。因为有时候男子汉的美对于男人也有魅力。我需要克服的是英国人那种腼腆和笨拙；可是因为常在娱乐场里碰到他，渐渐地就和他拉上了交情。我倒用不着克服他那方面的冷淡，他似乎恰好相反，正好想找朋友；实际上是什么都好，只怕孤独。

后来他发现我对他很关切，因此就全心全意和我交朋友。他好比一个快要沉没的人那样抓住了我。他时常在圣马克大教堂的场子里和我徘徊，一走几个钟头；不然就在我房里一直坐到夜深。他到我这家公寓里租了一套房间；他老是要求我，只要于我没有妨碍，让他老在我那间沙龙里坐在我身边。他倒并不像是特别欣赏我的议论，而像是急于要找人做伴，尤其是要找个对他同情的人。"我时常听人说起，"他说，"英国人很诚恳。多谢上帝，我终于找到了一位英国人做朋友！"

可是他除了找我做伴以外，似乎从不需要我的同情，也从不对我谈心。好像他胸中有一种牢不可破的忧虑在侵蚀着他，无论是"沉默"或是"谈论"都安慰不了他。

忧郁吞噬着他的心，好像要吸干他脉管里的血液。这不是一种柔和的忧郁，如爱情上的病，而是一种令人焦灼枯萎的痛苦。我有时看得出他的嘴唇干燥，发热；他不是在呼吸而是喘气；他那双眼睛充着血；两颊灰白带青，有时横里隐隐有几道红线——那是损伤他的心脏的毒火的光焰。当我搂着他的胳膊时，我觉得出他像抽筋似的把我的胳膊拉到肋边去；他那两只手时常不由自主地攥着拳头，接着就是浑身一阵颤抖。

我和他谈论起他的忧郁，想问出个原因来，可是他总是退缩，一点也不肯吐露。"你不要追问，"他说，"即使你晓得了，你也没法解围；你也不会想替我解围。我反而会失去你的同情心，而你的同情心，"他说着，又像抽筋似的把我的手一按，"我觉得太宝贵了，我不能孤注一掷。"

我极力引起他的希望来。他很年轻，人生有千百种乐趣等着他享受；年轻人心里有一种很有益的反应，它可以医治自己一切创伤。"来，来，来，"我说，"任凭你多大的忧愁，年轻人慢慢成长以后，没有解脱不了的。""不！不！"他说话时，一面咬着牙，一面绝望地使劲捶着胸脯，"就在这里！这里！根子很深，吸着我心中的血。它越长越大，而我的心却越来越枯萎。我有个可怕的监督，老不给我休息——步步追着我——将来也是步步追，简直要把我追到坟墓里去才算完事！"

他说着这话，又不由自主地向肩后可怕地一望，又往前一缩，显得格外害怕的样子。我忍不住提到他这个动作，依我想来不过是神经上一点毛病罢了。我刚一提起，他脸上一阵绯红，又抽动起来；他抓住两只手。

"看在上帝面上，"他哭着叫道，"千万不要提这个。让我们避开这个题目，我的朋友，解不了我的围——你实在解不了我的围，可是你也许还会增加我的苦恼。将来总有一天你会知道一切。"

我从此再没提起这件事。因为无论我起了多大的好奇心，我觉得他已经那么痛苦，实在不忍再冒昧地增加他的痛苦了。我想了各种法子给他排遣，要他振作起来，免得老陷在那种长期的忧虑之中。他看到我的努力，也尽力配合，因为他性情上本来没有什么忧郁和刚愎的毛病。从他全部的举动上看来，倒是相当直爽、慷慨，不摆什么架子。他表现的情操总是高尚的。他并不要求什么恩惠，也不要求宽容，似乎只是心甘情愿，自己担负着痛苦，一声不响，只求在我跟前担负着痛苦。他有一种默默恳求的神气，好像他求你做伴就是承受你的施舍；脸上总是带着沉默的感谢，好像我不拒绝他，他就领情的样子。

我感觉他这种忧郁有传染性。它偷偷地侵袭着我的精神，扰乱着我一切快活的事情，渐渐使得我的生活也痛苦起来；可是一个人既然似乎是完全靠我扶持，我就不能把他甩开。实际上他从忧郁之中透露出来的慷慨性情一直钻进了我的心肺。他施舍起来很大方，很豪爽；他的慈悲是自发的感伤的，并不限于捐款，因为捐款虽使人得到救济，也使人感到羞耻。他的声调，他的眼光，提高了每一件礼品的价值，可怜的恳求者，见了那种极难得极和蔼的布施——不仅是手的布施，而且是心的布施——也受到震惊。事实上他的慷慨似乎含着自卑和赎罪的意味。他好像在叫花子面前都要谦逊。"洁白无辜的人都在困苦艰难中到处漂流，"他时常悄声自言自语地说，"我凭什么来享受安闲优裕的生活呢？"

狂欢节[①]到了。我盼望当时种种热闹的表演可以起点鼓励的作用。我同他一起到人山人海的圣马克广场。我们时常去看影剧，假面戏，舞会——一切都不起作用。他的毛病越来越重。他越来越憔悴，越来越容易激动了。当我们逛过了这种热闹场所以后，走到他房里去时，我常常发现他躺在沙发上，

---

① 天主教的欢乐节日，复活节前 40 天的一星期内举行。

脸朝下，两只手揪着那美好的头发，整个脸带着心情激动的神色。

狂欢节过去了；接着是四旬斋，受难周①来了。有一天晚上我们到一座教堂里参加了一场严肃的仪式，做仪式的时候唱了一段伟大的歌曲，伴着乐器，内容是我们救世主的死亡。

我早就注意到，他每次听到音乐，总非常感动；这一次他感动得格外厉害。当隆隆的音调震动着高高的走廊的时候，他似乎热情燃烧起来；他的一双眼睛向上翻着，直翻得黑眼珠全不见了；两只手紧紧叉在一起，直叉得皮肤上深深地印出指头痕迹。当音乐表现到临死的痛苦时，他的脸渐渐低垂到膝盖上去，一听到震荡着教堂的"耶稣死了"那几个伤心的字，他不由得呜咽起来。我从来没看见他哭过。他一向似乎是痛苦而不是悲哀。我以为这是个吉兆，让他哭，不去劝阻。仪式完毕以后，我们出了教堂。在回家的路上他挂在我一只胳膊上，态度比较和缓了，有点节制，不像我常见的那种神经激动的情形了。他提起我们听到的乐曲，"音乐，"他说，"实在是天上的声音。我听到我们救世主赎罪的故事，从来不曾这样感动过。——是的，我的朋友，"他说着把双手一叉，欢天喜地的样子，"我知道我们的救世主是活着的！"

当天夜里我们分手了。他的房间离我的不远，我听见他在房里忙了一阵。我睡着了，可是不到天亮就被他唤醒了。这位青年站在我床前，穿好了衣服要起程了。他手里拿着一个加了封条的小包裹，还有一个大包裹，往我桌子上一放。

"再见吧，我的朋友，"他说，"我要起身远游了；不过临走的时候我把这两件纪念品留给你。在这个小包里你可以找

————————

① 复活节前一周。

到我详细的身世。当你看到的时候，我已经离你很远了。你想起我的时候，不要厌恶。你真的是我的朋友。你给我一颗碎了的心敷上了油，可是你治不好它。再见吧！让我吻你的手吧——我不配拥抱你。"他跪下去，我要拉他起来，他却不肯起来，抓着我的手，吻了无数次。这一切情景令我大吃一惊，我一个字也说不出来。"可是我们还会见面的。"我眼看他急急地向门口走去，连忙说道。"永不，今生今世永不再见了！"他郑重地说。他重新又跳到我床前，抓起我的手来，按到自己心口上和嘴唇上去，接着一下子冲出了房门。

说到这里，准男爵停了一停。他似乎在出神，坐在那里望着地板，用手指头敲着椅子的扶手。

"这位神秘的人物后来回来没有？"好问的先生说。

"始终没回来！"准男爵答道，同时把头摇了一摇，样子很凄凉，"我从此没再看见他。"

"请问这一大套和那幅画像又有什么关系呢？"鼻子灵活的先生问道。

"真的，"好问者说，"那就是那个神经错乱的意大利人的画像吗？"

"不是，"准男爵淡然地说，他听见他送了那位主角这样一个称号很不高兴，"不过这幅画像包在他留给我的包裹里。加封条的小包里面是说明。外面写着一点要求，请我在六个月以内不要拆封。我尽管好奇，还是信守诺言。我手边有个抄本，本打算读一下，借此说明那间寝室的神秘。不过我怕我已经把你们各位耽误太久了。"

说到这里，大家一致表示，要求他把抄本读一下，尤其是那位好问的先生；于是可敬的准男爵抽出一个抄本来，写得相当清楚，他擦亮了眼镜，就把下面的故事朗读了起来——

意大利青年的故事

我生在那不勒斯。我的父母爵位虽高，家境却不富裕，说得更恰当些，我父亲好铺张，入不敷出，为了他的邸宅，他的仪仗，他的仆从，花了很多钱，因此他的经济情况老是困难。我是个小儿子，在父亲眼里我无足轻重，他本着家族尊严的原则，要把一切财产传给长子。我从很小的时候就表现出极端的敏感，样样事物对我都有强烈的影响。当我还是个抱在母亲怀里的婴儿时，还不会说话，他们就能借着音乐的力量感动我，使我痛苦或愉快，达到奇异的程度。后来随着我的年龄增长，我的情感也越来越敏锐了，我很容易激动，大喜或狂怒。我们家里的人和仆役们都喜欢逗弄我这种容易冲动的脾气。他们弄得我哭，逗得我笑，惹得我怒，大家看见这样小小的个子发着这么大的脾气，都很开心，觉得好玩。他们没想到，也许没理会，这样就培养了我这种危险的敏感。因此我的理智还没成熟，已经成了一个小小的感情用事的人。在短短的期间里，我已经成长得不好玩了，而变成使他们烦恼的人。他们逗弄我，使我学会了许多恶作剧和乱发脾气，这时候就讨人厌了。教我的老师，为了他们所教的这些东西而不喜欢我了。我母亲死了，我作为一个娇生惯养的孩子的权利也就完了。现在人们用不着迁就我、容忍我了，因为我既然得不到父亲的欢心，对我迁就容忍也就没有什么好处了。因此我经受了一个惯坏了的孩子在这种境况之下的命运。谁也不理会我，有人理会也只是折磨我，顶撞我。这就是一颗少年的心,所受的早期的遭遇。如果我还可以下个判断的话,本来这颗心是能够自然地倾向极端的敏感和深情的。

我父亲,前面我已经说过,从来就不喜欢我——事实上,他从来就不了解我,他把我看成倔强任性、天性刻薄的人。其实是他自己那种威严的神气、高傲的容貌,吓得我不敢接近他的怀抱。我想起他来,脑子里总是出现我看到过的样子:穿着元老院议员的袍子,夸耀得意地沙沙地响着。他那副高贵的气派,吓退了我的幼小的想象力。我始终不能以一个孩子信任的爱去接近他。

我父亲的感情完全在我哥哥的身上。他将来是家族爵位和家族尊严的继承人,因此样样事物都为他作出牺牲——不但样样事物,连我也在内。家里决定要叫我献身于教会。这样一来,我的脾气和我本人就不至于耗费我父亲的时间,增添他的麻烦,也不至于妨碍我哥哥的利益。因此我在少年时期,一颗心还没开始接触到社会,领略到人世的快乐,除了我父亲的邸宅附近,外界的任何事情都不了解,就被打发到修道院里去了,修道院院长是我的舅舅,父亲把我全托付给他了。

我舅舅是一个完全与世隔绝的人;他始终没有感觉到人世的乐趣,因为他从来没有领略过;他认为严格的克己是基督教道德的伟大基础。他认为每个人的性情都和他一样,至少也是他要别人和自己一样。他的性格和习惯对于他所领导的团体很有影响。聚居在一起的人们,没有比他们更阴沉、更忧郁的了。设立这个修道院就是为了要引起人们悲哀凄凉的思想的。它坐落在维苏威火山以南的群山中,一个阴暗的峡谷里,由于不长草木的火山高高地遮在前面,一切远景都看不到。围墙下一道山溪呼啸奔流,角塔周围时常有老鹰尖叫。我到这个地方的时候,年纪太轻了。

因此我对于离别了的故乡景物，不久就都模糊起来。于是我随着思想的发展，就根据这座修道院和周围环境构成了一个世界，在我看起来，是一个凄凉的世界。一种忧郁的色彩就这样很早便染上了我的性格。而僧侣们讲的那些凄惨的妖魔鬼怪的故事，惊吓着我那幼稚的想象，使得我从此有一种迷信的倾向，终生不能摆脱干净。从前我父亲那一家人拿我的热情逗乐，这时候他们也照样以此为乐。我至今还记得，到了维苏威火山爆发的期间，他们给我的热烈的幻想添了多少恐怖。我们离那火山很远，中间隔着许多火山，可是爆发起来，震撼了大自然的结实基础。地震一来，仿佛我们寺院的塔楼都要垮掉。夜间天空里升起血红的邪恶的光，风吹着一阵阵灰土，落进我们那狭窄的山谷里。僧侣们谈起来总是说，我们脚下的大地就像蜂窝一般，熔岩成了河流，通过地脉汹涌地流着，地心里还有岩洞，冒着隆隆有声的硫磺火焰，那是魔鬼和罪人们的住处。还有火坑，随时可以在我们脚底下张开大口。山上发出隆隆的响声，远远在低吼，震动着我们院内的墙壁，而这种种故事也就成了伴唱的悲歌。

有一位僧侣本是个画家，后来隐遁起来，甘心过这种凄凉的生活，为的是赎什么罪。他是个忧郁的人，在他那寂寞的小房间里画画，可是他把艺术作为苦修的源泉。他的工作就是用画布画人脸，用蜡来仿造人像，表现的全是死亡的痛苦，以及各种程度的消亡和衰败。他的作品表达了存尸所里种种可怕的神秘，甲虫和蛆虫的令人恶心的宴会。我至今想到他那些作品就会不寒而栗，感到恶心。可是在当时我有股子强烈的想象力，因为没有正当指导，却热心地跟着他学画。修道院枯燥的功课和单调的工作实在叫人难受，随便怎么变换一下都好。不久我就能画出很好的铅笔画来，他们认为我那些阴沉的作品居然够得上点缀礼拜堂的神坛。

一个富于情感和幻想的人，就在这样凄惨的情况下被教养起来。凡是我本性里一切亲切和蔼的情感都被克制下去，培养起来的全是无益的粗野。我的性格是热情的，敏捷、活泼、激烈，形成一个十足仁爱虔诚的人，可是我这一切优点都压上了一只铅一般的手。在这里人们教给我的只有恐惧和仇恨，我恨我舅舅，我恨那些僧侣，我恨这个禁锢我的修道院，我恨世界。我想，大概因为我已成了一个多恨的可恨的动物而几乎恨我自己。

等我快满十六岁的时候，有一次院里准许我陪着一位师兄到国内远方去传道。我们很快就离开了那个把我禁锢了多年的阴沉的山谷，在山里走了不久，豁然开朗，望见了那不勒斯海湾上一带美好的风景。我的天！我放眼一看，只见一片美丽明媚的广阔田野，小树林的葡萄园青葱茂盛，右边是维苏威的双峰耸立，左边是蔚蓝的地中海。那迷人的海岸，密布着耀眼的市镇和华丽的别墅，而那不勒斯，我的故乡那不勒斯，隐隐地闪现在遥远的地方。

仁慈的上帝呀！原来这就是和我隔绝了的美好世界！我早已到了情感如同鲜花怒放的年龄，可是我的情感却受到阻碍而冷却了。这时候突然迸发，正像延迟了的春天一样。我的心一向总是极不自然地萎缩着，这时候，突然奔放，情绪模糊而愉快。自然的美陶醉了我的心——使得我着了迷。农民的歌声，他们那种愉快的脸色，欢乐的生活，五光十色的服装，乡村的音乐，他们的舞蹈，像魔术一样突然到了我眼前。我的灵魂响应着音乐声，我的心在胸中跳舞。一切男人在我看来都很和蔼，一切女人都很可爱。

我回到了修道院，也就是说，我的身子回去了。可是，我的心灵却永远不再回去了。我不能忘记这次所见到的美丽快乐的世界——一个非常适合我本性的世界。在那个世界里，我感到多么快活。和那座活人坟墓的修道院相比，我觉得我成了另一个人。我拿亲眼见到的生气勃勃、新鲜快乐的面貌对照僧侣们那种苍白、呆滞、黯淡无光的神色，拿跳舞对照礼拜堂里唱赞美诗时单调沉闷的声音。我早就感到修道院里的功课令人厌倦，如今却无法容忍了。重复枯燥的日常工作消磨着我的精神，修道院里那种令人烦躁的当当的钟声，大大刺激我的神经，它老是在深山里发出回声，老是呼唤我夜里不要睡觉，白天不要绘画，专心去做呆板乏味的礼拜仪式。

按我的性情，我不是一个考虑很多而不去实行的人。我的精神忽然提起来了，这时候心里大彻大悟。我等到了一个机会，就从修道院里逃了出来，步行到了那不勒斯。当我走进城里繁华热闹的街道，看见周围的丰富多彩和熙熙攘攘的生活，那些华丽的宫殿，堂皇的仪仗，以及五光十色的人们哑剧一般的活动，我好像猛醒过来，看见了快乐的世界。因此郑重起誓，无论如何，再也不回到修道院里去过那种单调的生活了。

要去找父亲的邸宅，我只好向人问路，因为我离开的时候，年纪很小，不知道我家在哪个地区。我请求准许见我父亲一面，费了相当的劲，因为仆人们几乎不知道还有我这样一个家伙活着，而我那一身修道士衣服也对我不利。甚至我的父亲也记不得我的面貌了。我对他通报了名字，跪在他膝下，请他饶恕，求他不要再把我送到修道院里去。

他接见我的时候，仿佛是一位降尊纡贵的恩人，并不像个慈爱的父亲。他耐心地听我告诉他修道院里的种种的苦恼和厌烦，可是神情冷淡，他答应考虑给我另作安排。他的这种冷冷的态度，损伤并赶走了我秉性具有的全部真诚的热情，他只要稍有点慈爱的温暖，我马上就会跳上前去。我早年对父亲的种种情绪又恢复了，我这时又把他看成是吓退我幼小的想象力的尊严高贵的人，自己仿佛没有资格要求他的同情。我哥哥独占了父亲全部的关切和慈爱，也继承了他的性格，对待我像个保护人的味道，并没有弟兄的情意。我本来自尊心很强，这一来给挫伤了。父亲那种恩赐的态度我还可以忍耐，他是长辈，因此我对他敬畏；可是哥哥对我那种保护人的神气我却无法容忍，因为讲起知识来我觉得他还不如我。仆人们看出了我是闯到父亲这里来的，是个不受欢迎的人，因而也就像对待下人一样，对我很怠慢。我的感情在本来应该依恋的地方，处处碰了钉子，于是就发生了怨愤。我变得忧郁、沉默，垂头丧气了。我的情感对外碰了钉子，就更回头来折磨自己的心。我在家里待了几天，与其说是回到父亲家里的儿子，还不如说是个不受欢迎的客人。命运注定了我在那里永远得不到应有的了解。因为他们待我不好，使得我甚至于对自己也生疏起来，而他们却又责备我的古怪。

有一天我看见我们修道院里一个修道士从我父亲屋里悄悄溜出来，不由得吃了一惊。他看见了我，却装作没有注意我，这种虚伪引起了我的猜疑。我的心情已经很痛苦，容易感触，任何事情都会使它受伤。我处在这样的心情下，又遭到父亲手下一个宠仆，一个纵容惯了的奴才，对我明显的无礼。一下子，激动了我天生的自尊心和热烈的情绪，我把他打倒在地。我父亲正从旁边走过，他并没停下脚步来问明原因，他也的确看不出真正的原因是由于我长期的痛苦心情。他愤怒而轻蔑地责骂我，摆出他全部天生的傲慢和尊严的神气来，加重对我辱骂的声势，我觉得我不应得到这样的惩罚，我觉得自己没得到赏识。我觉得凭着我的内心应该得到较好的待遇。我的心膨胀起来了，对于父亲的不公平感到无限的愤慨。我打破了一向对他敬畏的心情，我答话时显得不耐烦。我的急躁的情绪使我双颊发红，两眼发光，可是我那敏感的心也膨胀得一样快，我的情绪还没有发泄到一半，只觉得自己的眼泪已经把它搅住了，淹没了。父亲看见这样一个小小的虫豸也会反抗，吃了一惊，感到愤怒，吩咐我回到自己房里去。我一声不响地退出来，憋着敌对的情绪，忍气吞声。

我进了房间不久，只听得隔壁房间里有说话的声音。原来是我父亲和那个修道士商量有什么办法把我悄悄地送回修道院去。我下定了决心，我这时候再也没有家庭，再也没有父亲了。当天夜里我就离开了父亲的邸宅。我上了一只正要扬帆出海的船，把自己交给了茫茫的世界，随便它驶往哪个口岸。这样美丽的世界，不管哪里都比我那个修道院好。不论命运把我漂流到什么地方，随便哪个地方都比我抛却的家庭更像一个家。这条船是开往热那亚的。我们航行了不多几天，就到了。

我一进防波堤环抱着的港口，看见那些宫殿，教堂和富丽的花园，一层一层地高上去，同一个大的圆形剧场一般，我立刻觉得这里不愧称为壮丽的热那亚。我登上了防波堤，举目无亲，既不知道怎么办，也不知道往哪里走。没有关系，反正我摆脱了修道院的奴役和家庭的凌辱。当我越过巴尔比街和努奥瓦街，两旁全是宏伟的建筑，眼望着周围那些奇异建筑，我游荡到傍晚，随着一群快活的男女，他们又鲜艳，又美丽，穿过阿奎维尔德广场那一条条碧绿的小径，或者徘徊在壮丽的多里亚花园的柱廊和平台之间，那时候，我认为在热那亚除了快活，根本不可能还有别的感觉。

只要几天就证明我的判断是错误的。我袋里有限的钱已花完了。这时候平生第一次感到贫困的难堪。我从来不知道手头缺钱,从来也不曾留意到还会有这种灾难。我对于世界和一切世故全不了解,这时候心里第一次感到贫困,简直教人沮丧不堪。我正在一条条大街上游荡着,手里一个钱也没有,那街道看起来也没趣了。偶然地走进了富丽堂皇的安诺思阿塔教堂。

一位当时的名画家正在指挥着把他的一幅画挂到圣坛上面。当日我住在修道院里的时候,熟悉了他这种艺术,因此我成了一个兴趣很浓的爱好绘画的人。我一看见这幅图画,就感到惊异。这是一幅圣母像,那么纯洁,那么美,把母亲的慈爱表现得那么神圣! 我因为熟悉我的艺术,这一刻简直把自己都忘了。我两手交叉,赞叹了一声。那位画家觉察到了我的激动,他感到高兴,感到满意。他喜欢我的态度和举止,因此就和我交谈起来。我因为太需要友谊了,当然不会拒绝这个陌生人所表示的好意。而且这个人看起来很厚道,很可亲,因此一下子就得到了我的信任。

我对他讲了自己的来历和情况,只没讲出姓名和身份来。他听了我的这番详细的叙说似乎起了很大的兴趣,请我到他家里去,从那时候起我就成了他的得意门生。他认为他看得出我对这门艺术具有特异的天才,而他的称赞又唤醒了我的全部热情。我在他家里过的那一段生活多么幸福! 我好像是经过再造,换了一个人,说得再恰当些,我所有的一切和蔼美好的品性全给培养起来了。我这时候同修道院里一样隐遁,可是我这次隐遁却大不相同! 我的时间全是花在以崇高的情操和诗意来充实我的思想,花在思考历史和小说中的一切高尚的动人的情节,花在研究和描摹自然界一切雄伟美丽的景色上。我一向是个耽于幻想的人，这时候我的种种幻想使我着了迷。我尊敬我的师傅，把他看成一个仁慈的天才，他给我打开了一个迷人的天地。

他不是热那亚人，不过是由于几位贵族的邀请才到了这里，他在这里只住几年，为的是要完成几件作品。他身体衰弱，自己设计的构图只得托付学生动笔完成。他认为我绘人像特别见长，能抓住特点，哪怕是稍纵即逝的表情，也能生动地固定在画布上。因此他常常叫我画人像，每次遇到要描画脸上某种特别优美的神情，往往总是交付给我。我这位恩人喜欢提拔我，因此一半也许是由于我自己实际上的技巧，一半也是由于他的过分赞扬，我渐渐出了名，成了人像画能手。

他接受各种各样的画件，其中有一件是历史画，画的是热那亚的一座邸宅，还要把这家里的人画几位在里面。其中有一位是交给我画的。那是个年轻的姑娘，还在修道院里上学。她出来坐着让我写生。我第一次看见她是在热那亚一座华丽邸宅的房间里。她站在面向着海港的窗格子前面，一道春天的阳光落在她身上。当阳光照耀着这个绯红的、富丽的房间时，她的前后左右都光明灿烂了。那时她只不过十六岁——啊，多么可爱！这种景色突然呈现在我眼前，好像是春天，是妙龄，是美丽的一幅幻景。我简直会跪下去礼拜她。她好像是诗人画家想要表达的极美的形象，虚构出来的人物，而这种极美的形象总是以无法形容的完美的形态萦绕着诗人画家的心灵。得到许可，可以观察她各种姿态中的面貌，我痴情地拖延着使我神魂颠倒的描绘。

我越看她越钟情，在我那热烈羡慕的心情里几乎带点痛苦的意味。我那时候只有十九岁，胆怯、怕羞，毫无经验。她母亲对我很留意，因为我的年龄和热心艺术都为我博得了好感，我认为我的态度和举止也有点引起他们的兴趣和敬重。可是他们虽说待我很客气，总不能驱除我自己在想象中造成的忸怩不安，一到这位美人面前我就发起窘来。我只觉得她越来越高，几乎不像个凡人。她似乎是太优雅了，世俗不能与她相配，太美好太高尚了，人类没法子攀附。我坐在那里在画布上描绘着她的风韵，眼睛偶尔注视她的容貌，我好像喝着甜美的毒药，不知不觉晕眩起来，我心里涌上一阵阵柔情，一阵阵又是绝望的痛苦。我从来没有像现在这样觉察到埋藏在心灵深处的强烈的火焰。你们大家生长在比较温和的地方，你们想象不到我们南方人的心中怀着多么热烈的情绪。

过了几天，我的画完工了。比安卡回到修道院里去了，可是她的形象却印在我的心上，永远不可磨灭。它一直留在我的想象之中，它成了我对于美的普遍概念。它甚至于影响我的绘画。我出了名，因为我长于描绘女性的美丽。实际上不过是由于我把比安卡的形象一再翻版罢了。我把比安卡画进师傅的作品以安慰并且满足我的想象。我曾经愉快地站在安诺息阿塔的一个礼拜堂里，听大家赞扬我所画的一幅圣像简直是天人一般的美丽。我曾经看见他们去那幅画前鞠躬礼拜。实际上他们礼拜的是比安卡的美貌。

我做了一年多这样的梦，几乎可以说是神魂颠倒。我的想象力非常坚韧，构成的形象始终保持着原来的魅力和鲜明。实际上，我是个孤独沉思的人，沉湎梦想，某些想象一旦占有了我，我很容易抱定不放。我所敬重的恩人死了，使我从这种痴情、忧郁而甜蜜的好梦中惊醒。他这一死，给我引起的痛苦真是无法形容。我成了举目无亲的人，几乎心都碎了。他把自己一点小小的财产都给了我，可是由于他性情慷慨，生活奢华，实际上所余的也很有限。他临死时把我郑重托付给了一位贵族，是他的老主顾。

这位先生，人家都认为他慷慨大量。他是一位爱好艺术、提倡艺术的人。显然也愿意人家都把他看成这样的人。他认为他从我身上看出前途大可造就的迹象，我的画早已引起他的注意，他立刻做了我的保护人。他看出我悲伤太甚，留在过去的恩人的屋子里也不能努力，就邀我到他的别墅里去住些时候。那别墅在海边上，在风景如画的塞斯特里——波南特郊区。

我到了别墅，看到这位伯爵的独生子菲利普。他和我年纪相仿，容貌令人喜欢，风度也很迷人。他很喜欢我，似乎要向我讨好。我觉得他的好意带点生意经，脾气也有点任性，可是我另外也没有什么可以依恋的，心里觉得很需要一点寄托。他的学业荒废了，他认为在智力和学识方面，我比他强，默认我的优越。我觉得我的门第和他不相上下，因此我保持着独立的态度，这态度也很起作用。我看得出，他对待在他以下的人往往显得专制和任性，可是对我从来不这样。我们两人成了亲密的朋友，经常在一起。不过，我仍旧喜欢一个人待着，在周围一带美好的风景里，沉迷于自己的梦幻的想象中。这座别墅对着地中海和绮丽如画的利古里亚海岸，一望无边。它孤零零地耸立在一片美丽的庭园中间，装饰着美妙的石像和泉水，衬托着树丛和小径，以及阴凉的草地。凡是赏心悦目的东西应有尽有。我得到这样幽静的住处，情绪上的骚动渐渐平静下去，混合着依然浪漫的魔力，造成了一种温柔多情而忧郁的心情。

我在伯爵家里住了不久，又住进来一位客人，驱除了我们的寂寞。这是伯爵一位亲戚的女儿，那位亲戚近来因为穷困死了，只剩下这个独生的孩子，托他照管。我从菲利普口中屡次听到她的美丽，可是我心里只存在一个美人的概念，因此就不承认另外还有美人。她来的时候，我们正在别墅中央的沙龙里，她还穿着一身丧服，倚在伯爵胳膊上，姗姗地走过来。当他们走上大理石门廊时，她那优雅的形象和举止，她那纤细的身体，藏着热那亚迷人的面纱的美妙的姿态，使我很受震动。他们进来了。我的天！一看原来眼前站的就是比安卡，我是多么吃惊！正是她本人，脸上因为忧戚显得灰白，可是比起我上次看见她的时候，出落得更加秀丽了。过去的一段时光使得她的形体长得更美，她新遭受的悲哀在她脸上显出一种不可抑制的柔情。

她一见我，脸上一红，浑身颤抖着，眼睛里立刻充满了泪水，因为她记起从前每次见面时是由谁和她做伴的。在我，这一面简直说不出自己的心情来。从前我每次到了她面前，就异常羞怯，动也不敢动，渐渐地有点习惯起来。我们因为同病相怜，彼此渐渐接近。我们各自丧失了世界上最好的朋友，彼此都有点依靠别人的好意的状况。等到我了解到她的知识学问，越发证实了我对她的理想。她对于世界的陌生，对于自然界一切美好景物的欣喜敏感，使我想起了自己初次逃出修道院时的情感。她的思想正直，说明我的判断不错。她那温柔的气质萦绕着我的心，她那种年轻的、柔和的、萌芽的秀美在我脑子里引起一种愉快的疯狂。我像崇拜偶像一般地注视着她，把她当作天仙。我想到自己不配，就觉得自惭形秽。可是她又是个凡人，又是世界上最多情、最可爱的一个人——因为她爱上了我！

当初我怎样发现了这个令人狂喜的事实，自己也想不起来了。我相信这是渐渐地暗暗地发展起来的，仿佛是我以前不敢希望也不能相信的奇迹。我们两个人都正在柔弱多情的年龄，情投意合，因为我们两个人都喜欢音乐、诗歌和绘画，在这样美妙浪漫的风景里，我们几乎是脱离了世界。两颗年轻人的心这样凑到一起，很快地结合起来，难解难分，这有什么奇怪呢？

上帝啊！当时在我心灵上飘过的是个什么样的梦啊？——一个无忧无虑的短促的梦！那时我周围的世界可真成了一座乐园，因为有个女子——美妙可爱的女子——和我共同享乐！我不知道有多少次在塞斯特里风景如画的海岸边游荡，爬到荒凉的高山顶上，海岸上点缀着一座座别墅好像镶嵌着珠宝一样，蔚蓝的大海远远地在我下面，热那亚那座细长的灯塔遥遥地耸立在富有浪漫意味的海岬上。

我一路搀扶着步履不稳的比安卡，心里想，这样美丽的境界，不可能有什么不愉快的事闯进来了！我们不知有多少次一起听着夜莺，听着它在花园里月光照耀的凉亭边倾吐着丰富的声调。那时候我们很奇怪，诗人听了它的歌声怎么会想到什么忧郁！为什么啊为什么，人生多情萌芽的季节是这样短暂！为什么玫瑰色的爱情的云彩，正向我们时代的早晨射出如此灿烂的光辉，竟这样容易一变而为狂风暴雨呢！

是我首先从这样极乐的美梦中清醒过来。我已经得到了比安卡的欢心——可是我拿它怎么办呢？我既无财产，又无前途，自然不配对她提亲了。难道我能利用她不通世故，利用她对我的倾心，就拖累她一道吃苦受罪吗？我怎么对得起伯爵的殷勤好客呢？又怎么对得起比安卡的爱情呢？

这时候我才开始觉得，即使恋爱成功，也还有它的苦楚烦恼腐蚀着我的心灵，我在邸宅里走来走去，好像一个犯人。我觉得我好像辜负了这里的招待，我好像是这四壁之内的一个盗贼。从此以后我见了伯爵，不由得面带羞愧。我责备自己对他不忠实，心里想他也已看出我的神色，开始不信任我，瞧不起我了。他的态度一向是讲究气派，屈尊纡贵的，这时候却似乎冷淡倨傲起来。菲利普也渐渐沉默了，疏远了，至少我猜想他是这样子。天啊，这难道只是我脑子里的虚构吗？难道我对世人个个怀疑吗？我这样一个疑神疑鬼的可怜虫，能老看着人家的颜色姿态，用自己的误解折磨自己吗？否则，假如是真的，难道我寄人篱下，仅仅为了求人宽恕，恋恋不舍地要人对我忍耐吗？这可受不了！我叫起来。"我要摆脱这种自找屈辱的景况，我要冲破这种恋情，走出去——走出去！——走到哪里去呢？走到世界以外去吗？因为我如果离开了比安卡，哪里还有世界呢？"

我生来就是心高气傲的，想到受了人家的侮辱，不由得愤懑起来。每次在她的亲戚对我摆起架子来时，我总想把自己的家世爵号说出来，当着比安卡的面，表示我的身份也不亚于他们。可是话到嘴边，这种想法又烟消云散了，我认为自己是被家里弃绝的孩子，判了罪的人，我发过庄严的誓，除非他们认我，我决不认他们是亲属。

内心的斗争，损害了我的幸福和健康。仿佛是，她如果不一定爱我倒好受些，如今她明明爱我，而我却不敢享受这种深情。我如今对比安卡已经不再神魂颠倒地爱慕了，听到她的声调，也不再心醉神迷了，不再醉心于贪看她的美色了。她的微笑，也不再使我高兴了。因为我觉得博得她的微笑是有罪的。

我这种态度的改变，她也不能不察觉，她按照通常天真坦率的脾气向我问起原因来。我心里充满了痛苦，也就不能避开她的盘问。我告诉她自己心灵上的冲突，贪婪的热情，还有痛苦的自责。"是的，"我说，"我配不上你。我是被家里逐出来的——一个流浪汉，一个没姓没名，没家没业的流浪汉！我的命运里没有别的，只有贫穷，可是我居然敢爱你——居然敢渴望你的爱情。"

我的激动使她流下了眼泪，可是照她看来，我的情形并不像自己形容的那么毫无希望。她是在修道院里教养大的，对于世界——对世上的需求，世上的烦恼，都不知道，说实在的，提到内心的情况，又有哪个女子像老于世故的论辩家呢？不但如此，她谈到我的运气和我本人时，激起一片深情。我们两个曾共同谈论过名画家的作品。我对她说到那些画家的历史、名誉、影响，以及崇高的地位——成了王子的伴侣，国王的宠臣，国家的骄傲和荣耀。她把这种种都应用到我身上来。她因为爱我，就觉得一切名家杰作的成就没有一样是我得不到的。当时我看到这个可爱的女郎兴奋得脸上发红，满脸焕发着我的光荣前途的幻想。这时我觉得被她一把抓上了她所想象的天堂。

我这一段故事已经讲得太长了，可是我对于自己这一段生活，尽管有种种烦恼和冲突，我还是喜欢回忆的，不得不拖长我的故事，因为那时候我的灵魂没有沾上罪恶的自尊心、敏感和热情的冲突，如果发展下去，简直不知道会有什么样的结果。后来忽然有一天我从一份那不勒斯报纸上看到一则消息，我哥哥突然死了，这消息后边还附着一条寻人的广告，急于打听我的消息，还恳求说，如果这条消息我能见到的话，盼望我千万赶回那不勒斯，去安慰衰老悲伤的父亲。

我生来本性是充满深情的，可是我哥哥从来不拿我当兄弟看待。我早就认为我已和他脱离了关系，因此他的死讯并不令我伤心。父亲衰老痛苦，我心里非常难受。我想到他那样高贵伟大的人物，如今腰弯背曲，举目无亲，要求我给他一点安慰，这时我忘掉他过去对我的轻忽而产生的怨恨，重新唤起了对他的热烈的孝心。

可是，还有一种压倒一切的心情，由于我的整个命运突然一变，使我很激动。家庭、名誉、爵位、财产，都等着我，而爱情却画出一幅更为令人欣喜若狂的远景，我急急忙忙跑到比安卡面前。跪在她的脚下。"比安卡！"我叫道，"这一下我可以向你求婚。我如今已经不是一个没名没姓的冒险家，一个被人轻视、被人抛弃的流浪汉了。你看看——你读一下——你看看这段消息，从此我可以恢复姓名，还我本来的面目了！"

我不想描写下边紧接着的那一段情景了。比安卡对于我的境遇的转变很高兴，因为她看得出我心上一块石头从此放下了。至于她本人，她爱我，只是看上了我这个人，她从不怀疑，我凭自己的本领一定可以成名，可以致富。

这时候我觉得自己本来的自尊心又恢复了活力，我走起路来，眼光再也不看地面了，希望一来，眼睛朝着天空，我的灵魂点起了新的火焰，脸上容光焕发。

我想对伯爵讲一下自己的境遇的转变，让他也知道我是谁，是个什么样的人，然后正式提出来向比安卡求婚，可是他到远处一个田庄上去了。我把心里的话对菲利普和盘托出。这时我先告诉他当日自己的热情，又说起种种疑虑和恐惧曾使我心烦意乱，又说起后来的消息一下子驱散了一切疑云。他再三向我祝贺，表示了最热忱的同情。我听了只觉得不敢当。我激动地拥抱他，我懊悔自己不该猜想他对我的冷淡，我请求他宽恕我曾经怀疑过他的友谊。

年轻人一旦情投意合，再没有比这更温暖更亲切的了。菲利普以极大的热忱关心我们的大事。他是我们的心腹人，是我们的顾问。当下决定，我应该立刻到那不勒斯去重新取得父亲的慈爱，重建我和老家的关系，只等感情一恢复，取得了父亲的同意，我就回来向伯爵提亲。菲利普保证他父亲同意，切实答应随时关心我们的利益，我们彼此通信，也由他从中转达。

我同比安卡分手时又温柔甜蜜又万分痛苦。地点是在花园里的一座亭阁里，那是我们平常最爱去的地方。我三番五次地回转来，为的是再一次向她告别，让她默默无言、情意绵绵地再望我一眼，让我再神魂颠倒地看一看流着眼泪的可爱的双颊，再拉拉那双纤细的手——那是坦然许诺爱情的保证——在她手上洒满了泪，一再地亲吻! 天啊! 一对情人即使在难舍难分的时候也有一种愉快，抵得上人世间一千种庸俗的欢乐。那时候我是一半痴情，一半激动，迟疑恍惚地顺着林荫路跟跟跄跄地离开她，只见她站在凉亭窗口边，用手拨开窗格子上簇拥着的藤萝，她的身影在纯洁的光辉中闪耀着，脸上又是眼泪，又是微笑，一千声一万声地向我道别，这情景至今还历历在目。

小帆船载着我离开热那亚海港时，我的眼光在塞斯特里海岸上极力寻找，终于找到了山脚下绿树丛中闪闪发光的那座别墅。只要天色不黑，我老是盯着它，直盯到它越来越小，小成了远远的一点白光，那时候岸上其他景物都混合成模糊一片，或者消失在暮色苍茫中了，可是我还目不转睛地盯着它，还是认得出那个光点。

一到那不勒斯，我就急急跑回老家去。我心里渴望着父亲对我停止了许久的慈情。当我走进那座古老的邸宅的大门时，激动得连话也说不出来，没有一个人认识我，仆人们都以惊讶的眼光望着我。短短几年的发育和学业上的进步，已经大大地改变了我的面貌，我已经不是当日从修道院里偷跑出来的那副可怜相了，可是我到了名正言顺的家里，居然没有一个人认识我，实在难堪。我自己觉得仿佛是回家的浪子，我在父亲家里成了一个生客。我眼泪一涌，不禁放声大哭。可是等到我说出了自己的姓名，一切就大不相同了，我当初几乎是被家里逐出去的，无奈何只得像充军一般地流浪。这时候大家欢呼，卑躬屈膝地欢迎我，一个仆人急忙跑到我父亲那里，让他准备接见我。我因为迫切地要父亲拥抱，等不及他回来，就急急忙忙随着他跑进去。我一进寝室，眼前是一幅什么景象！当初我离别父亲的时候，他还年富力强，他那高贵尊严的气度使得我幼稚的灵魂一见就害怕，这时候他已经弓腰驼背，老态龙钟。一次中风，毁坏了他当日堂堂的仪表，成了个不住打战的残废人。他勉强支撑着坐在椅子上，脸色惨白，皮肉松弛，眼神也迟钝散漫了。他的智力显然也同形体一样地受到了损伤。仆人极力要他知道，眼前来了一个人。我踉踉跄跄跑上前去，跪在他脚边。我看见他现在病得这样重，把过去他待我的一切冷淡和轻忽全忘记了。我只记得他是我父亲，而我曾经抛弃了他。我抱住了他的膝盖，我的声音几乎全是抽抽噎噎的呜咽了。我只能说得出："原谅我原谅我吧！啊，爸爸！"

他的神智似乎慢慢恢复起来。他望了我一会儿，带着含糊的、疑问的神色，只见他嘴唇旁痉挛地颤动了一下，他无力地伸出一只颤抖的手来，放在我头顶上，像婴儿一样地眼里涌出了泪水。

从那时候起，他简直舍不得我离开他的视线。世界上似乎只有我一个人还能引起他心中的一点反应，此外他一切都没有印象了，他几乎丧失了说话的能力，理解力似乎也完了。他一声不响，一下也不动了，只是有时候还一阵阵地像小孩一样无缘无故地流泪。只要我离开房间，他的一双眼睛就不住地盯着房门，直到我回来。等我一进门，又涌出一阵眼泪来。

他的心神既然这样萎靡，要对他谈我的一切情况，那不但无用，反而有害。要离开他哪怕片刻的工夫，也未免残酷，不近人情。于是我的爱情又经受了一次考验。我写了一封信给比安卡，告诉她我回到家里以及实际的情况，告诉她，我们这样分别以后我的痛苦，我写得有声有色，因为这些都是实情，对年轻的情人说来，别离一天就等于损失了若干年的爱情。我把这封信附在给菲利普的信里，因为他是我们通信的联络员。我接到他一封回信，满纸的友谊和同情，又接到比安卡一封信，充满了爱情和忠贞的保证。过了一周又一周，过了一月又一月，我的情况并没有变化。我初次看见父亲时，只觉得他的生命好比风中之烛，快要熄灭了，可是始终闪闪烁烁，并没有明显暗淡下去。我经常尽心守候着他，我几乎用了忍耐的字样。我知道只有他死去我才能得到自由，可是我没有一时一刻盼望他死。我觉得过去没有孝顺他，这次有机会赎罪，实在太高兴了。我小时候拒绝了一切亲人之爱，这时候我眼看父亲老年无依无靠，完全指望着我的一点安慰，心里对他自然恋恋不舍。

我对于比安卡的热情自从别离以来，与日俱增，由于经常想念，情意越来越深。我没交新朋友，也没有新相识，虽然我有了爵位和财产，可以享受那不勒斯一切娱乐，我从不去寻欢作乐，我的心上爱好的东西很少，可是爱上之后，就有强烈的情感。我经常的习惯就是坐在父亲跟前，伺候他，在他那寂静的卧房里想念比安卡，有时候我把想象中老在眼前的她的形象用铅笔勾画出来，权当一种娱乐。我自己心上留下的她的一笑一颦都移到了画布上来。我拿给父亲看，希望他看到我的情人的影子，能从心里引起一点兴趣来，可是他神志已经昏迷，什么也看不出来。有时，我接到比安卡一封来信，这是寂寞之中的娱乐的新源泉。她的信的确越来越少，可是每次总是充满了诺言，保证爱情不减。

从信上的语气看来，已经没有她平常谈话时那种爽直天真的热情，可是我想这是因为她是个毫无经验的人，一旦把自己的心情写到纸上去，总不免有点儿拘束。菲利普也向我保证她的坚贞不渝。尽管他们在信中都称赞我不离开父亲的一番孝心，可是两个人都用极重的语气，悲叹我们继续分隔在两地。

这样的隔绝几乎拖延了两年。对我说来几乎像是几个世纪。我性情本来急躁，要不是深信比安卡和我同样的坚贞，我简直不知道这样长久的别离怎么忍受得了。后来我父亲终于死了。他的生命几乎是无声无息地离开了他。我痛苦地默默低头望着他，眼看着他临终时本能的抽搐。他最后含含糊糊地一再低声为我祝福。唉！这是怎样完成的啊！

我以应有的丧礼装殓了他的遗体，把他安葬在先人的墓地里，然后把家务简单地安排了一下，以便自己人在外地时易于指挥，于是再次上船，怀着激动的心情上热那亚去。

我们海上的航程很顺利。一天黎明，我乍看见亚平宁山郁郁苍苍的峰峦从地平线上涌现出来，好像云彩一般啊，那时候我多么高兴！大海的波浪，把我们的船只滚滚地推往热那亚，夏天的芬芳气味在我们身上掠过。塞斯特里海岸渐渐从海面的银涛里像仙境一般涌现出来。我望见沿岸点缀着一排村落和邸宅。我的眼睛转到一个熟悉的地点，后来终于从模糊的远景中挑出了比安卡藏身那个别墅。在那一片风景里，它不过是个小斑点，可是它远远地发着光，却是我心中的北极星。

这一次我又望了它漫漫长夏的一整天，可是啊，这一去一来，情绪上多么不同！这时那座别墅在眼光里越来越大，不像当年越看越小了。我的心似乎随着它扩张起来。我拿望远镜瞭望着。渐渐地一样样的景色都看出来：当初我在这家里初次遇到比安卡的第二间沙龙的阳台，我们两人经常度过愉快的夏夜的那个平台；她的寝室窗口上的天篷，我几乎幻想着能从天篷下看见她的影子。我们船上的白帆正在这阳光照耀的海面上闪闪发光，要是她能知道她的情人正在这只小帆船上，那有多好！当我们渐渐逼近海岸时，我的痴情的期待也越来越不耐烦。那只帆船似乎在波浪上懒洋洋地慢慢移动。我几乎想要跳到海里去，向着渴望着的海岸游去。

苍茫的暮色渐渐笼罩了岸上的景物，可是一轮皎洁美丽的月亮又升起来了，对着富于浪漫色彩的塞斯特里海岸的有情人，亲切地倾泻着温柔的银光。我的心灵沉浸在说不出的柔情之中。我预期在天国似的晚上，又要和比安卡愉快地在月色里徘徊。

船进海口时，已经是深夜了。第二天清早，我一办完上岸的手续，就立刻骑上马背，急急地驰向别墅。我绕着耸立着灯塔的海岬岩奔驰，看见在我眼前展开的塞斯特里海岸，我心中忽然产生了千万种焦急疑虑。当我们回来探望自己的亲人，却又不知道别离之后他们有没有生病，有没有变化，这时候，不禁觉得有点可怕。焦虑的波涛震动了我的身体。我踢着马以加倍的速度向前跑去，等到我和马气喘吁吁地直到别墅周围场地的大门口时，我的马已经浑身流汗了。我在一间小屋前面下了马，步行穿过了场地，以便恢复平静，准备见面。我责备我自己，心中不该忽然产生无端的疑虑。不过我这个人，每次感情一冲动，容易失去自制力。

我一进花园，看见一切都和我临走时一样，因为景物不改，我就更放了心。一条条小径，是当年我和比安卡常常一面散步，一面听着夜莺唱歌的地方。还是那片树荫，每当炎热的午间，我们总是同坐在那下面。那边是她当日心爱的花，似乎还是她亲手栽培的。一切都连着比安卡的形象，带着她的气息。我每前进一步，就觉得希望和欢乐在我胸中奔腾。我走过一个小亭子，从前我们常常一同坐在那里看书，现在凳子上放着一本书和一只手套，那是比安卡的手套，这本书是我送她的梅塔斯塔西奥①的著作。手套正放在我所喜欢的一段文字上。我喜欢极了，连书带手套抱在心口。"一切安全！"我叫道，"她还爱我，她还是我的人！"

我顺着当时临别时踉踉跄跄迟迟不前地走着的那条林荫路，蹦蹦跳跳，轻快地走过去。我看到她最喜欢的那座亭阁，它曾经目击当日我们分手的情景。窗子是开着的，窗口上还是爬着那棵藤萝，和她当初挥手垂泪向我告别时一模一样。啊！我的情况今昔大不相同，多么令人欣喜欲狂！我走近了亭阁，听到一个女子的声音，这声音震动了我的全身，召唤我的心灵，这是不容置疑的。我没有通过思想，就觉得一定是比安卡的声音。当下我激动得霎时停止脚步。我害怕这样突然闯到她面前。我轻轻地走上了亭阁的台阶。门开着。我看见比安卡在桌子旁坐着，背朝着我，她正在唱着一支柔和凄凉的曲调，一面在画画。我一眼就看出她是在临摹我的一幅画。我怀着愉快激动的情绪，盯着她看了一会儿。她不唱了，接着，长叹了一声，几乎是一声呜咽。

---

① 著名意大利诗人（1698-1782）。

我再也忍不住了。"比安卡!"我压低声音叫道。她听到这一声，吃了一惊，把披到脸上的卷发往后一撩，飞快地瞥了我一眼，发出一声尖锐的叫喊，假如不是我把她一把抱住，她就跌倒了。

"比安卡! 我的比安卡!"我一边叫道，一边把她抱在自己胸前，我的声音由于震动人心的愉快而哽塞呜咽了。她倒在我怀里，不省人事，动也不动。由于我的鲁莽而惹出了乱子，使我大吃一惊，几乎不知道怎么办才好。我讲了千百句亲切的话，试图让她清醒转来。她慢慢地恢复过来，眼睛半开半闭。"我在哪里呢?"她发出微微的喃喃声。

"在这里!"我叫道，一面把她紧紧地抱在怀里，"在这里——紧紧地贴在崇拜你的一颗心上——在你忠实的奥塔维奥的怀里!""啊，不! 不! 不!"她尖叫着。她猛地惊醒，恐怖起来。"走开! 走开! 离开我! 离开我!"

她从我怀里挣扎出去，跑到沙龙的一个角落里，两手捂住了脸，好像一看见我就要倒霉似的。我好像遭到了雷击。我简直不能相信自己的感觉。我浑身颤抖，惊惶失措地跟着她走去。我想要拉她的手，可是她非常害怕，刚一接触她就向后一缩。

"我的老天爷! 比安卡!"我叫道，"你这是什么意思? 我们离别了这么久，难道你就是这样对待我吗? 难道这就是你对我口口声声说的爱情吗?"

一提到爱情，她浑身打了一个冷战。她转过脸来，神情痛苦至极。"别再说了——别再说了!"她喘息着说，"不要对我谈爱情了! 我——我——结了婚了!"

我好像受到了致命的一击，摇摇晃晃的，心里痛苦得像要呕吐。我一把抓住了窗格子勉强支撑着。那一刻我只觉得周围天旋地转。等我恢复过来以后，只见比安卡躺在一张沙发上，她的脸伏在枕头上痉挛地抽泣着。这时我愤恨她的反复无常，压倒了其余一切情绪。

"没有信义！发假誓！"我叫道，一面大踏步走到对面去。可是再看看那个痛苦的美人又压下了自己的一切愤怒。在我的心里，愤怒和她不能容许同时存在。

"啊，比安卡！"我痛苦地叫道，"我怎么会梦想到这一步呢？我怎么会猜疑到你竟对我变了心呢？"

她抬起头来，泪流满面，由于情绪激动，神色也变了。她以哀求的神色望了我一眼。"对你变了心？他们对我说你已经死了！"

"什么！"我说，"我们不是经常通信吗？"

她疯狂似的望着我。"通信？通的什么信？"

"你不是常常接我的信，也回我信吗？"

她严肃而热情地两手交叉，"我希望上天保佑——从来没有这样的事！"

这时候我脑子里忽然掠过一种可怕的揣测，"谁告诉你我死了？"

"据说你坐的那条开往那不勒斯的船在海上失事了。"

"可这是谁报告你的？"

她停了停，颤抖起来——"菲利普！"

"天诛地灭！"我叫道，一面攥紧了两个拳头向上一伸。

"啊，不要咒他，不要咒他！"她叫道，"他是——他是——我丈夫！"

这一句话就足够把他对我耍的全部诡计都揭穿了。我的血像液体火一样在血管里沸腾着。我在盛怒之下，话也说不出来，只有喘息。种种可怕的念头在我脑子里转来转去，使我迷惑了好久。可怜我眼前那个受骗的人还以为我是对她发怒。她含含糊糊地替自己辩解了一番。那些话，我也不想多说。我从她的话里知道她还有许多不想吐露的话。事情明摆着，我们两个人都被出卖了。

"好吧。"我怀着一团怒火，压低声音，自言自语地说，"要他把全部事实交代出来。"

比安卡听到我的话。她脸上又流露出新的恐怖。"看在上帝份上，不要去找他了！过去的事不要提了——看在我的份上，不要对他提了。否则，将来只有我一个人吃苦！"

我心里忽然一下子产生了新的猜疑。"怎么？"我叫道，"原来你还怕他？他对你凶吗？告诉我。"我抓起她的手来，迫切地望着她的脸色，再三说道，"告诉我——他竟敢虐待你吗？"

"不！不！不！"她迟疑惶恐地叫道。可是一看她的脸色，就充分明白了。我从她的枯搞苍白的脸上，从她慌张恐怖和掩饰着痛苦的眼神中，看得出一个尝尽了专制摧残的心灵的全部过程。老天爷！难道这朵鲜花从我手里被抢了去，就受这样的践踏吗？想到这里我发了疯，我咬紧了牙关，攥紧了拳头，我唾沫四溅，种种情绪似乎都变成了愤怒，在我心中沸腾起来，像火山的熔岩一般。比安卡惊恐地躲避着我，一言不发。我在窗子边上踏步走着，眼睛向花园里的小径上一瞥。不幸的时刻，我远远地看见了菲利普。我的神志已经昏迷。我从亭阁里往外一跳，像闪电似的，到了他面前。他看见我向他冲过去，脸色马上灰白，慌慌张张，左看右看，好像想逃走，颤抖着，拉他的刀。

"卑鄙的东西！"我叫道，"把你的武器拿出来吧！"

我二话不说，掏出一把短剑来，把他手里那把颤抖着的刀一拨，把我的短剑插入了他的胸腔。他马上跌倒了，可是我的怒气还不息。我像嗜血的老虎一样，猛扑上去，连戳几下，又疯狂地砍得他血肉模糊。我掐住了他的脖子，他由于一再受了刀伤和窒息的痉挛，终于被我掐死了。我瞪着他的脸孔，死者的脸真可怕，他那双凸出的眼睛似乎在瞪着我。忽然一阵尖锐的叫声把我从迷乱中叫醒了。我转身一看，只见比安卡发狂似的向我飞跑过来。我的脑子旋转起来，我没等她跑到跟前，就从这恐怖的场地逃走了。我从花园里逃出去，好比第二个该隐①，胸中藏着地狱，头上顶着天谴。我一路逃跑，不知道跑到哪里去，几乎也不知道为什么要跑。我心里只有一个念头，只想离开我撇下的恐怖，越远越好！好像我能划出一段空间，把自己和良心隔开一般。

　　我逃到了亚平宁山里，就在那一带荒凉的崇山峻岭之间，东奔西窜，过了一天又一天，过了一月又一月，我当时是怎么生存的，我说不上来，我攀登过什么样的悬崖峭壁，怎样攀登的，我都不知道。我走呀走呀，只想把紧紧追着我的天罚甩在后边。啊，比安卡的尖锐叫声，永远在我耳中响着。我杀死的人那张可怕的脸永远在我面前，菲利普的血从地里向我哭泣。山岩、树林和激流，都在诉说我的罪恶。那时候我才觉得悔恨的苦恼远远地超过其他一切精神上的痛苦。啊，只要我把郁结在我心中的罪恶一下子甩开！只要我能恢复当日走进塞斯特里花园时胸中的清白！只要我能叫我杀死的人起死回生，我心里觉得，即使比安卡在他怀里，我也能高兴地望着他。

　　后来这种悔恨的狂热渐渐变成了永久的心病，变成后来的可怜虫的顶倒霉的一种恐怖。无论我走到哪里，我所杀死

---

　　① 该隐杀了他兄弟亚伯，被罚流离漂泊，见《旧约》创世纪第四章。

的人的那张脸总是追随不舍。只要我一回头，就看见它在背后，正是临死时那副歪扭可怕的神情。我想了种种法子，要躲开可怕的幻影，可是全不中用。我不知道这是头脑中的幻觉呢，还是我在修道院里所受到的悲惨教育的结果，或者是上天真正派遣了一个幽灵来惩罚我，不过它的确是无时无地不在。对我来说，这种恐怖，时间不能消除，也不能使我习惯。我游历了许多地方，涉足娱乐场所，用各种消遣的方法，以求驱除幻觉，可是一切一切都不中用。有一次我求助于我的铅笔，做了一种无可奈何的试验。我把这张幻觉中的脸画了一幅确切的肖像。我把它放在面前，希望常常看看这幅画，借以减轻原来那个幻影的影响。可是我的苦恼不但不减，反而加倍难受。这种谴责就这样紧紧追随着我，使我把生活看成了负担，可是想到死，却又觉得可怕。上帝知道我受的是什么样的罪——一天天，一夜夜，失眠的痛苦，一个永远不死的虫子老是咬着我的心，一股永远不熄灭的火焰总是在我的脑子里燃烧。上帝知道我这可怜而软弱的本性受了多大的冤屈，把最温柔的爱情变成了最残忍的愤怒。他最了解，一个脆弱的罪犯，由于一时发狂而犯下的罪过，经过长期忍受的折磨和无法计算的悔恨，究竟有没有把罪赎清，我时常，时常匍匐在尘埃里，恳求他对我表示一点饶恕的信号，让我死去。

我这篇稿子以前写到这里为止。我本打算把这篇痛苦和罪恶的回忆留给你，在我去世后你再拿出来看看。

我对上苍祷告，终于得到了天听。昨天晚上在教堂里，他们歌唱赎罪的字句震动庙堂的圆顶的时候，你亲眼看到我当时的情绪。我从音乐声中听到一个声音对我启示，我听到那个声音超出了风琴的隆隆声和歌唱的悠扬声，它用天堂的曲调对我说话，它答应怜悯我，饶恕我，可是要我充分赎罪。我就去赎。明天早晨我就起身到热那亚去自首。你一向怜悯我吃的苦，在我的创伤上给予同情，如今既然知道了我的故事，将来想起我来也不要畏缩。你要记住，将来你看到我的罪状，那时候我早已经拿自己的血抵了罪了！

准男爵说完了以后，大家一致表示要去看看那幅面目可怕的画像。经过再三恳求，准男爵才同意，只有一个条件，要他们一个个单独去看。他把管家叫过来，派她带着这些先生们分别到那间寝室里去。他们看了回来以后，各说一套。有的人觉得这样，有的人觉得那样，有的轻，有的重，不过大家都同意，这幅画像确实有点什么使大家的情绪有一种古怪的感觉。

我同准男爵一起站在一个大弓肚窗边，我忍不住表示了我的惊异。"说到究竟，"我说，"人类的性情总有点神秘，有点不可思议的冲动和力量，证明人是应该迷信的。这么多性情不相同的人见了区区一幅画，就会有这些奇奇怪怪的感觉，谁能说明它是怎么回事呢？"

"尤其是大家谁也没看见它的时候。"准男爵微微一笑说道。

"怎么！"我叫道，"没看见？"

"谁也没看见！"他答道，同时把一个手指头放在嘴唇上，表示要我别声张，"我看出来有些人有点开玩笑的意味，我就不想拿那可怜的意大利的纪念品当作玩笑的资料。因此我暗示了管家，把他们都带到另外的房间里去！"

神经质的绅士的故事说到这里为止。

第二部
白克桑和他的朋友们

要花钱，要借钱给人，没事事退让，
这世界原是我们过活的最好的地方；
可是要有求，没有借，要取得自己的权利，
这却是，先生，从来没有的，坏透了的世界。

旅客窗下吟

文学生活

有一段时期，在旅客的好奇心所关注的题目中，有一个题目使我非常热衷，这就是对于文学界的逸事珍闻，加上来到了伦敦，而伦敦又是最有名的出书的地方，所以我很急于知道那些著书立说的人物的一些情形。运气不错，我刚巧碰到一个文人，名叫白克桑。他是个古怪人，在都城里住了很久，凡是那个茫茫人海里碰得到的每个怪物，他都能给我说个原原本本。关于我所探听的题目，他总能随时给我一些有用的指点。

"文学界，"他说，"是一些小圈子组织起来的，每个小圈子都把自己的人员看成宇宙间的日月星辰，而把圈子外边的一切人都看成转瞬消逝的流星，命里注定了要陨落，要被人忘掉的，而他们自己那些日月星辰却将光焰常盛，永垂不朽。"

"那么，请问，"我说道，"要想进入你所说的那些圈子去窥探一下，该怎么办呢？照我猜想，要同作家往来，就是一种知识学问的交流，你必须带着自己的货色去交易，总要来个旗鼓相当才行吧。"

"呸，呸！你错到哪里去了！"白克桑说着微微一笑，"你碰到文人才子在一起，千万别想显本事去博取声名，他们之所以参加聚会只是为了自己显本事，而不是要赞叹别人的才华。从前，我的想法也和你一样，每次去赴文学界的聚会，总是自己预先准备一番；结果，很快我就落得了个言语无味、令人难受的名声，要不是后来我改变了作战的策略，不久就会被完全开除。你错了，先生，在文人才子跟前，最在行的人莫过于能洗耳恭听；再不然，你如果真是口才好，那最好是和一位作家对谈，一谈就恭维他的作品；或者，还有个办法，差不多也一样要得，就是攻击他那些同时代人的作品。万一他指名称道了哪个朋友的作品，你也放胆地不赞成他的意见就是；你要一口咬定说，他那个朋友是个蠢材，不用怕他恼怒。尽管人家都说作家的脾气大，动辄发火，我却从未见过有哪个一听了这种反驳会见怪的。你错了，错了，先生，讲到朋友们的缺点，作家们总是特别率直加以承诺的。

"实在说，我倒要劝你，对于现在一切作品，除了当代最出色的作家你可心作点讥评以外，可都要极其慎重，少说为妙。"

"真的，"我说，"除非是死了至少五十年的人，我一个也不称道。"

"即使他们，"白克桑先生说，"我还要奉劝你，宁可慎重，因为你必须知道，许多老作家都分别上了名册，归到各宗各派的旗帜下边去了，而且他们的优点也完全成了党派的讨论题目，就像现在的政治家政客们的优点一样。不但如此，文学史上还有整段的时期，借用一句南洋的成语来说，已经是绝对'塔希'①了解。例如在某些圈子里，你如果讲出一句话来，称道了查理二世朝代②，或者甚至于安女王朝代③的任何一个作家，你那批评家的声名就难保了，因为那些作家早被判定了，他们都是乔装的法国人。"

"再请问，"我说，"我对于文学领域的疆界和风尚的范围完全隔膜，要怎样才能知道自己是脚踏实地、没有危险呢？"

① 意思是"禁止"。起源于南太平洋上的土人的一种宗教用语。
② 1660–1685，这时期的文学受了法国的影响，注重规律。
③ 1702–1714，这时期的文学也注重形式，缺乏热情。

　　"啊!"他答道,"幸而还有一段文学地带算是中立区,所有的文人到了这里,大家都和和气气地相见,都欢欢喜喜地放言高论;这就是伊丽莎白①和詹姆士②朝代,这里你可以随意乱捧一气,在这里是"切了再来"③,而且那作家越冷僻,笔调越古怪艰涩,你的赞扬也可就越带有鉴赏家的地道风味,因为鉴赏家的嗜好正像一个美食家,都喜欢一种古老风情的野味。"

　　"不过,"他又接着说,"你既然急于见识一个文人的聚会,我会找个机会,替你介绍一个俱乐部,那是当代才士聚会的地方。不过我不敢担保他们都是第一流的人物,不知为什么,我们的伟大天才是不入群的;他们并不结队连帮,都在普通社会上独来独往;他们宁可像个普通人,同群众混在一起,往往除了声名以外,并不带一点作家的气派。只有低档次的人才集群结帮,靠联盟增加一点声势,而且把他们那一类人物的特色随时表示出来。"

---

① 1558–1603,英国文学最盛的时代。
② 1603–1625。
③ 让客吃菜的套话,西餐用刀,表示尽够吃。

文学界的宴会

白克桑先生同我说过这段话以后没有几天，又来访我，带我去参加一次文人例行的宴会。请客的是一家书店的老板，说得更恰当些，是一家书店，这家书店比沙得拉、米煞和亚伯尼歌①还要老。

到场一看，我很惊讶，只见二三十个人聚在一起，大多数都是我没见过的人。白克桑先生对我作了一番解释，告诉我，这是一顿业务饭，也可以说是户外集会，店家每年大约有两次，宴请他们的作家。不错，他们偶尔也会另外请上三四位文人来雅雅致致地吃上一餐；可是那些被选请来的作家，总是作品风行一时的，例如都是出版的书能销到六七版的人。"在文学领域里，"他说，"有一定的疆界，你要判断作家受欢迎的程度，要看他那老板请他吃的是什么酒，大致就不会错。书大约出到三版了，那就越过了浓特②的界线，可以达到克拉来特③的区域里去了；出到六七版，就可以大喝其香槟和白兰地了。"

"那么，请问，"我说，"像我眼前见到的各位已经达到什么地界了呢？这里有几位是喝克拉来特的吗？"

"不一定，不一定。坐在这种广座专席上的，总是一群普普通通、稳稳当当的作家，出过一两版的人，即使另外还请

---

① 圣经《旧约》但以理书里三个希伯来人，不拜偶像，投到火里毛发不焦。
② 酒的名称。
③ 酒的名称。

了别的人，他们也知道，这是一种民主会——你明白我的意思吧——一种文学界的民主会，除了吃一顿简单、实惠的饭之外，另外就什么事也没有了。"

这几句指点，使我更加明白了座次的安排。桌子两头坐着店家两位合伙人；主人似乎是采用了艾狄生①的看法来评定入席文人的高下的。一位流行的诗人踞坐首席，坐在他对面的是一位游记作家，他出的那本书是热榨纸②的四开本，带插图的。一位容貌严肃的博古家——他出了几本有分量的作品，时常有人征引，却不大有人阅读——也受到很大的敬重，他坐在一位服装整洁的先生旁边，那位先生穿的是黑衣服，他出过一册经济学，一本薄薄的书，雅雅致致的，是热榨纸的八开本，这本书渐渐时髦起来了。有几位出过三册十二开的本子的，还比较通行，就让他们坐在桌子中间那一段。至于下边那一头，就由一些小诗人、翻译家和还没名气的作家坐了。

席间的谈论是一阵阵的，时而在这边，时而在那边，突然提到某件事，讲过几句，就随烟飘散了。那位诗人自信很受社会的欢迎，也不一定依靠书店老板，他兴高采烈，讲了许多聪明话，引得身旁那位合伙人大笑起来，大家也全都高兴。另外那位合伙人却保持着沉静，老用刀子切肉，一副十足的生意人的样子，对于眼前的事情聚精会神。他那副严肃相，我的朋友白克桑倒替我解释了一番。他告诉我，这家店内部的事情由合伙人分担，支配得非常恰当。"例如，"他说，"那位严肃的先生是个专司用刀的合伙人，他注意的是大块肉，另外那一位是专司谈笑的合伙人，他注意的是诙谐。"

---

① 英国诗人，小品文作家（1672-1719）。
② 精制的纸张，光滑匀平。

席间一般的谈论，主要是在上座那一头，因为那边的作家似乎开口的勇气十足，至于下头那一批人，如果说在谈论上不大出头露面，吃起东西来却相当出色。从来没见过有比这一批吃主更坚决、更顽强、向席上进攻得更彻头彻尾毫不松懈的人了。饭单一撤，大家喝起酒来，他们这边也高兴起来。彼此开着玩笑。然而他们讲的笑话即使碰巧传到上座那一头，往往也不起多大作用。连那位专司谈笑的合伙人也认为无需赏光一笑。由于这一层，我的邻座白克桑又替我作了解释。他说，一位作家想要作品流行到相当的程度，讲起笑话来，才能博得书店老板的一笑。

末座上那批先生，都令人有点怀疑，其中我特别看到了一位。尽管他显然把一件很旧的黑衣极力整理了一番，把衬衫上的绉边编成了一个花样，让它鼓鼓地簇拥在胸前，他那种服装总有点显得褴褛。他脸色黯黑，却又带着红，也许未免太红了一点，尤其是鼻子周围，尽管那玫瑰红的色彩使他一双黑眼睛闪闪有光，格外明亮。他带点酒友的神情，其中还夹着一股子穷鬼的劲头，使得他的脾性添上一种无法形容的老练风度。我很少见过这样一张富有希望的脸，可是从来也没有感到那样空落过。他一句话也不讲，只管凭着一个穷作家的饿肚皮大吃大喝，几乎停下来笑一笑都没有工夫。甚至于上座那头传过来的好笑话，他也顾不得欣赏，我问起他是谁。白克桑仔细打量了他一下。"天呀！"他说，"我见过这张脸孔；可是在哪里见的，倒记不清了。他不会是有什么名望的作家。我猜想是个写讲道录的，要不就是个辛辛苦苦写外国游记的人。"

饭后我们退到另一间屋子里去喝茶，喝咖啡，在那边又添上了一批低级的客人——那批作家写过一些厚纸板装成的小书，还有蓝纸皮的小册子。这些人还够不上被请来吃一餐饭，不过有时候也被请来参加一次友谊晚会。他们对那几个书店合伙人，实际上似乎有点怕；可是他们对这店家的女主人又格外殷勤，而且格外喜欢那些小孩子。还有寥寥的几个人，自己揣度起来还够不上那么亲切，就躲在屋角上羞涩涩地彼此谈论，或者翻看着纸夹子里一些板画，那都是老早看过的，不过没有看到五千次以上罢了；有些人则在偷偷看着钢琴上的乐谱。

那位诗人和那位八开薄本的作家在客厅里是最时髦的人物，也最逍遥自在，因为他们的书显然在西部①一带很风行。他们坐在女主人一左一右，对她百般恭维，千般客气，有些话，我猜想她听了简直高兴得要死的。他们一言一动都带着时髦的意味。我想找那个身穿黑色旧衣服的穷鬼文人，向周围看了一阵，始终没找到；他刚一退席就不见了，没有疑问，他是怕客厅里灯火辉煌。此外我也找不到什么引人兴致的事物，咖啡端上来不久，我也就告辞了，留下了那位诗人和那位以薄薄的雅雅致致的热榨纸八开本出版作品的作家先生，在那个场面上成了得意的人物。

---

① 伦敦城的西部，繁华区域，宫殿和贵族的住宅都在这一带。

怪人俱乐部

就是第二天晚间吧，我同那位古怪的朋友白克桑从柯文花园大戏院出来的时候，他提议带我去窥探一次人生和角色。他发现我对于这一类的研究总是高高兴兴的，就带着我在柯文花园附近穿来穿去，走过许多狭窄的院落和街巷，后来我们来到一家酒店门前，止住了脚步，听得里面正在举行一场热闹的聚会，传来一阵阵的欢呼作乐声。有时候一阵大笑，接着断了一下，接着又发出一阵大笑，好像有个滑稽大家正讲着一个故事似的。不一会，响起了一支歌，每唱到一段的末尾时，总是哄堂大笑，还有重重地敲打桌子的声音。

"到了，"白克桑低声说道，"这里是怪人俱乐部，一些小才子，三等演员，还有报馆里搞剧评的人常常到这里来。随便什么人，只要在柜台上付六个便士，就可以进这个俱乐部。"

于是我们毫不客气地进去了，到了屋里，就在一个幽暗的角落里拣了一张冷清的桌子坐了下来。俱乐部里的人都围坐在一张桌子旁，桌上按照各人的嗜好放着各色各样的饮料。那些会员真是一些怪人。可是我一看，座上的第一才子就是我在书店老板的宴会上见过的那位穷鬼作家，当时我还注意到他那富有希望的脸色和完全沉默的态度，可这次一见，却真叫我大吃一惊。他竟然大不相同了。在那边，他是一无足取；在这里他却成了首座的明星——出类拔萃的人物，有声有色的天才了。他坐在桌子的一头儿，帽子也不摘，眼神炯炯有光，比他那鼻子还亮，他见了每个人都嘲弄两句，挑逗一下，每次总有点玩意儿。随便你的任何一言一动，总会引出他的一点才气，我还可以郑重地说一句，我所听到的俏皮话，即使是出于许多贵族之口的，也远不及他。他说的那些笑话，无可讳言，有点差劲，可是在他当主席的那个场合里倒也恰如其分。大家都是处在醺醉的那种时候，来上有一点儿俏皮的话，听去就使人大为高兴。每次只要他一开口，准是一场哄堂大笑，有时候甚至于他还没来得及开口，大家就已大笑起来。

我们进去时，刚巧在唱一个和声歌曲，是他特意为这俱乐部创作的，他和两个酒友一起唱着。那两位酒友的神气假如碰到贺葛慈①的妙笔，倒是很值得描摹一番。因为他们每人都有一份抄本，我也就得到机会读了一下：

"快活地，快活地把这杯子传下去，
快活地唱这支歌曲。
因为谁要喝了不眨眼，就是个笨驴；
所以，邻座，我这次为你干杯。

"快活地，快活地喝个烂醉，
直喝到你那鼻子简直成了玫瑰；
因为愉快的红鼻子，我说句体己话语，
是个信号，证明你是很好的伴侣。"

我们等到散会，大家都走了，只剩下那位才子。他靠桌子坐着，张开两条腿直伸在桌子下边，两只手插在裤袋里，脑

---

① 英国讽刺画家（1697–1764）。

袋低得几乎贴在胸膛上，一副茫然的眼神盯着空空的大酒杯。他的欢乐过去了，他那热情完全消失了。

我的同伴走上前去，惊动了他的沉思默想，凭着上次在书店老板那边同席的缘分，作了自我介绍。

"哎，"他说，"我觉得好像从前曾见过你，虽说我怎么也记不起是在什么地方和你相识的，可是面熟得很，你确确实实是一位老朋友——"

"很可能，"他微微一笑答道，"我有许多老朋友都把我忘了；尽管老实说来，我在这一方面记性也同你一样坏，不过，我的名字叫陶玛斯·特里布，愿为您效劳，不知这句话能否对你的记忆会多少有点帮助。"

"怎么！陶玛斯·特里布，是不是在渥立克郡，上过老白尔澈的学校的那一位？"

"正是。"那一位冷然说。

"嗳，那么，我们还是老同学呢，尽管你记不得我，那也无怪。我比你低好几班呢，你不记得小杰克·白克桑吗？"

说到这里，接着演出了彼此认同学的一幕，大谈起当年的学校生活和那些顽皮的事情来，彼此的话简直说不完。说到末了，特里布先生叹一声说，从那时候起，这些年的变化可真惨啊。

"真的，特里布先生，"我说，"你在这里同你在那边吃饭的情形一比，完全是两个人了。那时候我根本想不到你肚子里会有这么多的材料，在那边你简直不开口，可是到了这里你一个人弄得满座老是哄堂大笑。"

"啊，我的敬爱的先生，"他回答着，同时把头一挥，肩膀一耸，"我不过是个萤火虫。白天我从不放光。况且，一个穷鬼作家要在一位阔绰的书店老板席上放光又是一件难事，那时候我身边坐着的都是些当代才子，你想，任凭我说出什么来，谁肯一笑？可是到了这边，尽管我是个穷鬼，座中那些鬼却比我更穷——他们都把我当一位文人才子来敬仰，而我的每一个笑话也就成了造币厂铸成的足色的金钱了。"

"你这话未免太自谦了，先生，"我说，"今晚我听到你讲了许多有意味的话，当日座中那班才子，尽管你似乎觉得退避不及，可是他们谁也讲你不过的。"

"啊，先生！可是他们走运啊，他们时髦。什么也比不上时髦。一个人只要是一下子获得了才子的声名，无论他说的是什么，保证会受人家欣赏。他尽可以任意地胡说八道，大家总是得相信的。一位阔人拿出钱来，谁也不会怀疑；可是一个穷鬼无论是讲一个笑话，或者拿个几尼①出来，不经过反复检查一番就不行。只要你衣衫褴褛，你的才气和金钱人家总是信不过的。"

"在我看来，"他接着说，一边把帽子一扯，向旁边略略一歪，"在我看来，你们那种上等宴席才可恨呢，至于小饭馆里，先生，那种自由是再好不过的。我宁可，无论什么时候，同我自己这班人一起来点牛排，喝上一大杯，而不愿意同你们那些可恶的斯文优雅的朋友在一起喝克拉来特，吃鹿脯。可怜的穷人说了一个蛮好的笑话，他们听了从来不笑，只怕那笑话粗俗，好笑话要在润湿的土壤上才能萌发成长，在低层才能繁殖，可是一到了你们那该死的高原燥地就枯萎了。我从前也交过高尚的朋友，先生，后来直弄得几乎把自己毁了，我变得迟钝乏味，装起绅士来了。后来给弄得毫无办法，幸而被房东捉起来了，关进了监狱。监狱里边有个轮流歌唱俱乐部，

---

① 英国金币，值 21 先令。

还有八个便士的啤酒，再加上一些穷朋友在一道，我这才算得到了精神上的滋养，恢复了原有的心情。"

因为当时天色渐渐晚了，我虽然很想进一步了解这位老练的哲学家，当时还是分了手。白克桑提议再约会一次，谈谈旧日在校时的事情，又问了他那位同学的住址，我听了很高兴。那位同学似乎不大好意思说出自己的寓所来，可是忽然他又摆出一副不在乎的神气，"绿树大院，先生，"他叫道，"绿树大院。你总晓得那地方吧。好个文雅的地方，先生，文雅的地方! 当年古德斯密①的《威克斐牧师传》就是在那里著成了。我总喜欢住在文人流连的地方。"

我听他说住在陋巷里，却要来上这一段解嘲的妙语，觉得很有趣。在回家的路上，白克桑告诉我，这位特里布当年在学校里读书的时候，原是位高才生，滑稽大家，当时有几个不幸的顽童被称为"聪明伶俐的天才"，他是其中的一个。他看出我对他那位老同学怀着一番好奇心，因此答应我，将来到绿树大院去赴约的时候，带我同去。

没过几天，他一早来访我，于是我们一道出门前往了。他带我走过了各色各样的奇奇怪怪的巷子、大院和黑暗的过道;他似乎提起都城里那些曲折复杂的路径来头头是道。最后我们穿出来，到了福利特市场，穿过了市场，又转上一条狭窄的街道，走上去就到了一段很长很陡的石台阶底下，那台阶叫作"折颈阶"。从这里上去，他告诉我，就是绿树大院，可怜当年古德斯密下这台阶时，准是多次冒过折颈的危险。我们一进院落，我就不由地心里想：神灵们生她们那些小家伙时怎么找了这样偏僻的角落，不由得微微一笑。而且，那些文

①　爱尔兰诗人，历史学家，小说家（1730–1774），一生穷困。

艺女神，性情古怪的仙姑，她们实在是常常连宫殿都不肯进去，对坐在精雅的书房和金碧辉煌的画室里那些崇拜她们的人，轻易不肯微微一笑——却偏偏常到这些不成样子的洞窟里对一个衣衫褴褛的信徒大加眷顾!

我进去一看，原来这个绿树大院是个小小的方场子，周围全是一些高高的破烂肮脏的房子，每家窗口上都挂着些破旧衣服，在风中飘动着，好像是五脏六腑翻出来了。这似乎是个洗衣妇的住所，小方场里纵横交错地拉着许多绳子，晾晒着一些衣服。

我们一进那方场，刚好碰上一对女英雄因为争一个洗衣盆而在扭打，这一来，全体住户立刻喧嚷起来，个个窗口上都探出头来，头上都戴着女帽，接着七嘴八舌一阵大吵，吵得我情愿堵住两个耳朵。那两个女人吵架，每个娘子军不站在这边就站在那边，各自抡着胳膊，让肥皂水泡直滴下来，从窗口上乱嚷乱喊，好像从堡垒的炮眼里射出的火力一般，同时这个大蜂窝里的每一个产房都像是个鸟巢，像个摇篮，里边都装了一窝孩子，这时候也闻声而醒，各自放开尖锐的嗓子来替这场大合奏帮腔助势。

可怜的古德斯密! 以他那种好静的脾气和神经过敏的习惯，圈在这个喧嚷粗野的窝窟里边，不知当时过的是什么日子! 最奇怪的是，这里所见所闻的每一桩事都够叫人伤心，叫人愤世嫉俗，而他那笔下偏能流出海布拉①的蜜来! 不过他描述那些贫苦生活，往往形容得惟妙惟肖，谁也模仿不了，十之八九就是住在这个环境里，依照所见所闻著成的。当日提勃斯②太太没法子才跑到邻居家里去替丈夫洗两件衬衫，而那邻

---

① 西西里岛海岸上一座古城，附近山上产的蜜很甜。
② 古德斯密所作的《世界公民》里的一个角色。

人偏不肯把洗衣盆借给她，这种情形也许不是出于想象的游戏文章，而是他亲自看见的事实。他那位女房东也许就是那个形象的模型，而翩翩公子提勃斯那个寒碜的衣橱也许就是他自己的橱子的写照。

我们好不容易才找到了特里布的寓所。那屋子在三层楼上，对着大院，我们进去时他正坐在床边上，靠着一张破桌子写东西。可是他接见我们的时候，不由得露出一副一目了然的穷相来。一上来他确实有点高兴，扣上背心上的纽子，向上扯了一扯，还把衬衫上露出的一片褶边塞了进去。可是他立刻镇定下来了，半昂着头，半斜着眼走上前来，他拖过一张三脚凳，请白克桑先生坐下，又用手一指，把我让在一把笨重的椅子上——那椅子蒙着锦缎，旧得很，好像一位蒙尘出奔的国王——然后说了两句话，表示欢迎我们到他这顶阁里来。

我们很快就谈起来。白克桑和他一提起早年在校的情景，话语多得很，因为这一类回想最能叫人推心置腹，我们不久就引得他谈起了自己的笔墨生涯。

穷鬼作家

我一涉世，不幸就成了学校里的滑稽家，高才生，后来又不幸成了村中的伟大天才。我父亲那时在乡下当律师，本想要我子继父业，可我才气太大，不屑读书，而他也因为爱惜我的才气，就不硬逼我去干那种呆板的职业，因此我就交了一些很糟的朋友，养成了一些很糟的习惯。不过你不要误解我的话。我的意思是说，我交了一些乡村的男女文人，写起乡村的诗歌来了。

那时我们村里文风很盛。我们有几个出色的人物，结成了一个小小的团伙，经常聚会，成立了一个"文学科学哲学会"，自命为世上最渊博的好学之士。各人由于偶然的一种习惯或虚饰做作，就被大家看成一位大人物。有一位庄重的人物喝茶喝得很多，坐在安乐椅子里摇摆着，谈起话来句句像格言，口气又专断，因此就被大家推为第二个约翰生博士①。还有一位凑巧是个副牧师，爱说些粗鲁的笑话，写些低劣的诗句，就成了我们会里的斯威夫特②。照样，我们还有我们的蒲柏③，古德斯密，艾狄生，还有一位女文学家，我们常到她客室里去坐坐，她同外间有广泛通信，写起信来，内容空洞，文笔死板，是一种规规矩矩的尺牍文体，竟被大家捧作另一

---

① 英国作家（1709–1784），著英文字典、《英国诗人列传》等，据说他有一次喝了二十杯酒。
② 英国作家（1667–1745），《格列佛游记》的作者。
③ 英国诗人（1688–1744）。

位蒙太鸠夫人①。我是大家公认的神童，青年诗人，伟大的天才，全村的光荣，全村属望的人物，将来总有一天靠着我的盛名，这村子可以同亚冯河上的"斯特拉特福特"②齐名。

后来我父亲死了，留给我的是他的祝福和他的事业，他那一番祝福不曾给我袋里装上一分钱，至于他的事业呢，不久也抛弃了我，因为我忙于作诗，不能在法律上专心，而我的主顾尽管对我的才干非常敬重，可是对一个吟诗的律师并没有信心。

因此我失了我的业，花了我的钱，才完成了我的诗。我那篇诗题目是《忧郁之乐》，一出来就被全体会员捧上了天。至于那些《想象之乐》、《希望之乐》和《记忆之乐》③尽管每篇被赞为作者因而取得第一流诗人的地位，可是拿来一比，都成了无聊的散文。我们那位"蒙太鸠夫人"每次读起我这篇诗来，从头到尾总是声泪俱下，"文学科学哲学会"里的全体会员都说这是当代最伟大的诗篇，大家都预言它将在普天之下引起大轰动。没有人怀疑，伦敦的书店老板见了这篇诗，准会发疯地争先恐后来要它，朋友们唯一替我担心的是怕我把它卖得太便宜，吃了大亏。他们每次谈起这件事来，就要加价一次，他们计算了一下，某些名作家的诗篇卖了很多的价钱，结果作下决定，我这一篇既比那些诗加在一起还要高，价钱自然也应该照算。而我却没怀奢望，我决定只要卖上一千几尼也就心满意足了。于是，我就把诗稿装在袋里，起身直奔伦敦而去。

一路上很高兴。我的心情同口袋一样地轻快，脑袋里充

---

① 英国名作家（1689-1762），跟随丈夫的使节到君士坦丁。同当时各文人通信，述说东方风景习俗。
② 莎士比亚诞生的地方。
③ 以上三本书均为英国诗人和苏格兰诗人的作品。

满了名利双收的预料。到了高门^①，站在高处向伦敦古城俯瞰下去，那时候我的心里何等扬扬得意啊！我好比一位将军俯瞰着唾手可得的城市一样。那广大的都城在我眼前铺着，只见一片人造的阴云黑烟笼罩着全城，弄得光天化日之下，反而如在十里雾中，成了一种人为的坏天气。到了郊区再向西望过去，那浓烟渐渐淡了，最后处处晴朗，一片阳光，景物接连不断，可直望到肯特郡的一带青山了。

我的眼光又转向近处，望着圣保罗教堂^②那伟大的穹隆屋顶在乌烟瘴气之中隐隐地矗立着，不由得一往情深，同时想象到穹隆下边那座壮观的学府。眼看这整个售书业和出版界将要被我这篇《忧郁之乐》轰动起来，搞得忙忙碌碌兴高采烈！眼看我就要听到自己的姓名由印刷所的小伙计从主祷街^③吆喝起，经过天使大院，福哉玛丽亚弄，直喊得亚门角上震荡着回响！

进得都城，我立刻找到最时髦的一家出版社，每个新作家都是这样光顾他们的。事实上，我们在村里时大家早已商量定了，就让他们发这笔财吧。我简直没法告诉你当时我在大街上一路走过去多么趾高气扬。我昂头天外。我觉得天风在耳旁飘拂着，心目中早有一轮灵光，象征着文学的声誉，绕在我头后。当我走过书店的窗口时，我预料将来有一天，我的作品也会放在当代的热榨纸本的奇书一起，闪闪发光，而我的面孔也会雕成铜版，制成木刻，同司各特^④、拜伦^⑤和穆尔^⑥那些影像巍然并列。

---

① 村名，系属得尔塞克斯郡。在伦敦之北，小山上可俯瞰全城。
② 世界上第三大教堂，在伦敦中心区，寺院宏丽。
③ 以下几个街道地名，全是有关文学界的地点，出版店家多在这附近。16世纪初期，教士圣餐节结队往圣保罗教堂，一路唱颂祈祷，各处因此得名。
④ 苏格兰名小说家，诗人（1771–1832）。
⑤ 英国大诗人（1788–1824）。
⑥ 爱尔兰诗人（1779–1852）。

我找上了出版社的门，那些伙计见了我那副高傲的神气和一身暗淡的衣服，不觉吃了一惊。没有问题，他们一定是拿我当作一位很有来头的人物，说不定挖掘过希腊文的根源，探看过金字塔的奥秘。在文学界，一位骄傲的人穿着一件龌龊的衬衫，总是一个可畏可敬的人物。一个人总要自己觉得在学问知识上有所依恃，才会有胆量穿那种破旧衣服；除了大天才，大学者，谁也不敢不修边幅，因此立刻有人招待我，陪我到米诺法①座下的高僧的至圣殿里去。

原来出版事业在今天看来比起伯纳德·林陶特②的时代可大不相同了。我一看，那位出版者衣服穿得很时髦，坐在一个雅致的客厅里，里面摆着沙发，挂着名作家的画像，陈列着一柜一柜的精装书籍。他正靠着一张很体面的书桌坐在那里写信。做生意就得这样像模像样嘛。这样的地方才似乎宜于出版那些堂皇的书册。我想到自己选定了的这家出版社，很高兴，因为我对于有眼光有气魄的人，一向总喜欢鼓励他们。

我走到桌子前面，带着我在村里聚会上一向习惯的那种高尚的、富有诗意的风采，不过还添上了一点恩人的派头，一个人到了快要发财起家的时候总是那样子的。那位出版者把笔拿在手里停了一停，似乎是故意一言不发，单看这样少有的一个怪物将要说些什么。

我马上教他放了心，因为我觉得我只要一到，看见了，我就战胜了③。我通报了自己的姓名，和我这首诗的篇名，拿出了那份宝贵的稿本，上面还有改动涂抹的痕迹，郑重其事地向桌子上一放，为了节约时间，当下就告诉他，干脆——定价

---

① 古典神话中司文艺学术的女神。
② 16世纪有名的书店老板，出版发行过蒲柏的著作。
③ 引用罗马大将恺撒在公元前1世纪征服了不列颠，报告元老院中的豪语。

一千几尼。

我没有给他说话的工夫，他似乎也并不想开口。他继续对我望了一下，带着一种古怪的纳闷的神气，把我从头到脚打量了一番，先低头看了一看我的稿子，然后又抬起头来看了看我的脸色，最后指了一把椅子给我，接着自己低声打着口哨，只管写他那封信了。

我坐了一会等他答复，以为他在那里打主意，可是他偶尔停一停只是蘸蘸墨水，或者是摸摸下巴或鼻子尖儿，接着又写下去了，显然他心里另有事情，在那里聚精会神地思考，可是我根本想不到他居然另外还有什么可注意的事情，而我的诗只在桌子上放着,他理都不理。我起先还以为《忧郁之乐》一到，一切都要搁到旁边去了呢。

最后我愤然而起了。我拿起自己的稿本往袋子里一塞，走出屋子去，当时故意带了一点声响，叫他听见我要走。可是那位出版者好像埋头在一些小事情上，来不及注意。他竟让我走下了楼梯，并没喊我回去。我一冲就冲到了街上，可是他们也没派伙计出来追我，而那位出版者也没从客厅的窗口上喊我一声。后来有人告诉我，他拿我当成了疯子，要不就是个傻子了。他这种意见错到哪里去了，我自己无需说，请你们判断好了。

走过了一个拐角，我垂头丧气起来，我原来的一团高兴和种种希望都冷落下来了，于是我找到了第二个书店老板，就把价钱减了一些，结果照样不成功，第三家也不行，第四家也不行。后来我想请书店老板自己出个价，可是见鬼，他们才不出价呢。他们告诉我，诗是销不掉的货色；人人都作诗，市场上已经供过于求。后来他们又说起，我这篇诗题目就不行，据说各色各样的"乐"都已经成了浮词滥调；现在只有"恐怖"还好，而且恐怖也几乎陈旧了。海贼啦，强盗啦，好杀的土耳其人啦，只有那一类的故事大致还要得；可是纵说要得，也要出于有了地位名声的作家手笔，否则一般人看都不看。

最后，我找到一个书店老板，同他商量，请把我这首诗留下，让他们看一看，自行评定。"哎，实在是，我的亲爱的呃——呃——呃——先生，我忘记了你的名字，"他说着打量了一下我那件旧裤子和那副破绑腿，"实在是，先生，我们眼前太忙，手头上的稿子太多，来不及看，因此，一切新来的稿件我们都没有工夫再看；不过你能过一两个星期，或者譬如说在下月半，再来一趟的话，我们也许可以看看你的作品，给你一个答复。不要忘记，再过一个月吧；再见吧，先生；几时你路过这边，我们总欢迎你的。"说着他就以尽量想象得到的客气态度鞠着躬，把我送出去了。总之，先生，我本来预料他们要争先恐后地抢我的稿子，结果却连看一下都找不到人！而在这个期间，偏又接到朋友们许许多多信来催问我，他们都要知道这篇著作几时出版，归哪一家出，尤其再三叮咛我，不要卖得太便宜了。

另外，只有一条路了。我决意自己出版，单等这篇诗风行一时，再去向那些出版社夸耀一番。于是我就把《忧郁之乐》印行了，可也把自己害苦了。除却分送了几本给各杂志，又送了几本给我乡间的朋友以外，我相信根本就没有一本出过书店的门。印刷所的账单一来，把我的钱袋弄光了，而理会这篇诗的只有那几篇广告，广告费还归我自己出。

这一切，我本来还可以忍受，还可以照例归咎于出版社处理的不当，或者是一般读者没有眼光，还可以照例期望着后代的赏识；可是乡下那些朋友简直不让我安生，他们想象中，总以为我老是同伟人宴会，同文学家讨论，已经是出人头地，名利双收了。每隔不久，总有一个人拿着村里的那班人的一封介绍信来找我，信上总是向我推荐作品，要求我替他在社会上吹嘘一番，还带着暗示说，最好是能替他介绍一位著名的文豪。因此我决计搬家，停止通信，干脆避开崇拜我的那些乡下人。此外，我还急于再试一次吟咏。我决不因为第一次的挫折就丧了胆。我头一篇诗显然是教训的意味太重了。一般读者都够聪明，他们看书并不是为了领教受训。"他们要的是恐怖，对不对？"我说，"真的！那么就好好供给他们一些恐怖吧。"于是我就去寻找一处清静的隐僻的地方，借些可以避开朋友，腾出工夫来作一盘蛮好的诗歌式的"地狱汤"①。

我费了好些工夫才找到一个合意的地点。机会凑得巧，刚刚碰上了坎南白里堡②。这是个砖砌的古堡，靠近"快乐的伊兹林屯"，当年伊丽莎白女王有时郊游，这里是一个田猎驻跸的地点，那时候周围全是一片林野。依我看来，尤其有趣的是这地方从前是一位诗人的故居。

原来古德斯密的《荒村篇》就是在这里写的。他们把当日的房间都指给我看了。这是一个古迹，还保存着原来的规格，镶嵌的壁板，哥特式的尖窗。我很喜欢它那种古色古香，因为它是可怜的"古德"的故居，更觉得有趣。

"古德斯密的诗写得很美，"我自言自语地说，"他是一位很好的诗人，尽管有点老派。他的思想情感不合时尚，不那么强烈；不过他如果生在今天这样情绪和理智都很热烈的时代，他的作风无疑就会不相同了。"

没过几天，我的新居完全布置好了——我的书都排列好

---

① 魔术中应用的毒药。
② 伦敦郊区，古德斯密穷困时曾在这里藏身，他的《荒村篇》和《威克斐牧师传》是在这里写的。

了，我的写字台摆在窗下，从窗口一望，外边一片田野；我觉得很舒服，好像鲁滨孙·克罗梭①修好了自己的茅屋。开头几天，我觉得环境一变，一切都新奇可喜，这是对一座新屋子的缺点还没发现以前照例使人高兴的情形。我到田野里去走走，想象当日古德斯密也在这一带游玩过，我探访了愉快的伊兹林屯，有时在里乐酒家，独自吃着饭，那个酒家相传当年是华尔特·劳里爵士②的别墅，我时常坐在那边一间古老的屋子里——据说当年屋中举行了不少会议——呷着我的酒，怀想着古代的岁月。

头几天，一切都蛮好。我由于乔迁新居的激动，由于见了这许多名人的胜迹，心里给引起了许多联想，好像灵感一般，只觉得胸中诗兴勃发。可是星期天到了，全城的人都向坎南白里堡蜂拥而来，我没法子开窗，一开窗就会听到外边板球场上一片呼喊吵闹，闹得我头脑发昏；窗下一条路刚不久还清清静静的，这时全是嚓嚓的脚步声，和喋喋的口舌声；更加倒霉的是，我发现我这间精舍已完全成了"展览馆"，来人花上六个便士，对这座楼及其内部就可任凭参观。

楼梯上的脚步声老是川流不息，一批批的公民带着家眷，都要站在顶层上向四周的乡野眺望一番，还要拿望远镜望望伦敦城，看看能不能找到自己家的烟囱。有时候，正当我的诗思来到半路上，或者一阵灵感刚来到的当口，那个叫人受不了的女房东偏偏会来敲我的门，问我"能不能让一位女士和一位先生进来瞻仰一下古德斯密先生的故居"。这一打岔，我的一切诗思就不翼而飞了。要是你对一位作家的沉思默想稍有了解，对作家是个什么样的人稍有了解，你就一定懂得，

---

① 英国作家笛福（1659–1731）的小说《鲁滨孙漂流记》中的主角。
② 英国海军大将（1552–1618），伊丽莎白女王的宠臣。

这是无法忍受的。我坚决禁止把我的屋子公开展览；可是这一来，他们又趁我不在家时开给大家看，我的稿子都给搞乱了。有一天，我回到家里，居然碰上一个该死的生意人正带着几个张嘴瞪眼的女儿在那里看我的稿子，而那女房东一见我来了，惊惶得无所措手。我总是尽可能地拖延一下，把锁匙装在袋里，不去开门，可是这也不行，有一天我无意中听到我这女房东在楼梯上对几位旅客说，这间屋里住着一位作家，去打岔他老是会大发其火，接着，我立刻听到了门外一点细碎的声音，只见他们正从锁孔里窥探我。凭着阿波罗的脑袋说[1]，这可太教人无法忍耐了！我虽然急于求名，野心勃勃想博得千百万人的瞻仰，可我绝没有想到在这里让人随意展览，每人六个便士，而且让人从锁孔里偷看，于是，我告辞了坎南白里堡，愉快的伊兹林屯，和可怜的古德斯密居游地，而我的作品却不曾写得一行。

我又找了第二个住处，是一座小小的草屋，粉刷一新，离汉普斯台德村[2]不远，刚刚在一座小山的悬崖上，俯瞰着白垩农场和开穆屯镇[3]，镇上有两家老店，彼此对垒，一家叫"红帽老姆"，一家叫"黑帽老姆"，因此出了名，从这里再望过去，就是克莱克斯尔牧场，可直望到远远的城市。

这座草屋本身倒也没有什么稀奇，可是我很重视它，因为当初有一位遭难的作家曾经在这里存过身。当年可怜的史提尔[4]被债主和衙役逼急了，就逃到这里藏起来——那些人自古以来就是作家和逍遥自在的先生们的祸患——他住在这

---

① 赌咒的话。阿波罗是希腊罗马的太阳神，也是音乐诗歌之神。
② 村名，伦敦人假期游览的地方。
③ 伦敦的郊区，在圣保罗教堂西北。
④ 理查·史提尔（1672-1729）和艾狄生合编《旁观报》，提高了当时文辞的标准。

里写了许多《旁观报》。同时，给他的夫人的许多短简，也是从这里发出的，信上充满了亲切的情意、奇怪的思想，可以看出他是一位多情的丈夫、粗心的绅士、闪转腾挪的浪子，一而三，三而一，离奇地合成了一体。我一看见他那间屋子的窗口就心里想，这一次坐在里边，我准可能写出几本书来了。

根本不是这么回事，那时候正是晒草的季节，运气也真不好，茅屋的正对面就是一家小酒铺，挂着"草驮子"的招牌。这酒铺子是不是在史提尔的时代就有，我说不清，可是它根本不容许你想法子构思或引起灵感。所有在附近茫茫草原上割草的那些爱尔兰人，以及过路的家畜商人，赶牛群羊群的人，全都到这里来。他们老是在这里趁着夏季没完没了的黄昏，或者秋天收割时的月色，聚在一起，围坐在门口一张桌子上，呷酒，欢笑，吵闹打架，唱着催眠歌，把时光混过去，直等到圣保罗教堂发出严肃沉着的钟声，警告这般无赖，时间不早了，他们方才回家。

白天里我更不能下笔。那时候正是长夏的天气。晒草的人都在田野里干活，新割的草发出一种香气，使我老想起故乡的田野。因此我不能坐在屋里写什么，我跑出去游逛，赏玩樱草山、汉普斯台德高原和"牧野"，以及所有经伦敦的诗人题咏过的名山胜境。我躺在新割的草垛上，在那一带好玩的小山坡上，吸着田野里的香气，夏天的苍蝇在周围嗡嗡地叫着，有时候一只蚱蜢跳到我怀里来，就这样度过了不少美妙的时光；我半张着眼睛，望着伦敦的一片浓烟，听着远远的市声，看着大地的穷苦儿子们在它的肚皮上干着活儿，好像"暗黑的金矿"里的一些小精灵，对他们又非常同情；这一切，我简直没法子对你们形容出来。

许多人尽管随便讥笑伦敦人的牧歌①，可是说到究竟，伦敦西部那一带，确实有一种广漠的田野之美，无论谁，凡是俯瞰过西郊的溪谷，望着那大片柔软碧绿的空旷牧场，向南方扩张下去，只见上面点缀着散漫的牛羊，小山悬崖上生着一丛丛茂密的小树，树顶上露出汉普斯台德的尖塔来，远远还望得见哈洛镇上郡一带文化的高冈②，都会承认，无论哪个大都市的郊区，要说到田野的风景，再也没见过比这里更完美的了。

可是，我虽然时常搬家，搬来搬去始终没有一点儿见好，于是我才发现，原来在文学上像在商业上一样，那句古话是有道理的："转石不生苔，转业不聚财。"

乡间这种清静美丽的景物简直是同我作起对来了。我没法子把自己的想象鼓舞起来，变成一种狂放的情绪。在这样笑盈盈的山水之间，我不能设想一种血战惨杀的气象，我一见那些衣帽整齐、穿着短裤、裹着绑腿套的公民，脑子里一切英雄和匪徒的影像就给一扫而光了。我什么也不能想，只想到一些愉快的题目——《春日之乐》、《幽居之乐》、《静穆之乐》、《多愁善感之乐》——除了种种之乐外，什么也不想；可是我创作那篇《忧郁之乐》的苦痛经验在记忆中印象太深了，因此从这种种乐趣里也得不到什么慰藉。

后来命运照顾了我。我出去游逛的时候，常在汉普斯台德山一带徘徊，那座山等于京城的帕内萨斯③。徘徊逗留时，我偶尔到杰克·斯特劳堡④去吃饭。这是一个乡村的旅店，

---

① 伦敦人赞美田野，所见的也只有郊区一带。
② 哈洛在伦敦西北十里，高居山顶。1571 年设学校一所，在国内负盛名。
③ 雅典西北的一座山冈，相传是阿波罗和文艺女神缪斯的灵山。
④ 旅店兼酒家，在汉普斯台德高原。杰克·斯特劳原是僧人，1381 年瓦特·台勒尔起义，他是领导人之一，当年被杀。

因为当年那个著名的叛逆和他的部下在这里开过军事会议，所以就取了这个名称。想到乡下去玩玩的公民常喜欢到这里来，因为这边空气清新，又可以望见城里的景物，历历如在眼前。有一天我来到这家酒店，坐在吃酒的屋子里，叫了一份牛排，一品脱[1]红葡萄酒，正在沉思默想的时候，我忽然仿佛看见了许多古代英雄的影像。我早就想找个题目，找个英雄了；陡然间，两者一齐涌上了我心头，我决定拿杰克·斯特劳的史实来写一篇诗。我心里只惦记着这个题目，唯恐被别人抢了去。我很纳闷，当代的诗家在搜寻残暴的英雄当题材的时候，为什么从来没想起杰克·斯特劳，我不顾前后，马上动手写起来，挑选了一些不相联系的思想，以及战争的叙述、景物的描写，勾来抹去地写了几张纸，只等一声需要，马上就可成章。过了几天，我这篇诗的骨架子已经搭起来了，另外不缺别的，只等长上血肉就行。我时常拿着草稿在卡恩[2]一带一边游逛一边高声吟咏，也常到堡里去吃饭，借此保持着原来的思路。

有一天，我又到了那边公众喝酒的地方，时间相当晚了。满屋子里只见一个人面对窗坐在那儿，叫了一品脱红葡萄酒，在自斟自饮，一面望着一些过路的人。他穿一身绿色的猎装，容貌很奇特；一个钩鼻子，一双奇异的眼睛，只是略略有一点斜，大体看来，我觉得，那头颅颇有点诗人的风采。我很喜欢这个人，因为你知道，我是略略懂得一点相面术的。我立刻把他看成了一位诗人，要不就是一位哲学家。

我一向喜欢新交，把每个人都看成一本研究人类性情的书，因此就和这位生客攀谈起来，结果，我很高兴，原来这

---

① 英量名，20两。
② 一座精致的别墅，在汉普斯台德和高门之间。

位客人还很容易接近。我吃过饭之后，凑到窗前，和他坐在一起，我们两个人谈得很投契，因此我提议来一瓶酒同喝，他听了很高兴，当即同意。

我一心只想着自己这篇诗，因此不一会就把谈话引到这个题目上来，谈起这家酒店的来历和杰克·斯特劳的历史。原来，我这位新交对这个题目熟得很，谈起来头头是道，很对我的路数。我喝着酒，谈着天，越来越兴奋了。我怀着十足的作家的情绪，对他说起自己打算要作的诗，背诵了几段，他听了非常高兴。他显然诗趣很浓。

"先生，"他说，同时替我斟满了一杯，"我们的诗人不注意本地风光。我不懂，我们要写强盗叛逆，为什么定要到英格兰故国以外去找材料。我喜欢你这位杰克·斯特劳，先生，他是我们本国的英雄。我喜欢他，先生——我非常喜欢他。他彻头彻尾是英国的——他妈的——说到究竟，我还是要老老实实的英格兰故国！那才合我的情绪，先生。"

"我很敬重你这种情绪。"我热诚地叫起来，那也正是我自己的情绪，把一个英国的凶汉写到诗歌里，足足抵得过意大利，或德意志，或爱琴海①上随便哪个凶汉；不过这件事很难得使我们的诗人相信罢了。

"那更是他们的耻辱！"绿衣人说，"他们究竟想要些什么玩意呢？我们和他们那些意大利的群岛和德意志有什么相干？我们自己这小小的岛屿上难道就没有荒郊牧场和大路——是的，难道没有好汉子在这些地方跑来跑去？抱定了本国，我说那才合我的情绪。来来来，先生，敬你一杯，我完全赞成你的意见。"

---

① 地中海的一部分，在小亚细亚希腊和土耳其之间，岛屿很多。

"古代的诗人对于这个题目倒还有正当的见解，"我接着说，"我们关于罗宾汉①，阿兰·阿队尔，还有古代另外一些好汉，有许多很好的古歌，都可以为证。"

"对了，先生，对了，"他插嘴说。"罗宾汉！他是一位可以对人喊一声'站住'的汉子，而且从来不退缩。"

"啊，先生，"我说，"想当年，人们有的是著名的强盗组织；那才是光荣的、富有诗意的时代呢。像舍尔乌德森林里那帮逍遥的人物，所谓'在绿树丛中'②过着那样富有画意的流浪生活，我老想去访一访他们当年出没的地方，还要探一下塔克和尚③，和山谷里的克利穆，克劳兹力的威廉爵士④当年打劫的场地。"

"还不止这些，先生，"绿衣人说，"我们后来还有几帮很出色的人物呢。像常在伦敦附近荒郊——例如白格舍特，杭斯娄，还有黑荒郊一带出没往来的那些英雄好汉。来来来，先生，敬你一杯。你不喝酒。"

"我猜想，"我一边干杯一边叫道，"我猜想你听说过一位有名的特尔频⑤吧，他就生在这汉普斯台德村里，他时常带着一帮弟兄埋伏在埃平森林⑥里，那是大约一百年以前的事情。"

"我听说过？"他叫道，"当然我听说过！那才是一条好汉！沥青一般的结实！我们平常都管他叫老松节油⑦。一位有名的好汉，先生。"

"哎，先生，"我接着说，"我曾经到过倭尔坦寺，还有成

---

① 英国有名的绿林英雄，侠义勇敢，专于射箭。阿兰·阿队尔是他手下的人，时常出没于舍尔乌德森林中。
② 莎士比亚喜剧《如愿》中的词句。
③ 罗宾汉的管事人，听取他的忏悔。
④ 以上两人是苏格兰北方的绿林英雄，出没于舍尔乌德森林中。
⑤ 有名的强盗，1734年因盗马在约克被处绞刑。
⑥ 在伦敦郊区，下文的倭尔坦寺离这里约二英里，成符德教堂离这里六七英里。
⑦ Turpentiue 和特尔频声音近似。

117

符德教堂，只因为小时候听过他在那一带抢人劫财的故事，我还探寻过埃平森林，想找到他当年藏身的洞窟。你一定晓得，"我又加上一句，"我可说是个闯大路的①票客。他们是英勇的汉子，有了他们，我们才有充分理由为古代的游侠骑士作辩护。啊，先生，我们这国家渐渐衰落了，变得又老实又平凡了。古英国的精神越来越罕见了。当日那些盗案累累，屡次绑在柱子上受刑的英雄豪杰慢慢都变成躲躲藏藏的拦路贼，和偷偷摸摸的扒手了；如今在全国官道上已经没有勇敢豪侠的盗案了。一个人尽可以坐在叫人昏昏欲睡的马车里，或者是叮叮当当的驿车里，走遍英格兰，也没有什么险境奇遇，至多是偶尔翻了车，或是到了旅店投宿时铺盖潮湿，饭菜烧得不合口味罢了。我们也听不到一帮全副骑装的好汉，手里拿着短枪，脸上蒙着黑纱，拦劫公共马车了。举个例来说吧，假如一家人坐着自己的马车到乡下别墅去，走到黄昏，忽然遇见一位客客气气的强盗，骑着骏马，替老先生卸下了钱袋和表，也替太太小姐们解除了颈圈耳环，接着那匹骏马跳过短篱，便向田野里飞奔而去，那时，这家的姑娘加罗琳小姐会看得佩服之至，事后还会写一封信给她城里的朋友若丽安娜小姐，把这次险境奇遇作一番详细而浪漫的叙述——这在家庭生活里该是多么美丽，多么富有诗意的一个情节。啊，先生，如今这种情节我们已经遇不到了。"

说到这里我停下来，缓一口气，喝了一杯他刚刚替我斟上的酒。"这一层，先生，"我的酒伴趁着我这一停，说道，"这一层，先生请你多多原谅，并不是因为缺乏了英国自古以来的勇气，而是因为有了该死的制度，才有了这种结果。如今大

---

① 英文"强盗"直译作"闯大路的人"。

家旅行时已经不像从前那样带着一袋袋的黄金了。他们有邮局的汇票，银行的支票，要抢一辆马车就同捉一只乌鸦一般，辛苦半天只落得一块臭肉，一把羽毛，然而，在古代一辆公共客车，先生，却如同一只丰满的西班牙的大帆船①，结果总有滚滚不尽的黄家伙。一辆私家马车也起码会有一两百个黄家伙。"

听了这位新交的这番俏皮话，我真是说不出的高兴。他告诉我，他常到这堡上来，很愿意进一步同我熟识；我也打算时常同他在午后好好游玩一下，我的诗作到哪里，可以随时读给他听听，向他领教领教，因为事实很明显，他确实具有诗人的情调。

"来吧，先生，"他说着把酒瓶推过来，"该死的，我喜欢你！你这人真对我的劲。我不善于交结新朋友。一个人总得有点斟酌嘛，你晓得。可一遇到你这样脾气的人，该死的，我就立刻情意投合啦。这才合我的情绪呢，先生。来吧，先生，这一杯祝杰克·斯特劳的健康。我想，在今天举杯祝他的健康，该不算大逆不道吧。"

"我由衷地赞成，"我很高兴地说，"我们还要加上狄克·特尔频，也祝他一下"。

"啊，先生，"绿衣人说道，"那些才是诗歌中的人物，新门一览表②，先生！新门一览表才是你唯一的读物！你要找大胆的行动勇猛的好汉，就该到那里找去。"

我们彼此谈得非常投契，不知不觉坐到天色已晚。我坚持要付款，因为我的口袋和心意都很满足，并且我同意下次

---

① 十五世纪西班牙人从南美回来，往往满载金银财宝。"黄家伙"是黑话，指金币，一般是几尼。
② 新门是伦敦著名的监狱，一览表载着收到的犯人的罪行。

聚会由他付账就是。因为这时候从汉普斯台德到伦敦的车已经都过了时刻，我们只好步行回去了。他对于我那篇诗的内容非常高兴。别的事一概顾不得谈论。他要我把记得的段落背些出来，尽管我记性不好，背得七零八落，可是他却听得欢天喜地。

他时时脱口而出，引上一个片段，尽管错得一塌糊涂，还要搓着手叫道，"我的老天爷，真好，真棒！该死的！先生，我真想不到你怎么会有这样的意想！"

不瞒你们两位说，他每次引错了我的诗，我心里并不太高兴，因为一错有时就错得毫无意义了，不过一个作家遇到恭维，谁还去计较小节呢？

我从来没有那天晚上那么高兴。时间如何飞度过去我简直没觉得。我舍不得分手，老同他胳膊套着胳膊走下去。走过了我的寓处，穿过了开穆屯镇，横跨克莱克斯克尔牧场，一路只谈我那篇诗。

我们走到牧场的中间，我正引着一句诗，他打断了我的话，告诉我这里从前是有名的拦路打劫的地方，至今偶尔还有路劫的事情，而且最近有个人因为想抗拒竟被人一枪打死了。"那更见出他是个傻瓜！"我叫道，"一个人为了争区区的一袋钱竟舍上一条性命，即使舍上一双胳膊，都是傻瓜。那同决斗完全不同，决斗是与荣誉有关的事情。至于我，"我又添上一句，"如果遇到那种暴徒，我决不会起意抵抗他们哪一个。"

"你是这样说吗？"我那位绿衣朋友叫了起来，忽然朝我身子一转，一把手枪已对准我的胸口，"哎，那么，我就要给你一下子，我的伙计！来——交钱！倒空！解口袋！"

总而言之，我这才知道，自己是上了缪斯一回当，把我卖到挡路贼手里去了，当时情势急迫，不由你谈判，他吩咐我把口袋翻过来，接着又听得远远有点脚步声音，他猛然间向前一扑，把口袋、表统统抢了过去，还兜着我倒霉的头顶狠命一击，使我摊倒在地上，带着他的贼赃一溜烟走了。

以后我就没有看见这位绿衣朋友了。过了一两年，我遇见一群上了脚镣的无赖汉，一眼忽然瞥见了他那张富有诗意的面孔，当时他们正充军走在半路上，他立刻认出了我，还厚着脸皮对我使了一个眼色，问起我关于杰克·斯特劳堡的史事我进行得怎样了。

克莱克斯尔这次乱子，结束了我夏天的壮游，我本来对于叛逆、强盗、拦路贼怀有一团热烈的诗兴，这一来可消除了，我厌弃了自己的题材，更糟的是，我解脱了自己的钱袋，而我在天地间所有的钱几乎一分一毫都装在那里边。因此我垂头丧气放弃了理查·史提尔的小屋，又进了都城，钻到一个顶阁上去，那个住处虽然诗意不减，空气也一样流通，名气却没有那么大。

这时候，我决意同文人结交，跻身士林。我想，作家所以能迸出天才的火花，燃起光明灿烂的思想，是全靠心思上经常的切磋琢磨。诗歌显然是一种传染病。我要同诗人常在一起；安知我不能像别人一样地沾染上去？

我既然不曾成功，也就不负着什么成名的罪过，所以要在文学界上认识一批人也并不难；事实上我的诗卖不出去反而成了一种介绍，可以博取他们的欢心。我这些新交中不属文学界顶顶有名之流，然而如果你肯相信他们的话，他们就同古代的先知一样，世界并不值得他们一看，他们要的是来世的声名，到了那时候，眼前这些暂时的得意人物早就被人忘记了。

可是不久我又发现，自己越同文学界搞在一起，越觉得写不出来了；原来，诗歌并不像我起初设想的那么容易沾染；而且诗人过起日常生活来往往是离诗最远不过的。还有一层，文学界里的那种交情我丝毫不能利用，因为我缺少团体精神，我不能加入哪一个单独的派别。在我看来，他们各派都有可取，可是又发现那也决不行，因为一个人要加入随便哪一派，一个不言而喻的条件就是他非得大骂其余一切派别不可。

我看出来有许多作家小集团，他们彼此共同生活，互相帮忙，也互相依靠。他们自命为社会的中坚分子。他们已养成一种那一套谈论和讥笑的思路；互相标榜，把彼此捧上了天。每一派都有一套信念，捧起几位作家来，奉为神明，自己五体投地地崇拜他们；若不崇拜这几位而崇拜别人，在他们看来，个个都是异端邪说。

遇到引证当代作家的时候，我听他们总是称赞一些我几乎从没听到过的姓名，提起一般推许的那批人，总是加以菲薄，如果我提起随便一本新出的作品，是出于某一位第一流作家的手笔，他们根本就没看过——他们没有工夫去看印刷机器上赶出来的一切货色；他写得太多了，不会好的；然后他们就兴高采烈地大发议论，谈一位什么提莫孙先生或陶穆孙先生，或杰克孙先生，他们的作品在当代都是没人理会的，可是到了后世自会使大家惊讶，大家欢喜，咳！这一个漫不经心的世界，给可怜的后世，天天积累着多么重的债务啊。

然而最使人领教不浅的却是听一听他们谈起伟人时竟带着那样鄙薄的口吻，老天爷！伟人们所受到的文学界上那些小人物的轻视真是无法估量！固然，有时也有例外，也许遇到某一位贵人，他们偶然在选举场里同他拉过手，或是在公共宴会场上对酌过，彼此都很开心，那就会把他说成是一个“挺好的人”，“而不是骗子”；不过一般的说，一个人只要有个头衔就够了，就可以成为他们的高论中鄙薄的目标。他们谈起贵族来，那些论调多么富于诗意，多么富于哲学的意味，你简直无从想象。

在我，这一套倒没有多大影响，因为我虽然对于伟人本无什么怨恨，对于一个生来拥有一个头衔而并不负着罪过的人，是并不因此就加以小看的；可是，我现在对于小人物加给他们那些侮辱也并不觉得一定要怀什么仇恨。不过他们对于当代的大作家那种敌视的态度却总觉不对劲儿。我没法子加入这一类的争执，也去表示这种憎恶。我还没成为作家，没资格去憎恨别的作家。我见了出版的新书仍颇感兴趣，热心于称赞一个现代人，即使他已获得成功也罢，实在说，我的兴趣广泛多样，因此我不能限定在哪一个时代或哪一批作家身上。我看过拜伦的火热的篇章，再看蒲柏那种冷静雕琢的讥讽，同样兴趣盎然，我在《失乐园》①的仙林里漫游以后，尽可以一心一意地迷恋着《拉拉·胡克》②里边那些荡人心神的园亭。

"我宁可要我所读的作家，"我说，"同我所喝的酒一样地五光十色，既欣赏浓烈芬芳的作品，也不贬低爽心怡人的篇章，像葡萄牙的红葡萄酒，西班牙人的白葡萄酒都是顶可靠的好酒，马第拉岛上的白葡萄酒也一样，可是有时来上点法国波尔多或白根第的红葡萄酒，也不见得就会糟蹋了你的味觉，而香槟也绝不是可以轻看的饮料。"

有一天，我在一个文学俱乐部里喝了一点麦酒，兴之所至，就发了上边那一套激烈的议论，我讲的时候还颇具文采，

---

① 英国大诗人弥尔顿（1608–1674）的杰作。
② 陶玛斯·穆尔的诗篇，取材于东方的恋爱故事，主人公富于热情。拉拉·胡克是假托的德利皇帝的公主。

注意辞藻，因为我自以为那些比喻都很聪明，可是不幸得很，听我讲话的那班人都是喝啤酒的，他们又都恨蒲柏；因此我所举述的各种酒的比喻变得毫无意义，而我那种带有批评性质的兼容并包主义被大家看成了十足的异端邪说。总而言之，我不久就变成宗教界的一个自由思想家，为各家各派所不容，成了众矢之的了。在文学界上无所憎恨，就落得那种凄惨的下场。

我看你们两位已经听得厌了，所以我的文学经历的余下部分就只再简短地说上两句就打住了。关于我怎样想出种种方法想要跨上裴格撒斯①，我写了多少诗篇始终不曾印出来，提出了多少剧本始终不曾上演，印出了多少小册子始终不曾卖掉，都不细说了，免得耽误你们的工夫。好像是书店，经理，连一般读者大家串通在一气，硬要把我饿死。可是我仍旧不能心服，放弃这种试验，打破一向醉心求名的迷梦，如果我这样完完全全辜负了大家的期许，那我回到本村，还有什么面目去见文学界那班人呢？因此，我又坚持了一段时间，为获得出名而写下去，可是到头来自然成了世界上第一号的可怜虫，而且时常有饿死的危险。我架上的文学名著越积越多——这些积压只能留给后世人作宝贝了，可是，咳！却不能给我的口袋添上一个便士。这一大套财宝对于我眼前的需要又有什么用呢？我既不能拿一篇短歌补拐肘上的破洞，也不能拿无韵诗来充饥。格言说得好："东风岂能填肚腹"？②喝东风既不饱人，作诗也正是一样。

我多次在伦敦西部一带很凄惨地游荡，怀着一颗悲伤的心，一个空空的肚皮，在五点钟光景，眼巴巴地望着那些人

---

① 希腊神话，诗神缪斯所骑的秃马。
② 见《旧约》约伯记第十五章；中国也有喝西北风的话。

家便门前面的空地，看到厨房窗口里边熊熊的炉火，大片肉
在铁钎子上翻来覆去地烤，滴着油汁，女厨子们搅着布丁，串
着食火鸡，那时，我往往觉得，这些厨房只要有一家给我自由
出入，直抵得阿波罗和缪斯在那清高的帕内萨斯峰上给我一
个高高的地位。啊，先生！他们常谈起墟墓之间的沉思默想！
那比起袋里一个钱也没有的穷鬼，晚饭之前走过家家厨房的
窗口所引起的愁苦，真是算不得一回事啊。

最后，在我几乎穷困到挨饿绝望的时候，忽然起了一个
念头，也许我这个人不像村中和我自己设想的那么聪明。这个
念头救了我的命，脑海里刚刚涌出这个念头，马上就觉悟了，
马上就舒服起来了，我好像大梦初醒；我把千秋的文名让给
了那班可以喝风的人们，着手只搞赚饭吃的写作；于是，从
此以后生活就可以过下去了。最舒服的文人莫过于无名可得也
无名可失的了。起初，我自己还得训练一下，把自己的翅膀剪
短一点，要不，任它们飞翔的话，又要作起诗来而不能罢休了。
于是，我决计从相对的那个极端上着手，放弃了这个行业的
上等境界，一落千丈，变成了一个爬虫。

"爬虫！请问那是什么意思？"我说。

"啊，先生，我看出来你并不懂行话，爬虫是给报馆供给
零星文字的，共写多少行，他跑来跑去，专门采访不幸的事情，
老守着博街衙门①，以及每个作奸犯科的巢窟。我们的价钱
是一个便士一行，因为我们一段文字几乎到哪个报馆里都卖
得掉，有时候我们也能找到天把像模像样的工作。有时候缪
斯又苛刻起来，或者碰到哪一天特别安静，那时候我们就有
点要挨饿了；有时候那些没良心的编辑，嫌我们的文字辞藻

---

① 伦敦的警察厅，1749 年起设在博街。

稍多了一点，又要加以删割，一下子就给割去两三便士。我有许多次被他这样一割，吃晚饭喝黑啤酒就喝不成，嘴唇子只好干巴巴了。可是我也不能抱怨。我在这个行业里渐渐也提高了一些，现在，依我想来，算是在文学界里最舒服的地方了。"

"请问，"我说，"你现在干的是什么职务？"

"现在，"他说，"我是个经常写作的人了，我这支笔什么都来。我替别人润色一下文字，每面可以得若干钱，搞翻译，写二等论文，填填各评论报各杂志的篇幅，编辑陆海旅行记，还给报纸写写戏评。所有这一切著述，你晓得都是不出名的；我不享有任何声名，只是在这个行当里大家认为我是一位样样都来的作者，保证总有工作罢了。我所要的声名也只有这一种。我睡得很稳当，既不怕讨债人，也不怕批评家，我把不朽的声名让给别人，随他们高兴去焦急、去争夺。相信我这句话吧，世界上唯一快乐的作家乃是够不上汲汲于文名的人。"

出风头

我们从老实的特里布的书巢走了出来，平平安安地下了折颈台，又穿出了弗利特市场一带错综复杂的路径以后，白克桑高谈阔论起来，对他刚才带我去窥探的文学生活发了许多议论。

我一向以为文学界别有洞天，这回亲眼看了，才大吃一惊，我对他说了这一层。

"对局外人来说，"他说，"都是这样的。隔得远远的人望着文学界总认为是仙境一般，可是，这也同一切的名山胜境一样，只要渐渐靠近了，也就看到了那些荆棘榛莽。从古到今，一切的民主国家里，党派最多，意见最不一致的莫过于这个文学共和国了。"

"可是，"我说着微微一笑，"这是老实的特里布个人的经验，你不会要我把这看作是文学界的全部景象吧。他好比一只猫头鹰，只是藏在那里捉老鼠，不过是个起码角色。如果我们看到了一位幸运的作家，高踞于时风的绝顶，逍遥自在，好像夏季蔚蓝的晴空里一些翩翩往来的燕子，那又另是一种意味了。"

"也许我们看得到，"他答道，"可是我总怀疑。我恐怕无论哪一位，即使最享盛名的人，如果要他把实际的心情讲出来，你也会觉得友人特里布那套关于声名的哲学，实为至理名言。你会发现，这一位正当那老鹰一般的批评家啄着他的肝脏，他却还要对世人装出一副高兴的神色来；那一位又过于天真，竟把时髦当作了声名，你会发现，他老是对别人观颜察色，渴望人家邀请，怀着野心想在这花花世界上出头露面，而于文学界倒还在其次，只要一个一窍不通的贵族或放荡的公爵夫人对他不加理睬，他马上就会垂头丧气。至于那些声名蒸蒸日上的人，你会发现，他们焦思苦虑地要求更高的声名，而那些登峰造极的人又提心吊胆，老怕一筋斗摔下来。

"连那班对于出风头赶热闹没有兴趣的人也不见得就好些，时常有人闯进来打搅他们的清闲，扰乱他们的事情；因为，不管他的情绪如何，只要一位作家出了一点风头，他就必须输上一班，直待到当时那种无聊的临时好奇心满足了，他才又被扔到一边，叫他让位给另一种新兴的玩意儿。总而言之，我以为，为了野心而卷进旋涡去的人，无论多苦，还是最幸运的；对于下注不感兴趣而又必须参加赌博的人，那才加倍厌烦呢。"

"繁华世界老是要求新的玩意儿；每过几天必须有它一种新奇的东西才行，不拘哪一种。有时候是一个作家，有时候是一个吞火的，又有时候是一个作曲家，一个从印度来的变戏法的，或是一个印度酋长，从北极或金字塔边来的人；每个人都在短期间出一会风头，接着就让位给下面一桩新玩意儿。你一定晓得，我们的贵夫人中有些人是有新奇癖的，她们喜欢召集各种出色的人物，提琴师，政治家，歌手，勇士，艺术家，哲学家，演员，和诗人；总而言之，每一种人物，只要有他特别出色的一手儿，总要叫她们那种盛大的晚会像个化装舞会一样，人人都'扮角'出场。"

"我曾经参与过这种聚会，眼看着每个人都卖着多大的力气来演他那个角色，而且丢开了自己的本行，真是趣味无穷。最好的反串要算是文人遇到伟人了。一个豪华的阔人总是急于要人家把他看成才子，而才子又想装作豪华的阔人。"

"我曾见过一位贵人，他极力装得聪明多才，对一位文人大谈学问，而那位文人则竭力装出一副时髦的气度，说话是一副都市人士的口气。那位贵族援引了二三十位渊博的作家，只想叫人家认为他对那些作家都很熟悉，而那个作家却老谈着这位约翰爵士，那位哈利爵士，还夸奖他在某某大人座上喝过的那种葡萄酒的风味。两方面都忘了自己只有守住了本行，对方才有兴趣。假如那位贵族只是一位博学之士，那作家决不会听他那一套乏味的语言；假如那位作家认识《缙绅年鉴》上所有的贵人，在那位贵族来说，也就不会对他感觉有什么兴趣了。"

"同样地，我还见过一位阔太太，著名的美人，却大谈浅薄无聊的形而上学，叫一位哲学家听得大为厌烦，而那位哲学家偏偏又装出一副笨拙的殷勤的样子，拿着她的扇子玩来玩去，喋喋不休地大谈歌剧。我又听过一位伤感的诗人对一个政治家傻头傻脑地谈国债，又有一次看见一批科学界上的老先生聚集在一个角落里，我凑上前去，心里希望听他们讨论某一件重大的发明，结果，却只听见他们在讲着一个粗俗的故事寻开心。"

一位实践哲学家

我听了白克桑讲的他早年的同学那许多轶事珍闻，注意到其实白克桑也有各式各样的特别脾气，因此起了一种强烈的好奇心，想知道他本人一点身世。我是个地道老派的旅行家，喜欢按书里记着的那种办法，每遇旅行家碰到一起，照例是立刻坐下，各人把自己的身世和险境奇遇叙说一番。白克桑这个人也可能对我的劲儿；他见过世面，也在社会上混过，然而因为单独居住得久了，仍旧保留着一些强烈的古怪脾气。他有一种漫不在意的诙谐，这使我非常喜欢，有时候这种诙谐还掺和着一点古怪的色彩，还加上了一种风趣。他对于社会和风俗喜欢大加议论，对于人类的性情也总有一些奇怪的见解，不过他这种讽刺都没有恶意，往往只是讥诮人类的愚蠢，而不是攻击他们的罪恶，即使谈起同胞的愚蠢来，也带着宽厚的意味，因为他明知自己也不过是个脆弱的人。他在不走运的时候，显然也受过冷淡，碰过钉子，不过他并不因此而变得乖戾，正像有些水果因为碰伤了或经过霜打，滋味反而更醇、更浓厚了。

我一向最喜欢听这种实践哲学家的谈论，他们得了"忧患的甜味"①，而不曾浸润上它的苦味；他们学会了知人论世，论得很有道理，但也不失好意；他们一方面领会了"凡事都是虚空"②那句格言，而领会的时候还能不带着精神上的烦恼。

---

① 见莎士比亚《如愿》第二幕，第一场。
② 见《旧约》传道书第十二章。

白克桑正是这样的人；他在平常总是个笑嘻嘻的哲学家，无论什么时候，若是一阵愁苦的阴影偷偷地笼上了眉头，那也是很短暂的，像一片夏天的云，一会儿就掠过去了，这对于掠过的田野只会更新鲜，更精神。

有一天，我同他在肯星屯公园里散步，因为他是个爱好玩乐的人，凡是都城附近一带花钱不多的娱乐和游人常到的郊野，他都熟悉。那天，正是春季里一个快活温暖的早晨，他怀着一团高兴，恰像一个牧人刚刚跑到草地上的阳光里似的。他眼望着一只云雀从一片雏菊和杯形的花丛里飞上天去，一路唱着，歌声直上蔚蓝的天空中一片雪白照亮的浮云。

"我若是作一只鸟儿，"他说道，"我什么鸟都不作，只要作一只云雀。它在一天里最明亮的时候，在一年里最快乐的季节里，在新鲜的草场上，盛开的花朵中，高歌狂欢；草地上的美景享足了以后，它又鼓起翅膀飞向天空，好像是想陶醉在晨星的仙乐里一般。你听那声音！当它从高空传到你耳朵里的时候，多么动听！那溪水一般的音乐，一声接着一声，那抑扬顿挫是多么妙啊！一个人能在田野里散步，不花一个钱就能听到这种音乐，谁还肯到歌剧院和音乐会上去自寻烦恼？这种享乐真是叫人看轻了钱财，叫穷人也傲然自足起来：

命运之神，你不给我什么我也不在乎。
自然界的恩惠，你总不能给我夺了去，

当曙光的女神露出朝霞般的脸色来，
你不能把天上的窗户加以关闭。
在晚间我总在树林里，草地上，

玩着的活动的溪水，你也挡不住我的踪迹。①

"先生，在自然界中，一切事物处处都在说法，它是抵得上学校里传播的一切智慧的，只要我们善于领会；我每逢心里不快乐的时候，便觉得听听云雀的歌声，就是绝妙的课程。"

我趁着白克桑对我谈得高兴，向他暗示了自己的愿望，想知道他的一点生平事迹，据我想来，那事迹一定不少。

他听我讲出这番意思来，微微一笑。"我没有什么了不起的故事可讲，"他说，"不过是一连串的错误和糊涂罢了。尽管如此，也不妨让你晓得一段，其余的，也就可以想见一斑了。"于是，他也没说什么开场白，就对我谈了下边的几段珍闻，都是他自己早年的一些奇遇。

---

① 苏格兰十八世纪诗人陶慕苏的《嫩阁吟》第二章第三节。

白克桑是一个有希望继承巨产的青年

我生来家里就没有多少财产，不过有希望继承一宗很大的产业，这种情形，也许正是人生最大的不幸，我父亲是一位乡绅，是一个中途没落了的古老家世的末一代，居住的渥立克郡一座老房子，本是作为打猎之用的。他是一位热心打猎的人，凭着那点有限的收入过日子，因此，在这一方面我没什么继承遗产的希望，可是我却有一位有钱的舅舅，一个贪婪的一心攒钱的守财奴，大家都深信，他将来会要我继承，因为他是一个老单身汉，我的名字是随着他的名字取的，而且全世界除了我以外，没有一个人他不心怀怨恨。

实际上，他一贯与人积怨，谈到愤世嫉俗这一方面，也是个吝啬人，积起怨恨来，也同积攒钱财一样。因此，虽然他的妹妹只有我母亲一个，可是，她同我父亲结婚这件事，他始终不能原谅，对我父亲，他从做同学的时候起就怀着一番冷静的怨怒，牢不可破地藏在心底下，好像井底下一块石头。然而我母亲却把我看成了一个中间人，开始把样样事都靠我拉个圆满，因为她把我看成一个非凡的奇才，上帝保佑她！我每次只要想起她的慈爱，心里就热情洋溢。她是一个最好、最宽容的母亲，她只有我这个儿子。可惜她没有其他子女，因为按照她那种慈爱的深情，即使有一打，也足够把个个子女惯得一团糟。

我很小的时候，家里就把我送进了公立学校，母亲很不愿意；可是父亲坚持说，要把孩子训练得结实耐劳，只有这条路。学校里的先生是个尽心竭力的旧式人物，一本正经的样子，他对于人家托付的学生很尽职守——也就是说，当我们功课学不会时，总是被痛打一顿。我们分作几班，成群地挨着鞭子，顺着知识的大路往前赶，就像一群赶上市的牲口，凡是腿短脚步慢的，跟不上腿长脚步快的同伴，总得吃苦头。

可是我呢——说来令人惭愧——我是一个无可救药的落后分子。我一向颇有诗兴；也就是说，我一向是个懒汉，喜欢逍遥懒散。只要一有机会，我就抛开书本子走出校门，到田野去漫游。我的环境有种种的引诱，养成了我这种脾气。校舍是一座粉刷起来的老式邸宅，是木料和灰泥构造的，坐落在一个风景美丽的村子边。附近有一座庄严的教堂，一个高高的哥特式尖塔；后面是可爱的山谷，望过去一片碧绿，一道小溪穿过柳树丛，隐隐地露出闪烁水光，四围是一峦青山，到了夏天常常引起人的许多梦想，想象着山外的仙山灵境。

我虽然因为不爱读书，当然在校挨过几下鞭答，可是至今回想起那个地方来，却还不由地悠然神往。事实上，我把这种日常的鞭答看作人类共同的命运，凡是要造就学者，就得靠这种正规的方法。

我的慈母每次听到我说起，为了求学而吃那许多苦头，总是哭哭啼啼，可是，任凭她怎么劝阻，父亲总是不听。他自己当年上学就是被打出来的，因此，他赌咒说，要造就人才没有第二法门；尽管他自己对于这种理论，也不过是个平平的例证，因为人家都把他看成一个大大的傻瓜，我说这话，对他并没有不敬的意思。

我的诗兴在很小的时候就显现出来。我们的邻舍中有一位绅士，每个星期天都上村中的礼拜堂，他是这一片田地的主人，他那花园直接伸到村边，他还有一座宽大的别墅，好

像要把教堂收过来归他保护一般。真的，你简直会觉得那座
教堂仿佛不是奉献给神道，而是奉献给他的。那教区的牧师
见了他就深深地鞠躬，教堂里看守座位的人见了他就俯伏在
地。他每次总要晚一点儿到，到的时候总有点声气，拿手杖
敲打着地面，手里挥动着他的帽子，慢腾腾地从座位中间穿
过去的时候，总是神气地左顾右盼；而那位牧师每到星期天
都和他同吃午饭，因而总是等他到场才开始做仪式。他带着
一家人坐在宽大的席次上，座位上的铺陈都很华丽。他们祈
祷的时候，虔诚地跪在天鹅绒垫子上，在诵读教人谦逊温恭
的训词的时候，所用的祈祷书都是摩洛哥皮烫金的精装本。
每次牧师一提到富人进天国如何困难的话①，在座的会众总
是一致把眼光转过去向着那个"特座"，我想，这位乡绅对大
家这一看似乎很得意。

这个座次的华丽和这一家人的贵族气派，特别引起了我
的非分之想，因此我没命地爱上了那位乡绅的一个大约十二
岁的小女孩。正是由于这一点妄想，我比平常更爱逃学了，我
时常在那乡绅的花园周围转悠，在他住宅附近躲藏着，以便
这位姑娘在窗口上偶尔一站，或在草地上游玩，或跟着保姆
出来走走的时候，我可以望到几眼。

我当时没有胆量，没有那份厚脸皮，从藏的地方跑出来，
实际上我老觉得自己好像一个可恶的偷猎者，直到后来我读
到一两卷奥维德的《变形记》②，于是我就把自己想象成一个
半人半羊的神祇，把她想象成一个我所追求的含羞的山林女
神。这种柔情在少年的时候乍一唤醒，真是美味无穷。每当

---

① 财主要进天国比骆驼穿过针孔还难，见《新约》马可福音第十章。
② 奥维德是罗马大诗人，公元前43年–公元17年。《变形记》是他最著
名的作品，内容多讲到男神和山林水泽的女神的爱情。

我一眼瞥见那灌木丛里她的白衣衫随风一飘，我的童心就怦怦直跳，甚至至今都依然还有这种感觉。我怀里装着一本沃勒的诗集①，是我从母亲的藏书里偷出来的，我把他恭维萨卡瑞莎的许多赞美之词都用到了我这个小美人身上。

后来有一次，学校举行舞会，我同她跳了舞；我是多么笨拙啊，几乎不敢对她说话；我在她面前只觉得自己又怕又窘；然而我的灵感却大大鼓荡起来，我的诗兴第一次勃发，写下了一些火热的诗篇，以萨卡瑞莎的芳名作韵脚。第二个星期天，当她走出教堂时，我红着脸把这几首诗悄悄塞到她手里。哪知道这个假正经的小娘们把这诗交给了她母亲，她母亲又交给了那位乡绅，而乡绅可一点诗兴也没有，一怒之下就送给了先生，先生就拿出不愧黑暗时代的蛮劲，给了我一顿好打，打得我没脸见人，因为我竟这样擅自闯上了帕内萨斯山。这对一个崇拜缪斯的人真是当头一棒；本来我满腔的作诗的热情就该从此消失了；不想这一来，倒反而引起了殉道的精神，我的诗兴居然更加浓厚了。还有一层，也许这一来我对那位小姐的热情倒是消失了，因为我挨的那一顿可羞的鞭打全是由于歌咏她的风韵惹出来的，我非常气愤，到了教堂里面再也抬不起头来。我的情感居然受到了挫折，幸而中伏的假期到了，我就回了家。母亲照常地询问了我在校的一切情形，及种种幼稚的欢喜、忧虑和悲哀；因为人在少年时期这样那样都总有他一份儿。我对她说明了一切，她听说我经受了那一番待遇，十分气愤，她对那位乡绅的傲慢，和他那女儿的假正经大发其火，至于讲到学校里的先生，她真不知道要学校里的先生干吗，孩子们为什么不能住在家里？在

---

① 英国诗人沃勒（1606–1687），该诗集为《糖小姐》，讲沃勒恋上一位伯爵的女儿萨卡瑞莎，并作了许多诗给她，事终不成。

母亲的照顾之下，请个家庭教师来教导。她要去了那几首诗，一看之下，很是高兴，因为，说句实话，她对诗歌是颇有几分鉴赏力的。她甚至还把那几首诗拿去给牧师的妻子看了，牧师太太认为这些诗都很风趣，而那位牧师的三位小姐定要我给他们每人各抄一份。

这一切使我心里深感安慰，尤其使我消气和给我鼓励的是那几位小姐本来是我们那一带的女学士，曾熟读约翰生博士的《诗人列传》，她们对我母亲保证说，伟大的天才是一向不用功，一向懒散的。听了这番话，我就猜想着自己是有点超群出众吧。可我父亲却完全不是这样看，当我母亲在得意之下，把我的诗稿拿给他看时，他把它一下子往窗外扔了出去，问她是不是打算"把这孩子造就成一个诗谣贩子"？不过他是个粗心的人，思想也平平，我实在不能谈我对他怀有多大的爱心；我的孝敬之心全被母亲吸收尽了。

到了假期，家里时常派我去探望那位要我继承的舅舅。他们以为这样可以使得他不至于忘记了我，并可使他喜欢我。他是一个枯瘦的老头，一脸的忧愁，他住在乡下一座荒凉古老的别墅里，由于生性十分吝啬，房子破破落落，不加修饰。他只用了一个男仆人，跟着他过了若干年，还不如说是饿了若干年。女人一概不许在宅里寄宿。那老仆人有个女儿，住在大门旁边的原先的门房里，每天大约有一个钟头准她进宅去，铺床叠被，烧一点点伙食。宅子周围的花园完全任它荒废着，树木都长得不成样子；鱼池也变成了死水；原先放在台基上的缸和雕像也都跌倒了，埋在丛杂的蔓草里。除了野兔和野鸡偷猎之外，无人前来惊扰，因此滋生得成群结队，在那没人剪割的草地上和荒芜的林荫路上跳跃飞翔。舅舅因为要看家，因为相当怕强盗，还几乎同样地怕穷人，想把他们都吓走，他专门养了两三只狗，它们老在宅子周围绕来绕去，附近的乡下人都很害怕。这些狗瘦得很，饿得半死，肚子空空的，见了人仿佛想一口就吞下去，随便哪个生人，谁要走近这座魔宫，敢保他一望见就要却步。

我在假期中时常去住一住的舅舅家里，就是这样子。前面说过，我是这个老头儿所喜欢的人；也就是说，他恨我不至于像恨世界上的其他人一样地厉害。事先已经有人把他的情形告诉了我，并且提醒了我，要慢慢博得他的好感；可我那时候太年轻，太粗心，不会奉承，而且实在从来也没十分注意自己的利益，因此不能叫自己的情绪看着利益为转移。然而我们两个人倒慢慢搞得很不错了，因为我到这里，几乎什么也不需要破费，所以他似乎也不很讨厌我。我随身带了自己的钓鱼竿，餐桌上的饭菜有一半是我从鱼池里钓上来的。

我们吃起饭来很寂寥，很冷落。我舅舅不大开口；他需要什么时只用手一指，那仆人就完全明白。实际上，他那仆人约翰，或者叫作"铁约翰"——这是周围一带大家给他的称呼——和他那主人简直是一对儿。他是个个儿高高的瘦老头，戴着一顶枯燥的假发，似乎是牛尾做成的，一张脸孔十分坚韧，好像是牛皮做的一般。他通常穿着一件打着补丁的长制服，这制服是从这家的衣橱里取出来的，穿在他身上晃晃荡荡像个布袋，显然是这邸宅当年过好日子的时候，一个肥胖的上手穿过的。他由于长期沉默，成了习惯，那副下巴骨的钩环好像完全生了锈，每次要张一下勉强说出一句话来，就要费好大的劲，等于要他打开花园的铁门，放出车棚里那辆破烂不堪的自用车一般。

然而，有一段期间，我对舅舅那些怪脾气不能说不感兴趣。甚至于连他的家里那种荒凉寂寞也觉得有点正合我意。碰到天气好，我时常独自一个人自得其乐地在花园里荡来荡去，好像驹子跑过草地一般。兔子和野鸡看见有一个人白天里在那些禁地上走动，似乎都惊讶起来，直瞪着眼看着我。有时候我投着石子玩，或用弓箭射鸟，因为如果开了枪，那就会被认为大逆不道了。我时常在路上碰到一个小顽童，一头红发，破衣烂裳的，他是住在号房里那个女人的儿子，在宅子周围乱跑。我想法子同他拉点交情，希望找他做伴，可是他似乎吸收了四周处处存在的那种孤僻性，始终远远躲着我；因此我把他看成另一个峨孙①，拿弓箭射他当游戏，他老是一只手提着裤子，像野鹿一样地跳窜。

这种寂寞荒凉的境界，在我看来觉得特别有趣。那些被风吹雨打的宽敞的大马棚里，栏里早已没有马了，但那些宠爱的马匹的名字却还记在空出的栏子上边；窗户都用砖和木板封闭了起来；一些破屋顶上，有许多白嘴老鸦和穴鸟站着岗——一切都显得枯寂荒凉。还幸而那些粗大的烟囱里有一个有时还弯弯曲曲地冒出一缕青烟，好像一把螺蛳锤子似的，我舅舅那点饿不死的饭食，就是在那下边烧的，要是连那点烟也没有的话，人们准以为那宅子里简直没有一人。

我舅舅的房间在这座房子里一个深远的角落上，保护得很严密，平常总是锁着的。他从来不许我进入这个要塞，而这老头却大部分时间待在里面，像个老练的蜘蛛一般，气昂昂地守在它那网中的大本营里。除此以外，这座邸宅却可任我到处游荡，无拘无束，潮气和穿过破碎窗户的雨水把墙上的纸张都湿得颓了下去，画片也长了霉，家具也都慢慢损坏了。

① 法国传奇《瓦伦迁和峨孙》里的一个人物。父亲是君士坦丁的皇帝，把母亲放逐了，母亲逃到山林里，生了这一对双生孩子，峨孙被熊接了去，养大以后，变成了法国的外患，被称为"林中野人"。后来受了瓦伦迁的感化。

碰到坏天气，我喜欢在那些荒凉空阔的房间里荡来荡去，听那风声怒号和那些门户以及百叶窗砰砰砰砰的声音。我心里想，待我有朝一日继承了这份产业，我要把什么都刷新一番，叫这座老房子处处热热闹闹，管保弄得舒畅快活，连它自己也惊讶起来。

每次去探望他，我住的那个房间，正是我母亲在家当姑娘时的闺房，当年她亲手装饰的梳妆台和亲手画的山水，都还留在屋里。这个房间她打从结婚以后再也没看见过，不过她时常问我，是不是一切都还跟从前一样，什么都没有变化，因为我为了她的缘故，很喜欢那间屋子，所以不惜气力，亲手把样样东西都收拾得整整齐齐，把窗上所有的裂缝也都修补了起来。我预料着总有一天，我可以欢迎她再到娘家的宅子里来，把她幼年这个小小的安身之地还给她。

最后我的凶神——或者是那位缪斯，反正是一回事，又叫我灵机动荡，想作起诗来了。我舅舅从来不上教堂，到了星期天总是拿起《圣经》来选读几章；那时候铁约翰，还有号房里那个女人，还有我，就是他会上的听众。至于他读的是哪些文字，似乎在他看来只要是载在《圣经》上面的都一样。因此有时候就读《所罗门之歌》①，而这副枯槁的骸骨就读着"用葡萄乳增补力量，用苹果畅快心情，因为他得了相思病"。有时候他又会把眼镜架在鼻梁上，结结巴巴地读着《申命记》②上一章章的那些难读的希伯来名字，那位可怜的女子听了总叹息呻吟，好像是受了异常的感动。然而他最得意的却是《天路历程》③，他每次读到《疑堡》和《巨人绝望》那一段，我

① 《旧约》译作《雅歌》，以下引文见第二章第五句，稍有出入。
② 《旧约》第五章。
③ 英国十七世纪宗教小说家约翰·班扬作。写基督徒从"毁灭城"到"天城"进香，路经"疑堡"，里边住着一位巨人，名叫"绝望"，把他锁在牢里。

老是会想到他和他那座冷落的老别墅。这个念头引起了我很大的兴趣，我就在园子里的树下着手涂写起来，没几天工夫，我那首诗就写成了一部分，把那别墅描写了一番，就取了《疑堡》这个名字，把我舅舅写成了《巨人绝望》的化身。

　　后来我那诗稿在宅子里失落了，我很快就猜想到，准是舅舅拿去了，因为他声色俱厉地通知我，我可以回家了，还说，此后除非他找我，用不着再来探望他。

　　恰恰在这时候我母亲死了，我不能详细叙说这一段往事，我虽然粗心任性，可是每想起这段事来总是悲情激发。也许她这一死就成了我此后一生的命运转折点。她死了后，家里一切可流连的事物都完了。从此再没有我要去博得欢心的人，也没有任何人是我怕得罪的了。我父亲自有他的一套，算是一个好人，可是他在教育上墨守一些恶劣的准则，我们父子俩的看法往往大相径庭。关于戒尺的运用，到头来一个人总要承担，我们的意见就不同。对这个问题，是无论如何也不能叫我相信我父亲那种看法的。

　　因此，我这时候住在学校里，为了一些不喜欢学的东西而挨鞭打，渐渐不能忍耐了。从前学校显得沉闷，我还可以到舅舅家里去领略一下他那别墅里的荒凉，解解心头之闷，现在舅舅那里也不能去了，更加渴望生活能变换一下。我这时候差不多已快十七岁，按年龄来说，长得身材高大，还满脑袋胡思妄想。我有一种压不住的愿望，老想出去浪游一下，看看各色各样的生活和社会上各种阶级；这种变化无常的心情是陶玛斯·特里布给我培养起来的，那时候他在学校里是个滑稽大家，伟大的天才，凡是诗人所有的那种闲谈漫游的习气，他都一应俱有。

　　在夏季里天气晴朗的日子，我时常坐在书桌旁，面前摊着一本书，却无心阅读，眼睛老是望着窗外的绿野青山。每次看见一群群的人坐在驿车顶上，车轮滚滚地掠过校舍开往都城去，嘻嘻哈哈，又说又笑，我是多么羡慕他们的福气啊！连那个赶大车的尽管要跟着笨重的牲口队辛辛苦苦地奔波，却能从王国的东头走到西头，在我看来也是值得羡慕的人；我自己心里想象着，他们一定是经过了不少险境，一定经历过不少人生的奇事。毫无疑问，这全是因为我的诗兴动荡了，诗兴在引诱我去投身于自己开创的世界，而我把这个世界错当作了真正的人生。

母亲在世的时候，倒还有一种更强有力的东西足以和我这种好游的习性相抵相消，那就是对于家庭的依恋。也就是那种强有力的亲切感缚住了我，使我离不开她；现在她已经不在了，这种依恋没有了，束缚也割断了。我这颗心再也没有个下锚的地方，只是随着种种变幻不定的冲动而听凭牵引了。当时若不是我父亲给我的津贴有限，因而袋里很贫乏，我早就爬到驿车顶上，在茫茫人海里开出船去，任自漂流了。

大约就在此期间，有几个商人队从村里路过，把大家鼓动起来，热闹了一两天。那些商人队里都有野兽，还有别的好看的东西，是到我们的一个邻镇上来赶一年一度的、大规模的集会的。

我从来没有参加过像样的赶集，这一次准备赶集的热闹把我的好奇的心大大鼓动了起来，我眼看着那些浪荡飘流的人物跟着商人队走去，心里又崇敬，又惊异。我常到村里的旅店里闲混，听到那些耍把戏的和他们的跟随者谈着俗话俚语，有时拿黑话开玩笑，既稀罕又很高兴，心里只想去看看那个大集会，我想，那一定是异常好玩的。

后来放了半天假，我可以午间出校，晚间回去。一辆大车正要从村里开到会场上去。我再也禁不起这种引诱，禁不起陶玛斯·特里布的一番花言巧语了——他本是个彻头彻尾的逃学大王。我们买了座位，动身的时候大家都装着一肚皮幼稚的期望，我决计把那个天国偷看一下，就连忙赶回来，免得有人注意到我不在校。

天啊！我到了集市上，多么快活呀！我一看，前后左右全是好玩的，五花八门，简直着了迷。那驼背佬^①的诙谐，那些马术家的技巧，那些魔术家的戏法！但是最引起我的注意的是一个巡回戏台，在半小时之内演出了一出悲剧，一出哑剧，一出趣剧，杀死的登台人物比竹瑞园^②或柯文花园^③整个晚上杀的还要多。后来，我看过许许多多戏，演员是世界上最好的名角，可是我得到的乐趣，比起这初次看戏的一次来，却连一半也不到。

戏台上有个凶猛专横的家伙，头上戴的一顶小帽，像一只翻转来的粥碗。身上穿了一件粗呢红衣服，上边镶着烫金的皮革，好不辉煌，他的脸上装了许多胡须，一双眼眉黏上烧焦了的软木，显得格外皱，格外宽，他在那小舞台上到处顿着脚，我看得心跳起来。还有一个遭难的小姑娘，穿了一件褪色的淡红绸衣，一件龌龊的白布衫，被那男子残忍地关禁起来，逼着她爱他，她哭了，搓着一双手，在一个坚固的塔顶上挥动着一方破碎的白手帕，那塔顶看去只有一个盒子那么大。这女子长得非常美，看得我神魂颠倒。

退出戏场后，我还是舍不得离开戏台的附近地段，仍旧徘徊逗留着，看那些角色在棚前一个台上演滑稽戏，他们有

---

① 傀儡戏里一个滑稽角色，矮而胖。
② 伦敦著名的戏院。
③ 伦敦柯文花园里的戏园子，1732 年建。

时还跳舞，借此来吸引一批新看客，使我看了又稀奇，又发笑。

这些场面使得我非常惊讶，一时种种感觉蜂拥而来，我简直出神入迷了。一场演出在附近引起了一阵骚动，我一看，陶玛斯·特里布已经不见了，可是感兴趣的事儿太多了，因此没顾得上他。我东游西荡，直荡到天黑，这时市场上已点起灯，在我面前出现了一副更不可思议的新场面；只见那些帐棚摊子灯光闪烁，戏台上更是灯火辉煌，一群群角色穿了华丽的衣服在摆来摆去，同周围昏黑的夜色形成了强烈的对照，同时只听得一片鼓、号、提琴、高音箫和铙钹的声音，异常响亮，加上演员的讲说，驼背佬的叫唤，群众的呼喊哗笑，引得我头昏眼花，什么也顾不得了。

时间不知不觉地飞过去了，待我醒悟过来，想起了学校，就连忙想回去，但我打听一下来时所坐的大车，早已开出几个钟头。我问了问时间，差不多到了午夜。我这才浑身打了一个颤，怎么回校去呢？我疲乏不堪，要走回去是不行的，又不晓得上哪里找车，即使能找到，哪里敢在后半夜去惊动校舍，那个看门人好比一只睡着了的狮子，在他睡得正酣的时候，怎么好去惊醒他？这在一个犯规的学生想起来太可怕了，回校的一切恐怖一下逼到了我跟前。我不在校，一定早有人注意到了，而且是整夜的不归！这是一种不容易偿赎的罪恶。那位教师的戒尺在我的惊疑猜想中变成了十倍的恐怖，我想象着自己遭受着各色各样的刑罚，蒙受着羞辱的画面，不由地心惊胆战，咳！人小的时候，性情柔弱，犯了一些小过失，就如同心灵强健的成年人犯了大罪恶一样地苦痛。

我在那些店棚中间荡来荡去，从自己亲身的感受里得到了一种教训，知道世界上许多事情迷人不迷人，是全凭我们自己的心情决定的，因为这时对周围那些场面，已经看了毫无愉快的感觉，最后，我在一架大帐棚后边躺下去了，又疲乏，又没有主意，拉过棚帐边子盖在身上抵挡夜寒，不一会儿就睡着了。

睡不多久，我就给附近棚里的一片喧哗热闹声吵醒。原来，那个巡回戏台是用一些木板和帆布草草地搭起来的，我从一道缝里看到，全戏班的演员，演悲剧的，演喜剧的，演哑剧的都在那里，正趁着看戏的人散去以后，在吃夜宵。他们兴高采烈，在那个不稳固的戏台上腾起一片笑声。我看见悲剧里的那个专横家伙，刚才还身穿红衣呢，脸上贴着可怕的胡须，当他在台上大踏步走过来走过去的时候，我的心都为之震动，这时候已经变成了一个善良的胖子，那只亮晶晶的粥碗已经从头上摘除了，脸上那些可怕的焦软木也已经洗净，变得笑容可掬，使我不由吃了一惊。我还看见那个身穿褪色的绸衣和龌龊的白布衫的遭难的女子，刚才还在他的淫威之下吓得发抖，她的悲哀使我非常痛苦，这时候却亲昵地坐在他的膝踝上，两人用同一个大杯子喝着酒，真叫我看了高兴。哈利昆[①]躺在一条大板凳上睡着了，还有那些猴子，半羊半人的林神，供奉灶神的贞女，都聚在一起。一个倒霉的伯爵，刚才在那出剧里被人杀害了，这时候正讲着一个下流的故事，引得大家哄然大笑。

这些玩意儿，我看了实在新奇，这简直是在窥探另一个星球，我怀着充分的好奇心，看得听得蛮高兴，他们对当天会场上的事情，讲了许许多多怪故事和笑话，对那班钦佩他们的观众作了无数滑稽的形容和模仿。他们谈话时常讲到他们在各地演出时碰到的一些奇事、在各村里碰到的人物，以

---

① 哑剧里的鬼怪，只有他的爱人柯仑拜恩看得见他。

及偶尔碰上的一些令人发笑的小乱子。过去的一切心事和困难都被这些无忧无虑的家伙合伙拿来作了好玩的事情，凑成了当下的热闹。他们在国内赶了一个市集又一个市集，第二天早晨就要起程上伦敦了。我的主意也拿定了。我从窝里悄悄溜出去，爬过一个篱笆，来到附近的一块田里，动起手来，把自己打扮成一副褴褛相，我把衣服扯破了，擦上了两把泥，把脸和手也都涂脏了，然后爬到一家店棚附近，偷了一顶帽子戴在头上，把自己的新帽子放在原来的地方。这是一件对得起人的窃案，我盼望将来不至于破案受审。

于是，我又壮着胆子走到那热闹场里，见了那一群演员，说自己情愿追随他们。我心里非常惭愧不安，因为我从来不曾站在这样的场合里面。听我说话的人是戏班子的老板。他是个胖子，穿了一身白衣服，龌龌龊龊的，身上捆着一根腰带，上边带有金丝穗子；他脸上涂着颜料，头上戴着一顶黑帽子，帽上贴了金箔纸，插着一根羽毛，好不威风。他在这座奥林帕斯山上就是丘比特·陶南斯[①]。满朝的男神女神都围绕着他。他坐在一条板凳的一头，靠着一张桌子，一只手叉着腰，另一只手拿着一个大酒杯的把柄，他从头到脚打量着我，一面把酒杯从嘴上慢慢放下去。那是一个严格检查的当口，我想象着周围那一群人都在那里望着，好像一声不响，单等他把头一点就算钦定。

他问我是谁，有什么本事，希望干点什么，有什么条件。我说自己原在一位绅士家里当仆人，给解雇了。幸好要参加这种低级戏班子并不需要什么特别介绍，入班考问一下就很容易地通过了。至于我的本领，我会信口背诵一点诗歌，晓得几

---

① 丘比特是罗马人的大神，司风暴雷雨。奥林帕斯是他的仙山。

段戏，那是我在学校里作表演时学来的，我会跳舞，那就够了，关于本领方面再也没有什么。他们所需要的正是这些；加上我不要工钱，只求吃一点酒肉，和到处漂流时有个安全的领导，所以这桩生意当下就讲定了。

你瞧，我本来是个体面的学生，这一下子变成一个跳舞的丑角啦，因为我初次登台演的就是这种角色。演戏的人分成若干个组，我是其中一员，主要的差事是在棚子里前面的台上招引看客。我扮成半人半羊的林神，穿了一件合身的褐色的粗毛布衣服，戴了个笑嘻嘻的大面具，上边装了大耳朵、短犄角。我很喜欢这套化装，因为我在这一带乡下难免被人发现，这一来可保了险；加上我只要跳跳舞，再作点滑稽戏，这对一个初次登台的演员是很便当的，差不多就同斯那格①扮狮子一样，只要吼几下就行。

我的境况这样一变，自己说不出的高兴。我觉得这并没降低身份，因为我对于社会上的事情见得太少，哪还去想什么等级的高下。何况一个十六岁的孩子也很少贵族气。我并没有舍弃什么朋友，因为自从我那可怜的母亲一死，世界上也似乎没有哪个关心我了；我并没有放弃什么快乐，因为我的快乐就在于到处游荡，随着诗兴的迸发，任意漂流，而现在我正在十足地享受这些快乐。世界上再也没有像一个跳舞的丑角那样富于诗意了。

可能有人会说，这一套只是证明你喜欢下流。我却不这样想，我并没打算多为自己辩护，我也晓得自己是一个多么三心两意的人，不过这一次我却不是出于喜欢结交低级的朋友，也不是想干下流放纵的事。我一向瞧不起凶悍粗俗，一向厌

① 莎士比亚的《仲夏夜之梦》里一个角色。雅典人庆祝公爵结婚演戏，斯那格为人迟钝，便扮狮子。

恶罪恶，不管是上流社会的或低级社会的，这次只是突然地受不作思索的冲动支配罢了。我并不想拿这种职业作为生活方式，也不想投靠这些人，把他们作为自己今后的朋友。我只想暂时满足一下自己的好奇心，兴之所至，姑且随它而去而已。我本来就非常喜欢不同一般的人和变化多端的处境，而且一向喜欢人生的喜剧，很想对各种变换不定的景物好好观察一番。

所以，我这次同一些走江湖的人和丑角厮混在一起，靠的就是引我入伙的那种快活的想象。我的幻想好像替我在周围撒下了一层保护网，我在这网中转来转去。我和那些人很合得来，因为他们打动了我的诗兴；他们那些离奇古怪的办法，还有五花八门的生活方式使我很开心；至于他们的罪恶，既引不起我的兴致，也不能叫我腐化。总而言之，我同他们混在一起，正像哈尔王子①在他那班粗野的朋友中间一样，不过是满足我的兴致罢了。

当时我并不曾检点自己这样搞的动机，因为那时候很粗率，漫不在意，不会去思考这件事，但现在一回想，当年不顾前后地去经受那种严厉的考验，不禁心头发毛，这才仔细检点起来。我相信自己之所以没有陷入那泥坑，没有变成一个臭名昭著的流氓，不靠别的，全是靠当初促我进去的那一番诗兴。

当时我一团高兴，只凭着小孩子那一股子狂放欢乐的血气，就在我们共同表演的那些村庄的舞台上嬉戏，跳舞，耍出千百种离奇古怪的玩意儿来，并因此出了名，大家公认我是那一带前所未有的最可人的怪物。我在学校失踪，引起了

---

① 指英王亨利第五（1387-1422），少年放荡，但随时可以离开那班胡闹的朋友。即位后成为明君，见莎士比亚历史剧《亨利第四》。

父亲的焦急，因为有一天，在我作表演的那个棚子前面，我听见有人在大声讲着我的面貌衣着，说如有人报知我的下落，就可以得到一笔报酬。这我倒没有怎么放在心上，姑且让我父亲去为我着急一下吧，过去对我那样漫不经心，让他受点惩罚，这样等他找到了我以后，就会对我重视一些。

我那时很纳闷，为什么我那些同伴没有人看出我就是人家大声叫喊着在寻找的那只迷路的绵羊；他们一定是各有各的心事吧。他们都卖力地在干着各自的滑稽行当；大多数人都以装傻为职业，一面嬉笑跳跃，一面装出心地沉重的样子，而我恰恰相反，一切都认乎其真，我演得很起劲，本着自己一团按捺不住的兴致大讲大笑。有时候我正在跳跃着，会忽然挨上哈利昆的木刀拍的一击，诚然不免一惊，脸上一沉，因为这一击使我回想起了学校里先生的戒尺；不过，不久我也习惯了，索性忍受住了一切拳打脚踢、栽筋斗——你们的巡回哑剧里实际上的聪明才气不就是靠这些表现嘛——由于我总是高高兴兴的，结果我成了一个深受欢迎的角色。

这一队人马的乡间征战不久就结束了，我们又动身朝都城开去，打算到那边附近一带市集赶会，演出一番。我们的戏箱大部分都直接送走了，准备在市集上开场，另一支队伍慢慢向前开过去，在沿路的村庄上寻找一点生意。过着这种毫无目的的散漫的生活，我觉得很开心；今天还在这里，明天就走；有时候在酒店里大吃大喝，有时候就在碧绿的田野里篱笆下边吃上一餐。遇到观众拥挤，生意好，我们的日子就过得好一点，否则就过得省一点。我们自己安慰自己，预期明天准会成功，可以补偿。

最后，只见路上车辆渐渐多起来，一辆辆从我们身旁疾驶而过，上边载满了旅客；那些客车、双轮货车、四轮货车、双轮单马车、牛群、羊群，越来越多，路上熙熙攘攘；乡间那些整齐的小房子，近旁都有个十二英尺见方的小花园，树木也是十二英尺高，树叶子上布满了尘土；还有数不清的专供少爷小姐们上学的学校，那都是为了他们可以吸取一些乡间的新鲜空气而设置的——这一切标志都告诉我们，伟大的伦敦已相离不远。我们越向前走，熙熙攘攘、吵吵闹闹的人群和路上的尘土也越来越多了，直到后来，看见空中大片笼罩着的烟云，宛如这座都市中的王后头顶上打着一个华贵的天篷。

我就这样进了都城，一个到处游荡的无赖，坐在一辆大篷车顶上，四周围有一群无赖，可我心里却同王子一样地快活，像哈尔王子一般，觉得自己并不受环境的左右，知道我几时要甩随时就可甩开，回到自己原有的圈子里去。

当我路过海德公园角①的时候，我的眼睛多亮啊，只见那些华丽的马车滚滚驶去，车后边那些跟班个个脸上搽粉，身穿阔绰的制服，手里拿着美丽的花球，金顶的手杖，车里坐着可爱的女子，身上穿的是那么奢华的服装，又是那样绝色的美丽！我一向看见美女特别敏感，在这里我可才算是看见了那些千娇百媚的女子，因为无论怎么说"不加修饰的美"②，美女佩戴上了珠宝总更加可爱，几乎会令人敬畏。天鹅一般的脖颈上绕着钻石，乌黑的卷发上边缀着许多珍珠，雪白的胸脯上闪耀着红宝石的光辉，使我每次一想起就不由地心旌摇荡，加上那胳膊白得耀眼，上边带着手镯，尖细光亮的手指头上带着许多闪闪发光的戒指，叫我看得情不自禁。

我老盯着面前这种高贵的宫廷式的华丽，直盯得眼睛发

---

① 海德公园是伦敦的大公园，游人很盛。公园角是一个入口。
② "美丽用不着外来的装点，不加装饰才是最好的装饰。"见苏格兰十八世纪诗人汤姆孙《四季诗》。

痛。我对于妇女的美从来不曾想到会达到这种地步。当时我想到自己是同一些什么人混在一起，一面惭愧沮丧，一面懊恨自己离这些庄严华贵的人物不知道隔了几千哩！

我在都城城郊一带过的那种快乐生活，以及在暮春夏初到各个会场上去表演，那就不加多说了。我们走了一处又一处，演了一场又一场，老有新奇的材料为我提供想象，使我的精神老是保持着兴奋状态。因为我的身材，按年龄来说算是个高个儿，有段时期我很希望能扮演悲剧里的英雄；可是试过两三次，老板断定我完全不行，而我们演悲剧的头一位女角本是个大块头，讨厌小英雄，这也坚定了他的决定。

事实是，我在谈话时，遇到不该加重的地方偏偏加重，在扮演时，遇到不该做作的场合偏偏做作了。他们说我没能把担任的角色演得圆满。他们这话也对。各种角色都是预备给各种特别的人演的，我们演悲剧的英雄是个强壮的胖子，喉咙响得惊人，他顿起脚、拍起胸膛来，头上的假发都一震一颤，他把那夸张的言词大声叫喊出来，直喊得句句像击铜鼓一般震动着听众的耳朵。我要扮演他那些角色，没法子演得圆满，正像我要穿他那些衣服，没法子撑得起来一样。我们两人对话时，像我这种柔弱的声音，不合格的神态，压根儿没法与他般配，就等于拿小刀抵挡棍棒一般。要是他发觉我在哪一方面占了他的上风，他就会拿出粗大的嗓音来做护身符，对我雷鸣一般劈头吆喝过来，直喝得观众发出更响更高的霹雳一般的喝彩声，淹没了他那嗓音。

说老实话，我怀疑他对我不公平，背后还搞了小动作，因为我认为我比他演得好，这并不是自己夸口，我投身到这漂流的行列里，当初就并没怀有什么野心，因此得不到提拔，也并不懊恨；可是我发现原来这漂流生涯也未尝没有它的顾虑忧愁，发现流浪汉在一起居然也会嫉妒，耍手段，有疯狂的野心，未免使我觉得难过。

事实上，当我渐渐熟悉了自己的情况，从前的痴心妄想渐渐也就消失了，我开始发觉到，我那些同行并不是像我当初想象的那种快乐逍遥的人物。他们嫉妒彼此的才干；他们分派起角色来也像大戏园子里一样地争吵不休，他们老是争衣装；我们有一件黄缎子长袍。镶着红边，还有一顶帽子插着三根乱蓬蓬的鸵鸟毛，班子里的女角老为这两件东西你争我夺，连那些声誉最高的角色也不比其余的人快活；因为佛理穆绥先生，我们的头牌悲剧演员，表面看上去显然是一位脾气又好又高兴的伙伴，有一天也怀着无限的感慨对我讲了老实话。他说他自己是个可怜人。他有个内兄，尽管不是骨肉，也是个亲戚，他在一个小镇上当戏院老板。而那位老兄（真是所谓，讲起亲戚来倒很近，讲起亲近来却又远了[1]），就看他不起，要欺侮他，因为，实在也不错，他是一个到处漂流的演员嘛。我提起他天天得到喝彩捧场来安慰他，可是完全不中用。他说，对这种捧场他并不高兴，又说，除非佛理穆绥的名声能得上克林普，否则他永远不会快乐。

前台那些观众对后台的事情多么隔膜！他们从演员的脸面上推度他们的心事，能推测到多少！我知道有一对情人，在后台上吵起来同猫一样，可是一转眼间彼此又赶着拥抱起来了。我一向担心我们的贝尔菲黛拉对她的雅费尔[2]临别的那一吻，怕她会从他的腮帮上咬下一口肉来。我们的悲剧演员下了台是个粗鲁的滑稽家；而那位最好的丑角却是一个世上最

---

① 见莎士比亚的悲剧《哈姆雷特》一幕二场。
② 十七世纪英国戏剧家汤姆斯·阿特佛的戏剧《保障威尼斯》中的两个角色。

暴躁的人。这个丑角常常脸上画着脸谱，张着大嘴巴笑，一面却到处乱骂人。我敢对你保证，尽管人家说猴子如何严肃，或者上了当的猫如何悲伤①，可是世界上最伤心不过的还是下了台的江湖骗子。

只有一件事大家是一致的，就是背后骂老板，一起谋划对付他那些规则，可是，我后来又发觉，这原是人类的通性，各种社会里都这样的。抱怨政府似乎是人的首要事情。就我所观察到的人生情景来说，我发现人分成两大派——一派是骑人的，一派是被人骑的。人生大规模的争夺似乎就是争哪一派能稳坐雕鞍。这一条，我看就是政治的根本原则，无论场面大小，都一个样。我可并不想讲什么大道理，不过一个人有时也忍不住要思考一下罢了。

那么，再谈到我自己，上面已经提过，我之所以不适合演悲剧是已经决定了，而且，不幸得很，因为我记忆力很差，台词背得不熟，他们宣称我演喜剧也不行；除此以外，还有小生的一行也已被一个演员把持去了，我对他也不敢僭越、妄想竞争，他把持这一行已近五十年了。因此，我又降到演哑剧。不过老板娘还喜欢我，多亏她的斡旋，我又从扮演半人半羊的林神升为一个扮情郎的，我把脸涂贴起来，打上一个大大的纸领带，戴上一顶尖帽子，穿上一件长襟的天青褂子，摆来摆去，摇身一变成了柯仑拜恩的情人。演这个角色用不着多少温柔和伤感。我只消去追逐那个逃避的美人就行，或者当面吃一份闭门羹，或者偶尔把头撞到柱子上去；跟着潘塔龙②和那丑角一起摔筋斗，滚来转去，再挨上哈利昆那把木刀几阵痛打就完事。

---

① "像猫上了当一样地悲伤"——谚语。
② 哑剧里的龙钟老汉，教唆丑角恶作剧。

偏偏又不走运，这时我的诗兴又在心里发了酵，又惹出新乱子来了。一个伟大的都城里的富有煽动性的气氛，加上赶场赶会时所见那些乡村景物，例如格林尼治公园、埃平森林，还有西部那些可爱的溪谷，对我都有很大的影响。当我在格林尼治公园时，我亲眼见过一些古代传下来的佳节游戏，例如冲跑下坡和环行接吻；还有，当我在戏台上演滑稽戏的时候，台下总有无数鲜花一般的脸孔和湛蓝的眼睛，好像天空里的明星一般，在朝我望着；这一切都使我青年的血气沸腾，诗兴大发。总之，我演戏演得弄假成真，竟对柯仑拜恩不顾一切地钟情起来。她是个整齐利落的姑娘，身材匀称动人，一副调皮的脸孔带着酒涡儿，周围环绕着美丽的栗色头发。我刚一钟情，一切扮演都完了。我这个人富于想象和感情，在真情实感的强烈影响下，就装不出假情绪来。一个编造的故事，演得逼真了，我可不能再把它当成是一台戏了。我演得过于自然，反而演不好。还有我在恋爱了，自己又是个什么情况！我不过是个小伙子，而她是在玩弄我的热情，因为在这种事情上，女孩子都比你们这些笨拙的男孩子强，她们很快就学会了圆滑伶俐。我吃了多大苦头啊！她每次在棚子前面跳起舞来，尽量卖弄着自己的风韵，我就很难过，何况倒霉之外加倒霉，原来，那哈利昆是我真正的对头，他是个活泼又有生气又伶俐的无赖，年纪二十六岁。在这场比赛中，像我这样的生手，一个毫无经验的小伙子，还有什么希望？

可是，我也有我的长处。我生活虽然改变了，但我还保存着那点说不出的风度，令人一望而知我是个上流人；那种风度全在乎一个人的气质举止，而不在乎服饰，下流人要装也装不出来，同样地，上流人要放也放不下去。班子里大家也都感到这一点，通常总管我叫"小绅士杰克"。那女孩子也觉得是这么回事，所以她虽然偏爱我那个强有力的对头，却也喜欢对我卖弄风情。这更增加了我的困难，因为这一来加强了我的热情，二来提醒了她那位穿花衣的情人的嫉妒。

咳！你想想看，我吃的是什么苦头。时常在整出哑剧里追着我的柯仑贝恩，明知无结果却要老追；眼看着她被得意的哈利昆抱在强有力的怀里带走了；我不但不能把她抢回来，还要跟着潘塔龙和那丑角一路摔筋斗带爬，挨我的对头的板条子那种可耻的死打，这种打击，天杀的！（请饶恕我的激烈）那个流氓是以别有用心的好意加在我身上的；不但如此，我还清清楚楚听见他戴着那该死的面具在哈哈大笑。说到这里，我未免有点意气，请你原谅；我想冷静一点，可是回想起这种种事，结果就不由得激动。我听人说过，从书上也见过情人们某些绝望的可怜情况，可是真正的爱情竟会遭到这样特别残酷的考验，我是从来没听到，也没有见过的。

这样子是维持不下去的，一个血肉之躯，至少像我这样的血肉之躯，怎能受得了？我和我的对头屡次嫉妒，屡次争吵，可是他待我就像大人对付孩子一般，老是容忍着，活活气死人。因为他直截了当地同我争斗，我倒还受得了，至少我能知道该怎么办；可是当着我的情人的面，被他当小孩子一样地迁就、对付，而我自己觉得胸中沸腾着一股子小人物的劲头，像矮脚鸡拼命斗争一般——天呀！这简直难以忍受。

最后，有一天我们在西部会场上表演，那里当时是个游人很盛的地方，时常被从城里开来的许多漂亮车辆团团围住。那天下午我们扯起帆布，围了一个小小的戏场，有一出哑剧该我参加，坐在第一排座位上的看客是一批寄宿学校的女生，由女教师带着。我正在演着滑稽戏的时候，一看那批人里边，居然我旧日的情人也在其内，为了她我在校时曾写过诗歌；为了她的风韵，我曾经挨过那样的痛打——那个狠心的萨卡瑞莎；你想想看，这时候我有多么狼狈。更糟的是，我猜想她记起了我，正在那里讲着我那段挨鞭子的丢脸往事，因为我看到她在对同伴和教师悄悄讲话。我当时演的是什么角色，连自己在什么地方也完全忘了。只觉得自己缩得什么也不是，简直可以钻进老鼠洞里去。不幸得很，偏偏没有个老鼠洞可钻，我的窘迫还没有消除，已经被潘塔龙和那个丑角打了一个筋斗，同时觉得哈利昆的刀又猛烈地攻击了过来，大大地伤了我的体面。

天啊，地啊！难道我还要受一次这样丢脸的折磨，让这位最绝丽而又最瞧不起人的美女来个亲眼目睹？想到这里，我久压的怒气一下全部冲了上来；一位体面的人胸中所潜伏着的情绪喷涌而出。我气得要命，伤心透了，立刻跳起身来，像只小老虎一般朝着哈利昆扑了过去，撕下了他的假面具，迎脸就给了他几拳头，转眼之间，戏台上就溅出血来，即使整整一出征战残杀的戏也流不了那么多血。

哈利昆惊魂刚定，就连本带利地反攻过来。我根本不是他的对手。我很勇敢，那是肯定的，因为我是个体面人；不过他骨骼筋力都比我强，占着粗野的上风。我觉得我简直豁出命来了，而事实上也真像要死了，因为按打拳的行话来说，他这时正把我的头夹在腋下，幸亏那个温柔的柯仑拜恩跑上前来帮了我的忙。上帝保佑妇女吧！她们老是站在弱者和被压迫者的一边。

这场战争现在正在变成全面大战；登场的人各自参加一方。老板阻止也阻止不住了，只见他头上戴着那顶贴金箔纸的插羽黑帽，跑来跑去，在重围里乱点乱晃，可是完全白费劲。所有的武士、夫人、小姐、僧侣、林神、国王和王后、男神和女神，纷纷加入了这一场战争；打从特洛伊城下一战[1]以来，从来还没见过这样一次意外的混战，会有这么多天上人间的战士参加。看客们直喝彩，女士们尖声叫喊，都从戏场上逃走了；接着的那一片喧嚷纠纷简直是无法形容。

最后，只在保安队赶到才恢复了一部分秩序。可是衣服装饰已破坏得一塌糊涂，当天再也演不成戏了。战争过去了，第二件事就是追究开战的原因，这是政客们在一场折本的血战之后照例要追究的一个问题，也是一个往往不容易回答的问题。追来追去不久就追到了我，追到了我这一番说不清楚的盛怒，他们只能说我是忽然发了狂，横冲直撞起来。老板就是法官、陪审员，又是原告，遇到这种情况，官司总是容易断的。战争过去后，他成了像散提西马·垂尼答答[2]一般的壮烈的破船。他那威武的羽毛以前插得高高的，这时已垂在耳朵边，他那身华贵的长袍，已被撕得稀破，像丝带一般从背上挂垂下来，背后的许多伤痕也暴露无遗。混战时，他挨了各方面的拳打脚踢，因为平日人人对他怀恨于心，这时都趁机对准他那肥大的身躯偷偷地泄了一下愤。

他为人慎重，不愿对全班人马宣战，因此就发誓说，所有他挨的拳打脚踢都是我一个人干的，我也就随他说去。可是，他所负的伤痕，有些无疑是娘子军的战绩。他那光滑红润的脸腮上落下了许多抓痕，还滴着血，这些都就归功于我那位大胆而忠心的柯仑拜恩了。那位元首的愤怒可并没平息下来；他本身挨了打，财产又受了损失；他的威严也遭到冒犯，那

---

① 荷马的史诗《伊里亚特》所咏的大战。特洛伊王的儿子巴里斯拐走了斯巴达王后海伦。希腊人联合兴兵，围攻特洛伊城，两边都有天神帮助，大战十年，才攻开了这座城。

② 西班牙的最大战舰。1805年特拉法加海角一战，英国名将纳尔逊大破法西联合舰队。纳尔逊也阵亡了。

可不是件小事；因为统治者越渺小，也就越会威望勃发，他把他的愤怒一股脑儿发泄到罪魁祸首身上，把柯仑拜恩和我立刻从班子里开除了。

你们想想我当时的模样吧，一个刚过十六岁的青年，出身上等人家，干的是流浪职业，在世界上到处漂流，在西部会场上的人丛里拼命向前走去；身上穿的是一套走江湖的服装，已破成碎缕，在四面飘动，那哭哭啼啼的柯仑拜恩靠在我胳膊上，她那一身华丽的服装也破得不成样子，眼泪一行接着一行，像急流一般把脸上的胭脂都冲下来，真所谓"蹂躏着她那蔷薇一般的脸腮"。

人丛中闪出一条路来让我们过去，接着他们就在背后嘲笑叫喊。我觉得自己的情况很可笑，可是一团义气又使我舍不得那个为我牺牲了一切的美女。穿过会场后，我们像另一对亚当夏娃①，来到了陌生的地方，"大地摆在眼前，任凭去哪里"②。西部那一带的安静的溪谷从来也没见过比这更伤心的一对可怜人了。倒霉的柯仑拜恩屡次回头向会场张望，恋恋不舍，那时场上的光景似乎格外灿烂，那些棚帐，那些摊子，还有五花八门的人物，都在阳光地里的树丛间闪闪发光，那些美丽的旗子和飘带在夏天的和风里招展飘扬。她时不时长叹一声，靠在我胳膊上向前走着。我既没有什么希望，也不能给她什么安慰；可是她已经把自己同我的命运联结在一起，她因为女人气太重，无法抛弃我。

就这样，我们在凄凉沉默之中，走过了汉鲁斯台德背后一带美丽的田野，继续向前漫无目的地走去，直走到那提琴、

---

① 人类的始祖，一男一女，起先住在乐园里，后来违背上帝的告诫，被逐出来，见《旧约》创世纪第三章。
② 见弥尔顿《失乐园》，字句有出入。

高音箫、喊声、笑声统统被低音大鼓那种沉着的声响吞没了；后来，连鼓声也越来越小，远远地只听得到一点隆隆声了。我们走过了那条愉快幽静的夜莺巷，就一对情人来说，哪里还有比这种景物更吉祥的呢？可是偏偏是这样一对情人！没有一只夜莺为安慰我们而来歌唱一声，连赶会期间在这里搭棚算命的那些吉卜赛人也不来逗这对不祥的情人算个命。我想，大约他们觉得我们的运气已清清楚楚写在脸上，用不着推算了。那些吉卜赛孩子都已爬进他们的小屋去了，当我们走过时，他们都神色恐慌地向外窥视着我们。我当时停了一下，几乎受到诱惑，想当个吉卜赛人算了，可是这时候我的心头充满了诗情，我又走了下去。我们这样走了又走，好像童话里边的王子和公主，直走过了汉普斯台德一段荒野，来到杰克·斯特劳堡附近。到了这里，人也走累了，精神也打不起来了，我们就坐在山边，紧紧靠着一块里程碑——当年惠丁顿不就是靠着这块石碑听到"博教堂"的钟声报出他前程远大的预兆①吗。咳！当我满怀愁苦，望着远远的那座城市的时候，却并没有钟声邀请我们。伦敦古城似乎冷淡地披上了一件棕色烟雾的斗篷，对这样一对破衣烂衫的人并不给以什么鼓励。

不过，这一场哑剧总算也改变了常规旧道；哈利昆受到抛弃，柯仑拜恩被情人毅然带走了。可我拿她怎么办呢？我总不能按照戏台上的惯例，手拉手带她回去见我父亲，自己扑地跪下，请他饶恕，求他祝福啊。如果我带她回去，连家里那几只狗见了这样一个邋遢美人也会当场把她赶走的。

在愁苦消沉之中，忽然有人拍拍我的肩膀，我抬头一看，

---

① 惠丁顿，本是孤儿，在一个商人家里做事，受了厨子的虐待，跑掉了。路上休息时，听到博教堂的钟声，似乎对他说："回转去，惠丁顿，伦敦市长作三任。"他回到原处，主人有船出口，叫仆人附船卖东西，他只有一只猫，刚好摩洛哥国老鼠成患，国王重赏买去，惠丁顿借此经商致富，后来三次当选为伦敦市长。

只见两个又粗又壮的汉子站在背后。我不晓得他们要怎么样，一下子跳了起来，准备打架，可是一眨眼，已经被他们把脚一勾，摔了一跤，捉了起来。

"来，来，来，小少爷，"一个汉子用粗鲁而又兴高采烈的声气说道，"不要对我们变脸啰，人家认为你这阵子早已逍遥够啦。来来来，你早该放下这套滑稽把戏回家去找你父亲了。"

事实上，我已经落入这两个冷酷人的手中，原来那个狠心的萨卡瑞萨已经说出我是谁，有人正在到处悬赏缉拿我，等候报信；而他们俩见了公报上载的我的年龄面目，因此这两个敲诈的家伙为了几个臭钱，就拿定主意要把我送交给我父亲，让我再落入我老师的魔掌。

我发誓说，自己决不离开忠实不幸的柯仑拜恩，可是发誓也没用。我从他们的掌握中挣扎出来，飞跑到她面前，赌咒定要保护她，叫她擦去了脸腮上的眼泪和整片宛若石竹的鲜红，可是挣扎也无济于事。那两个迫害我的家伙十分固执；他们甚至似乎是幸灾乐祸，对这场肮脏、华丽和苦难的戏剧式的表演，很是欣赏。我在绝望之中被他们带走了，撇下了我的痛苦无助的柯仑拜恩。当时她站在汉普斯台德山边，可怜巴巴地目不转睛地望着我的背影，她是那么孤单，那么华美，那么褴褛，那么肮脏，而又那么艳丽，我痛苦不堪，掉回头去看了她不知多少遍。

我对社会的初初一瞥，就这样收了场。我回了家，得了很多毫无用处的经验，还提心吊胆，不知道为改过从新将要受到什么惩罚。然而我所受到的接待却完全出乎我的意料。我父亲自己本有点儿邪门，似乎并不因为我这次胡闹而格外恨我，他说我这是在种我的野麦子①。那天我回家碰巧来了他几个一起打猎的朋友在我家吃饭；他们要我讲了一些这次冒险的经过，听得哈哈大笑。

有个老家伙，鼻子红得不成样子，对我大为赏识。我听到他低声对我父亲说，我是个有气魄的孩子，以后很可能会有出息，我父亲听了，回答他说，我是有些长处，不过是个不曾调教好的小鬼，需要多抽上几顿鞭子。也许正是这段话，使父亲对我的看法提高了一点，因为我发现那个红鼻子老先生是附近一位猎狐老手，我父亲很看重他的意见。其实，我相信，他对我是干什么都不难谅解的，除了作诗，他说，作诗是一桩该死的、偷偷的、抽抽搭搭的、娘儿们的玩意儿，有害于男子汉的一切性格。他赌咒说，像我这样一个大有前途的青年人，作诗得不偿失，将来有朝一日我获得一大笔产业，可以养马养狗，何况作诗可以雇几个诗人来替我作嘛。

这时我的流浪欲已经暂时满足。我的诗兴也尽了；我对演戏的爱好也真正给打掉了。我为我的漂泊而感到丢脸，情愿随便找个地方暂时藏身，免得再受社会上的讥笑，因为我发现外边的人并不完全都像家里父亲席上的那些人一样宽大。我在家里是待不住的，现在这座住宅里已没有母亲来珍惜我，令人觉得阴惨惨的，好不难受。看看周围样样东西都在悼念母亲似的，当年她喜欢的那座小花园，现在已荒凉不堪，长满了莠草。起初一两天，我还试着去整理一下，可是我一边整理，一边心里越来越难过。每一种败坏的小花，当初都是她一手勤勤恳恳栽培起来的，似乎都在默然无声地诉说着什么。有一种可爱的忍冬花，我见过她时常勤勤恳恳地加以修剪，还

---

① 放浪。

听她说过，这是她园里的骄傲，现在我发现它爬在地上，乱七八糟地随便生长，同一些无用的荒草纠缠在一起，这真叫我触目惊心，联想到这正是我自己的一个影子，一个流浪汉，到处乱跑了一通，一无结果，毫无用处。我就再也不能够在园里干活了。

我父亲派我去探望一下舅舅，免得那位老先生忘记了我。他接见我时，照例没有什么不满的表示，我们每次都把这看作就是一种热烈的欢迎。他是否听到了我的漂泊放浪，我无从觉察，因为他和他那个仆人都缄默无言。我在那冷落的大宅和荒芜的花园里游荡了一两天，有一阵，我相信，自己又萌发了诗兴，因为我只想沉在鱼池里淹死算了，好像有什么在引诱我。不过我到底还是斥退了那个恶念。我发现那个红头发孩子还在园里到处乱跑，但这时我已没有兴致拿他来打猎了。相反，我竭力想用好话劝他过来，同他交个朋友，可是那个小蛮子却野性难驯。

从舅舅家里回来，我又在家里住了些时候，因为父亲说，他要管教我成人。他带我出去打猎，那个红鼻子绅士对我大为赏识，因为我见了任何猎物总是一马当先，哪怕到了最危险的地方，也会骤马跳过去，而且每次猎狗咬死了野物，我一定赶上前去。然而我在打猎聚餐的时候，却又时常因为政治上的立场分歧而得罪了父亲。我父亲糊涂得惊人——事实上，他糊涂得连自己的无知都不知道。不过，他对于教会和国王却很忠实，满怀着老式的偏见。我在同那些流浪汉一起游荡的时候，曾捡得一点政治和宗教上的知识，我发觉自己在许多方面可以纠正他的那些旧的观念。我觉得这是我的义务。因此在打猎聚餐的时候谈到政治问题，我们父子俩往往各说各的一套。

少年人知识不多，却对自己的那一点知识总极其自负，遇到毫不了解的问题还偏要坚持自己的意见，当时我正在那个年龄。我父亲为人很固执，谁也同他难以辩论，因为即使人家已驳倒了他，他也从不知道。我有时辩起来有点把他难住了，可是，他总有一种永远可以解决问题的辩论方法，他会威吓着说要揍得我倒在地上。我相信后来他已经讨厌我了，因为他说话说不过我，骑马也骑不过我。那位红鼻子绅士对我也不满起来，因为有一天在追野兽的关键时刻，他连人带马倒在泥地上，而我越过了他。因此我感觉到，原来世界之大，自己却举目无亲，要不是那牧师的三个女儿还看得起我，使我还有点自负，还可以忍耐下去的话，那我简直要自暴自弃了。

这三位就是以前佩服我的诗歌的人，当年有一次我为那首诗在学校里受了一场羞辱，而她们居然还加以赏识，从此我就很重视她们的判断力。事实上，这几位小姐不但有鉴赏力，并且懂得科学。她们的教育一向由母亲监督，而那位母亲是一位女学士。她们的植物学学识很渊博，能说出园子里所有的花的学名，以及它们的一切奥妙。她们还懂得音乐——不是普通音乐，而是罗西尼①，莫扎特②，她们能吟唱穆尔③的爱尔兰诗歌，吟唱得不能再好了。她们有几张漂亮的工作台，上边放满了各色各样的精巧东西——熔岩的标本，着色的鸟蛋，还有自己用油漆绘了画的针线盒。她们精于打结织网，又能画水彩画，制作羽毛扇，炉围子，绣花，打绒衣，会讲法国话，讲意大利话，还能背诵莎士比亚的作品。她们连地质学和矿

---

① 意大利名作曲家（1792–1868）。
② 奥地利作曲家（1756–1791）。
③ 爱尔兰诗人（1779–1852）。

物学都懂得一点，常常在邻近一带找些石头敲成小块，让乡下人见了非常佩服，而又莫名其妙。

我这样细数她们的才艺，也许太琐碎了一点，不过我想让你明白她们可不是一般的女郎，而是完全高人一等的人物。因而，承她们看得起，我多少感到一点安慰。说实话，她们老是拿我当作一位天才，另眼看待，把我近来那一番放荡流浪看作是一个新的证据。她们说，莎士比亚本人小时就是个淘气孩子；他还偷过一只鹿，那是大家晓得的，还交过放荡的朋友，同演戏的人结交；这又使我大为宽慰起来，因为我的性格确实带有莎士比亚的特色。

不过这三个人中，尤其是最小的那个，是我最大的安慰。她是位脸色灰白、多愁善感的姑娘，脸庞的两边垂着长长的风信子一般的卷发。她自己也作诗，因此我们时常互相酬答。她也喜欢戏剧，我教她扮演《罗密欧与朱丽叶》里边的几出，我时常在她那窗子下边演习花园里那一场，那窗口周围生着密密的蛇葡萄和忍冬，从花丛里可以见得到教堂的庭院。我渐渐觉得她长得美艳惊人，不亚于她的聪明；我相信，假如不是她父亲发觉了我们的戏剧演习，到头来，我准会同她恋爱上的。她那位父亲是一个用功的人，有些书呆子气，通常总是专心在他那学问和宗教上下工夫，不注意几个女儿的小缺点，也许是由于当父亲的溺爱，所以看不清楚；不过有一天我们正在演习时，他忽然从书房的窗口探出头来，阻止了我们的演习，他那种煞风景的见解才多呐，在我来说，那往往是我走向诗歌之路的一个障碍。我的放荡流浪引起了他几个女儿的诗趣，却打动不了他。他根据另一个教本作了一个比较。他把我看成了一个浪子，他怀疑我究竟能不能获得宰肥牛犊子那一场欢喜的团圆①。

我疑心我这次诗兴重发，一定是有人暗示了我父亲，因为他忽然通知我，时候不早了，我该准备考大学了。我害怕回到当年逃掉的那个学校去；同学们对我的讥笑和那位乡绅从特座上望过来的那一眼，叫我简直比死还难受。幸而我被免了这一场羞辱。我父亲打发我到一个乡下教士家里去住，那位教士管教着三四个男孩子。我高高兴兴地来到了他家里，因为我母亲当年屡次对我说起他时，就很看重他。

事实上，他在年轻的时候也是倾慕我母亲的一个，尽管他资产太薄，竞争起来太腼腆，攀不起这门亲事，不过他对她始终一往情深。他是个好人。我们有一批乡下教士不声不响地做着许许多多慈善事业；他们好像是同乡村生活的整个系统打成了一片，凭着自己那种温和的虔诚和丰富的判断力，自然而然生出一种坚定而又从容不迫的影响力，对乡村生活起着作用——他是这种教士中的一个可敬的榜样。他住在渥立克郡附近一个小村庄上，那一类小小社会，往往像团聚在牧师怀里的小羊群一般。那座筑在绿草墓地里的可敬的教堂就是那种散布在我们乡下，仿佛使那片土地也变得神圣的庙堂。

说到这里，我面前仿佛又出现了那位可敬的牧师，看到了他那温和慈祥的面目，他在银白的头发映衬下，更显得年高德劭。我看见他在眼前，就像我初到那里时那样，他坐在他那小小的牧师住宅的门廊里，上面遮着树荫，面前是一座花园，几个学生依偎着他，像自己的孩子一般。他对我那番接待是我永远也不会忘记的，因为我相信他当时一定想起了我那可

---

① 《新约》路加福音第十五章浪子回家的故事，父亲宽恕了他，为他宰了养肥了的牛犊子。

怜的母亲，因此他的心会向着她的孩子。他在门口见到我时，眼睛闪闪发亮，把我抱在怀里，好像我是他所钟爱的养子一般。我从来也没受到过这样的安置。我们的教会里有一些顶好的人，他们薪俸菲薄，全靠教几个绅士家的儿子贴补一下，才能维持生活，他正是这样的一个人。我深信那些小小的僧侣学校是国内最好的培植才德的苗圃。在那里心情理智都会得到培养，获得长进，教师既是学生的伴侣，也是朋友。他那种可敬的品性使学生一见就自然尊重他，他那种庄重的职责，造成了教导青年端正思想品行，所必须具备的高尚的情操。

我这话是本着自己漫无条理的观察和经验说的，不过，我相信这话说得不会错，无论如何，我这点杂凑的知识学业，还有可取之处的话，追起根来，许多都是在这位好人跟前受教的那短短一个时期学来的。他关心学生的心事、学业和娱乐，得到我们的信任，他仔细研究我们的心情理智比我熟读自己的课本还要热心。

不久他对我的性格就摸清了底。我在上文已经约略提过，我多多少少已学得一些自由思想，对政治和宗教问题，喜欢穷究一些道理，因为我在人情事理上有过一些阅历，跟我那些一起游荡的哲学朋友学会了看不起一切粗俗的成见。他并不想要打掉我的虚荣，也不追究我对事物的见解是否正确；每涉及到这些题目时，他只是给我灌输上一点儿知识，采取的是一种安静谦虚的方式，对我的自尊心从不触动一根毫毛。我后来吃惊地发觉到，一个人只要长了一点儿知识，对事物的看法就会有多大的变化，在思索，或仅仅谈论一下时，对一个题目就会有多大的差别。我对我的教师怀有无限的敬意，一心要得到他的器重。我因为只想造成个好印象，就把自己的整整一束诗稿送给了他。他仔细看了一下，后来退还我的时候，微微地笑笑，握了一握我的手，可是什么也没有说。第二天，他就教起我数学来了。

　　不知怎么搞的，他教起书来，把所有的严厉意味都消除了。我并没觉得他挫折了我的癖好，或反对我的愿望，我只觉得当时自己的癖好完全变了，我变得好学了，热心要求长进了。许多从前以为我学不会的功课，这时都有了相当的进步，对于我的熟练我自己也感到奇怪。我想，我的教师也很惊讶，因为我常常看到他两眼盯着我，带着特殊的神色。后来，我猜想起来，他大概从我的眉目之间回想起了我母亲早年的容貌，心头掠过了一番凄凉。

　　这里的教育，并不布置功课，也不指派工作，下课之后，马上就欢欢喜喜地自己可任意干什么就干什么。我们诚然也有规定的课业时间，借此给我们养成整理的习惯，分配时间的习惯；可是这些课业使我们觉得很愉快，我们的情绪也被利用在这件事上。下完课后，教育还照旧在进行。我们的一切休息娱乐之中都贯彻着教育。我们在不断地进步。他给我们的教育大多是在愉快地散步的时候，是坐在亚冯河边上的时候；这种方式获得的知识学问往往比从书本子上钻研得来的印象深刻。我记得，他曾讲述过许多纯正动人的教训，这些在我心里总同自然的美景联在一起，使我每次追想起来，就有说不出的高兴。

　　我并不冒称自己获取了什么神奇的成就。尽管谈了许多，做了许多，我仍然是一个蹩脚的学生。我的诗兴还在心头起着作用，同智慧苦苦地挣扎着，而且我恐怕还是诗兴占了上风。每到天气晴朗的时候，我总觉得数学是门让人受不了的功课。我常喜欢忘掉了数学题，眼望着那些小鸟在窗前跳来跳去，或看着蜜蜂在忍冬花丛里嗡嗡地飞进飞出，无论什么时候，只要能偷偷地溜开一下，我总是到亚冯河边的青草地上去游逛，还替自己这种逃学的嗜好想了个解嘲的方法，说这里是莎士比亚当日游玩的地方，我此来是为了追寻名人的遗踪。每当我躺在树下，眼看着河里的银浪卷起层层涟漪，从断桥洞下流出来，浸洗着渥立克古堡①的岩石基础，自己是享着多么舒服的清福啊！我有多少次追想着美妙的莎士比亚，并怀着少年的热情，不知多少次吻过那些流过他的故乡的清波！

我这位好先生在这样的漫游中常常同我一道，他想法子抓住这种放浪的心情，把我引到正路上去。他尽力教我把片面的感觉贯注上思想，从周围的景物上推出道理来，使自然之美来启发心情上的理解。他极力把我的想象引上高尚的目标，让它充满高贵的影像。总之，他尽了一切力量，尽量利用一个诗人的心性脾气，同时消除那种继承巨产的希望对我造成的害处。

假如我早一点得到这位好牧师的管教，或者能跟他多待些岁月，我相信，他准会把我造就成个样子。他已经把我挨打挨来的东西整理出了一个相当的条理来，把我放浪期间学到的那些无益的知识芟除了许多。我已经开始认清了自己尽管有天才，下一点点工夫未尝没有好处；而且尽管我有那些狂放的非分之想，这时候却已经开始怀疑自己究竟是不是第二个莎士比亚。

正当我得到这个宝贵的发现时，这位慈爱的牧师死了。那天在附近一带，大家都很凄惨。他临死的时候，把他那一群学生——他平常管我们叫他的孩子——召集到自己跟前，因为他不得不抛下我们，而我们也只好彼此分手，各奔东西

---

① 英国封建时代的一座壮丽完备的古堡。

走上社会了，他给了我们临别的劝诫。他扯着我的手，对我很热诚亲切地说了一番，又提到了我的母亲，想用她的名义来加强自己临死的劝诫，因为我总有点觉得他认为我在这一群人里是最迷路而粗心的一个。他的话说完了以后，许久，还扯着我的手，两眼老是盯着我，含着无限的深情，几乎有点凄惨；他的嘴唇翕动着，好像在替我默默祈祷，绝气的时候还扯我的手。

殡葬的仪式就在他生前时常讲道的讲坛上举行，当时全部教堂里没有一个人不下泪的。当他的遗体被送到坟地上时，我们这小小的一群都聚集在周围，眼看着棺木落入墓穴。教区里的居民望着我们非常同情，因为我们不仅身穿素服，而且衷心哀伤。我们当时在坟地前恋恋不舍，彼此又依偎了一番，哭泣着一言不发，然后大家分了手，好像一群弟兄离开了父母的家庭，再也不能回去团聚了。

这位好人以那种温良的精神陶冶我们的性情，把我们这些青年的心亲切地结合在一起，是起了多大作用啊！我每次只要遇到一个老同学，哪怕是个与我一起浪荡的朋友，总是一见就心里高兴；在我这一生中，无论什么时候碰到亚冯河畔上当年同圈的小羊，总会涌上一股深情，一种高兴的热诚，并当下就提高了我的人格。

这时候家里把我送到了牛津①，我乍一进去作了学生，就有个奇异的印象。学问在这里显得十分庄严。大家被分派在几个宫殿里；再加上宗教的神圣仪式，显得格外庄严；它有一种荣耀和环境，对于人的想象力有很大的影响。至少在我心目中是如此，尽管我那时候并没有什么思想。可我从前在

---

① 牛津郡的首府，牛津大学所在地，当爱西斯河与尔威尔河合流处。

那位可敬的牧师那里受的教育已经给我打下了基础，因此对牛津肃然起敬。他当日也在这里受教育，每次提起这座大学，总对母校怀有一番深情，一种崇敬。看到这座最庄严的城市簇拥着尖塔尖阁从平地涌现，我都会热诚地向它们欢呼，把它们看成国家尊重学术而给国家加上的冠冕的尖顶。

有一段时期，老牛津在我看来充满了愉快。它那种寺院式的建筑，那种伟大的哥特式的方庭，那种严肃的厅堂和阴暗的回廊，处处都带着一种令人倾慕的力量。到了晚间我很高兴走进一些周围全是学院的场所，在那里，一切现代的建筑都给掩蔽住了，而只见一些教授和学生带着古老的帽子，穿着古老的袍子，在暮色苍茫中摇摇摆摆一路走过去。当时我好像是置身于古代的人物和屋宇之中。我常常到新造的学院礼堂去参加晚间的礼拜仪式，去听那美妙的钢琴曲，和乐队在那庄严的礼堂里抑扬往复地奏唱着赞美诗歌，在那边，图画、音乐和建筑合而为一，令人赞叹。

还有一个地方我常喜欢去，是在麦格什伦学院那堵灰色墙壁背后的一条风景优美的路径，沿路全是河边上高高的榆树，那条路有个名字，叫作"爱迪生路"，因为他当日在牛津上学时也常喜欢到这里。我也在包德莱恩图书馆里经常出没，老是去涉猎一些书，尽管我够不上作研究；事实上，这时候没人监督管理，我又渐渐回复了任意的空想。可是这本是愉快而并不妨事的，我还很可能会从仅仅是一种文学梦中醒悟过来，学一点好些的东西。当时的机会于我是有利的，因为大学里的放荡时期已经过去了，拼命喝酒的日子也已结束。当年那一场城市和学士之争①好像那场红白玫瑰内战一样②，也早已消弭了，学生和公民都可以安然睡觉，不伤皮毛，用不着半夜里给喊起来，冒着危险去参加血战了。大学里有一种研究的风气，而且我也很有希望跟上这种风气，可是不幸得很，我结交了一批特殊的青年，都是生性活泼，智慧敏捷的人，他们有时候向城市里讨生活，结果我也加入一个技艺团体。他们投票表决通过，认定研究是种笨活儿，人们都借此慢慢地一步步爬上山，而天才们总是一下就跳了上去。在这些华美的禽鸟中间，我不好意思装猫头鹰，因此我把书本子一丢，成了一个轻薄、放荡的人。

我父亲始终看准了我将来有希望继承的巨产，尽管他收入有限，给我的月费却相当宽裕，因此我在一般朋友之中，显得比较优越。我学会了各种游艺运动。我在爱西斯河上划起船来是一位头等专家。我打拳、击剑、钓鱼、打枪、射箭、打猎，我在学院里住的房间总是装点着各种马鞭子、踢马刺、鸟枪、钓鱼竿、钝剑、打拳用的手套。半关半开的抽屉里时常会有一条裤腿露在外面，那个壁橱的底下，都乱堆着一些空酒瓶。

在这鼎盛时期，我父亲到学院里来看我了。他问起我的功课进行得如何，在附近一带有哪种禽兽可以猎取。他以好奇的眼光检看我的各种游艺器具，想知道我们那些教授里边有没有会打狐狸的，一般地说算不算得射击的能手，因为他担心他们用心过度，眼睛会受伤。我们父子俩打了一天猎。

---

① 牛津大学在古代受过市民和教廷许多反对。1209 年两个书记被吊死，引起了苦斗，称为"城市和学士之争"。当局取缔了市民，直到十四世纪中期，大学才得到重视。
② 玫瑰战争（1455–1485）是约克公爵爱德华和朗卡斯特家的亨利第六争夺王位之战。双方各采用红白玫瑰为信号，约克家用白玫瑰，结果胜利。

他对我的技艺很高兴，我说了一大套对于马肉和曼顿枪的研究，说得很渊博，他听了十分惊讶；因此总而言之，他临走对我在学院里的进步非常满意。

我不晓得是怎么回事，大概是闲得久了，就不能不谈恋爱吧。我放荡没多久，就深深地爱上了高街上一个老板的女儿，事实上，许多学生都爱慕她。我作了几首十四行诗称赞她，把一半零用钱都花在那家店铺里，买了一些自己用不着的东西，为的是好借此同她谈上两句。他的父亲是个神色严厉的老先生，系着光亮的银纽扣，戴着波纹式的假发，把女儿看守得紧紧的。在牛津城里，当父亲的对女儿都是这样，这实在也怪不得他们。我想法子要得到他的欢迎，和他拉点交情，可是，全不中用。我在他铺子里说了几次俏皮话，可是他听了从来不笑；他对才情和诙谐毫无兴趣。他是那一种木头木脑、不让小伙子接近的老先生。他已经把两三个女儿都抚养大了。对于学生的一套很有经验。他又灵敏，又会提防，比得上一只久经围猎的獾。只要看他在星期天态度那样倔强古板，服装那样一丝不苟，带着一个女儿，掣在手里，就足够叫一切心存邪念的小伙不敢靠前。

然而，不管他怎么戒备，我还是想了个法子，趁着在铺子里讲价钱的机会，跟那个女儿谈了几次话。我把交易拖得很长，长得可怕，拿起货色翻来覆去地检查，然后再买。在这期间，我时常从一块白葛布底下传过去一首十四行诗，或是一首离合体的诗词，当我在一点一滴地论价钱的时候，我时常向她耳边偷偷地说上两句温存的话，当我接收找头，一块浅棕色纸片里包着的半个便士的时候，我时常轻轻地握一握她的手。一切出卖零杂货的商人，凡是以漂亮的女儿作店员，又有青年学生来光顾的，就拿我这段话当作是我给他们的一种提示吧。我不晓得自己的言语和神色是否足以传达情意，不过我的诗却是无法抵抗的，因为，说实话，那个姑娘颇有点文学欣赏力，手头上总有本从巡回图书馆借来的书。

因此，依靠诗歌的神力，我果然得到了那个漂亮的小杂货商的欢心，妇女见了诗歌总是容易感动的。我们先是隔着个柜台一往一来传达情意，我给的诗歌往往是满满一袜筒子。后来我说动了她，答应与我幽会一次。可是这事怎么办呢？她父亲老是牢牢盯着她，自己又从不走出来；而且只要店门一关，他们的住宅大门也就锁了起来。这一切困难只会增加这场冒险试探的趣味。我提议，这次幽会最好是在她自己的房间里，我在夜里爬进去。这计划是无可反驳的——一个苛刻的父亲，一个秘密的情人，加上一场偷偷的约会！这小姑娘从巡回图书馆里学得的一切，似乎都要实现了。

但是我定下这次幽会打算干什么呢？我实在不知道。我没有什么恶意，也不能说有什么善意。我喜欢这个姑娘，想要得个机会多见她一次，于是这个幽会就约定了，正像我做另外的许多事一样，全是漫不经心，不作好好考虑。等到一切都安排定了以后，我对自己也提了这样几个问题，可是答案总很不圆满。"我是要去伤害这个可怜的无心的姑娘吗？"我自己对自己说。"不是！"马上来了一个愤怒的回答。"我要带她一道逃走吗？"——"到哪里去，干什么去呢？"——"呃，那么，我要娶她吗？"——"呸！凭着我这样一个有希望继承巨产的人，难道会娶个店铺老板的女儿吗？"——"那么，我到底要拿她怎么样呢？"——"哼——嗳，让我先到她屋里去，再作考虑吧。"——这样，反省也就到此为止了。

好了，先生，"管它怎么样吧，"[1]我在夜色的掩护下，偷偷溜到我情人的住宅旁边。一点声音也没有。听到我发出的信号，她那扇窗轻轻打开了。那扇窗正好在她父亲的店房那个凸窗上头，我可以踏着凸窗向上爬。那房子不高，我爬起这个要塞来相当省力。我心头怦怦跳着向上爬去；我爬到了窗口，向上一升，半个身子已经进了房；果然有人在迎接我，不过拥抱住我的不是我所盼望的那个美女，而是那个头戴波纹式假发、脸色很难看的老父亲把我一下抓住了。

我想挣脱他的紧抓，拼命向后退，可是他直喊"有贼!""有强盗!"喊得我慌作一团。这时他那根星期天用的手杖给我带来好大的麻烦，当我下来的时候，那拐杖接二连三地敲打着我的头，打得又急又吓人，而我那顶可怜的帽子又没多大掩护力。我没想到一个老头的胳膊竟会这样灵活，一根象牙镶顶的手杖头会这样坚硬，我心慌意乱一个失足，就伸手摊脚跌到了下面的石头路上。当场立刻来了一群警察，这些人，我可肯定是早埋伏在那里等着我的。我实在没法逃脱，因为我这一跌把脚脖子扭了，立也立不起来。我被人家当强盗捉了起来，为了开脱自己的重罪，就只好招认了轻罪。我说出了自己的姓名，和为什么到此地来。咳! 那些坏家伙早已知道，不过是拿我寻开心罢了。这次我那位背弃信义的缪斯又对我来了一次恶作剧。原来那个做父亲的吝啬鬼已经在店铺屋角的墙缝里找到了我那些十四行诗和离合体的诗。他没有女儿那种赏识诗歌的趣味，不动声色地作了严密的侦察。他偷看了我们的信件，侦察了我们的计划，就为接待我作好了一切准备。我就是这样命中注定，老是被缪斯牵进了旋涡。从此以后，

---

[1] 引用莎士比亚的悲剧《麦克白》一幕三场里的字句。

奉劝大家，千万别拿诗歌来进行私下恋爱了！

　　那老头子因为接二连三地打了我的头，加上我的脚脖子扭得很厉害，他的怒气也就平息了一些，没有当场要我的命。他居然很讲人道，拿出一扇百叶窗，叫人把我放在上边，像个伤兵一样抬回了学院。他们为我叫起了门房。学院的大门为我打开了。第二天早晨，这件事一宣扬开，从食品小卖部直到大厅，成了全院的笑话。

　　我因为扭伤了脚脖子，几个礼拜关在屋里，有的是懊悔的工夫，这期间我翻译了波伊悉阿斯①的《哲学的安慰》。我接到我那情人寄来的一封情意深长而拼法拙劣的信，她家里打发她到科芬德里②的一位亲戚那里去了。她坚决声明，我这场灾祸跟她没有干系，并赌咒说要对我诚心诚意"直到死亡"。我没理会这信，因为我当时的相思病和怪癖都已经治好了。然而妇女比起男子来总更有操守，不管哲学家会发什么相反的议论。我确切知道，她对誓言是信守了几个月。可是她要应付的是一个苛刻的父亲，他的心就如同他那根拐杖头一样坚硬。他不受眼泪也不为诗歌所感动，断然逼迫她嫁了一个有名的青年生意人，这个男人尽管不合她本人的意，也不合传奇小说上一切规矩，却叫她过得很快活，还让她成了几个孩子的母亲。他们眼下是一对家道兴旺的夫妇，在街角上对着科芬德里那个"窥探的汤姆"的像③开了一片整齐舒服的小店。

　　我在牛津上学还有许多事情，虽然不全像上边讲的那些事一样难受，我为学业也没吃过那么大的苦头，这我就不向

---

　　① 罗马名哲学家，政治家（470–525），被诬下狱，在狱中作了拉丁文名著《哲学的安慰》。
　　② 城名，离伦敦八十五英里。
　　③ 科芬德里有一位伯爵夫人，她请丈夫豁免压榨人民的税，丈夫要她在午间裸体骑马穿过城市。她盼咐全城关门闭窗，自己履行了这条件，救了人民。汤姆偷看了伯爵夫人，眼睛立刻被打瞎。因此他得名"窥探的汤姆"。当地人立像纪念此事。

你啰嗦了，简单地说吧，我又照常过着五花八门的生活，对于好事坏事渐渐都有了一些知识，这样直到我年满二十一岁。我几乎还没有成年，听说父亲猝然间死了。这是一个很重的打击，因为他虽然从来不怎么慈爱我，到底是我的父亲，他这一死，我觉得世界上就举目无亲了。

我回了家，发现自己成了父亲遗宅里一个孤独的主人。无数凄凉暗淡的情绪涌上了我的心头。这个地方每次总使我清醒，叫我反省；尤其是现在，这里满眼是那么冷落愁惨。我走进了那间小小的早餐室。壁炉旁边挂着我父亲的马鞭、踢马刺；另外还有记载着马的血统的《养马经》、《体育杂志》和《赛马历》，他一生也只读这几本书。他喜欢的一只长耳狗躺在炉边的地毯上。这只可怜的狗从来没注意过我，现在跑到跟前亲切地转绕着，舔我的手，然后往屋里周围看看，发出几声悲叫，轻轻地摇摇尾巴，直望着我的脸孔，似乎有什么愿望的样子。我充分感觉了这种哀求的力量。"可怜的达什，"我说，"我和你在世界上都是孤独的，没有人关切我们，我们就彼此关切吧。"这只狗从此再没离开我。

我不能进我母亲的房间；我一走到附近，望见那个门我心头就发胀。她的遗像挂在客厅里，恰恰在她平常坐的那个地方的上头。当我抬头望去时，我见她正一片慈心地瞧着我，不由得流下眼泪。我诚然是个粗心大意的家伙，也许因为住在公立学校里，老在谁也不理我的生人群里打来转去，人变得有点无情了，可是一想起母亲的慈爱仍不胜感伤。

在我这样的年龄和脾气，是不能长期抑抑郁郁的。我在生理上有一种反作用，每经过一次压迫，总会重新振作起来；实际上，我的精神总是经过一次暂时的沮丧，就会有一番大亢奋，我把这事尽量迅速处理好，把产业变卖了，产业本来不多，可是在我看来算很丰厚了，因为我本着诗人的眼光，总是把样样事情放大了看；几个月过后，我发现自己再没有事务的牵制，也没有什么拘束了；我决计到伦敦去逍遥一下。干什么不去呢？我正年轻，活泼，愉快，眼前要寻乐，有的是钱，从远景上看，还有我舅舅的产业。我心里想，让那些郁郁寡欢的人在学院里死啃书本吧，他们有他们的世界的路；在我这样的青年，一个有希望继承遗产的人，那可就是可笑的苦工了。于是，我坐上一辆马车，一辆前后两匹马拉的马车辚辚地开路上了伦敦，决定去好好逛逛都城。我走过了几个村庄，没几年以前，我曾在那边扮演过饕餮的丑角，现在我去逛玩了许多当年我冒险耍痴的地方，无非为的是来个故地重游，即使当年的踪迹都已在草莽荆棘中了，这会重新踏上一遍，也有一种悲凉愉快的感觉。我在这趟行程中的末了一段绕了一个圈子，这样把西部和汉普斯台德也圈了进来，那是我经历最后的戏剧事业和窝棚里一场混战的场地。我坐着车沿着汉普斯台德山岭走去，经过杰克·斯特劳堡，在那儿停了一下，这是当年柯仑拜恩和我穿着一身褴褛的华衣郁闷不乐，眼望着伦敦犹豫不决的地方。我几乎盼望能再见到她，站在山边上，像耐欧碧[①]，泪人一般；又像残破了的巴比伦[②]，伤心极了。

"可怜的柯仑拜恩！"我说着，长叹一声，"你是一位慷慨豪侠的姑娘！一个真诚的女人，对于倒霉的人不失信义！为了一个微贱的人，可以牺牲自己！"

我想法子排遣开对她的这种回忆，因为回忆起来总有几

---

① 引用莎士比亚悲剧《哈姆雷特》一幕二场中字句。希腊神话，耐欧碧有子女十二人，拉透娜只有两个，耐欧碧讥笑她，结果自己的子女全被杀害，她哭泣到死，化为石人，涕泪横流。

② 巴比伦尼亚的国都，公元前 538 年被波斯王居鲁士攻占，《旧约》以赛亚书十三章预言巴比伦的倾覆。

分自责的意味。我高高兴兴地驶着车一路直跑，灵敏地驾驭着我的马，跑下了汉普斯台德街道的陡坡，看到那些旅馆里的马夫和马童都瞪眼望着我，自己很是得意。刚刚走到村边，我前面那匹马有一根皮条松了下来。我勒住了马，因为那牲口很难驾驭，而我的佣人又很笨拙。我看见路旁有一家干净的小酒馆，那个老板很强壮，正站在门口手里拿着一个大酒杯。我招呼他，请他过来帮忙。他马上跑了过来，老板娘跟在后边，敞露着半个胸膛，抱着一个孩子，身后还跟着两个。我当下吃了一惊，好像信不过自己的眼睛。我不会错认了人吧！原来那位肥肥的、啤酒色的酒馆老板正是我当年的对头哈利昆，而他那个懒散的女人正是从前那个干干净净的、有一对酒窝的柯仑拜恩。

我从一个青年变成了成年人，而且环境也已不同往日，因此他们不认得我了。他们猜想不到这位雄赳赳的、赶着自己的车马的翩翩少年，竟就是当年那个粉墨登场，头上戴着一顶旧遮帽，身上穿着薄薄的天蓝长褂的情人。我怀着一团好意，对柯仑拜恩很是依恋，我看到她家道兴旺，也很高兴。马具刚刚整理好，我就拿出一小袋金钱往她那宽阔的怀里一扔，然后，装作要对我那两匹马痛加一鞭的样子，把鞭梢一卷，在老哈利昆那油滑光润的肋边哗的一抽，两匹马像闪电一般向前奔驰而去。他们两口子见我给赏钱这样慷慨，吃了一惊，他们惊魂未定，我早已踪影全无了。后来我每次回想起来，总认为这是我的诗歌天才的最大的证明；这是诗人的十足的赏罚分明。

现在，我耀武扬威地进了伦敦，成了城里一个豪华的放浪者。我在西区租下了一个时髦的住处，穿着头等裁缝缝制的服装，经常出没于正规游艺场所，有时稍微赌博一下，输了钱也不动气，结交了一些时髦的、毫无可取的朋友。我又有了一点名声了，人家认为我是个有技术的人，因为我在牛津上学时就是一个拳术家。因此我在比赛技艺的那班先生们中间很出色；同某几个打拳的贵族形影不离，在拳击场上成了大家赞叹的人物。然而一位上流人有技术，也容易害得他陷入困难。他很可能当上一个游侠骑士，在技术差些的人往往可以不声不响地避开的争斗，他却偏要去找碴儿。有一天，我答应惩戒一个搬运夫，因为他太横行霸道了。他是一个大力士，不过我对我的技术很有把握！当然，是我得胜了。那个脚夫忍受了这场羞辱，把打破了的头包紧起来，满不在乎地照常干活去了，好像没有事一样，可是我这个得胜者却在床上躺了两星期，没敢让自己受伤的脸孔露一下，这一来我才明白，原来一个上流人即使打了胜仗，也是顶倒霉的。

　　我本来是一个哲学家，经过一场灾难，谁也不会像我那样推阐道理，引出教训；因此我躺在床上，寻思着这种无聊的功名把上流人和粗汉子拉成一流的无聊的功名，推阐出若干道理出来。我知道许多圣哲都对这些事情深思熟虑过，他们认为拳击这种高尚的技艺可使民族保持勇猛精神——我也知道，成为勇猛的民族自有它的好处，我决不想大声反对，不过我现在可明白看出来了，拳击全是在于刻意培养英国暴徒。"拳击场是什么？"我躺在床上辗转，痛的时候心里想，"还不是一个恶棍学院罢了，国内个个强壮的暴徒到了那里都可以得到研究生的地位！那些拳术团体的行话是什么？还不是一种隐语，使一些傻瓜流氓可借以互相交谈，互相了解，让外行人不懂而好自鸣得意！拳击比赛是什么？还不是一个斗技场，让贵族名流同丑恶粗俗的人们挤在一起而已？拳术团体本身实际上又是什么呢？还不是一个方便交通的连锁，上边从贵族起，下边直到扒手，可借这条连锁为媒介，使一个有地位的人发现自己隔着三个等级，同绞台上的杀人犯手握手！"

"够了！"我喊叫道，由于自己这套哲学的力量和切身创伤的痛苦，我已深信不疑，"我同拳术团再也不要往来了。"这样等我胜利的创伤恢复后，我又转变了方向，留心起比较文弱一些的题材，变成了一个倾慕女性的人。假如我生性再勤勉一些，野心再大一些，我尽可以在周围开辟出一条路，在时髦社会里登峰造极，跟我在周围所见的许多勤劳的绅士正在做的一样。不过那是一种辛苦、焦急而又不愉快的生活；就像那种竭力学习时髦的笑容的人，搞得夜里连觉都睡不好，世界上很少有这种苦差事了。我见了那种时髦边缘上的社会，已经十分满意。那个地带倒是很容易占领的。我觉得那是一块轻松、容易、而又可以丰收的土地。我只要前去周旋一下，像播种一般分送上几张名片，就可以收获到大量的请帖。实在说，我的仪表和风度不是对我不利的。女士们间也颇有人在悄悄地传说，我既绝顶聪明，又会作诗；老太太们也早已断定我是一个出身很好的少爷，财产可观，还"有继承巨产的希望"。

这时，我已对旋风般的放浪生活入了迷，这种生活令青年人如此陶醉，一个富有诗兴的人初次尝到时是多么欣赏啊——那种感觉上的迅速变化，那种五光十色的纷至沓来，那种连续不断的刺激性的快乐！我没有工夫多作思考，我只有感觉。我根本不想作诗了，我的诗似乎都已散发掉了。我现在过的就是诗的生活，只觉得全是一场诗意的梦。一个感觉主义者根本不懂得都城的乐趣。他所过的生活只是一套肉体上的满足，和种种毫无心肝的习惯。可在一个富于诗情的青年人看来，却是个理想世界，是个令人心醉，引人幻想的场所；他的想象老是受着刺激，对种种快乐都兴致勃勃。

　　不过，过了一个季度的都市生活，我的陶醉多少也清醒些了，或者，恰当点说，我的一种老病又复发了，变得更加认真起来。我又谈恋爱了。我恋的是一个很美丽的女子，尽管她也很高傲，她来到伦敦，为的是想在都城里享受一下冬天的快乐和结婚嫁人，现在由一位还是老处女的姑母照料着。毫无疑问，她尽有一些情人可任她挑选，因她在一个小城市里——城里还有一个大教堂——早就是个美人，当地有一位诗人还写过一卷拉丁诗颂扬她的美。她的朋友预料她准会轰动一时，出人头地。有人只怕她挑选时过于轻率，挑取了一个爵位太低的人。那位姑母打定主意，不是贵族就不给。

　　咳！这位小姐尽管千娇百媚，却少了一样必需的东西——她没有钱。因此她等着公侯伯爵来拜倒脚下，但始终没有等到。这一季快要完了，这位小姐的希望也快落空了，正在这个当儿，我恰好凑了上去。

　　这位小姐和她的姑母都很殷勤地接待我。我固然没有爵位，可我有希望继承那笔大产业！当时我有两个对手，一个是一位穷困的准男爵的小儿子，一个是领着半薪的龙骑兵上尉；但她们立刻对我表示了明显的偏爱。我并没按照规矩认真地上场，因为我已拿定主意，决不轻率从事，而只是时常驾着我的马车从她住的那条街上经过，而每次都一定有把握看见她站在窗口上，通常手里总是拿着一本书。

　　我又恢复了作诗的习惯，抄了一首长诗给她——没署姓名，不过她认识我的笔迹。可是姑侄二人对这一学问都明明是门外汉，真叫人好笑。那位美女把诗歌拿给我看，纳闷这作者到底是谁，还说在世界上她顶喜欢的莫过于诗了；那位老处女姑母把她的眼镜夹在鼻梁上，读起那些诗来时，往往把意义和声调都读错了，真叫一个作家听了刺耳，而她还要说整部《诗歌精华录》里也找不出这样好的作品。

社交季节结束了，我没敢冒险开口，尽管他们确实给了我一些鼓励。我没有十分把握，不知道自己在这女郎心里是不是占有一席之地，而且，说老实话，那位姑母做得也过火了点，她对我的喜欢也未免有点过分了。我晓得，老处女姑母对爱慕侄女的人，往往不是单凭了他本身的优点就会打定主意的，我想先弄个清楚，她之所以这样喜欢我，其中缘于我有马车可坐，还有继承巨产的希望，不知占了多少分量。

我多次得到暗示：她们的故乡到了夏季里，风景是多么怡人，她们交往的是多么有趣的人物，她们那一带有多么美好的道路。因此，她们回家后不久，我就打扮得漂漂亮亮，驾着车，顺着大马路去了。那第二天早晨，人家就已看见我在参加祈祷，同那位一时无双的美女坐在一个席次上。举行过仪式后，只听得通道上传来一阵窃窃私语——"他是谁？"和"他是干什么的？"回答的话照例是"一位出身门第很好的少爷，有财产，还有希望继承巨产"。

这个值得尊敬的小地方有许多特点，引起我很大的注意。一座大教堂，还有它的附属机构和规程，向我们呈现的是一幅昔日的图画和许多不同的礼俗规矩。那是一个比较富于诗意的时代的宝贵遗迹。在它的周围还有修道院的寂静庄严的遗风。尤其是眼前这个例子，教堂很大而城市很小，因此教堂的影响就格外明显。那种一天举行两次的庄严壮丽的仪式，加上悠扬的风琴声和那宏大的礼堂里震荡着的歌唱队的歌声，仿佛在整个地方传播着千古的安息，这种庄严的仪式有固定的套数，持续不断地进行，好像遗世独立一般；这种天天都有的好听的音乐和祈祷，仿佛是祭坛上向上缭乱的香烟，对我的想象力起了一种强有力的影响。

那位姑母给我介绍了她的交游，有一些是与大教堂里有关系的人家，还有一些是财产有限，可是声望很高的人，他们也依附在大教堂的羽翼之下，这样可花钱不多而又交往一些好人。那个小圈子是很贵族化的；同别人交接起来很谨慎，对一般庸俗龌龊的事物，他们都心怀猜忌，格外小心，不轻易接受。

一切老派的礼节好像都在这里获得了藏身之所。他们总是不断地礼尚往来，交换一些小礼品，例如水果点心和鸭毛笔写的问候短笺等等；在这样一个安静文雅的社会里，大家完全过着舒适的日子，一天到晚没有别的事，只有一些小小的义务，小小的娱乐，和小小的殷勤罢了。我曾在一个大热天日中的时候，看见一个很胖的跟班，搽着发粉，从一家堂皇邸宅的大铁门里走出来，手里端着一个银质大托盘，里边盛着一个小小的果子馅饼，从这个小地方的东头走到西头，仿佛在办一件大事似的神气。

他们晚间的娱乐，都很有节制，带着古风。他们集会的钟点不太早，也不太晚，几位女郎奏奏音乐，老太太们打打惠斯特牌，没到深夜就散了。在这种社交的日子，没有什么成队成行的车马。散场时尽管大部分人都穿着木屐，前边有个跟班的或侍女打着灯笼，但仍有两三乘轿子在不断地来来往往；在这个安安静静的小地方，只要听见木屐声，看见灯光，就知道晚会已经散了，那时候离半夜还早得很呢。

起先我想到这地方很小，预料一定可以过得从容自在，事实上却并不完全如此。我来到此地一看，原来这儿和别的乡下地方大不相同，要在这里铺张一下门面并不那么容易。我是一个造过许多罪孽的人啊！这个小社会的尊严和礼节，本身就对我含有斥责的意味。我害怕自己过去的懒惰和糊涂会对我提出不利的裁判。我看见大教堂里那些尊贵的牧师在交际场中同大家都很熟悉，我见了他们就肃然敬畏。我在这一点上变得神经过敏了。只要听见牧师从静静的街上履声笃笃地从这头到那头走过，我心里就害怕。正当我的诗思正在展翅飞翔的时候，只要一看见一顶铲形帽，我就停固下来啦。

再说，那位好姑母也不能安静一下，老拿我当作一位天才，见了人就大吹大捧称赞我的诗歌。只要她仅仅限于对那些女士们称赞倒也罢了，因为她们还可以感觉和欣赏一下新浪漫派诗歌的优点。可是，这位好女人偏偏并不以此为满足，她一定要把我的诗读给一位牧师听，那牧师是当地一位公认的批评家。他是个瘦弱的老先生，举止温和文雅，满口的古典学问，对充满激情的当代诗歌，却不容易产生兴致。他听了我那首热情洋溢、文情并茂的诗，竟然无动于衷，只是摇了摇头，微微一笑，指斥这些诗不合贺拉西①的规律——算不得合格的诗。

有几位老太太是一向佩服我的，听了这话也摇起头来；她们不能设想，凡是不合贺拉西的规律的诗怎么还可加以称赞，而不合律的东西在上流社会上就是不应该鼓励的。幸好我的运气还不坏，一般好奇的青年人都支持我，因此女郎们佩服我的诗，不把贺拉西和合不合格律当作一回事。

女郎们的好评使我感到欣慰，我一向觉得她们才是品评诗歌的好手。"至于那些老学究，"我说，"他们在古典文学的冷泉里泡得太久了，所以容易冷淡。"可是我仍觉得自己正在渐渐失势，必须好好露上一手。恰好这时有一次公开的舞会，

---

① 著名的拉丁诗人，公元前 65– 前 8 年。

当地最上流的社会人士和附近的绅士都来参加。趁这个机会，我煞费苦心地好好打扮了一番，当天晚上，我就下了决心，要向那位小姐的芳心大举进攻，全力作战，以便第二天早晨让她正式要求投降。

我在一阵谈话声和扰动中进入舞场，看到我一到场，那些小姐总是这样的。我精神饱满，因为，说老实话，我当时已喝了一杯助兴的酒。我喋喋不休地乱吹一气，深信许多人都在倾听，句句都发生了效果。

正在扬扬得意之时，我发觉有几个人在跳舞场的上头聚集起来。人数越凑越多。只听得这里那里发出一阵吃吃的笑声，有几个人转过眼睛来打量我，接着又是一阵笑声。其中有几位小姐急急忙忙地跑到了屋里的那一头，对他们的朋友喊喊喳喳耳语起来。她们走到哪里，哪里就是一阵笑，对我一阵打量。我对这一套简直莫名其妙。我自己从头到脚检查了一番，又挨着镜子望了一望背后，看看是不是我身上有什么好笑的东西——不雅观的破绽，或是垂下了奇形怪状的带子穗头之类。没有，一切都好好的，我是一幅完美的画。我认定这一伙欢天喜地的美女，准是在传述着我的佳句，因而决意等着她们把那些佳句回传过来，自己也乐上一番。因此我轻轻地走上前去，对碰到的人都微微一笑，而她们呢，不瞒你说，也都对我吃吃地微笑。我仰着下巴，好像一个一团高兴、确信会受欢迎的人那样，笑嘻嘻地向人群走了过去，我走过去时，那一簇小美女让开了一条路。

天啊地啊！我一看，那在中间的是谁？原来正是早年使我受尽苦头的那个情人，永远存在的萨卡瑞莎！她确实是长大了，出落得十分娇美，可是，从她脸上那种恼人的嬉笑，分明看得出，她清清楚楚地记起了我，还记得我当年的两次为她而遭受过的令人发笑的鞭笞。

我立刻明白了这一阵逐客令一般的讥笑，是冲着我而发的。我垮了，恋爱的情绪一下熄火了。要不就是一阵难当的羞愧把情焰扑灭了。我是怎样退出那屋子的，自己也不知道，我想象着人人都在耻笑我。我刚到门口，瞥见我的情人和她的姑母正在听着萨卡瑞莎的低声耳语，那老太太双手一举，眼睛一抬；那个年轻的脸色一闪，依我看来，两个都挂着一副不可名状的嘲笑相。我顾不得停下来细看一下，两步就从楼梯顶跨到了底下。第二天早晨太阳还没升起，我就收兵退却，直等到大教堂的钟楼都望不见了，才感到火辣辣的脸腮上冷了下来。

现在，我回到了城里，垂头丧气，一肚皮心事。我的钱快花完了，因为我生活随便，不加打算。恋爱梦过去了，已再无可寻欢作乐的事了。我拿定主意，既然还剩下了一点点钱，就搏节一下吧；于是我把车马都半价卖了出去，悄悄地把钱放在口袋里，变成了一个徒步来往的人。我并不怀疑，凭着我将来大有希望继承产业，我随时可以筹到款项，息取也行，借贷也可，不过我一向抱定宗旨，反对这两种办法，决计厉行节约，让我那羞涩的钱袋还可以支持下去，直等到我舅舅的灵魂出了壳，或者把产业放了手。我因此待在家里读书，要不是作诗吃了无数苦头，常常害得我贴笑发窘，我又会作起诗来的。我渐渐养成了一副执拗相和困于告贷的神气，人们见了，都渐渐躲开了我。我从来无意责备一般的社会，说它不对，它待我始终很好。当我手头有钱欢乐交游的时候，它也亲近我过，等我手头紧了，困难起来，想谢绝交游，嗳，它也就不理睬我了，你还想怎么样呢？相信我的话吧，这个世界并不像一般人形容的那样冷淡，它才乐善好施哩。

嗳，先生，用功的时候，我正隐居下来，在搏节用功的时候，忽然消息传来，我舅舅已经病危了。我出于继承人的关怀，马上飞也似的赶了出去，要听到他最后一句话，接受他的遗嘱。赶到以后，只见服侍他的有那忠实的老仆铁约翰；一个偶尔在家里做些零活的女人，还有我当年偶尔在园里追猎的那个红头发孩子——"年轻的峨孙"：我一进屋，铁约翰就吁吁带喘，喘出一种打招呼的声音来，他给了我一个近似欢迎的微笑。那个女人坐在床的下端呜呜地哭，那个红头发的峨孙这时候已经长成了一个粗笨的乡下佬，站在那里远远地望着发呆。

我舅舅脸向上直挺挺地躺着。屋里没有火，也没有病房里的任何安慰品。蜘蛛网从天花板上飘动着，木头床上盖着一层灰尘，帐子也破碎不堪。他床底下那口保险箱隐隐地露出一头来。板壁上挂着生了锈的大口径的枪，骑兵手枪，还有一把斩刺两用的佩刀，这是他用来看家，保障生命财产的武器。他生病期间也没请医生，从桌上摆的那一些剩余的东西来看，似乎连请个厨子帮帮忙也都舍不得。

我进屋时，他正一动不动地躺着，他的眼睛发直，张着嘴巴，我乍一看，以为他已经死了。我进门的脚步声惊动了他，他把头一转。他看见我，脸上浮出一个可怕的微笑，发直的眼睛露出了高兴的神情。他一生对我只有这一次微笑，因此深深地烙印在我的心头。"可怜的老人啊！"我心里想，"我看得出，有我到场，就有了安慰你的力量，那么你当日为什么又逼着我走，抛得你这样凄凉呢？"

"外甥，"他勉强了几次，才发出低微喘吁的声音说道，"你来了，我很高兴。我现在死也可以瞑目了。你看，"他说着抬起一只枯槁的手指了一指，"你把那张桌子上放的箱子打开看看，就可以知道，我并没有忘记你。"

　　我拉着他的手按在自己心口上，两眼含着泪水。我在床边坐下来守着他，可是他再没说第二句话。然而有我在眼前，他显然很高兴，他时时望望我，脸上总掠过一种漠然的微笑，他老是有气无力地指一指桌子上封着的箱子。当天天色晚了，他的生命也就随着完了。快到日落时，他的头歪在床上，一动不动躺着，两眼直盯盯的，嘴也闭不拢了，他就这样慢慢地死去了。

　　我见自己的亲人就这样完全断了气，不能不为之一震。我对着这个古怪老人滴下了哀恸的眼泪，原来他保留的这点慈祥的微笑，直到灵床上才显露出来——好像阴沉了一天，傍晚出了太阳，一闪就又落入了昏暗之中。当夜我退了出来，留下尸身，由那几个仆人看守着。

　　那天夜里天气很坏。阵阵风声像在宅子四围替我舅舅唱着安魂曲，猎狗在外边呜呜叫，好像它们知道老主人已死了。铁约翰几乎舍不得让我在屋里点根蜡烛，照耀那凄凉惨淡的气象，因为他一向俭省惯了，省得简直不惜饿肚皮。我睡不着。想起我舅舅临死的光景，听到屋子周围一片凄惨的声音，心里伤感不已。可是这些情绪一过，接着又想到了将来的计划，这样，我大半夜不曾入睡，任着诗人的想象，预料将来不久我就要过上愉快的生活，要使得这些古老的墙壁回声四起，恢复外家先世当年殷勤好客的遗风。

　　我舅舅的殡葬办得很像样子，不过没向亲友发讣告。我知道没有人纪念他的，我拿定主意，不请任何人来讥笑他的殡葬，免得他们到坟头上寻开心。我把他葬在邻村的教堂里，尽管他家的坟地不在那里；可是他也明白吩咐过，不要同家里人葬在一起；在世时同家里大多数人都吵过，他怀恨在心，把怨恨直带到了坟墓里。

　　我自己掏腰包，付清了他的丧费，把那些承办者一下开发掉了，还把家里那些不祥的鸟也打发掉了。我请了教区里的牧师，村里的律师，约他们第二天早晨到家里来，当面宣读遗嘱。我请他们吃了一顿丰盛的早餐，这种铺排在这个家门里是多年没见了。早餐的杯盘一撤，我把铁约翰，那个女人，还有那个孩子都叫了过来，因为我特别仔细，要个个人都在场，规规矩矩的。箱子放在桌子上，大家一声不响。我拆下封条，揭开了盖子，一看，里边放的并不是遗嘱，原来是我那首该死的诗《疑堡和巨人绝望》！

　　世界上有谁会料想得到，那个干瘪的老头长年一声不响的，显然一点情感没有，居然会把一个孩子的一点无心玩笑，珍重保存了好几年，来用这样残酷的手段惩治他？我现在才明白了他临死的微笑，他一生对我仅有的那一次微笑。他为人一向严肃；奇怪的是，临死竟拿一个玩笑来开心，令人难堪的是，那个玩笑竟开在我头上。

　　律师和牧师似乎不能了解这件事。"这定是弄错了吧，"律师说，"这里边并没有遗嘱。"

　　"啊！"铁约翰张着那副生锈的下巴骨吱吱地说了一声，"如果你们要找的是遗嘱，我相信我倒找得出一张来。"

　　他退了出去，脸上还是挂着那种古怪的微笑，同我这次来时接待我的那样，我一看就明白了，这对我决不是吉兆。过了没一会儿，他回来了，带着一张遗嘱，上面应有尽有，正式签了字盖了印，证人也签了名，措词一字不错，咄咄逼人。遗嘱上写着死者把大批遗产留给了铁约翰和他女儿，剩下一些残余留给了那个红头发的孩子；原来那孩子是他的儿子，是他和那个女人私通生下的，这真叫我大吃一惊。我确实相信，他之所以私通那个女人，仅是为了想留个后嗣，让我父亲和他的后人落空，得不到遗产。上边还有条小小的但书，提到他发现外甥的性情颇近诗歌，因此可以断定，他并不需要财产，不过他对继承人说了一句话，要他照顾他的外甥，让他在"疑堡"里有一间顶阁可住，房租免收。

失望者的沉思反省

白克桑先生说到他舅舅死去，自己的继承巨产的希望落了空，就停顿了下来，他说，这为他的生命史划了一道界，后来，过了一会儿，他才又以沉着的心情，重新谈起了他那五花八门的故事来。

他说，离别了死去的舅舅的遗体，他们大门一关，把本来应该归我的东西关在里边，我好像一丝不挂地被人推到了世界上，只好完全听天由命。我将来怎么办呢？我受了这么多年的教育，可什么也不会，满心希望继承遗产，而这希望又全落了空。我没有什么亲属可以去请教一下，求他帮个忙。整个世界似乎对我来说已经死去了。亲属像波浪一般，一个一个来了，又一个一个地退落了，我成了一只搁在沙滩上的废船。我是个不会轻易沮丧的人，可是这时也觉得垂头丧气了。我看不清自己的情况，也无从猜想此后我将怎样过下去。我现在只有去努力赚钱了。这对我来说，是个新奇的想头。好像是要我去发现点金术一般。从前我想到钱，只晓得用手往口袋里一伸，拿出来就是，如果口袋里没有，那就等着家里再供给我。那一段时期，我认为人生只要填满了欢乐就是；现在要把人生分成为干苦活的许多漫长的钟点和日子，并只有那样才能赚面包，而赚面包又仅是为了有气力可以继续干苦活，为了做工，而做工又只是为了继续做工的生活，这在我看来真是新奇而又吓人。在别人看来，也许这是很简单的事情可是每个处在我这种苦境的倒霉人，生来就不幸，而抱着有继承巨产的希望的人，准会了解这种滋味的。

我有几天老在小时候游玩的地方荡来荡去，一来因为我根本不晓得自己应该怎么办，二来因为我也不晓得将来还会不会再见到这些地方。我依恋这些地方，好像一个人依恋着一只破船，尽管他明知道最后总要一头撞开去，泅水逃命才行。我坐在一个小山上，望得到父母的故居，可是我却不敢走上前去，因为我想到自己当日漫不经心，把遗产任意挥霍了，感到很懊恨；然而当时我既然有希望得到守财奴舅舅那份偌大的家产，难道这可怪我吗？

那份产业的新主人正在大兴土木，房子几乎同重造一般。周围的树都砍倒了，我母亲的花园变成了一片绿草地——一切都在改变。我叹了一口气，转过身来，又荡到乡间另一个地方去。

一点小小的患难能叫人多么深思！我一路走去，远远望见了自己当日在那里为了求学而挨鞭打的校舍，这时你即使见了我，也不会认出我就是几年前轻率地逃学的那个孩子了。我在运动场的栏杆上靠了一下，望着那些学生做游戏，想看看其中有没有像自己当年那样的对人生满怀乐观之梦的顽童。那运动场比起当年的似乎小了些。附近那个乡绅，那个残酷的萨卡瑞莎的父亲原有的房舍和花园，似乎缩小了若干，也没有当年那么堂皇了。再望过去，那一带小山也不像当年相离得那么远，而且，咳！再也引不起山外的仙山灵境那种梦想来了。

我沉思着走过附近一个草场，记得我曾无数次在那里采过樱草花，当时恰好遇见了那位先生，我小时候一见就怕的专制大王。我有时候挨他打得厉害，曾经偷偷发下誓言，等我长大成人，如果遇见了他，定要报仇雪恨。这一次时机来了，我却没有遵守誓言的意思了。这短短的几年间，我长成了一个壮实的汉子，他却缩成了一个老朽。他似乎中过风。我看了他一下，心里很纳闷儿，为什么这样一个可怜的无依无靠的人当年竟会让我一见就怕；为什么我竟会看到那双昏花的老眼一瞥就提心吊胆，或者怕他那只颤抖的手的威力？他顺着小路蹒跚地走着，要过一段阶梯，有些困难。我跑上前去扶了他一下。他见了我有些惊讶，可是没认出我来，他对我深深地鞠了一躬，表示谦恭和谢意。我也不想通报自己的姓名，因为我觉得自己没有什么值得夸耀的。他当年吃的苦头，和给我吃的苦头，同样是白费力。他屡次说的预言现在完全证实了：我觉得小杰克·白克桑那个懒孩子，大了准是个毫无可取的人。

这些话全是一些不愉快的琐事，不过因为我已把自己的荒唐事讲给你们听了，也就应该向你们指出，我为此受过多少训诫。连最漫不经心的人有时候也会过着愁闷的日子，这时他也非反省不可。

这次我觉得好像要忏悔一番，于是，我为了消除过去轻狂的罪孽，就作了一次朝山巡礼。我在立明屯过了一夜，走一条小路，上了一个小山，穿过清静的田野，后来走到一个小小的村庄，毋宁说是一小簇房屋，它名叫来宁屯。我找到了村中的教堂。那是一所古老低矮的房子，用灰色石头筑成的，筑在小山顶上，俯瞰着下边的肥沃田野，面对着巍然矗立于天涯的渥立克堡的高塔。

教堂基地一部分笼罩着大树的浓荫，有一株树下边便是我母亲长眠的地方。你们自然把我看成是个轻浮的无心人。我自己也这样看自己，然而，碰上忧患的当口，却总会引起我们另外的种种情绪来，若不是经历过这些忧患，我们还尝不到这种意味呢。

我寻找母亲的坟墓；只见墓上的乱草早已交织起来，墓碑也在荆榛丛里埋没了一半。我把这些榛莽清除了一下，手扎破了，却不觉得痛，因为我心里的痛苦太厉害了。我坐在坟头上，把那段碑铭反复读了好几遍。

碑铭很简单，可是也很真切，那是我自己作的。我本来想试作一篇韵文的墓铭，可是作不成；我的情绪无法让我写成韵文。我在一路孤独的游荡中，心里的情绪已渐渐涨满；这时已经满到了边，再也装不下了。我倒在坟上，把脸埋在深草里，像个孩子一般地放声哭起来。是的，我这时已经成年，在母亲坟头上哭，正像我小时候在她怀里哭一样。咳！母亲在世的时候，我们对她的爱心能体会到几分？真是太少了！我们在少年时期对她的一切焦虑和亲切是多么漫不经心！可是等到她一旦死去，等到世界上种种忧虑和冷酷摧伤我们的心情，等到我们发觉了真正的同情多么难得，真正一无所求地爱我们的人多么稀少，我们处于患难之中时能给我们做朋友的人又有几个——这时我们才想起了自己失去的母亲。我当年固然很爱我母亲，甚至于在最粗心的时期；可是我觉得自己那一点点爱是多么轻率，多么没用。我回想起自己小时候，母亲手把手地带着我，抱在慈爱的怀里摇着我睡眠，自己没有一点心事，一点忧愁，这时候我伤心透了。"啊，我的母亲呀！"我一面叫着，一面又把自己的脸埋在坟前的草里，"我若能再到你身边，一睡不醒，再也不尝人世这许多忧虑困苦，那多么好呢！"

我生来没有什么病态心理，这一场涌动的感情，渐渐也就发泄完了。这是慢慢积集起来的忧伤，经过一阵真实自然的抒发，使我心头顿时轻松了。我从坟前站起身来，好像我祭祀了一番，而且觉得那份祭品已经被接受了。

我又坐在草地上，把杂草一根一根地拔掉；眼泪从脸腮上缓缓地流下来，不再伤心了。想到她死的时候日子还没遭遇忧伤贫困，而且她那一切继承巨产的希望还不曾化成泡影，倒也是一种安慰。

我一只手托着腮帮，眺望着那一带的风景。那种静穆的美给了我安慰。附近田地里有个农夫在吹口哨，听上去很悦耳。微风吹动着树叶，沙沙作响，吹拂着我的头发，把脸腮上的泪也吹干了。我似乎又有了希望和安慰，从眼前那块田里飞起来一只云雀，越飞越高，好像是留下了一路的歌声，余音袅袅，把我的幻想也引入了高空。它在空中翱翔，刚刚飞到那渥立克堡的谯楼标识着是天涯海角的地方，唱着歌，好像自己也欣然得意。"没有疑问，"我心里想，"如果世界上有灵魂转世这回事，这就可看作是一位诗人超脱了尘世，可是仍旧非常喜欢吟咏，还围绕着美景高楼宛转啼唱。"

在这个当口，我那忘怀已久的诗兴又一下萌发了。我心里立刻起了一个念头。"我要当个作家！"我说，"我一向随意作诗，把它当作一种玩意儿，而诗所能带给我的只有痛苦；让我再经心在意地把诗当作事业，来下一番工夫，看看会怎么样吧。"

这个决心一下，忽然间有了一个主意，卸去了我心头的负担。我是在拿定主意的地方获得这种信心的。好像是我母亲的灵魂从坟墓里悄悄地告诉我一样。"我情愿从今以后，"我说，"努力实现她当日一片慈心对我所怀的期望。我曾努力去干她仿佛在目睹着我的所作所为；我要努力大干一番，等到将来再来扫墓的时候，至少我的涕泪里可以没有什么惭愧的苦痛。"

我俯身吻了草皮，作为这次誓愿的郑重证明。我从当地摘了几朵樱草花，放在我胸口。我离开教堂的墓地时精神又振作起来了。我第三次动身上伦敦去了，这次仍是以作家的身份去的。

说到这里，我的同伴停了一下，我焦急地等待着，只盼望着下面再向我展示一大卷文学传奇。然而他却像是陷入了一阵忧郁的沉思之中；过了一会儿，我委婉地提醒他，对他的文学生活提了一两个问题——"不，"他微微一笑道，"关于那一段故事，我想遮上一片烟云了。让这个职业的神秘使我始终保持尊严吧。让那些从来没敢闯进文学之国的人始终把它看作一个仙境吧。让他们想象着作者本人正是他从书上见到的那副面目吧。我不是要破坏那种幻想的人。人家既然赞美波斯的丝绸①，我绝不是那种偏要指出这种丝绸是从一种可怜虫的腑脏里纺出来的人。"

"好吧，"我说，"假如你不肯对我讲你自己的文学生涯，至少让我知道一点，你后来有没有再听到'疑堡'的什么消息。"

"这我倒愿意说一说，"他回答道，"尽管我所能提供的不多。"

---

① 波斯出产的丝绸很有名。

愚蠢的乡绅

白克桑说：过了很久，我没得到我那表弟和他的产业的消息。说实在话，提起这件事来，我异常痛苦。因此我很想，假如办得到的话，从心头抹去这回事。后来一次偶然的机会使我又到了那边乡下，因此我忍不住又打听了一下。

我听说我那表弟长成了一个愚蠢、刚愎而又粗俗的人。因为愚蠢粗俗，他没法同附近的士绅交往。他虽然财产不少，可是想向牧师的女儿求亲却不成功，因此最后他的交游范围越来越小，只能是一个有钱的人在乡邻之间交游交游罢了。

他养着马和猎狗，还常设宴请客，吵吵嚷嚷的，席上全是乡间的一些放浪的家伙，还有邻村里一些穷绅士。他找不到别人陪伴时，往往同自己的仆人一起吸烟喝酒，可他们也轮流着躲避他，瞧他不起。他虽然表面上也很浪费，可是他仍旧具有老头子那种遗风，足以证明他是他的亲生儿子。他的进款虽多，过日子所花的却很有限，花起钱来吝啬得很，有许多地方，一位绅士往往大手大脚，而他却很小气，替他管家的仆人有时候还得在田园里干活。那些可供游乐的场地都耕种了起来，只想收种点东西。

他的餐桌上尽管摆得满满的，可是饭菜很粗劣，喝的也是蹩脚的烈酒；在他家里消费的往往是乡下酿的啤酒和威士忌，醇酒很少。他坐在席上高声谈笑，妄自尊大，要他那些粗俗谄媚的客人拿他当财主敬重。

至于铁约翰，他那个老外祖，因为外孙对他勒得太紧，已经忍耐不住，在他接受了产业后，不久两人就吵翻了。这老头子退到邻村里去，住在一个小草屋里，靠他故去的主人留给他的产业过活，很少有人见他出门，正像白天里的耗子不肯出洞一样。

这个野娃娃像开利班①一样，似乎生来就依恋着母亲。她同他住在一起，可是由于长期的习性，她干的那许多事情的路数都不像一个大宅里的主母，倒像一个佣人，因为她老忙着一切家务苦活，在厨房的时候多，在客厅的时候少。关于我那位对头表弟，我所收集到的消息就是这些，我本有继承遗产的希望，是他出其不意地把我挤掉了。

这时我起了一个不可克制的念头，很想去访访自己小时游玩的地方，去窥视一下在我舅舅家的大宅里他们如今所过的那种古怪生活。我决意化装前去。我那个愚蠢的表弟对我的面目从来也没看得仔细，因此不会很熟悉，加上青年到成年这段期间里，一个人只消短短的几年工夫就有大大的改变。我晓得他是个养牛的，而且很为他的牲畜而得意。因此我就扮作一个殷实的农民，还在前额上划下了一道长长的红痕子，因此我的面目完全变了样。

我来到园门口，已经三点多钟了，一个老女人正在一间破房子里洗衣服，那是从前号房住的地方，她给我开了门。当年很整齐的那条林荫路这时已经败坏了，我顺着路走去，只见两边的树林许多已都砍下来当木料卖掉。那些场地也没人经管，比起我舅舅在世的时候并不见好些。青草地上长满了恶草，树林没人修剪，枯枝也不清除，好好的草地上，牛在上边吃草，鹅和鸭子在鱼池里游来游去。宅前的那条道路

---

① 莎士比亚的戏剧《暴风雨》里一个野人。母亲是个巫婆。

上不大看见马车轮子印，因为我这表弟所接的客人往往都是步行或骑马来的，自己也从不坐车。有一次，有人告诉我，倒也是实话，说他吩咐人从蛛网尘封的车房里把那辆旧马车拖出来，刷新了一番，赶着车同他母亲到村中的教堂里去，要正式接收家里当日定下的专席；可是当他们的车穿过村中时，后边许多人都跟着叫骂哗笑，到了教堂门口又是一阵哄笑戏弄，使得那壮丽的游行从此没见过第二次。

我走近那座住宅，一群小狗冲了出来，朝我乱叫，另外还陪伴着两只无力的老猎狗的粗声号叫，不像小狗的声音那么尖，我认得出那是我舅舅的老卫队。那住宅依然乱糟糟的，一副没人管的样子，尽管比起我上次来的时候已经大大地改变了一番。有几个窗子破碎了，拿板子钉了起来，还有一些拿砖堵了，免得纳税①。可是我又看见烟囱里冒着烟，这在那座古老的住宅里是少见的。走到餐厅所在的那一带，只听得一片喧哗热闹的声音，三四个人同时在讲话，夹杂着咒骂声和笑声，令人畏惧。

狗叫了，一个仆人来到了门口——是个高高的、粗手粗脚的乡下佬，里边穿着农人的衣服，外面套了一件号衣。我请求见见家主，可是他告诉我，他正同邻近几位绅什（士）在吃饭。我说明了此来是为了做生意，叫他进去问问，能不能同主人谈谈他的牲畜，因为我很想察看一下他那种闹酒的样子。

话传回来了，他屋里有客，没有工夫谈生意，不过我如果愿意进去喝一点，还是诚意欢迎的。于是我走进了厅房，只见橡木台子上摆着各色各样的鞭子和帽子，两三个粗笨的仆人在周围懒洋洋地站着。样样东西都显得紊乱无章，一副

---

① 从前英国城市里的房屋，窗口超过八个就要纳窗户税。

散漫的样子。

　　我走过的那几个房间，也同样地紊乱、弛废。从前那种阔绰的帷子都褪了色，蒙着尘土，家具也都玷满了油腻。进餐厅一看，只见许多古怪粗俗的村野先生围了一桌，桌子上面是酒瓶、酒壶、大酒杯、烟斗和叶子烟。屋里有几只狗四下躺着，有的坐在那里望着主人，还有一只在旁边一张桌子底下啃骨头。宴会上的主人坐在桌子的一头。他与从前大不相同了。他长成了一个矮胖子，有些臃肿，一头毛发像火狐狸的颜色。他脸上有种奇怪的神气，掺和着愚蠢、傲慢和自大。他的服装华美而粗俗，皮裤子、红背心、绿褂子，看样子显然同他那些客人一样，吃了酒有点脸红了。他们一见我进来，一致瞪着眼睛瞧着我，一副古怪的发呆的神气，好像这批人不是多喝了普通酒，而是多喝了啤酒，感觉有些迟钝了。

　　我的表弟——上帝饶恕我！这个称号来到我嘴边又咽住了——我的表弟招呼我坐下喝酒。他的礼数很笨拙，也许是故意地表示屈尊。我们照例谈起天气、收成、政治和艰难的岁月。我的表弟是一位高谈阔论的政治家，显然每次在他自己的座上谈论时，从没有谁反驳过他。他的忠诚可真惊人，谈到他最后一个几尼也要用之于拥戴王室。"这是每个财主的本分。"村里那个小税官正半睡半醒的，对他说的每一句话都勉勉强强地说声"对对"。后来话头转到了牲畜上，他夸耀他的牛种，他那种杂交的法子，以及他经营产业的概况。说到这里，就牵涉到了这个地方和这个家族的历史。他提起我故世的舅舅来，很不尊敬，我倒还容易宽恕他。可他又提到我的名字，我的血液就沸腾起来了。他形容我小时候常常到舅舅家里来，我才发现这个无赖虽然那时还只是个小鬼，却早已知道了他要继承这份财产。他形容了我舅舅临死的情况，以

200

及宣读遗嘱的经过，开起了一种粗鄙的玩笑，我没想到他还会有那样一套，因此，我虽然懊恼，也不由得一同笑了起来，因为我向来喜欢笑话，哪怕玩笑开到了我自己头上。他接着又讲起我的各种追求，我到处漫游的狂放——这话已经刺激了我，后来他又谈起我的父母。他讥笑我父亲；我连这段话也吞了下去，尽管费了好大的劲。他提到我母亲，带着一种嘲笑，顷刻之间，他已经伸开手脚躺倒在我脚边了。

接着是一场纠纷，桌子几乎掀翻了。酒瓶子、玻璃杯、大酒杯都滚到了地板上，打得稀里哗啦。座客把我们两个都拉住了，免得继续再闯乱子。我怒火沸腾，极力要挣扎着过去。我的表弟向我挑战，要我脱了衣服到草地上去和他较量一番。我答应了，因为我觉得自己身上有巨人一般的力量，正急于痛揍他一顿。

于是，他们把我们两个推了出去，比武场安排好了。按照拳击的正式规矩，他们给我指定了一个副手，我这表弟，一面上前准备动手，一面大讲他的慷慨大度，说我在他的席上，并没受人招惹，凭空打起他来，而他还给我这样一个公道的机会。"住口，"我愤怒地叫道，"没人招惹我？你要晓得，我就是约翰·白克桑，你侮辱了我去世的母亲。"

这个粗野的家伙听了我的话忽然一愣；他倒退两步，想了一想。

"不对，该死的！"他说，"这可太过火了——完全是另一回事了。我自己也有母亲，尽管她不好，也不许任何人讲她的坏话。"

他又停了一停，似乎在他那颗粗鲁的胸膛里，一种天性还着实挣扎了一番。

"该死，表兄，"他叫道，"我刚才说那些话，感到很抱

201

歉。你把我打倒了，活该，这一来我更喜欢你。我们拉拉手吧。来同我一起住吧。即使我下地狱，也要把这住宅里最好的房间和棚里最好的马分给你用。"

我对你声明，从这样一堆肉里居然会冒出这样一种性情来，我一见之下，确是受了很大的感动。我立刻宽恕了他两种大罪，一是私生，二是承继了本该是我的产业。我拉了拉他伸出来的手，使他相信我对他并没怀着什么恶意，然后从那一群马屁客闪开来的一条路上走掉了，从此辞别了我舅舅的田产。这是我最后一次见到我表弟，听到他的话。关于"疑堡"里的家务事，我的见闻也就是这些。

闯码头的戏班老板

一天早晨，我同白克桑走到一家大戏园子附近，他指给我看一群形迹可疑的、通常在戏台门口徘徊往来的人。他们的服装异常难看，褂子一直扣到下巴，帽子却又神气地歪戴在一边，一副狡猾而又龌龊的绅士派头，戏班子里的次等角色往往都是这副模样儿。白克桑因为早年的经历，一见他们就知道。

"这些人，"他说，"都是手拿王笏和权杖，指挥国家和军队的帝王英雄的鬼魂，头天夜里交卸了江山财宝，第二天早晨简直连一个买早点的先令都没有了。可是他们流浪惯了，对凡是有益的和勤苦的工作，都感到厌恶；他们有他们的快乐，其中一件事就是这样在太阳地里游荡，排演的时候，在戏台门口看见过往的行人，就拿戏园子里那些滥调开开玩笑。世界上再没有比舞台的传统更久远更合法的东西了。老的布景，老的衣装，老的情绪，老的咆哮和老的诙谐总是一代一代地往下传，大约将来还会这样传下去，直传到世界末日。所有依附于戏园子的人也都成了世代继承的滑稽家，在酒吧间和六便士俱乐部里，都会拿后台上那些特有的玩笑大讲一阵。"

我们正在自得其乐地侦察着那一伙人，忽然注意到其中一个人好像就是那个神使。他是个饱经风霜的老手，由于岁月的磨炼，啤酒的浸灌，脸皮有点青铜色，他一辈子演强盗、主教、罗马元老，有时候也扮漂亮的配角，没有疑问，人也老相起来了。

"看他那顶帽子的戴法和脸上的样子，我好像觉得特别熟悉，"白克桑说，他又仔细看了一下，"我不会弄错，准是我那位拿权杖的老兄佛理穆绥，那个到处卖艺的戏班子里的悲剧英雄。"

事实上果然是他。很显然，这个可怜家伙日子过得不顺利。他穿的衣服那么好，却又那么破。他的褂子连线条都露出来了，剪裁的式样还是唐莱大人那种服装，单排的纽扣，几乎在胸前都扣不拢了。他由于专喝啤酒，喝得身体像个啤酒桶一样的匀称结实。他穿了一条暗淡的白色紧身裤子，要好大的劲才能够接上背心，系一大块龌龊的领带，蹬一双旧的赤褐色的悲剧靴子。

当他那一群朋友散去后，白克桑把他拉到一边，自己通报了姓名。这位演悲剧的老手几乎认不得他了，几乎不能相信他就是过去的同事"小杰克先生"。白克桑请他到了附近一家咖啡馆去叙叙旧，过了不大一会儿，我们就听到了他的生平大概。

自从白克桑离开了那个到处演戏的班子，或者说得更恰当一些，自从他突然被逐出那个班子以后，佛理穆绥就继续扮演了一段时间英雄的角色。后来老板死了，那班人就乱了套。个个都想戴那顶帽子，人人都想当领袖，而老板遗下的寡妇，虽然演起悲剧来总是名角，加上又是个泼妇，也声明过，一个女子对于这样一班狂风暴雨似的流氓无赖毫无办法管理。

佛理穆绥说，听到了这个暗示，我就开了口。我走上前去，以很有力量的方式自告奋勇，情愿效劳。她接受了我的效劳。过了一星期，我娶了这位寡妇，即了王位。"丧事的点心果然冷冷地供给了婚事的筵席，"①正像哈姆雷特所说的。不过我的上手的鬼魂可从不曾来麻烦过我，而我承袭了王冠、王笏、大酒杯、匕首，以及舞台上的一切行头和装点，连那寡妇也包下了，却丝毫没带来什么麻烦。

这时候我过了盛极一时的日子，因为我们这个班子力量相当雄厚，富有吸引力，加上我的妻子和我担任了悲剧里的重要角色，也省了不少钱。我们在乡间赶场的时候，唱起一切对台戏来，总是旗开得胜。决不诓你，我们甚至常卖满座，连巴多罗市场②上的批评家也都喝了彩，尽管当时和我们对台抗衡的有阿司特来③的队伍，有爱尔兰巨人④，还有"纳尔逊⑤之死"的蜡像展览。

可是我不久就有了经验，担上了率领班子的心事。我发觉班子里边暴露了阴谋，主谋的就是那个丑角，也许你还记得，他是个乖张强项的可怕家伙，老发脾气。我本来很想把他立刻开除，可是我离了他又不行，因为舞台上再没有比他滑稽的无赖了。他生就的一副形象就好笑，他只要把背脊朝观众一转，所有的夫人小姐们马上就笑得要死。他也晓得自己的斤两，因此也就利用上了这一点。他往往叫观众接连不断地大笑，然后跑到后台上发躁发怒，捣起鬼来。不过，我总多多原谅他，我知道喜剧演员的脾气都不大容易把持得住。

我还有一种更切近也更新近的麻烦要应付，就是我妻子的情意。真是糟糕，她竟然是这么特别地喜爱我，变得嫉妒得叫人忍受不了。我这班子里不能收留一个漂亮的姑娘，我

---

① 莎士比亚悲剧《哈姆雷特》第一幕第二场。
② 伦敦的市场，在斯密茨场，每年9月3—6日赶会，1853年废止。
③ 著名的马戏师（1742—1814），在伦敦创设了马戏班子。
④ 查利·白思离八尺四寸。裴垂克波特耳，八尺七寸半。
⑤ 英国海军名将（1758—1805），特拉法加之战击溃了法西联合舰队，自己也中弹身亡。

连一个丑的也不大敢拥抱一下，即使演起戏来本应该那样做也罢。我知道她曾把一个美女的衣服"撕得稀破"①，正如哈姆雷特所说的，因此毁了一件最好的戏装，原因只为了她看见我在布景的侧面吻了她一下，尽管我可以对你赌咒，我这个举动只是为了演习。

这一来，可加倍地恼人了，因为我生来就喜欢漂亮的脸蛋儿，愿意常守着几个，何况在一个场上，对台戏多得很，一个戏班子要演得好，赛得过人家，这也是必不可少的。然而只要一个嫉妒的妻子想入非非，你对她讲利害关系，讲随便什么都没有用。天啊，每当她上演强烈的悲剧时，在台上挥着银匕首，我有好几次都战战兢兢，只怕她一时性起，弄假成真，一下子戳死了假设的对头。

不过，想想我为人的软弱，加上我妻子的泼辣，我对付得还算不错。当年老丘比特②两口子不和，他那位配偶常常勘破一个个新的诡计，直闹得天宫太热，丘比特几乎住不下去，我比起他来，总还算不太坏吧。

后来交了运，我们在一个乡会上演戏，我知道邻镇上有个戏园子空着。我早就想弄一个固定的班子登记一下了，我最大的愿望就是同一个内兄争衡一下，他是个正式戏园子的经理，一向瞧我不起。这次来了机会，不可以轻易放过。我同那院子的主人订了合同，没过几天，这院子就大吹大擂地开了张。

看吧，我现在已经心满意足到了顶点，"我的愉快的上楼，"③正像罗密欧所说的。我现在不再当一个到处流浪的部

---

① 见《哈姆雷特》第三幕第二场。
② 罗马人的主神，配朱诺。夫妻时常争吵。
③ 见莎士比亚悲剧《罗密欧与朱丽叶》第二幕第四场。

族的首领，而是一位合法的宝座上的国王了。现在我有了资格，见了柯文花园和竹瑞园的管理人，也不妨对他称兄道弟了。你一定也认为这下我的快乐到了圆满的境界吧。咳，先生！哪知道我成了世界上最难过的一个可怜虫。谁要是不曾亲身试过，谁就不会晓得当老板的倒霉，尤其是在乡间当一个老板。谁也想象不到家里的种种争吵，还有外边的种种压迫和烦恼。镇上许多纨绔子弟和懒汉常来捣乱，他们扰乱我的后台，在我那些女角跟前乱来一气。可是要把他们撵走，那简直不行。要是侮辱了他们，那就是祸根，同他们做朋友虽然麻烦，做起对头来可就危险了。此外还有乡村里的评论家和乡村里的清客，他们老是各拿一套来劝告我，折磨我，如果我不听，他们就会发火，其中尤其是那位乡村医生和那位乡村律师，他们两个人偶尔都到伦敦去走走，知道演戏应该如何如何。

我还要驾驭一班无赖，打有戏园子以来从不曾集合过那么可恶的一个班子。我没有办法，只得让自己原来的班底凑合上戏园子里的一些旧人，他们是大众欢迎的角色。这样一混合，却老是发酵。他们一天到晚不是彼此对打，就是对闹，我简直不知道到底哪一种更少些麻烦。他们一吵起来，就什么事都办不成了，而如果好起来，他们又互相开玩笑，或者开到我头上来，因为我真倒霉，在他们之中我是一个老实憨厚的人，就做老板的人来说，这正是最坏的性格。

他们那些恶作剧有时简直要逼得我发疯，因为戏园子里一帮子老无赖搞起那些常玩的逗趣、戏弄和恶作剧等等把戏来，是最讨厌不过的。当我只是班里一个普通角色的时候，固然也挺喜欢那一套，可是当了老板后，我就讨厌那些事情了。他们常到酒店里去玩闹，到镇上去搞些个名堂，闹得老给戏园子丢脸。我屡次教训他们，说什么要维持这行业的尊严和班子的体面，可是说什么都不中用。这些流氓根本就不同情一个有身份的人的委屈婉转的心情。他们甚至于连出台演戏这样严肃的事情都玩忽起来了。我不得不把整出戏停下来，害得一批至少花了二十五镑钱卖戏票的拥挤的观众都等到那里，因为有几个演员把罗赛琳①的裤子藏了起来，又有一次，明知道哈姆雷特要严肃地出场作他的独白，却把一块擦碟子的烂布用别针别在他衣裾上。一个生性憨厚的老板就落得这样倒霉的下场。

还有一种我受不了的烦恼，就是从伦敦下来的名角，照行话说，她们是来"主演的"。我最伤脑筋的是一位伦敦明星。一位头等女演员到乡间戏院②里来巡回演出，就像一颗光耀闪闪的彗星唰地掠过天空一样，那尾巴上总会摇落瘟疫和混乱。

只要这些"星球"在我这天边上一出现，我准就倒霉。我的戏院里挤满了乡间的纨绔子弟和帮德街上③的懒汉，他们以追逐京里下来的女角而自豪，只想人家以为自己和她有特别的交情。有时候，偶尔有个青年贵族也追寻香饵一般地跟到乡下来了，那些小鱼都远远地避开了，这倒使我松了一口气。我总觉得跟一位贵族打交道比同乡镇上一个阔少爷打交道要舒服得多。

此外，那些伦敦的名伶一来，我个人的尊严和老板的权威也就受到损害！我的天，先生，我坐在自己的交椅上竟作不得主了。我在自己的后台挨申斥，听教训，在自己的前台上又成了个十足的傻瓜。再没有比到乡下戏园子来的伦敦明星那样专制，那样任性的人了。我对他们个个都害怕，可是如果

---

① 莎士比亚的喜剧《如愿》里的女角，扮男装。
② 见莎氏悲剧《哈姆雷特》三幕一场，这时候哈姆雷特正考虑自杀。
③ 帮德街是伦敦的一条繁华街道。车辆拥挤，每天下午一些懒汉都趁机去看漂亮的女人。

我不聘请他们，大家准会公开责骂我。他们是很叫座，一来就往往客满，似乎让我赚了大钱，其实他们那种无礼的要求，把所有的利润都吞没了。他们对于我这小小的戏园子来说，活脱儿是些十足的条虫；戏院进的钱越多就越穷。他们走了，给我留下了一批手头空空的观众，一批空空的座位，几十起因为争夺座位而引起的纠纷，还得在市民之间到处调停。

不过，我干老板这行当最倒霉的遭遇还是求权贵人物的庇护。啊，先生，什么也没有比乡镇上的权贵对我的庇护更叫我吃苦头的了！那简直要了我的命。你晓得，这个市镇虽然小，却充满斗争、帮派，还有许多大人物，因为这是一个工商业兴旺的小镇子。毛病就出在他们的那种伟大在《缙绅年鉴》上或纹章院①里是查不到的；因此是世界上争论最多的一种伟大。你笑了，先生，我来告诉你吧，任何斗争都没有比名门望族那些"纠纷地带"上的斗争更剧烈了。我所知道的上流社会里最激烈的争闹就是一个乡镇上发生的一次争闹，是一家做扣针的和一家做缝衣针的两位太太为争身份高低而引起的。

在我待的那个镇子上，这种争吵接连不断。举例来说吧，有一位太太，丈夫开着一家最大的工厂，还有一位，丈夫开着一家最大的商店，双方都很有钱，都有许多朋友，互相搞得剑拔弩张。医生的太太和律师的太太都把头昂得比对方高，可是她们两个见了那位自己置有一辆马车的乡间银行家的妻子，又俯首低头了。另外还有一位雄赳赳的寡妇，性情古怪，作风却很守旧，她住在一座大宅子里，自称同贵族人家有些亲戚关系，她对大家都看不起。不错，她的举止不太文雅，

---

① 英国王室的机关，十五世纪成立。主管颁发纹章，保存谱牒。

财产也并不丰厚，可是，先生，她的血统——啊，她那血统却叫别人相形见绌啊！一位妇女继承了这样的血统，谁也休想同她对抗。

到后来，她所声称的高贵亲戚关系受到了人家的怀疑，因此，在跳舞场上，在各种集会上，她常同邻近几位依恃自己的钱财和品德而又长得健壮的太太，为座次的高下而发生争执；尽管那样，她却有两个打扮得同龙骑兵一般的勇武的女儿，她们的血统同她们的母亲一样高贵，什么事情都卫护母亲；她们昂着头为所欲为，搞得人人都对这范泰德霖一家又恨，又骂，又怕。

在这个自以为是的小镇上，时髦人物就是这种模样儿。我本该对她们这种派别关系摸个底的，可倒霉的是，我偏偏没有弄个清楚。我到镇上的头一个季节里，自己人地两生，许多事都不知所措；因此我拿定了主意，要投靠一家大姓的保护，这样一上场就可以得到大众的偏爱。我为这件事作了反复考虑，时机不巧，偏偏考虑到了范泰德霖太太。我觉得在时髦的社交界里，再没有第二个人能有她那样大的势力了。我老注意到，她那一伙子，在戏园子里把包厢门砰得最响，围绕在她们身边的花花公子最多，演戏的时候她们谈笑的声音最大；还有，两位范泰德霖小姐戴的羽毛和花朵，总是比别的太太小姐要多，而且老是戴着单眼镜。因此我在戏院重新开张的头天晚上，就在戏报上用醒目的大字宣告本戏院承蒙"尊贵的范泰德霖太太保护"。

先生，整个社会一下武装起来了！那位银行家的妻子因为没得到优先权，觉得大大地损了她的面子，她丈夫身为高级执行吏，又是当地最富有的人，她立刻发出请帖，请了大批人在演戏那天晚上到她家里去参加盛大的晚会，还请了许多她向来不理不睬的女士。瞧，她竟擅自保护起戏园子来了!这还了得!而且我居然敢称她是"尊贵的"!她凭什么当得起这个称呼?那个时髦的社交界长期受范泰德霖一家的压制，早已心怀不满，这下大家都同仇敌忾地联合起来，一致来对付这个新发生的僭越事件了。那些从来没得到银行家夫人理睬的人，见有此机会可以巴结上她，也都欣然加入了斗争的行列。一切以前的小嫌隙都捐弃了。医生的太太和律师的太太也见了面，厂主的夫人和店主的夫人彼此接了吻；大家由银行家的夫人带头，一致议决，这个戏园子是个讨厌的东西，决意除了对那几个要戏法的印度人和渥克先生的太阳系仪器①以外，一概不予鼓励。

可怜的"大秃头"遭难啦!我一点也不晓得大家在酝酿着要我够呛。我的包厢戏票没人来买；天色已经晚了，还没有座客。音乐只对一批勉勉强强的池座客和顶层座客演奏，没有时髦人物到场。我焦急地从幕后偷偷窥探着，可时间已过去了，戏老是不上台，直惹得池座和顶层楼座的看客都发了火，我没法子，只得把幕升上去，把我最拿手的悲剧对着"一批赤贫的空箱子"②表演起来。

那范泰德霖一家诚然来得晚了——那是她们的惯例——进场时像一阵急风骤雨，羽毛和红围巾翩翩飘扬；可是一见场中没有一个羡慕嫉妒她们的人，显然有点仓皇失措了，她们发现那批时髦的随从这样彰明昭著地背叛，不由得勃然大怒。所有的上流社会的人物都参加银行家夫人的交际会去了。她们冷落局促地待了一阵，尽管这戏园子里几乎就只有她们这

---

① 一套天文仪器，指示天体的运行，发明人为亚当·渥克（1731–1811）。
② 见莎士比亚悲剧《罗密欧与朱丽叶》第五幕第一场，原句指药箱，这里指包厢。

几位看家，可是她们还是低声地谈着话，这是从来没有过的。演完了第一出戏，她们就走了。从此以后我再没看见她们。

我就是在这样一块石头上触了礁。范泰德霖家这一保护，使我再也恢复不过元气来了。我的戏院很少有人光顾了，我那些演员因为拿不到几个钱，都不满意起来，我的家门变成了乡下衙役个个都来敲打的地方，而我的妻子正在我需要安慰的时候偏偏越来越泼辣凶悍了。

有一段时期，我采用了一个怕老婆的烦心人通常的解闷办法。我爱上了酒瓶，想以酒来消愁，然而没用。我倒不是想大声反对酒瓶，在许多场合下，酒瓶确是一种绝妙的救援，可是对我却不生效。它倒了我的嗓子，红了我的鼻子，既不能改正我的妻子，又不能改进我的事业，我的戏场变成了一个混乱侵夺的场所。人家都认为我是完蛋了，破船人人抢，我自然成了一只大家猎取的禽鸟，人人都来扯一把毛。一天天过去，我的队伍也一批批地逃走，而且像逃兵一般随身带走了他们的武器和装备。就这样，我的戏箱抬起腿来跑掉了，我的漂亮服装散布于乡下，我的宝刀和匕首在一个个房里闪闪发光，到最后，我的裁缝来了"一击猛扑"①，拿走了三件燕尾服，半打紧身上衣，十九条肉色的裤子。这就是我的财产的"全部和收场"②。该怎么办呢，我不再迟疑了。老天，我心里想，既是偷窃成风，我也来偷吧；因此我暗暗地把戏箱里的珠宝收集在一起，再用手帕包上一件男角的衣装，拉过一把演悲剧的宝刀，把包儿往刀尖上一抛，在夜深人静时，也偷偷溜走了，"钟声那时候正敲一下，"③撇下我的王后和王国，任凭我那些

① 见莎士比亚悲剧《麦克白》第四幕第三场。
② 同上，第一幕第七场。
③ 见莎士比亚悲剧《哈姆雷特》第一幕第八场。

反叛的百姓和残忍的敌人——捉差的衙役——去处理了。

这样，先生，就是"我一生伟大的收场"①。我一切领袖欲望彻底消除了，又回到了我的老本行中。有个时期我过着一个演员的普通生活。我在各个乡下戏园子里，在会场上，在小堆房里，时而困窘，时而富裕，混到后来，我居然差点发了财，成了当代的奇迹之一。

有一次，我在一个乡村堆房里扮演理查第三②，使出了浑身解数；说实话，我是喝了一点酒，剧评家们看过这个班子的，总是说，我只要多喝上一杯，演起来就最带劲。当我演到理查喊着要马，"马来！马来！"的当口，只听得喝彩的声音雷鸣一般。我这破嗓子喊到这里总是特别带劲，好像两种声音合而为一似的；你们简直会认为有两个人在叫着要一匹马；要不，就是理查在喊着要两匹马。当我对瑞奇芒德辱骂道，"理查喊你出来比武，已经喊哑了喉咙"③，我想，观众的一阵欢呼，简直喊叫得那个堆房也要在我的耳朵边塌下来了。

那第二天早晨，有一个人前来登门拜访。我一看他的服装，立刻就知道他是个上流人士，因为他胸口别着一个大胸针，手上有几个很重的戒指，还戴了一片单眼镜。事实上，果然是一位绅士，我不久就查明了，他是个受聘的作家，即所谓文学裁缝，聘请他的是伦敦一家大戏园子——他在老板的指导下工作，常拿些剧本剪来剪去，东拼西凑，改头换面，翻里作外；总而言之，他是当代最敏捷也最伟大的一位作家。

他这一次出来，是想到处搜求，找点材料，以便凑合成

---

① 见莎士比亚历史剧《亨利第八》第三幕第二场。
② 莎士比亚同名历史剧里的英王。他的坐骑中了枪，连声喊着要马，见第五幕第四场。
③ 莎士比亚历史剧《亨利第六》下半部第二幕第五场："渥立克喊你出来比武，已经喊哑了喉咙，"这里引原句改换了一个字。又英文"喉哑"和"马"声音近似，原文有点双关。

一种传奇。他那个戏园子似乎已到了不可收拾的地步，除非出现奇迹，什么也挽救不来了。头天晚上他看见我扮演理查，结果就把我当作那种奇迹选上了。我的作风显然有一种虚张的声势，走起来大摇大摆。我当然不同于那些个堆房里的其他的角色，这位代办人忽然萌发奇想，要把我拿出来充当梨园的奇才，让我来恢复自然和正派的表演，把我看作真正懂得也真正会扮演莎士比亚戏剧的唯一人才。

他说明了自己的意图，我听了倒谦逊起来了，因为我虽然自命不凡，可是对这样一副担子，只怕自己担当不了。

我暗示了他，我对莎士比亚所知有限，过去虽扮演过一些角色，只是凭着一些残缺不全的剧本掺和上一大堆自己编造的话，以此帮助人们记忆，增强点声势罢了。

"那更好！"这位手上带戒指的先生喊叫道，"那更好！新的版本，先生！新的版本！一行也不用推敲，我们就照你自己的方式来演莎士比亚吧。"

"可是我已经倒嗓了，不能在伦敦那种大戏园子演出了。"

"那更好！那更好！观众对抑扬顿挫已不感兴趣，圆满的嗓音已经过时了。是的，先生，你倒了嗓才好呐、你尽管吐痰、溅口沫、吆喝、咆哮，像一只狗一样上台好了，你准会保证我们成功。"

"话虽如此说，"——我说着这句话不由得脸红到鼻子尖了，不过，我打定了主意要老实——"话虽如此说，"我又加上了一句，"还有一点为难的地方。我有一种不幸的习惯，我因为历经患难，加上在乡间堆房里演戏总是风吹雨打的，使我有时候不得不来——来——一滴慰劳——因此——因此"——

"怎么！你喝酒吗？"这位代办人很起劲地叫起来。

我把头一点，红着脸承认了这件事。

"那更好！那更好嘛！这是天才的狂放不羁！不喝酒的人是庸俗的。观众喜欢喝酒的演员。我们拉拉手定下了吧，先生，你才是可以共同奋斗的人。"

我还是踌踌躇躇，畏畏缩缩，不敢靠前，说自己当不起这样的夸奖。

"天啊，伙计，"他叫道，"这一点也不是夸奖。你不要以为我把你看成个奇才，我不过是要观众把你看成奇才罢了。天下事最容易的莫过于欺骗观众了，只要你能装得像个奇才就行。一个才气普普通通的人，谁都会拿普通标准来衡量，可是奇才却把一切衡量标准都不放在心上。"

我听了这几句话，立刻恍然大悟。我们这时候彼此有了适当的了解，这种了解对我的虚荣心来说，固然是小小的挫折，可是对我的判断力却给了大大的满足。

我们彼此商定，我要在伦敦的观众面前出场，算是戏剧界一轮拨开云雾放光明的太阳——这一来就要叫舞台上一切萤火小星都黯然无光。我们要预先戒备，采取种种方法，从各方面抓住观众的心。池座里要满满埋伏上一批强有力的鼓掌人；报纸方面要收买一批热烈的吹嘘客，凡是谈戏的地方都要雇上一批捧场人。总而言之，要把戏园子里的欺骗手段样样都拿出来。凡是遇到我和以前的演员不同的地方，就要一口咬定我是对的，他们是错的。假如我大叫起来，那就纯是热烈的情绪；如果我粗俗，那就要说是自然的妙处，不加做作；如果我在戏词上犯了离奇的错误，那就说根据的是新版本。如果我嗓子破了，或者演得出了格，我就只要对观众跳踉、呲牙、咆哮，摆出一副无论多么可怕的苦相都行，想到哪里就做到哪里，那些替我捧场的就会说"太棒了"，会仰起身来发狂似的喝彩。

"总而言之,"那位戴单眼镜的先生说,"不论怎样做,不论做什么,你尽管放大胆子猛冲出去,只要做得离奇古怪就行。只要你头一天晚上没人向台上扔石子,那你就准会发财,戏园子也准发财了。"

于是,我就在这位被雇的作家的陪伴下,满怀着新计划和新希望,动身上伦敦了。我要去恢复莎士比亚,恢复自然,和正派戏剧的真面目;连我的摇摆也要成为英雄式的,我那破嗓子也要成为舞台上发声的标准。咳,先生,我平日的运气又来了。我还没赶到京城,已经出现了一个对台的奇观——一个会踏软索的女子,她能踏着一条绳子从舞台跑上顶层楼座,还带着一身花炮,她被老板热切地抓住了。她是这个公共大戏院在这一季度里的救命菩萨。除了萨奎夫人的花炮和肉色裤子以外,大家什么也不谈啦;什么自然啦,莎士比亚啦,正派的戏剧啦,还有可怜的"大秃头"啦,一起都扔到一边去了。

后来萨奎夫人的表演大家看厌了,又来了别的种种奇观:马匹啦,丑角的滑稽戏啦,以及各色各样的假面舞啦,最后又请到了一位戏剧奇才,恰恰要来演我打算演的角色。我去拜访那位雇用的作家,请他说明缘由,但是他正在埋头写一种通俗剧本,或许是一种童话剧本,在他深思的时候有人打搅,他特别容易躁怒。可是戏园子既然多少已保证了我的供给,老板的做法又像个通常所谓"正人君子",所以我在班子里还是得到了一个差事。本来我是做亚历山大①呢,还是做亚历山大铜匠②,全只看骰子往哪边一滚;结果是铜匠得到了胜利。他们不能把我安置成一个主角了,结果就成了一条尾巴。换一

---

① 纪元前四世纪的马其顿王,武功盛极一时。
② 《新约》提摩太后书第四章第十四节。

句话说，他们把我打入了所谓"跑龙套"的一批人里去了，随着大家当兵，当元老院议员，当班库的鬼魂[①]。我对于自己的身份十分满意，因为我一向有点哲学家的味儿。若说我这位置不光彩，但至少也稳稳当当嘛，而且事实上我就见过半打奇才上了场，炫耀了一下，又像气泡一样地破裂了，过去了，而我却始终在这里，舒舒服服，不招嫉妒，也不惹干涉，老在这个行业的最下一层。

你不妨微笑，可是让我告诉你，我们这些"跑龙套的"却是戏台上最舒服的演员。我们不至于听到嘘声，也够不上希望有人喝彩；我们不怕敌手的成功，也不怕戏评家的笔杆儿。我们只要把该说的话背熟——而且这类话往往也不多——我们就只管这些。我们有我们自己的娱乐，自己的朋友，自己的捧场人，因为个个演员都有他的朋友和捧场人，从最高的角色直到最低的。第一流的演员同高贵的清客在一起吃饭，在那些个盛筵上东扯一句西扯一句，唱唱歌，说些戏园子里的无聊闲谈。二等角儿又有二等的朋友和捧场人听他们滔滔地背诵悲剧词句，谈谈闲话；照这样下来，甚至轮到我们——我们在一些衣冠整齐的书记和热心向上爬的学徒中间也有我们的朋友和捧场人，他们偶尔也请我们吃一次饭，同样看我们右脚向后一拉鞠个躬，听我们同样地唱上几句和说上几句同样无聊的闲话，这也就是我们那些运气好的弟兄们拿到大人物席上去的材料，不过我们说来唱去，却已经是辗转传到的第十遍罢了。

我在戏剧界待久了，可直到现在才初次领略到真正的快乐。我已经出够了风头，见了所谓"大家捧"的那些可怜虫，

---

① 班库是莎士比亚悲剧《麦克白》里的角色，被麦克白谋害，鬼魂常缠绕着他。

只有怜悯他们。我宁可作一只小猫，让一个娇惯的孩子抱在怀里，刚刚给拍了一拍，喂了两口好东西，接着就兜头挨上一羹匙。我们的一些名角都心怀羡慕嫉妒，为了一点虚名声而劳神焦心，可那点声名在质地上固然可疑，在时间上又未必持久，我每次见到他们都不由得微微一笑。还有我们的老板，老是忙忙碌碌，郑重其事的，受尽了麻烦折磨，把自己累得要死，一心想博得人人喜欢，结果总是白费劲，我见了也要发笑，尽管笑时自然要把口用袖子遮起来。

我在这些低级同事里边发现了两三个前任的老板，他们也同我一样，掌过乡村戏园子的大权，我们凑到一起，往往拿老板和观众偷偷地开些玩笑。有时候我们碰到一起，好像下了台的流亡国君，各自谈论起当日在朝的情形，对着一大杯麦酒，推阐一些大道理，讥笑着大世界和小世界的欺骗，这在我看来，也就是实践哲学的精华。

白克桑和他的几位朋友的轶事就此结束了。我很惋惜没能听他把自己的史事再讲下去，尤其是他在伦敦过的那一段生活。他对文学界的生活显然有很多见闻，而且，他在文学界始终没能成为名人，但也没有遭受过失望的痛苦，我本来盼望从他那儿听到点儿有关他那些同时代人的公正的消息。如今刊物多极了，天天刊登着有关社会人士的成千上万的轶事、评论和生平事略，可要获得一点他们的真实情况，却非常困难；因此，如能得到这样一个老实的记录人的证明，将是格外有价值的。

可是他对这一点却异常谨慎，特别挑三拣四，使我觉得很奇怪。一般的作家似乎把彼此都看成是好打的野味，为了大众的娱乐，彼此随时可以把对方当作一碟菜端上桌来。

我听过这位前任老板的历史后没几天，白克桑忽然一早来访我了，我当时还没起床，看到他不由得吃了一惊。他穿了一身旅行的服装。

"给我道喜吧！给我道喜吧！"他说着，极其高兴地搓着自己的手，"我继承巨产的希望已经实现了！"

我又惊又疑惑地瞪眼望着他。

"我那个傻表弟死了！"他叫喊道，"祝他安息！他出去打狐狸，从马上摔了下来，差点跌断了脖子。幸好还留下一口气来立他的遗嘱。他指定了我为接班人，一半是出于一种古怪的心情，以为这是因果报应，一半据他说也出于他自己的亲属和朋友都不晓得怎么享受这样一份产业。我现在就要下乡去接管了。我不干写作这一行了。那是给批评家干的！"他说着打了个弹指儿。"下乡到'疑堡'里来吧。等我安顿好了，真的，我要好好款待你一下。"说着，他恳切地握握我的手，扬扬得意地蹦走了。

过了很久，我才听到他的消息。是的，我近来才接到他一封信，是他在极愉快的心情下写的。他已把那份产业整理得井井有条，事事都随着他的心意办；更妙的是，他娶了萨卡瑞莎，她似乎一向对他怀着热烈的，尽管是隐秘的依恋；幸好他刚接收了遗产就发现了这份心意。

"我发现，"他说，"你有点沾染上了著作的罪孽，我可已经放弃了，假如我对你讲过的自己那些轶事还有点趣味的话，你不妨利用一下；不过你还是下乡到'疑堡'来吧，来看看我们的生活，那时候我们对着一杯联欢酒，我可以把当日在伦敦的全部生活都告诉你，我敢担保那一定是一部关于作家和评论家的有声有色的历史。"

假如我到"疑堡"，听到他应允讲给我听的故事，我一定会把它写出来，读者会听到这消息的。

第三部
意大利强盗

特拉契纳的旅店

哗啦！哗啦！哗啦！哗啦！哗啦！

"那不勒斯的信使来了，"特拉契纳的旅店主人说，"把替换的马带出来。"

信使按老习惯沿路飞驰而来，在头上挥舞着的短柄马鞭，系了一根多结的长绳，每摔一次，就发出手枪一样的响声。他是一个紧身宽肩的青年，穿着通常的制服：一件漂亮的蓝上装，镶着花边和金色饰带的衣服后身很短，几乎遮不住腰，又有点翘起来，好像鹡鸰的尾巴；头上戴一顶镶金边的三角帽，脚上穿一双坚挺的马靴。可是，他一向是穿皮马裤的，现在他却穿一条破内裤，几乎遮不住屁股，太不雅观。

信使飞奔到门口，跳下马来。

"一杯红葡萄酒，换一匹马，一条马裤，"他说，"看在上帝的分上，快一点，我已经晚点了，马上要走！"

"圣杰那罗①，"店主回答，"怎么，你的衣服丢在哪儿啦？"

"在丰迪到这儿的路上，叫强盗抢去了。"

"什么，抢信使？！我从未听到过这样的蠢事，他们能从你身上得到什么呢？"

"我的皮马裤！"信使回答，"裤子是崭新的，像金子一样发光，叫强盗头子看中了。"

"唉，这些家伙越来越坏了，连信使也要抢了！只是为了

---

① 圣杰那罗是那不勒斯的守护神。

一条皮马裤!"

政府的信使被抢,比在路上发生任何罪大恶极的案子更使店主震惊。的确,强盗们通常是不敢去冒犯政府的,这样横行不法肆无忌惮还是第一次。

这时信使已经准备好了,因为他在谈话的时候,一刻儿也没有耽搁他的准备工作,新马准备好了,红葡萄酒也喝了,他抓住缰绳,踏上马镫。

"那帮强盗人多吗?"一个肤色黝黑的漂亮青年从店门出来说。

"跟我见到过一样可怕的:一大帮人。"信使说着跳上马鞍。

"他们虐待旅客吗?"一个把手挂在那青年臂上的美貌年轻的威尼斯女人说。

"夫人,他们会虐待的!"信使向夫人瞟了一眼回答,一面用踢马刺催马走,"酒神啊,他们用匕首把男人全杀了,至于女人——"哗啦!哗啦!哗啦!哗啦!哗啦!最后的话湮没在马鞭击空的响声中,信使沿着通往庞廷沼泽的路疾驰而去。

"圣母玛利亚!"那个美貌的威尼斯女人叫道,"我们怎么得了!"

我们所说的旅店就在特拉契纳城墙外,在一个极高的陡峭的悬崖下,崖上是哥德人西奥多里克①城堡的废墟。特拉契纳的地势是很奇特的。这是一个在罗马地区边境上的古老的懒散的意大利小镇。在这里,样样东西都显得悠闲滞钝,前面地中海展现在前方。这片海没有潮涨和潮落。海港里一条船也没有,只偶尔可能看到一只小帆船在那里卸鳕鱼,作为四旬斋期贫乏的供应。这里的居民看上去无精打采,漫不经心。

---

① 西奥多里克(454–526),于493年征服意大利,统治33年。

大凡天气晴朗，阳光温暖的地方的人都如此。但是据说这种人在懈怠消极的外表之下，隐藏着危险的成分。许多人认为他们并不比邻近山上的强盗好些。实际上他们和强盗暗中有来往。沿海岸这儿那儿建立许多孤零零的岗楼，说明海边有强盗和海盗船徘徊。远处一条大河蜿蜒于橄榄树林中，路边的矮小营房星罗棋布，表示旅客登山有危险，而强盗却出没自如。事实上，在这个市镇与丰迪之间，在去那不勒斯的路上，到处都是强盗。路上有几个弯曲与冷僻之处，强盗可以从远处，从山顶，从悬崖看见旅客。他们在荒凉和险要的山隘里躺着等待旅客。

意大利强盗是一批亡命之徒。他们在社会上几乎自成为一种团体。他们穿同样的服装，不如说是制服，公开表明他们的强盗职业。大概是要减轻他们偷偷摸摸和非法的性质，并且让一般人看起来有点军人气质，或者，也许是要用他们的仪表和华丽的服饰引诱村中青年，以此吸收新成员。他们的服装往往丰富又多彩。他们穿鲜艳的衣裤，有的绣得很漂亮。他们的胸前挂满了徽章与纪念物，他们戴着尖顶宽边的帽子，饰以羽毛和彩色飘带。有时头发上拢着丝网。他们穿布鞋或皮鞋，用极柔韧的皮条绑腿，以便敏捷轻松地爬上山崖。腰系一根阔布带或丝网带，插满手枪和匕首。背后挂一支卡宾枪，通常总是随随便便披上一件黑大氅，用以挡风雨，或在山中露营时当床用。

他们沿着伸展在几国边境上的亚平宁山脉，在一片广大的原野上奔驰。他们熟悉所有的险要山隘，撤退的捷径，和军队所不敢追踪他们的山顶上的难以通行的森林，这地区的居民都是贫穷的半野蛮的，强盗们不骚扰他们，还常常使他们致富，所以强盗们得到居民们的好感。的确，山间的乡村和他们分赃处的某些边境城市中的居民都认为他们是犯法的英雄。他们受到山民们的支持与保护，又有坚固的山寨，所以他们敢与尊敬的意大利警方抗衡。因此，尽管在乡村教堂的门上，画影图形，指名道姓，悬赏捉拿他们，不论死的活的，但都徒然。乡民们不会出卖他们。有的是震恐于他们报仇的例子，有的是和他们关系太好了。诚然，也有过几次，他们像被追猎的野兽那样被警察追杀，他们的头被放在铁笼里挂在路边的岗哨，或者他们的四肢被挂在他们作案附近的树枝上，直到变黑。但是这种可怕的景象，只能使阴郁的路口更加阴郁，使旅客恐惧，而并不能制止强盗继续打劫。

再说当那个信使忽然穿着差不多半套衣服出现时，正是强盗们胆大妄为气焰盛得前所未有的当儿。他们勒令别墅付税，他们发信给各乡镇的商人与富豪，要他们供应钱财、衣服乃至奢侈品，如敢违抗，就以报复相威胁。所有在要道上的小镇、村庄和客店，都有他们的侦探和报信者，报告旅客们的行踪和身份。他们抢劫马车，把有地位有钱的人绑到山上，逼他们写信索取大笔赎金，至于落在他们手中的妇女们就被他们强奸。

简而言之，当信使来到特拉契纳的旅店时，强盗的情况就是如此，不如说关于强盗流行的谣言就是如此。我刚才顺便提到的那个肤色黝黑的漂亮青年和那个威尼斯女人，是那天下午很早就坐自己的骡车来旅店的，只有一个仆人跟随。他们刚结婚，游览这些有趣的乡镇以度蜜月，顺路到那不勒斯去看望新娘子的富有的姑母。

新娘年轻、娇嫩、胆小，沿途所听到的故事使她充满恐惧。她不仅为自己，更为她丈夫担忧。虽然她结婚已经近一个月了，她依然爱他近乎崇拜。当她到特拉契纳时，路上的谣传越来越多，多得惊人。加以看见城门左右两边挂着的铁笼中两个强盗的头，张牙咧嘴，使她踌躇，不敢前进。她的丈夫劝她放心也没有用。他们在旅店里拖延了整个下午，到黄昏想动身又太晚了。信使临走时的话，使她的恐惧达到顶点。

"我们回罗马吧，"她说，把手臂放在她丈夫的手臂里，走近他，仿佛要求保护，"我们回罗马吧，不去那不勒斯了。"

"也不去看你的姑母了？"丈夫说。

"不去了，我姑母怎能和你的安全相比呢？"她说着，温柔地望着他的脸。

在她的声调与神态中似乎表示出当时她真的是考虑她丈夫的安全胜于她自己。他们刚结婚，又是纯粹爱情的结合，很可能她是这样考虑的，至少她丈夫认为如此。的确，无论什么人，只要听到威尼斯人声音中甜蜜的音乐似的腔调，听到过威尼斯人软绵绵的语言，看见过威尼斯人温柔迷人的眼睛，就不会怀疑这位丈夫相信声音眼色的表示了。他抓住放在他手臂内的那双洁白的手，搂住她的细腰，疼爱地把她拉到心口说："无论如何，我们今晚要在特拉契纳过夜了。"

哗啦！哗啦！哗啦！哗啦！哗啦！路上又出现了另一个花样，引起我们店主人和旅客们的注意。原来从庞廷沼泽方向有一辆六马马车，飞驰而来。驾车的人疯狂地挥着马鞭，看来车夫们意识到会取得大笔慷慨的报酬。这是一辆小四轮马车，有一个仆人坐在车后。马车的结构很结实、精致，却又简单，车里有安放得很整齐的箱子和什物，后座有许多马车夫的衣服，从窗口看得见主人的精神饱满，粗壮、坦率的脸；那个红光满面，肥头硕脑的仆人，头发短短的，短上衣，褐色裤子，高筒靴，这一切立刻说明这是一辆英国人的马车。

店主人点头哈腰，走到车门前，英国人说："换马到丰迪。"

"大人，不下车吃点点心吗？"

"不，不到丰迪他不想吃东西。"

"不过马要等一会儿才能备好。"

"唉，总是这样，在这个该死的国家，没有不拖拖拉拉的！"

"大人只要到屋子里去——"

"不，不，不！我告诉你，我不进去！我只要马，尽量快一点。约翰，你去看看马有没有准备好。不要让我们在这儿等一两个钟头。你告诉他，要是耽误了我们的时间，我要到驿站长那里告他。"

约翰摸摸自己的帽子，按照英国仆人默默遵从的态度去执行主人的命令。

这时英国人下了马车，在旅店门前来回走动，两手插在口袋里，并不理会那一堆游手好闲的人，在那里盯着他和他的马车。他是一个结实的魁梧的高个儿，衣着精致整洁，戴一顶姜饼色的旅行帽，两边口角上露出不高兴的神态。一半是因为还没有吃饭，一半是因为走得还不够快，没有超过每小时七英里，他是没有什么理由要这般性急的，这是英国人通常的习惯，总是喜欢急急忙忙到达旅程的尽头，用一句通常的话："前进。"不过，也许他因为每一个站里都被敲诈而有点恼火。

过了一会儿，仆人从马厩回来，神色有点困惑。

"马准备好了吗，约翰？"

"没有，大人，我从未见过这样的地方。无论什么事都办不了。大人最好请进屋去吃点东西，到丰迪还有很长一段时间哩。"

"该死的旅店！只不过是个花招。我什么也不要吃，我就是要跟他们作对。"英国人说。看来这么久还没有吃饭，使他的脾气更大了。

约翰说："他们说，大人在这样晚的时候动身是很不对的，路上全是强盗。"

"这不过是编故事招徕生意。"

"刚才在我们面前过去的信使，就被一帮强盗拦住了。"约翰说，他得的消息越多，他的语气越重。

"我一个字也不信。"

"他们抢了他的马裤。"约翰一面说，一面扣紧他的腰带。

"全是胡扯！"

这时候那个黝黑的漂亮青年走上前来，用不连贯的英语和英国人说话，请他一同就餐。

"谢谢。"英国人说着把手更深地插在口袋里，带着怀疑的神色，偷偷看了青年一眼，大概他见青年这样多礼，疑心他看中了他的钱财。

"如果您肯赏脸，我们会非常高兴的。"那位夫人用温柔的威尼斯语音说。她的甜甜的音调是最动人的。英国人朝她脸上瞟了一眼，她的美貌比声音更为迷人。他的脸色立刻温和起来，他恭恭敬敬一揖，"我很愿意，夫人。"他说。

简而言之，他本来急于要"前进"的，现在忽然不着急了；他本来打定主意要挨饿挨到丰迪以惩罚旅店主人的，现在也放弃了。约翰为他主人在旅店里挑了一间房，预备在这里留宿一宵。

凡是过夜所需的东西都要从马车上卸下来。常用的箱子、写字台、公事包、梳妆盒子，还有习惯于舒服的人所要带的许多累赘的东西。那些在旅店门口看热闹的闲人，披了五颜六色的肮脏大衣，露出一只锐利的眼睛，互相谈论这些行李的分量，似乎足够一支军队所用。旅店里的伙计们也好奇地在谈论华丽的梳妆盒子，摆在梳妆台上的金银器皿，以及从衣箱中取出来的叮叮当当的一袋金子。当天晚上，整个特拉契纳都在谈论这个奇怪的英国贵族的财富和他随身所带的珍宝。

英国人花了好些时间洗澡，换上吃饭的衣服，他费了许多事，觉得舒舒服服，才走出来，戴上洁白硬领，服饰精心打扮，一尘不染。他进来时，用英国人不作一声的方式，文雅地鞠了一躬，那个习惯于大陆人用恭维话问候的威尼斯女人，认为这个英国人是极冷淡的。

意大利的所谓晚餐，英国人叫大餐，已经摆到桌上来了。为供应这顿晚餐，把天上、地上、河里、海里都惊动了。菜有空中的鸟，田野的兽，海里的鱼。英国人的仆人也热心要为主人做牛排吃，把厨房闹得一团糟。他走出来时，端着番茄酱、酱油、辣椒粉、哈维汁以及一瓶葡萄酒。这些都是从马车里取出来的，他的主人周游世界，似乎要把英国带在身边，其实，这顿饭是意大利的大杂烩之一，需要略略描述一番，汤盆是一个黑海，有肝、翅和各种鸟兽的肉块，浮在那里像失事船的残骸。一只翅膀瘦小的动物，店主称为嫩鸡的，显然是害肺病死的。面条是烟熏的。牛排是硬的水牛肉。有一碗菜，像是炖鳗鱼，英国人吃得津津有味，可是当告诉他这是蝗蛇时，他几乎吐出来。这种蛇捕自特拉契纳岩石之中，本地人视为菜中珍品。

若要平息旅行者的脾气，无过于去吃一餐了，也不论烹调的技术如何。若要旅行者与同伴们友好相处也莫过于共同进餐。所以，这个英国人在酒饭还未过半时，就认为这个威尼斯人作为一个外国人是很过得去的，他的太太差不多漂亮得像一个英国女人。

当他们吃饭的时候，他们讨论旅客们通常谈到的话题，还谈到别的，谈到关于强盗的传说，这使美丽的威尼斯女人心烦意乱。大陆的习惯是允许店主和伙计们随便插嘴的，因此无数血腥的故事跟着菜肴一道道上来，把可怜的威尼斯女人的胃口也吓倒了。英国人有一种固有的对事事反感的脾气，一律称之为"胡扯"，一面听，一面总是撇嘴，表示不相信。有一个家喻户晓的故事：强盗们占领了特拉契纳一所学校，残酷地杀了一个学生，迫使其余学生的父母来赎身。另一个故事说的是罗马一位绅士接到一封信，内有他儿子一只耳朵，要他照价去赎，否则照这样一次次把儿子寄给他。

美丽的威尼斯女人听了这些故事直哆嗦。店主人像一个真正会说恐怖故事的人，看起了作用，就说得加倍可怕。他正要说到一个英国大贵族和他的家庭的不幸时，这个英国人讨厌他喋喋不休，便阻止了他，说这些都不过是旅客所说的故事，或者是无知无识的乡下人和怀着阴谋诡计的店主人夸大其词的话。店主人见英国人不相信他的故事，而且讥刺他们这一行，感到很气愤，就引了六个更可怕的故事，以证实他的话。

"你所说的故事我一个字也不相信。"英国人说。

"但是有几个强盗被审讯并处死了。"

"全都是笑话。"

"他们的头挂在路上示众！"

"一百年来积聚的旧人头。"

店主人走出门去，一面喃喃自语："圣杰那罗！这些英国人多么奇怪！"

旅店门外重新热闹起来，说明又有许多旅客到了。各种各样的喧嚣：马蹄的"嘚嘚"声，车轮的"轧轧"声，门里门外，吵吵闹闹，似乎来的人真是不少。

原来是商队和他们的护送队。商人结队定期运送货物，请一支军队保护以防盗匪。旅客们利用商队有兵保护，通常有一长串车辆跟着商队走。

过了好一会，店主和仆人才进来。一个意大利旅客，每逢大批旅客到来，店里的人总是在一片吵闹声中东奔西走，忙乱一番。我们的店主回来的时候，面带胜利的微笑。

"也许，"他一面抹台子，一面说，"也许大人还不知道发生了什么。"

"什么？"英国人冷冷地道。

"商队带来的消息说强盗又在抢啦。"

"呸！"

"还有更多关于英国贵族和他一家的消息。"店主得意地说。

"一个英国贵族？哪个？"

"波普金斯爵士。"

"波普金斯爵士？我从未听说过这个人！"

"啊，千真万确！一位大贵族。他带着他的夫人和小姐新近路过此地。一个大人物，伦敦市的高级顾问，一个阿尔曼诺！"

"阿尔曼诺——阿尔曼诺？你是说'市政官'。"

"大人，市政官波普金斯和他的波普金斯小姐，波普金斯夫人！"店主人兴高采烈地说。

若不是英国人似乎打定主意，既不相信他的故事，也不容他说下去，只冷冷地挥手叫他把桌子收拾干净的话，他就要摆好姿势，原原本本地描述一番了。

然而，意大利的饶舌是不容易阻止的，我们的店主一面把剩菜残羹搬出餐厅，一面还是继续滔滔不绝地越谈越来劲，当他从过道出去时，听得见他的声音渐渐过去，最后还能辨认他重复他所钟爱的那个词"波普金斯——波普金斯——波普金斯——波普——波普——波普"。

的确，商队的到来，使屋子里塞满了人，也塞满了故事。英国人和他的同伴们晚饭后在旅店的客厅（也不过是个普通房间）里来回走动，客厅穿过旅店的中心，很宽敞，不过有点脏。各处放着桌子，一堆堆旅客坐在旁边。也有在那里闲步的，还有饿着肚子急切在等吃饭的。

这一堆乌合之众来自各国各阶层，他们是乘着各式各样的车辆来的。这些旅客虽然是一批一批的，但是同在一支军队保护之下，在路上混在一起多少变成同伴了。何况在大陆的旅客总是容易亲密的。在旅店的客厅里偶然相遇，友好聚谈的人群，他们的成分一定是最复杂的。

这次人数既多，又有商队的护送队，能够防止强盗的任何侵犯。但是每一部分的旅客都有他们的奇谈。这一车与那一车比赛，谁的断言与猜测更动人。有的说，看见凶恶的有胡子的脸从岩石上窥探，有的说卡宾枪和匕首在树林里闪光。有的说，看见几个形状可疑的人，拉下帽檐，瞪着眼睛，有的侦察一辆掉队的马车，一看见护送队就走了。

那个美貌的威尼斯女人贪听全部这些故事。我们也常常以此来满足我们的一切恐怖感觉。连那个英国人对这种共同的话题也开始感兴趣了，想得到比流言更确切的消息。

英国人是比较腼腆的，易于在人群中显得孤独。这个英国人克服了这种气质，他走近谈话的人群。这时在那里宣讲的是一个瘦长的意大利人，长长的鹰钩鼻，高额头，一双突出的灵活的眼睛在闪闪发光。头戴一顶有金缕的绿丝绒旅行帽。他是罗马人，是个外科医生，宁愿作诗人，有时还能出口成章。

然而现在他却用平易的散文讲话。他很会说话，讲得很流利，喜欢卖弄他的才能。英国人问他一两个问题，得到大量的回答。英国人在陌生人中居然肯交际，大陆人认为是奇迹，所以另眼相看。这个出口成章的人所讲的许多强盗故事，都是我已经提供过的。"可是警察为什么不出力把他们剿灭？"英国人说。

"因为警察太弱了，强盗太强了，"那人回答，"把他们剿灭比你想象的要难得多。强盗和山上的人，和村民都有联系，几乎不分彼此。为数众多的匪帮彼此都有关照，与附近的地方也有默契。警察一有举动，他们就知道了。到处都有他们的侦探。他们潜藏在市镇、乡村，混在每一伙人群中，充斥在每一个游乐场所。如果这时候有个人在监视我们，我一点也不会感到奇怪的。"

那个美貌的威尼斯女人惊恐地向四周望望，脸色也变白了。

这时候，这个出口成章的人，被一个活跃的那不勒斯的律师打断了。

他说："你这番话使我想起一个有学问的博士的奇遇。他是我的朋友。这件事就发生在附近地方，离特奥德列克城堡的废墟不远，废墟就在市镇上方的山顶上。"

大家当然都说，喜欢听听博士的奇遇。只有出口成章的人不作声，因为他只爱自己说话，只爱听自己说话，并且习惯于不停顿地滔滔不绝地说下去。所以当他说得兴高采烈的时候被人打断，显得很生气。然而那个那不勒斯人却不管他的不快，说出下面的这段轶事来。

矮小的考古家的奇遇

我的朋友，那位博士，是一个地道的考古家。一个身材矮小、头脑冬烘的老朽。他总是在废墟中摸索。他喜欢一座建筑就像你们英国人喜欢干酪一样。越是古老坍塌，越合他的口味。一座无名古庙的外廊，或者坍塌的圆形剧场的断垣残壁，都会使他欣喜若狂。他喜欢古代建筑的一砖一瓦，胜过现代的高级宫殿。

他是一个奇怪的古钱收藏家，新近又得了这类宝物，几乎使他发疯。举个例子，他拾到几个古罗马的钱币，无疑是属于汉尼巴尔的兵士的。拾到古钱的地方，正是这些军队在亚平宁山区扎营之处。他还拾得两枚古钱，也是公元前所铸的，但是首先值得他自豪的是一枚难以描述的古钱，一面是十字，另一面是一匹飞马，经过某位考古家的鉴定，我们的矮小博士证实，这是说明基督教发展的历史文物。

所有这些宝贝古钱，他都随身带着，放在一只皮袋里，然后深深地塞进他的黑短裤口袋里。

在他的脑子里所产生的最后的古怪思想是要找佩拉斯人的古城，据说在今日的阿布鲁齐地方还有这种人，但是也只好存疑。他找出许多有关这种人的资料，并对这个课题作了许多笔记，写在一个大本子里，总是带在身边，也许是为了不时参考，也许为了怕这本宝贝文件落在别的考古家手里。因此，他在上装后面缝了个大口袋，专放这本无价之宝，一面走，一面碰他的屁股。

这位好心的矮老头子，旅居在特拉契纳的时候，有一天，拖着沉重的考古收获，爬到镇外的高山上，探视西奥多里克城堡。在太阳快要落山的时候，他在废墟上摸索，沉迷在思考之中，忘乎所以，无疑是在胡思乱想那些哥德人和罗马人了。这时他听到背后有脚步声。

他转过身来，看见五六个青年，举止粗鲁，装束古怪，一半像农民，一半像猎人，手里拿卡宾枪。看到这一副面貌和神态，他知道他无疑已落入那一帮人手里了。

博士是个矮小衰弱的老人，样子很穷，口袋里更穷，在他身上没有多少金银好抢。不过当时他裤袋里有一枚稀奇的古钱。他还有一些值钱的东西，如一个旧银表，厚得像萝卜，表面的数目和钟面的一样。表链是钢的，一头是一串印章，挂下来几乎到膝盖。所有这些都是祖传的珍贵遗物。还有一个印章戒指，是个真正的阴文古董，遮住他一半指节，上面刻着维纳斯女神，老人几乎像一个好色之徒那样热情崇拜她。然而他最珍贵的还是他所收集的无价之宝，就是关于佩拉斯人的古城的线索，为了保全他存在特拉契纳箱底里这些资料的安全，他情愿献出他口袋里所有的钱。

然而，他想他最多也不过是一个微不足道的矮老头子，他只好尽其所能地壮着胆子，鼓起勇气，向猎人们请安。他们也向他问好，同时亲热地拍拍老绅士的背，这一拍让他的心跳到了喉咙口。

他们彼此交谈起来，在山上一起走了一会儿，博士但愿这段时间他们都在维苏威火山的口子里。后来他们来到山上的一家小旅店，小伙子提议进去一同喝一杯酒。博士赞成，其实他觉得像要他去吃毒药一样。

一个人在门口放哨，其余的大摇大摆走进了屋子，把枪放在房间角落里，每个人都从腰带拔出手枪或匕首，放在桌上，于是围着桌子拖出凳子来，起劲地喊要酒，把博士当成多年的酒友邀他同饮，请他坐下来，尽情欢乐。

可敬的老人作了一个被迫的鬼脸坐了下来，怕得发抖，不安地坐在椅子边上，垂头丧气地望着戴套子的手枪和寒光闪闪的出鞘的匕首，每一滴酒喝下去就心里发烧。然而他的新伙伴们却拼命把酒瓶推到他面前，竭力劝他喝酒。

他们又唱又笑，说他们抢劫打架的出色故事，还加上许多残暴的笑话。博士听了他们杀人的笑话，虽已魂飞魄散，还不得不跟着笑。

据他们自己说，他们是村里的青年，新近干这一行是出于青年的野性。他们谈起杀人的业绩如同猎人谈打猎取乐一样：他们打死一个旅客，像打死一只野兔一样轻松。他们兴高采烈地谈论他们光荣的流浪生活，像飞鸟一样自由，今天来，明天去，在森林里漫游，爬山涉谷，只要他们能够控制的地方就是他们的世界，就有大把的金钱、愉快的伙伴、漂亮的女人。考古家被他们的谈话和满杯满杯地劝酒，灌得有点糊里糊涂了。他一半忘记了他的恐惧，他的印章戒指，他的祖传的挂表。有关佩拉斯人古城的笔记，这时候在身上也已经热了。他们谈得天花乱坠，博士听得连这本笔记也忘记了，山中强盗盛行，他也不感到奇怪了。现在他觉得，如果他是个青年，又强壮有力，没有当苦工的危险，他也会有点想当强盗了。

后来他们要分手了，博士忽然醒悟过来，他看见强盗重新拿起武器，他又害怕起来。他现在为他的宝物发抖，首先为他的考古笔记发抖。然而他却装作冷静而毫不在意的神气，从他深深的口袋里，掏出一个狭长消瘦的皮包来，手抖动得钱包里几个钱叮叮当当地响起来。

这群人的首领看到他的举动，一手放在考古家的肩上，一面说："博士先生，我们像朋友和同志一样一同喝酒；我们分手，还是朋友，我们了解你。我们知道你是谁，你是干什么的。因为我们清楚每一个在特拉契纳睡觉的人，或者在路上的人。你是个富人，但是你的财富装在你的头脑里，我们不能拿你头脑里的财宝。我们如果能取出来，也不知道有什么用处。我知道你不放心你的戒指，但你不必担心，它不值得我们拿。你当它是一件古董，但这是伪造的——只不过是件赝品。"

考古家听了这句话怒火中烧。他一腔热情，为了戒指的名声就忘乎所以了。上有天，下有地！他的维纳斯女神是赝品？如果他们说他心上的太太"不是什么好东西"，也不会更生气。他要为他的阴文印章辩护，就火气来了。

"别生气，别生气，"盗首继续说，"我们没有工夫同你辩论。你只管当它宝贝。来吧，你是个大胆的小老头子。再喝一杯，我们来付账。你是我们的客人，不用客气，我们不要你花一分钱。我决不让你花钱。天色已不早了，你好好地回特拉契纳去吧。一路平安！听我说，以后你到山上来玩，要小心！你也许不会总是遇到我们这样的好伙伴的。"

他们背着枪，快活地跳上山去。矮小的博士，蹒跚地走回特拉契纳去，他庆幸强盗没有抢他的表、他的钱和他的著作。但是他们说他的维纳斯女神是假的，他很恼火。

当说这段故事的时候，那个出口成章的人显出很不耐烦的神气。他怕他的话题被人从他手中夺去。这情况对于一个能说会道的人总是不愉快的，可对一个出口成章的人来说的确是桩灾难，而且是被一个那不勒斯人夺去更加使他恼火。原来意大利各州的居民，彼此嫉妒，不可和解，事无巨细，都是如此。他趁那不勒斯人第一次停顿时，又夺回了话题。

"我刚才说过，强盗出没的范围是很广的，他们彼此结盟，和社会各阶级都有联系……"

"关于这件事，"那不勒斯人说，"我听说你们的政府和这帮强盗有某种默契，至少，对他们的胡作非为，不闻不问。"

"我们政府？"罗马人急躁地说。

"是啊，他们说红衣主教冈萨尔维……"

"嘘！"罗马人举起手指说，滚动两只大眼睛向房间四周看看。

"不要紧，我说的不过是罗马听来的普通谣传，"那不勒斯人坚定地说，"他们公开在说，红衣主教曾经到过山上，和几个强盗头子见过面。而且人家告诉我，老实的人在红衣主教的接待室里焦急地等候接见，一等就是好几个小时，而那些满脸杀气的家伙，从人丛中挤过去，毫不客气，一直去见主教。"

"我知道，"出口成章的人说，"有这样的谣言。政府在特殊时期利用这些人，不是没有可能的，例如新近你们的革命流产的时候，你们的烧炭党在全国各地忙于搞阴谋，这些人就能够收集到情报，他们不但熟悉山上幽深和秘密的地方，也熟悉社会上黑暗和危险的幽深之处；凡是可疑的人的一切行动，他躲藏的地方，他们都知道，一句话，他们知道一个祸害的世界所进行的一切阴谋。政府手中有这样的人作为工具，好处是显而易见的。红衣主教作为一个政治家，是在利用他们。况且他知道，强盗们虽然作恶多端，却总是尊敬教会，虔诚地信他们的宗教。"

"宗教！宗教！"英国人应声道。

"是的，宗教，"罗马人重复道，"他们各有各的保护神。他们住在深山里，每当山谷里早上祈祷或万福玛利亚的钟声响时，他们就在胸前画十字，并诵祈祷文。他们常常从他们隐蔽处走下山来，冒着极大危险去瞻仰他们相信的寺庙。我记起一个很恰当的例子。

"有一天傍晚，我在弗拉斯卡蒂村，这个村子坐落在坎帕纳的一个小山的秀丽的山顶上，正好在阿布鲁齐大山下面。我们意大利市镇和农村里的人，在晴朗的黄昏，总是到空旷的地方休息，三五成群地在广场上闲谈。我在和一些朋友谈话的时候，看到一个高个儿，披着大衣，从广场穿过去，却是在昏暗中偷偷摸摸走过去的，好像担心引起别人的注意。人们都避开让他过去，有人小声对我说，他是个著名的强盗。"

"为什么不立刻抓住他？"英国人说。

"因为没有人肯管闲事；因为没有人想冒强盗同伙报仇的危险；因为附近的警察不多，不能保证对付得了他和他周围一批亡命之徒；因为警察们并未接到特别命令捉他，也不愿冒险。总之，我们的政府和风俗和你们不同，因此我提出一千种理由来，你还是觉得没有一种理由是能使你满意的。"

英国人耸耸肩，露出轻视的神色。

"有人告诉我，"罗马人赶快接下去说，"在你们首都伦敦，你们警察所熟悉的名盗贼，大白天在街上走着，寻找对象，他若不动手抢劫，警察不会动他一根毫毛。"

英国人又耸耸肩，露出不同的神色。

"好啦，先生，我就盯着这只大胆的狼偷偷从羊群中穿过去，看见他走进一个教堂。我好奇地要亲眼看他做礼拜。你知道我们的教堂是宽敞的，壮丽的。强盗进去的那个教堂也很大，笼罩在薄暮的昏暗之中，长廊的尽头是一个大神座，座上有一对蜡烛闪耀着暗淡的光。旁边的一座小教堂里，在一位圣徒的像前，点着一枝还愿的蜡烛，强盗跪在这座圣像前。当他跪下去时，他的大衣从肩膀落下去一部分，露出赫克力斯①似的强壮身体，腰带上插着闪闪发光的匕首与手枪。烛光照在他脸上，他的相貌并不难看，却是强横凶狠的。当他祈祷的时候，他非常激动，他的嘴唇颤抖、叹气，喃喃地似乎在呻吟。他突然发作：他猛烈地捶胸，然后双手紧扣，当他把双手伸向神像时，痉挛地拧着，我从未见过如此可怕的忏悔景象。我怕被发觉我在窥看他，就退出来了。过了一会儿，我看见他披着大衣从教堂里出来，又从广场穿过，带着一颗卸去重负的良心回山去了，以备再去承受新的罪恶的债务。"

这时那个那不勒斯人正要接过话头，先说一句开场白："这就使我想起了一件事，"可是出口成章的人机灵得多，不让那不勒斯人再来取代，装作没有听见他的话，就往下说：

"与强盗有关的许多事情，会使旅客不放心，不安宁。其中有一件就是与旅店主人有勾结的。在罗马地区的偏僻的地方有许多孤零零的旅店，尤其是山上的旅客更危险，他们背信弃义。强盗们在这里打听消息。粗心大意的旅客在这种旅店里叫天不应，孤立无援，半夜里被人杀死。强盗们在这种旅店作案，凶残之极，不但谋财，还要害命，因为他们只有杀人灭口，才能避免破案。我记起一个故事来，"他继续说，"这事发生在一家孤零零的山上的旅店里，你们大家似乎都喜欢听强盗的故事，对这个故事，看来不感兴趣的。"

他已经吸引了这批听众的注意力，又激起了他们的好奇心，他稍停片刻，转动大眼睛。凡是出口成章的人，当他们要追忆起即兴的故事时，总是这个神气，他于是像演戏一样说了下面这个故事。这无疑是他精心准备，预先编排好了的。

---

①　希腊神话中的大力士，主神宙斯之子。

延误的旅客

有一天傍晚时分，一辆骡车缓慢费劲地爬上亚平宁山脉的一个隘口。骡车通过一个极荒凉的隘道远远望去，在岩石顶上才出现一个小小的村庄，或者几座修道院的白楼从浓密的山树丛中显露出来。这辆车子式样古老，结构笨重。剥落的装饰说明它昔日的华丽。但是弹簧破旧，车轴吱吱嘎嘎作响，说明现在是不行了。车里坐着一位瘦长的老绅士，穿着一身军人的旅行服，头戴一顶镶皮的军便帽。帽子下露出灰白头发，说明他那打仗的日子已经过去了。在他身边坐着一个脸色苍白，十八岁的美貌姑娘，穿的好像是北方的或者是波兰的服装。一个仆人坐在前面，看样子是个粗鲁的易发脾气的人，脸上有一条刀疤，两撇褐黄色的胡子，长在鼻子下面，又短又硬，十足的军人气概。

实际上，这是一辆波兰贵族的马车。主人原是王侯家世，一度豪华，几乎比得上东方的王公，但是波兰灭亡后就败落下来，变穷了。这位伯爵，像其他许多慷慨激昂之士一样，犯了爱国罪，不妨说，被放逐国外。他为了女儿的教育，在几个意大利城市住了一段时间。现在他的全部心思和欢乐都倾注在他女儿身上了。他曾带他女儿到社会上应酬，她的美貌和她的才艺赢得了许多人的赞美。她如果不是一个贫穷、破落的波兰贵族的女儿，会有许多人向她求婚的。可是，忽然，她精神萎靡，身子娇嫩起来，她的快乐和脸上的玫瑰色也消失了。她变得沉默寡言，弱不禁风。老伯爵以父亲的关切，看出这种变化。"我们必须改换空气和环境。"他说。几天之后，这部古老的家庭马车就在亚平宁群山之中辚辚转动了。

他们唯一的随从是老兵卡斯珀。他是伯爵家里生长的，在他们家里当仆人当到老。他跟随主人历尽兴衰。主人打仗，他在他身边，主人在战斗中倒下去时，他还是站在他身边。他因保护主人，脸上受了刀伤，伤痕使他的容貌变得更可怕。他现在是伯爵的仆人，他的管家，他的管伙食的和打架的。唯一能分享卡斯珀对主人的忠心的是年轻的小姐。他眼见她从小长大，小姐在孩提时，他手拉她的手走路。现在他像一个父亲一样喜欢她。不尽如此，他像做父亲一样在各方面直率地教训她，只要于她有益。他看见许多人看她，赞美她，他就觉得父亲一样的光荣。

天色渐渐暗下来，他们沿着湍急的溪流，穿过狭窄的山谷，走了好久。景色荒凉险恶。岩石往往突出在路上，岩石上成群的白色山羊沿着岩边在吃草，有时俯视着旅客。他们还得走十英里八英里才能到达村落。骡夫皮特罗是个老酒鬼，在上一个休息的地方已经喝了过量的酒，这时候对他的几头骡子，交替着一会儿唱歌，一会儿说话，让骡子像蜗牛一样慢慢地走，不管伯爵的苦求和卡斯珀的咒骂。

云层开始沿山卷成一团团，把山峰遮蔽得看不见了。

空气变得潮湿和寒冷。伯爵担心他的女儿的体质，失去了平常的耐心，从车子里探出身子，用愤怒的声调对老皮特罗说：

"向前赶呀！你这样，我们半夜里还到不了旅店。"

"大人，那边就是旅店，"骡夫说。

"哪儿？"伯爵问。

"那边，"皮特罗指着前面不到一里的一堆孤零零的建筑物。

　　"就是那地方吗？看起来不像旅店，倒像一堆废墟。我原以为晚上能在一个舒舒服服的村子里过夜。"

　　这时候皮特罗怨天尤人，叹了一连串苦经，凡是懈怠的骡夫都是如此。"这样的路！这样的山！可怜的牲口走乏了，腿软了，倒下来腿一跶，就永远到不了旅店。这样的旅店还不好，大人想要住什么更好的旅店；一所完美的城堡——一所官殿——店里的人多好啊！——多好的伙食！——床铺多舒服！——大人可以吃得美美的，睡得甜甜的，像王子一样！"

　　伯爵很容易相信他的话，因为他急于要让他的女儿避免夜间的寒气，这样，过不多久，这辆古老的马车就吱吱嘎嘎、叮叮当当地驶进了旅店的大门。

　　这所房子多少与骡夫所描述的有些相符。房子很大，够得上一座城堡或宫殿。结构结实，不过式样简单，粗陋些。有许多废弃的房间。这所房子其实是从前一位意大利亲王的打猎别墅。围墙里已经很宽敞了，墙外的房子足够驻扎一支小小军队。现在人口不多的一家到这荒凉的大宅子来居住了。旅客到店的时候，出来迎接的人满脸污垢，神色阴沉。然而，他们都认识老皮特罗，当他唱着，说着，几乎是高声叫喊着走进门口时，他们欢迎他。

　　女店主亲自招呼伯爵和他的女儿，领他们看住房。她领他们走过一条长长的阴暗的走廊，然后穿过一套彼此相通的房间，天花板很高，有横梁穿过。然而，屋里任何东西都是破烂的、肮脏的。墙壁是潮湿的、光秃秃的，这里那里挂上几幅大画，大得可以挂在教堂里，画面黑得什么也看不清。

　　他们挑了两间相通的房间，里间给女儿住，床很大，可变了形。老皮特罗曾夸过床铺好，他们留心一看，发觉床垫是用大麻结成团塞进去的。伯爵耸耸肩，觉得挑不出再好的房间了。

　　房间里寒气入骨。他们情愿回到一个普通房间，或者坐到客厅里去。里面有一个大墙洞在烧火，他们误称壁炉，他们塞进去大量的绿树枝，一阵阵烟冒出来。这间客厅与大宅的其余部分很相称。地面铺了砖，很肮脏。中间一张大橡木桌子，又大又重，不能挪动。只有女店主的服饰才能一扫弥漫在大宅里的一股寒酸气。当然，她是一个邋遢女人，她的衣服虽然肮脏、马虎，但是料子却是很贵重的。她手上戴了几个值钱的戒指，耳上戴了宝石，脖子上挂着一串大珍珠，拖着一个闪闪发光的耶稣钉在十字架上的像。她还留有几分姿色，但是她脸上的某些表情，特别引起伯爵小姐的厌恶。她却大献殷勤地来巴结他们，后来她因为要去主持晚餐，叫一个黝黑的绷着脸的女仆来侍候他们，伯爵和他的女儿才得到解救。

　　卡斯珀对骡夫很愤慨，责怪他，不论他是粗心或是有意，把他主人和小姐带到这样的地方来，并指着他的胡子起誓，一旦他们平安离开山区，他就要向这个老无赖报仇。他不断和那个绷着脸的女仆人争吵，只能使那个女仆的表情更加凶恶，从她那又浓又黑的眉毛下，凶狠地看着旅客们。

　　伯爵的脾气很好，是个随随便便的旅行家。也许是真正的灾难把他的精神压倒了，使他能够忍受不如意的事，而那些春风得意的人受了就会觉得痛苦了。他把一只破旧的大靠椅拖到火炉边给他女儿，又拖一只给自己，拿起一把大火钳，想把炉里的木头架好，让火旺起来。然而他的努力反而招来一阵浓烟，几乎使他失去耐心，他向后退，瞟了他那娇嫩的女儿一眼，然后看看这间令人不快的肮脏的房子，耸耸肩，又去搅动炉火了。

一家不舒服的旅店有种种令人难受的事，最令人难受的是绷着脸的女仆。这位好伯爵宁愿默默忍受一会儿炉烟，也不愿同那愁眉苦脸的女仆说话。后来他不得不求那女仆去取点干燥一点的柴火来。女仆口里喃喃地走出去。她手里夹着干柴，匆匆走进来，脚下一滑，跌倒了，头碰在椅子角上，鬓角伤得很重。

这一碰使她一时昏迷过去，伤口流了许多血。当她醒过来时，她发觉伯爵的女儿正在用自己的手帕给她包伤口。只要一个有通常感情的女人都会照顾受伤的人；女仆从来没有遇到这样的人看护她过，也许是这个俯身在她上面的可爱的女郎的容貌，或者是说话的音调，使她很受感动。肯定是这样，她深深地感动了。她扯起波兰小姐娇嫩的手，放到嘴边，热烈地吻它。

"小姐，圣·弗兰西斯保佑你！"她说。

一批新到的旅客打破了旅店的寂静。来的是西班牙王爵夫人和她的许多随从。院子里一片喧闹，屋子里忙忙碌碌。女店主忙着招待如此显赫的贵宾，而穷伯爵和她的女儿，以及他们的晚餐只好暂时被忘掉了。老兵卡斯珀用波兰话的喃喃谩骂，足以使意大利人的耳朵受不了，却不能使女店主相信他的主人和小姐比全体西班牙贵族更高贵。

来客的喧闹声引得伯爵女儿到窗口去，正好新到的客人下车。一个年轻骑士从车上跳下来，扶着王爵夫人下车。夫人是个瘦小枯萎的老太太，脸色像羊皮纸，两只眼睛闪闪发光。衣服鲜艳华丽，走路支着一根高与身齐的金头手杖。青年身材修长，姿态优美，伯爵的女儿一见他就向后退缩，其实窗架很深，外人不会看见她。她深深地叹了一声，关上窗门，我说不上，她为什么叹气。也许是王爵夫人的马车华丽和她父亲的摇摇晃晃的旧马车停在一起，使之相形见绌。不论是什么理由，这个年轻女子关窗门的时候叹息了一声。她回到椅子里——她的娇嫩的身子轻轻地一阵颤抖，一肘支在椅子的扶手上，手掌托着苍白的脸，忧伤地望着炉火。

伯爵看见她的脸色比平常更苍白。

"我的孩子，你不舒服吗？"他说。

"没事，亲爱的爸爸！"她说着把手放到父亲手里，抬头微笑，看看父亲的脸，不料当她说话时，一滴难以隐瞒的泪珠涌上她的眼睛，她掉转了头。

"窗口进来的风让你受凉了，"伯爵疼爱地说，"只要好好休息一晚，就会好的。"

晚餐的桌子终于摆好了，正要就餐时，女店主进来了，她以一贯的诌媚样儿，表示抱歉，说要把新旅客带进房间来，因为晚上天气寒冷，别的房间没有火炉。话声未落，王爵夫人就扶着那个漂亮青年的手臂进来了。

伯爵立刻认出她来，他在罗马和那不勒斯的社交界经常会过她。实际上，她经常邀请他参加她的谈话会。他也知道年轻骑士是她的侄子和继承人。交际场中的人都盛赞他的才能和前程。并且有一次，他父女二人和这个青年同时探望过住在那不勒斯附近别墅里的贵族。他听说那青年新近已和一个西班牙女继承人订婚。

伯爵和王爵夫人对于这次相会都很高兴。伯爵是一个老派绅士，极其多礼。王爵夫人年轻时是个美女，一生都在交际社会，喜欢别人注意她。

那个年轻人走到伯爵女儿面前，开始说几句恭维话，可是神态很不自然，他的恭维话说到后来含糊不清，而小姐鞠了一躬，并不抬头，嘴唇在动，却说不出一个字来，重新坐在椅子里，盯着火炉，脸上变换着一千种不同的表情。

那两个老人没有看到两个年轻人的异常态度，他们正忙于彼此殷勤问候。本来已安排好他们两家共进晚餐，而王爵夫人旅行带有厨师，所以不久就有热气腾腾的过得去的饭菜摆上桌子。此外，还从王爵夫人的马车里拿出好酒、饮料和精致的甜食。她是一个老资格的美食家，她好奇地想尝遍世界上的好东西。其实，她是一个活泼的矮小老太太，又是一个兼有放荡和虔诚的女人。实际上，她这次是专程到洛雷托圣地来奉献财物以赎她一生的风流债和小罪过的。这是肯定的：她是一个奢华的忏悔者，与简单的朝拜圣地者不同。后者只带一只小袋，一根拐杖和一片鸟蛤壳。我们没有理由指望上流社会的人会这样自我克制。她带去奉献给圣母的贵重的钉在十字架上的耶稣像，黄金器皿，珠宝饰物，无疑是很有效力的。

吃晚饭的时候，伯爵和王爵夫人说了许多话，谈他们从前共同所见的情景，共同涉足的社会，没有注意到，只有他们两个人在谈话，而两个年轻人却紧张地一言不发。尽管王爵夫人不断很客气的劝小姐尝尝精美的食品，小姐还是什么也不吃。伯爵摇摇头。

"今晚她身体不舒服，"伯爵说，"正在你们的马车刚到的时候，她从窗口往外看，我以为她会晕倒的。"

小姐的脸唰的一下红起来了，一直红到鬓角。但是她俯身在盆子上，她的头发的影遮住她的脸。

他们吃完晚餐，把椅子拖到大火炉边。火焰和烟都冒完了，只剩下一堆发光的炭火，散布着令人舒服的暖气。有一只从伯爵马车里取出来的吉他，靠在墙边，王爵夫人看见了，"在我们分手就寝之前，是否可以奏点音乐？"她问。

伯爵以他女儿的音乐才艺为荣，要他女儿弹起吉他。那青年卖力地献殷勤，拿起吉他，送到美丽的音乐家面前，不过态度很不自然。她本来想拒绝，可是心慌意乱，没有推辞。的确，她神经紧张说不出推脱的话来，一只手抖抖地弹起吉他来。她先弹了一点前奏曲，接着自弹自唱几支波兰歌。她的父亲坐在那里盯着她，眼睛里发出光来。连那个粗鲁的卡斯珀也待在房间里不肯离去，一部分原因是他喜欢听本国的音乐，主要是这位女音乐家使他感到骄傲。确实，悦耳的音调，精妙的指法，足以使更会挑剔的耳朵着迷。王爵夫人一面点头一面用手打着拍子，虽然很不合拍。这时她的侄子坐在那儿望着对面墙上的一张黑色的画，沉浸在深深的冥想之中。

"现在，"伯爵疼爱地拍拍女儿的脸说，"你再来一支。让王爵夫人听听你最喜欢的西班牙小曲。你想不到，"他又对夫人说，"她这样精通你们的语言，虽然她是一个忧郁的姑娘，新近又荒疏了。"

女儿苍白的脸一下红起来了，她迟疑了一会儿，喃喃地说些什么，她竭力让自己镇静下来，开始放胆弹唱。她所弹唱的是一个西班牙故事，有爱情也有忧伤。她弹第一节时注以极大感情，她的震颤的、感伤的声调，沁人心肺。但是声音接不下去了，她的嘴唇抖动，唱不成声，眼泪滚滚流下来。

伯爵温存地抱住她。"你不好过，我的孩子，"他说，"我太难为你了。回房休息去吧，上帝保佑你！"她对众人鞠了一躬，没有抬头，就溜出了房间。

当门关了时，伯爵摇摇头。"这孩子有什么心事，我猜不出来。"他说，"近来她的身体和精神都垮了。她向来是一朵娇嫩的花，我千辛万苦培育了她。原谅一个做父亲的傻气吧。"他继续说，"我经过我家庭中的许多患难。现在我只有这个可怜的姑娘了，她一向是很活泼的——"

"也许她在恋爱！"矮小的王爵夫人说，机灵地点了点头。

"不可能！"好伯爵天真地说，"这样的事，她从未向我提过一个字。"

可敬的伯爵做梦也不会想到搅动处女的心的，胆怯的姑娘不肯对自己说的，乃是强烈的爱情，以及何止一千种的忧伤。

王爵夫人的侄子忽然站起来，在房间里来回踱着。

当小姐一个人在自己房间里时，她所压抑已久的感情，一下子猛烈迸发出来。她打开窗门，让冷空气吹在她跳动的两鬓上，也许还有一点傲气或者怨气混杂在她的情绪中，本来她那温柔性格似乎不会含有愤怒成分的。

"他看见我哭了！"她说，忽然满面通红，喉咙肿胀，"不要紧！不要紧！"

她说着把雪白的手臂交叉扶在窗框上，把脸埋在臂上，纵情大哭起来，她伏在那里出神，直到听见隔壁房间里她父亲和卡斯珀的声音，才知道大家都去睡了。她看见灯光从一个个窗子移过去，知道他们领着王爵夫人到卧室去，这是旅店里对面一排房间，她还清楚地看见夫人侄子的影子走过了一个窗子。

她费劲地深深叹了一口气。她正要关窗子时，听见窗下有两个人说话的声音，他们刚从房子一角转过来。

"那个可怜的年轻女人会怎么样呢？"她听见一个声音在说，她认得是那个女仆。

"啐！她只好听天由命。"老皮特罗回答。

"难道不能饶了她吗？"另一个恳求道，"她的心地有多好呀！"

"呸！你疯了吗？"那一个愤怒地回答，"你为了一个傻姑娘要破坏全局吗？"这时候他们已经走得离窗子很远，这个波兰姑娘再也听不见什么了。她所听到的片断谈话，预示着恐怖，难道说的就是自己吗？如果是的，女仆劝他们饶了她的这个迫在眉睫的危险究竟是什么呢？她有好几次要敲父亲的房门，把她所听见的话告诉他，但是她想她也许听错了，也许她听得不清楚，也许他们的谈话指的是另一个人，总而言之，谈话不明确，不能得出任何结论。她正在迟疑不决的当儿，她听见有人轻轻敲她卧室远处的护墙板，她吓了一跳，她举灯一看，她看见那儿有一扇小门，以前没有注意到。这门是在里面上闩的。她走到门边，问谁敲门，回答是女仆的声音，她开了门，女仆站在门外，脸色灰白，焦虑不安。她轻轻地走进来，把手指放在嘴唇表示要小心和保密。

"快逃！"她说，"立刻离开这屋子，否则你就没命了！"

这位年轻小姐吓得发抖，要求女仆说清楚。

"我没有时间，"女仆回答，"我不敢——如果我逗留在此，我也完了。立刻走吧，否则你没命了。"

"丢下我父亲？"

"他在哪里？"

"在隔壁房间里。"

"那么去叫他，别耽搁时间。"

年轻的姑娘敲她父亲的房门，他还没有上床。她急忙走到房里，把她得到的可怕警告告诉他。伯爵随她回到她的卧室。卡斯珀跟了进来。他的问话，立刻使窘迫的女仆吐露了真情。旅店已被强盗包围。午夜后，他们把强盗带进来，那时王爵夫人的随从和别的旅客都睡熟了，轻易成了牺牲品。

"但是我们可以堵住旅店大门。我们能够保卫自己。"伯爵说。

"有什么用！旅店里的人和强盗串通的。"

"那么我们如何逃走呢？我们不能吩咐备好马车逃走吗？"

"圣·弗兰西斯！备车干什么？你要警告强盗说我们识破他们的秘密？那样会使强盗不顾一切，立刻对你们下手的。他们注意到了旅店里的财宝，是不肯轻易放过的。"

"我们还有什么别的办法逃走？"

"旅店后面有一匹马。"女仆说，"刚才有人骑了这匹马到远处去求助于那里的一批强盗，回来后，留下这匹马。"

"只有一匹马，我们却有三个人！"伯爵说。

"还有西班牙王爵夫人！"女儿着急地说，"如何能救她脱险呢？"

"魔鬼！她与我有什么相干？"女仆发怒说，"我来救的是你，你却要害我，我们全要完蛋！听！"她继续说，"他们在叫我啦——他们会发觉我的——我还要说一句，从这扇小门出去就是楼梯，下楼就到院子。院子后面有一个棚，棚下有个小门，出去就是田野。那里有匹马，骑上马，你们会看见一道山岭，你们绕着山岭的影子走，你们要小心悄悄地继续走，穿过一条小溪，就是大路，那里有三个白十字架钉在大树上，你们拍马快跑，一直跑到村子——要记得我的性命在你们手里——你们听见什么，看见什么，旅店里发生什么，你们都不要说。"

女仆赶紧走了。伯爵父女和老兵卡斯珀，简短而激烈地商量了一会儿。年轻的小姐为了关心王爵夫人的安全完全忘了自己。"一声不响地自己逃走，留下她让人杀死！"她一想到此就浑身发抖，伯爵的侠胆豪情也反对这样的想法。他不赞成丢下一群无助的旅客一走了之，让他们不知道大难临头。

"如果警告大家，客店里一片混乱，"卡斯珀说，"小姐会怎么样呢？客店里万一打起来，小姐会遭到多大的危险呢？"

这些话激起了伯爵的爱女之情，他望着他那可爱的无助的孩子，想到她要落入强盗之手就浑身发抖。

可是女儿一点不想到自己。"王爵夫人！王爵夫人！——只要让王爵夫人知道她的危险。"她愿意同王爵夫人分担危险。

后来，卡斯珀以一个忠心耿耿的老仆的热情从中干预。现在是一刻都不能耽误了——第一件事是让小姐脱离危险。他对伯爵说，"你骑马，小姐坐在你背后，赶快走！逃到村里，叫醒村民，派人来救我们。我留在这里警告王爵夫人和她的随从。我是一个老兵，我想我能够坚守到你给我们派救兵来。"

女儿还要坚持和王爵夫人待在一起——

"这是为什么！"老卡斯珀率直地说，"你什么也不会做，你只会碍手碍脚；我们只好照顾你，自己也就照顾不了。"

没法回答他这些反对的话，伯爵拿起手枪，一手把小姐夹住，就向楼梯走。小姐停下来，回身踏步，她激动得结结巴巴地说："王爵夫人身边有个青年骑士——她的侄儿——也许他可以——"

"我懂你的意思，小姐，"老卡斯珀回答，意味深长地点点头，"只要我做得到，我绝不会让他损伤一根毫毛。"

小姐的脸从未这样红过。她想不到这个直率的老仆这样深深地了解她。

"这不是我的意思，"她迟疑地说。她还想再说几句，或者解释一下，但是时间宝贵，她父亲催她快走。

他们寻路穿过院子，走到小小的后门，那里果然有一匹马，系在墙上的一个环上。伯爵上了马，让女儿坐在后面，向着女仆指出的方向，尽可能静悄悄地前进。小姐焦虑地、恐惧地不断回头看那所昏暗的房子，从黑黢黢的窗子射出来的微弱的灯光，一个一个熄灭了，这就表示店里的人逐渐睡了。她焦虑得颤抖着，唯恐旅客们不幸惊醒时，救兵还没有到。

他们静静地沿着岩石边上平安走过，岩石的影子遮住他们，没有人看见。他们渡过小溪走到钉着三个白十字架的那棵树，说明这里杀过人。正当他们走到这个不祥的地点，他们看到阴暗处有几个人从山岩中一条崎岖的隘路上走下来。

"来的是什么人？"有一个人在叫。伯爵驱马前进。不料其中一人跳过来抓住马缰，马往后一跳，昂起后身，小姐若不是紧紧抱住父亲，她是会摔下来的。伯爵身子前倾，对准强盗的头放了一枪。强盗倒地死了，马向前跳。有两三枚子弹在逃命者身边呼啸而过，只使他们加快逃走。他们平安到达村子。

整个村子的人立刻都起来了，但是村民们很怕强盗，听说要和强盗作战都退缩了。有一伙亡命的强盗出没于这个山隘已很久了。人们早已疑心这旅店是一个可怕的地方。毫无戒心的客人，落入陷阱，无声无息地被谋杀，那个遢遢女店主所戴的贵重首饰非常令人生疑。有几次，有一小队旅客在那条路上神秘地失踪了，起初，人们猜想是被强盗掳去勒索，后来音信全无。伯爵竭力鼓动村民们去营救王爵夫人和她的随从们出险时，村民就是这样在伯爵耳朵边喊喊喳喳说这些故事的。女儿帮他父亲，用哀求、眼泪、美貌来鼓动他们。每拖延一分钟，就增加她一分焦急的心情，直至极度痛苦。幸而有一队警察停留在村里。一些年轻的村民自愿陪他们去。于是一支小小的军队就出动了，伯爵把女儿安顿在一个安全的地方，他是一个老军人，不肯赶快走入险境。年轻的小姐在等待结果的时候，她的焦躁不宁是笔墨所难以形容的。

这一队人到旅店正是时候。强盗们发觉他们的计划已被人识破，旅客们准备对付他们。于是强盗就公开猛烈进攻。王爵夫人的一帮人在一套房间里筑好防御，从门口、窗口攻打强盗。卡斯珀显出一个老兵的将才。王爵夫人的侄子显出一个青年军人的勇猛。然而他们的子弹快用完了，看来他们已支持不了多久。这时他们听到警察的步枪声，传来了援军已到的喜讯。

发生了一场猛烈的战斗。一部分在旅店里的强盗受到袭击，轮到他们抵抗围攻，而他们的同伙，在山岩和树丛的掩护下，拼命想拯救他们。

关于这场战斗，我不能说出个准确的情况，因为我从好些人那里听来，各有各的说法。总而言之，强盗被打败了，有几个被杀，有几个被俘，这些俘虏和旅店里的人最后有的判处死刑，有的罚做苦工。

这些消息是事后我在一次旅行中得来的。我路过那个旅店，旅店当时就已夷为平地，只剩下了一间偏房。里面驻守一队警察。人们指给我看窗框上、墙上和门板上的子弹孔。附近的树枝上摇摇晃晃地挂着许多干枯的四肢，在空气中已经发黑了，人们对我说，这些有的是被杀死的强盗的，有的是被处死的犯人的。整个地方是一派阴沉、荒凉、凄惨景象。

"王爵夫人的随从有被打死的吗？"英国人问。

"据我回忆，有两三个。"

"我相信不是她的侄子？"美丽的威尼斯女人说。

"哦，不，他急急忙忙跟伯爵去看小姐，保证这场战斗的胜利以解除小姐的忧虑。小姐凭着她十分强烈的感情，经受着一次又一次的惊恐。这时她看见她父亲由王爵夫人的侄子陪同，平安回来，喜极而悲，哇的一声昏过去了。幸而很快就醒过来。而且，不久她就嫁给年轻的骑士。全家陪同老王爵夫人到洛雷托朝圣去了。她奉献的礼品也许可以在圣·卡萨的宝库中找得到。"

这种故事像迷宫一样，迂回曲折地老说下去，实在令人厌烦，直到另外来了两个旅客把它打断了。他们是随着护送队来的，一个叫霍布斯，是布商，一个叫多布斯，是水果商，他们刚从希腊和巴勒斯坦匆匆旅行回来。他俩满肚子关于市政官波普金斯的故事。使他们感到惊讶的是，强盗们居然敢抢商品交易所的重要人物，他是色罗格莫顿街上著名的干货商，还是一个地方行政官。

事实上，波普金斯一家的故事是千真万确的。若有一丝怀疑，有好多在场的人可以作证。只要有一点点矛盾和一致的证明，大家都会热心提出来，同时大家都会来讨论，使英国人能收集到下面这些资料。

波普金斯历险记

故事发生在市政官波普金斯的马车到达特拉契纳旅店前几天。曾见过英国家庭马车行驶在欧洲大陆的人，一定会注意到马车引起的那种轰动，它是英国的缩影，一小片漂流在世界上的古老岛屿；马车的每个部分都很缜密、小巧、精致、合适；车轮绕着特制的车轴转动，听不见嘎吱嘎吱声；车身巧妙地安置在弹簧上，车子一上一下波动，且能防备一次次颠簸；车窗口探出一张张红润的脸来——有时是个上了年纪的胖市民，有时是个丰盈的贵妇人，有时是个刚从寄宿学校回来的娇嫩的顽皮姑娘；马车尾座上坐着些衣着讲究的仆人，身体结实，神气吓人，他们居高临下，不屑一顾地环视着周围世界，对这个国家和这里的人们一无所知，又深信凡是不属于英国的东西，都不是好东西。

市政官波普金斯的马车出现在特拉契纳时，就是这副模样。那个受雇在前头指挥马匹的，是个那不勒斯人，大夸他的主人如何富有，如何了不起，以一个意大利人丰富的想象力，信口乱吹着他主人的头衔和身份。那位主人又加上了一份通常的那种张扬，所以当市政官的马车到达门口时，他已是一位老爷——权贵——亲王——天知道是什么了！

大家劝市政官让人护送到丰迪和伊奇去，可他拒绝了，他说，谁敢在大路上拦劫，谁就甭想要命；他将投诉驻那不勒斯的大使，使这件事搞得全国都知道。波普金斯夫人是位鲜艳的、仁慈的贵妇人，在这么一位在城里无所不能的丈夫的保护下，似乎毫不担心安全问题。两位漂亮、活泼的波普金斯小姐，她们指望会得到那位学过拳击的兄弟汤姆的保护，那位纨绔子弟呢，他发誓说，哪个吓吓人的意大利强盗也不敢来干扰一个英国人的。主人耸耸肩膀，双手一摊，扮了个十足的意大利怪相，于是，波普金斯的马车又朝前走了。

他们经过一些可疑的地方，没有遇到任何骚扰。两位波普金斯小姐都挺浪漫，她们学过水彩画，对周围那种荒凉景色心醉神迷，这多么像她们在拉德克利夫夫人的浪漫故事①中读到的情景啊；她们真想把所有的一切都描绘下来。马车最后到了道路沿着一道长长的山丘蜿蜒而上的地段。波普金斯夫人在打瞌睡，两位年轻小姐沉浸在《爱的天使》②之中，那个纨绔子弟在座位上作弄马车夫。市政官走下车，如他所说的，到山上舒展一下腿脚。这是一段弯弯曲曲、漫长的山坡路，搞得他经常停下来，喘口气，擦擦额头，还上气不接下气，不住地嘘嘘哼哼地哼着。那辆马车因为堆满了行李箱，又载满了这批填饱了肚子的旅行者，行动迟缓，远远落在市政官身后，他尽可以慢悠悠地徒步而行。

将近山顶，道路开始下坡，一块突凸的岩石悬挂在路的上方，只见有个人孤零零坐在那儿，好像是在牧羊。市政官波普金斯是个精明的旅行家，常喜欢在沿途听取点小小的知识，因此他想快些朝那个老实人走去，和他聊聊，听点新闻，了解一些意大利的事。他走近那位农民，一看之下对他的相貌没有半点好感。他半靠半倚在岩石上，裹着一件一般的长披风，戴着顶宽边帽，只看得见他的一部分黑黝黝的脸，一双目光锐利的眼睛，一道隆起的眉毛，一把讨厌的胡子，他

---

① 安妮·拉德克利夫（1764–1823），英国小说家。
② 托姆斯·莫尔的一首诗。

对着几只在山边转悠的狗吹了几声口哨。当总督走近时，他站起来招呼他。身子一站，看去几乎像个巨人，至少在市政官波普金斯看来是这样，因为市政官是矮个子，可能会产生错觉。

现在，市政官情愿能回到马车中去，甚至是换车上伦敦去了，因为他一点儿也不喜欢眼前这个伙伴。不过，他下决心尽量摆出一副和悦的面孔，开始和他谈论天气、歉收的庄稼和本地羊的价格。这时，他听到了一阵剧烈的尖叫。市政官跑到岩石边朝下一望，只见他的马车被强盗们包围了。有一个人按住了胖乎乎的男仆，另一个拽着纨绔子弟浆硬的领带，用枪抵住了他的脑袋；一个在翻捣旅行箱，另一个在搜夫人的提包；两位小姐在马车的两个窗口放声尖叫，她们的侍女在马车座位上号啕大哭。

市政官波普金斯顿时升起一股父母和地方长官的怒火，他抓起手杖，就准备爬下岩石去向强盗进攻或者弄清楚出了什么乱子，突然间他的手臂被人抓住。那是他的朋友牧羊人，他敞开披风露出一条插满手枪和匕首的腰带。总之，他发现自己已落入强盗头的手掌，这个牧羊人是专门留在岩石上搜寻旅客，并向他的同伙发信号的。

一场悲惨的抢劫发生了。旅行箱都翻了个底朝天，波普金斯全家所有的华丽衣饰和精软细物都撒在路上，威尼斯珠子、罗马镶嵌工艺品、巴黎年轻女郎的帽子、市政官的睡帽、羊毛袜以及那个纨绔公子的发刷、紧身衣、浆洗过的领带，混成了一团。

男人的钱包、手表，女人的珠宝都被取去了，当这一伙人正将被押进山里去时，幸好远处出现了一队士兵，这才使强盗们放弃了掠夺到的物品，听任波普金斯一家来收拾自己的残剩财物，尽快往丰迪逃跑了。

他们平安到达后，市政官在旅馆里大发雷霆，吓唬说要向驻那不勒斯的大使起诉，准备向整个国家挥动他的手杖。纨绔公子这一来倒有了许多和强盗搏斗的故事，说他只是寡不敌众而被他们打败的。至于两位波普金斯小姐，她们因有这场冒险经历而高兴极了，整个晚上都在忙着把这件事写进日记中。她们说强盗头子是个看上去最浪漫的男人，她们竟然把不幸的情人，被流放的贵族和那帮强盗中的几个都说成是非常英俊的年轻人——"太迷人了。"

"她们说那个强盗头子是个有骑士风度的人，一点儿没错。"泰洛西纳的矿山主人说。

"一个有骑士风度的人！"那位英国人愤怒地说，"我要把你们有骑士风度的人像只狗一样吊死！"

"居然敢骚扰英国人！"霍布斯先生说。

"还是一个像波普金斯这样的家庭呢！"多布斯先生说。

"他们应当向这个国家要求赔偿损失。"霍布斯先生说。

"我们的大使应该向那不勒斯政府提出指控。"多布斯先生说。

"迫使他们把这帮无赖驱逐出境。"霍布斯说。

"如果不这样做，我们就要向他们宣战。"多布斯说。

"呸——胡扯！"英国人低声咕哝着走开了。

英国人对这个故事和他们的同胞们极度的热情感到有点厌倦。到有人来请他们吃晚饭了，才使他很高兴总算从这帮旅行家中解脱了出来。他和几个威尼斯朋友，还有一个通过谈天而相识的挺有趣的年青法国人，一起到外面走走。他们朝大海走去，升起的月亮照亮了海面。

他们漫步走向海滩，看到一队士兵围着圈子站在那里，原来他们正在看守一群苦役犯。那帮犯人可在晚间微风中放个风，活动一下，到沙滩上走走。

法国人停下脚步，指指那帮正在逗乐的混蛋说："很难想象有比这批罪犯更可怕的人了。他们许多人都当过像你所听说的强盗。这是这个国家的一种司空见惯的罪恶生涯。各种各样的恶棍，杀长辈，杀兄妹，杀婴孩，首先是逃脱法律的惩罚，接着成了绿林好汉。待到对冒险的生活感到厌倦了，就成了那帮亡命兄弟的叛徒，出卖他们，让他们受罚，这样自己就给免了死刑，转为苦役犯，特准他们每天在沙滩上滚上一小时，享受一下这种像牲畜一般的快乐，挺高兴的。"

那位漂亮的威尼斯夫人对那帮沉浸在晚间的欢乐中的恶棍瞥了一眼，耸耸肩膀说："瞧他们像许多条蛇一样盘绕在一起。"一想到他们有些人曾经是强盗，是那些常叫她想到就害怕的家伙，使她不禁又恐惧地朝他们瞄了一眼，就像我们怀着某种敬畏和恐惧的心情打量一些猛兽一样，哪怕它们已被关在笼里或拴在链子上了。

谈话转到他们在旅馆里听到的强盗故事上。那个英国人说，有些故事是胡编乱造的，有些是言过其实，至于说到那个即兴讲述的故事，他断言，那仅仅是讲故事人的发热的头脑里冒出来的一段虚构的传奇。

"不过，"法国人说，"在那些人的真实生活中和他们猖獗横行的这个奇特国家里，确实是有许多传奇故事，很难以不可能为理由而被驳倒。我曾亲身经历的一次冒险，曾给了我一个了解他们的风俗习惯的机会，我发现这和一般的情况大不一样。"

法国人脸上一副坦率纯朴的神情博得了大家的好感，甚至那个英国人也不在其外，他们都急切地向他探问他所谈起的故事的细节，当大家在沙滩上来来回回漫步时，他叙述了下面的历险记。

画家历险记

　　我的职业是历史画家，有段时间住在一个外国公爵家中，他的别墅离罗马大约十五英里，坐落在一片意大利最富有情趣的景色中。别墅位于古老的土斯库鲁高处，周围有西塞罗、西拉、卢卡勒斯、拉菲纳斯和另外一些著名罗马人的别墅的废墟。这些人当年偶尔从辛劳中解脱出来，在这个温和舒适的环境中憩息片刻，隐居在赏心悦目的林下树间，俯览这片充满诗情画意和历史奇谈的浪漫土地，让清爽的山间微风使他们恢复精力。阿尔巴山脉中的蒂沃里，曾经是霍勒斯和麦西那斯特别喜欢的住所；台伯河蜿蜒流淌过宽广、荒凉、忧郁的斯巴克纳，圣彼得大教堂矗立在中间，好像古罗马之坟的一块纪念碑。

　　我帮助公爵在附近作古代遗迹的研究调查。他的努力非常成功，挖掘出了许多妙不可言的塑像残骸，精湛的雕刻碎片，以及富有情趣和意义的立碑，都是古代土斯库鲁的住宅中流行的摆设。他的别墅和庭园中，堆满了从地心中挖出来的塑像、浮雕、花瓶和石棺。

　　别墅中的生活方式随着有趣的工作和风雅的消遣而变换，使人感到安宁、快乐，人人都过着随心所欲的日子，日落时我们大家集合在一个快乐的晚餐聚会上。

　　那是十一月四日，一个美丽、恬静的日子。听到晚餐第一声钟响，我们就在客厅里聚集了起来，全家人都很奇怪，公爵的忏悔神父没来，等了一会儿还不见人影，最后大家才都坐到了桌旁。起初他们以为他没到场是因为他延长了通常的散步时间，晚餐过了一半，也还没引起什么不安，上甜点心时他还没来，大家可开始着急起来了，担心他在林中小路上病倒了，或者已经落入强盗手中。离别墅不远，隔着一条小山谷就是高高的阿布鲁兹山——强盗们的大本营。确实，前段时间邻居就受到他们的扰害，人们经常遇到在土斯库鲁冷僻地段出没的那个臭名昭著的强盗头子巴博纳。那帮歹徒胆大包天是出了名的；他们想要猎取或报复的对象，即使住在宫殿里也不会安全。不过，他们还没有触动过公爵的财产，但是一想到这么可怕的幽灵在附近徘徊，也就足够叫人时刻心惊肉跳了。

夜幕一降临，大家越来越担心了，公爵命令森林卫兵和家仆们打着火把去找忏悔牧师。他们离开不久，就听到一楼的走廊上有点轻微的响动。一家人都在二楼吃饭，剩下的仆人忙于伺候。这当儿，除了女管家、烫衣女工和三个正歇了工在与女人们闲聊的田间雇工外，一楼别无他人。

我听到下面传来的响声，以为是外出的牧师回来了，我离开桌子，赶紧下楼去，只想弄个明白，免得公爵夫妇焦虑。还没下到楼梯最后一个台阶，我看到面前有个衣着打扮像个强盗模样的人，他手中握着一支卡宾枪，腰带上别着一把匕首和几支手枪，脸上有种又凶残又惊惶的神情。他朝我一下蹿上来，欣喜若狂地喊叫道："公爵在这里！"

顿时，我明白自己已落入谁的手中，我竭力保持冷静，不使自己心慌意乱。我朝走廊另一头瞄了一眼，看到还有几个歹徒，他们穿的是和抓住我的这个强盗同样的衣服，佩带着同样的武器。他们看守着两个女人和三个雇工。强盗紧紧揪着我的领口，再三追问我是不是公爵。显然他的目的是要劫走公爵，勒索一大笔赎金。他只得到了含糊其词的回答，大为恼怒。因为我觉得要紧的是叫他弄不清楚。

我突然想到，我该如何从他的控制下脱身才好。我没有武器，这是事实，但我强壮有力。他的同伙都在远处，猛一用力我就能甩脱他，蹿上楼去，他是不敢独自一人跟我上楼的。一想到这个主意，我就动手干了。这个土匪的喉咙光光的，我用右手一把扼住了，左手抓住了他握着卡宾枪的手臂。强盗丝毫没有想到我会突然进攻，我死死勒住他的喉口，逼得他透不过气，人也瘫软下来，直打趔趄。我感到他紧拽着我的手松开了。我正要猛地挣脱身，趁他还没回过神来冲上楼梯去，突然有人从背后抓住了我。

我不得不松开了手。那个强盗一脱开身，就狂怒地向我进攻，用卡宾枪给了我几下，有一下狠狠地击伤了我的额头，血淌了一身。趁我头昏目眩之际，他抢走了我的手表，把我所有值钱的东西搜劫一空。

待我从挨打后恢复过来，我听到那个强盗头子在高喊着"Guello eil principe, siamo contente:andiamo！"（"这是公爵；行了，让我们走吧！"）那帮强盗立刻朝我围拢来，把我拖出宫殿，还带走了三个雇工。

我没戴帽子，血从伤口上直淌。我将手帕扎在额头上，可没法将血止住，那个强盗头子带着我凯旋而归，以为我就是公爵。走了一程，他才从一个雇工那儿得知是抓错了，他气得火冒三丈。可要回到别墅去，力图挽回他的过错，为时已晚，因为这时那边一定已发出警报，人人都准备好了武器。他凶恶地瞪我一眼，骂我欺骗了他，使他错过了好运，告诉我准备等死吧。其余的强盗也一样怒不可遏。我看到，他们的手都按在短剑上，同时知道，这些恶棍是极少拿处死作为一种

262

虚声恫吓的。几个雇工看到他们提供的情报出卖了我，使我处于危险境地，便急切地向强盗头子保证，说为了我这个人，公爵准会付一大笔赎金。这句话带来了片刻停顿。对我来说，他们的恐吓倒没有使我惊慌沮丧。我这不是想吹嘘自己如何如何勇敢，只是在最近的几场革命中，我已习惯了种种磨难，在许多危险和灾难性的情况下，已经看到过死神来到我身边，我对这种恐惧已有点儿麻木不仁了。生活中频频遭遇危险，最终会使一个人置生死于度外，就像一个赌徒不看重他的钱一样。面临着他们要处死我的威胁，我回答说：死得越早越好。这个回答似乎使强盗头子十分惊讶。雇工们说可能得到赎金，无疑对他产生了更大的影响。他考虑了一会儿，样子冷静了些，他向等待着对我执行死刑的伙伴们打了个手势。"走！"他说，"这桩事待会儿再说吧！"

我们迅速地朝通往洛卡·帕里奥雷的拉·莫拉洛大路奔去。半途中有家孤零零的旅店。强盗头子命令大家在距那旅店子弹射程不及的地方停下，不准发出一点响声；他独自一人悄悄地朝大门走了过去，仔仔细细地在门外检查了一遍，然后匆匆跑回来，打个手势，叫一队人马继续悄悄地前进。后来我才弄明白，那家旅店，是经常受土匪们偷偷光顾的有名的旅店之一。旅店老板对强盗头子的意思心领神会，因为他大概跟许多不同的强盗头头打过交道。要是有巡逻队或是宪兵驻扎在店里，店老板就会在门口置放上事先讲好的暗号向强盗们发出警告；没放这种暗号，他们就可安安全全进去，并肯定会受到欢迎。

继续上路了一程，我们就转身朝洛卡·帕里奥雷走去，周围是一片树林茂密的群山。我们的行军漫长痛苦，迂回曲折，最后爬上了一个密林覆盖的陡峭山坡。走到中间时，他们叫我坐在地上。我刚坐下身，他们的头儿打个手势，强盗们就将我团团围了起来，你拉我扯地摊开了他们的几个大斗篷，做成一个用斗篷搭成的大帐篷，可以说，他们是以身体当作支持搭成的。然后强盗头划上一根火柴，火炬马上点燃了，伸展开的斗篷使火炬的亮光不致透过树林让人看见。我正在为看不清周围这片黑蒙蒙的帷布而焦虑，强盗们的火炬一点燃起，照亮了他们色彩鲜艳的外衣，他们闪闪发光的武器，和一张张不同的、强壮而富有特征的脸，这时即使看不到奇妙的景色，也使我放下了心。事情真是太戏剧性了。

强盗头现在手里拿着一个墨水瓶，向我递过笔和纸来，命令我写下他口述的话。我服从了。信是按照强盗的谈吐风格写的，公爵应为赎我而送来三千元赎金，如若拒绝，就将我处死。

我很了解这帮亡命之徒，相信这不是无端的恐吓。强盗们让别人保证会考虑他们要求的唯一办法，就是一定会实行处罚。我当场看出这项要求是荒谬的，措词也十分无礼。

我将自己的看法告诉了强盗头，要他相信，这么一大笔钱是决不会到手的——我既不是公爵的朋友，也不是他的亲戚，只不过是个画家，给雇来画画的。我除了自己的劳动代价之外，没有什么可以用来支付赎金；如果这还不能让他们相信，我的生命听由他们处置好了，我并没有把自己的性命看得太重。

我的回答越来越强硬，因为我看出来，我的冷静和刚毅对强盗们产生了影响。我说完话时，强盗头确实是把手放在匕首上，但他克制住了，一把夺过信，折叠好了，用命令式的口气叫我写上公爵的地址，然后委派其中一个雇工将信送往土斯库鲁，雇工保证尽快回来。

　　强盗们现在准备睡觉了，告诉我我也可以睡了。他们将大斗篷铺在地上，躺在我的周围。有个强盗站在稍远处放哨，两小时换一班岗。露宿在生疏、荒芜的丛山中，周围是一批无法无天、随时会抓起短剑的匪徒，对他们说来，性命微不足道，无关紧要，但这实在使我合不上眼。何况，地面和露水又寒气袭人，比精神上的干扰更使我难以入眠。随着渐渐夜深，从远处地中海吹来的风，徐徐飘进山中，天气越来越冷了，得想个办法。我叫唤一个和我一同被捕的雇工，让他来躺在我身边。每当我四肢发冷时，我就紧挨着我邻居那强壮的肢体，从他身上借点暖气，这样，我才睡了片刻。

　　天终于亮了，强盗头的声音把我从睡梦中唤醒。他要我起来，跟着他走。我服从吩咐，仔细地看了下他的脸孔，他的脸色似乎平和了些。他甚至帮我爬上了岩石和荆棘之间的陡峭的森林地段。习惯已把他培养成一个强壮有力的登山者，但我爬起这些崎岖不平的高山来却十分吃力。最后我们爬到了山顶。

　　站在高山之巅，我的全部艺术热情被一下唤醒了，看到太阳在阿布鲁兹群山中冉冉升起的壮观景色，我一时间忘记了所有的危险和疲劳。正是在这些高山上，汉尼拔尔首先扎下营盘，向他的追随者指出哪里是罗马。辽阔疆土一览无遗。下面是海拔不高的土斯库鲁的村落和一些庄严肃穆的历史遗迹；萨拜因山和阿尔巴尼山伸展在左右两侧；在土斯库鲁和弗拉斯卡蒂的那边是辽阔的坎巴克纳，那里有一排排墓穴，还随处可见到一些越过坎巴克纳的残缺的渠道，中间还有"永恒的城市"①的塔楼和圆屋顶。

――――――――――

　　①　罗马城被称为"永恒的城市"。

且想想，我在阿布鲁兹雄伟壮丽的丛林中极目远眺到的景象，那灿烂辉煌的初升太阳，是多么奇妙。再想想，那粗犷荒芜的前景，加上一群手持武器，身着野气十足的服装的强盗，不更奇妙吗。一时间，一位画家的激情压倒了一切其他情感，这你不会感到奇怪吧。

强盗们看到我对这种他们看熟看惯的普通景色赞赏不已，都十分惊讶。我趁他们在这儿停留之际，取出一叠画纸，开始对这片特有的风景画起了草图。我所处的这块土地荒凉偏僻，与土斯库鲁山脉隔着一个近三英里宽的山谷，所以空气清新纯洁，能见度很高。这块土地是强盗们最喜欢的隐蔽场所之一，这里能俯瞰一大片地区，又密林覆盖，远离人迹。

在画草图时，小鸟和羊的叫喊声打断了我的注意力。我朝四下看看，又不见一个发出叫声的动物。声音又响起来了，好像是从树顶上传来的，再仔细一看，我发现六个强盗栖息在栎树上，栎树长在通风的山顶，俯瞰着一片连绵不断的景色，他们就像许多只秃鹫一样在放哨瞭望，眼睛盯着我们下面的深谷，以打手势互相通报消息，或者用被旅客当作是老鹰、乌鸦或者山间群兽的叫声来互相交谈。他们在附近作过一番侦察，进行过一番独特的交谈后，就从空间栖息处爬下来，回到了他们的俘虏中间。强盗头派三个强盗在三面光秃秃的山边放哨，自己则留下来看守我们，仿佛我们是他最可靠的伙伴似的。

我手中拿着我的画本。他要求看一看，眼睛瞄了一番后，说他相信我说的是实话，我是一个画家。我觉得，我看见他流露出一丝好感，心里打定了主意，这我可得好好利用一下。我知道，人们只要对他们仔细研究一下，他们当中最坏的人也自有自己的优点和可接近之处。是的，在这个意大利强盗头身上就有种特有的混合性格。不顾死活的凶残中经常掺和着善良和好的脾性。他并不是一贯使坏，而是因为一些无意间犯下的罪恶才迫使他改变了生活道路，意大利人的生就的性格，就是会突然情绪爆发。这样他就不得不上了山，或者照他们的行话说：andare in campagna①，变得以强盗为职业，但就像当兵一样，不打仗时就放下武器，放弃凶残，又变成了另外一种人。

这个强盗头子在细看我的草图，我有意同他攀谈起来，我发现他既喜交际，又爱谈天。渐渐地，我与他之间已变得无拘无束了，我依稀看出来，他有一定的自爱心，我决定好好利用这一点。我装出一副漫不经心的率直的神情，告诉他，我作为一个艺术家，会给人看相；从他的相貌和举止上，我已看出了些明堂，他以后会交好运；他不是个该干这种毁灭自己的行当的人；他的天赋和气质适应于一种更崇高的职业。他得改变自己的生活道路才行。现下，他的勇气和才能只能使自己成为一个可怕的对象，在合法的职业中，同样的勇气和才能却能保证他博得社会的称赞和赏识。

我没有看错我的伙伴，我的话触动了他，使他很感动，他抓起我的手，紧紧握着，情绪激昂地说："你猜到了真相，你对我作出了正确判断。"他沉默了一会儿，接着费了点劲儿，又重新说下去，"我会把我生活中的一些详情细节告诉你，你会明白，我是受人所迫，而不是由于自己犯了罪才到山里来的，我想为同胞办点事，他们才迫害我，逼得我离开他们。"我们坐在草地上，强盗给我讲述了下面这个他生活中的故事。

---

① 当了绿林好汉。

强盗头子的故事

　　我是普罗西蒂村的人，我父亲的景况挺不错的。我们自食其力，耕种着自己的土地，过的是平平稳稳的日子。一家人生活得和和顺顺。可是有一天，村子里给派来了一位新的警官，负责治安工作。他是个独断专横的家伙，事事处处都要插一手。在履行职责时，干了各种各样的令人恼怒和压抑的名堂。那年我十八岁。我禀性刚直，热爱邻里乡亲，我又受过一点教育，懂点历史，所以能判断人们和他们的行为，这些因素都激起我对这个卑鄙恶霸的憎恨。我们不止一次觉察到，他是在横行霸道，滥用职权，我们一家也成了他怀疑、仇视的对象。这一切在我心中蕴积起来，我渴望报仇。我一向性格刚烈，精力旺盛，又爱打抱不平，因此我决心要整治整治他，让我们的村子摆脱这个恶霸。

　　我作了充分筹划。一天早晨，天还没亮，我就起了床，在马甲下藏上一把匕首——你瞧在这儿！（他抽出一把锋利的长匕首）——我伏在村子外面等他。他常去的一些地方我全清楚，我还知道他有个习惯，在黎明时分，他会像只狼一样到四处悄悄巡行一番。最后，我遇到了他，一下狂怒地向他扑了上去。他佩带着武器，但我攻其不备，而且年轻力壮。我接连不断地揍他，直揍得相信没事了，这才让他倒在了我的脚下。

　　干掉了他，我心里好舒畅，急急忙忙就赶回村去。可真倒霉，一进村就碰到了两个警察。他们招呼我，问我有没有看到他们的头儿，我装出一副平静的样子，告诉他们没看见。

他们又继续朝前走了。几小时后，他们抬回来了警官的尸体。他们终于怀疑到了我，我被拘捕了，给关进了监狱。我在那儿躺了几星期后，那个公爵，普罗西蒂的领主，对我提出了控告。我给带去审讯了，他们带来一个证人，他说看到我在血淋淋的尸体不远的地方仓促奔逃；这样我就被判了三十年苦役。

"该死的法律！"强盗大声喊着，气得唾沫四溅，"该死的政府！那个公爵更是罪该万死，竟让我判得这么重，而罗马另外许多公爵呢，他们对比我的罪重一千倍的凶手还袒护包庇！我这样做不是出于正义感和对家乡的爱吗？我犯的罪怎么会比布鲁特斯还重？他不是为了自由和正义的事业，而牺牲了恺撒吗？"①

强盗头在这派狂言中竟这样拿自己和古代一位大人物相提并论，既有高尚的一面，又有荒谬可笑之处。不过这至少说明他有个优点，通晓自己国家的一些历史大事。他平静一点了，又继续说下去。

"我被戴着镣铐送到西维塔·维克奇。心中燃烧着怒火。我和我心爱的女人结婚仅仅六个月，她已有身孕。我一家人都陷入了绝望。很长一段时间，我多次想敲断我的锁链，都没有成功。最后我找到一块铁片，小心翼翼藏好了，用一块尖利的打火石，将铁片磨成了像把锉刀模样的东西。夜里我都忙着干这件事，磨成以后，又花了好多工夫，我才割断了锁链上的一个铁环。我的逃跑成功了。

"我在普罗西蒂周围的山中转了几星期，设法将我的藏身处通知了我的妻子。她经常来看望我。我决心要带头组织一支武装队伍。妻子日磨夜谈，竭力劝阻我，但看到我决心已定，

---

① 恺撒（公元前100–前44年）罗马军事家、政治家，杀害他的凶手之一的布鲁特斯（公元前85–前42年）曾深得恺撒宠爱，一度对恺撒忠心耿耿，最后为了罗马的幸福，参与谋杀恺撒的阴谋。

她最终也参与了我的复仇计划，亲自给我带来了我的匕首。通过她，我联络上了附近村子里几个勇敢的伙伴，我知道他们早已准备上山，只渴望有个发挥他们的勇敢精神的机会。我们很快就纠集在一起，搞到了武器，为我们中间大多数人受到的错误对待和伤害找到了报仇解恨的机会。到目前为止，我们一切都很顺利；若不是错把你当成了公爵，我们早就发财了。"

强盗结束了他的故事。他对我说话的口气完全像个同伴，他叫我放心，他不会因为我的无罪的过错而再怨恨我了。他甚至坦然向我表示友好，希望我跟他们在一起待些时间。他答应让我去看看在维勒特里那一边所占领的一些山洞，那是他们出征间歇时常去的地方。

他要我相信，他们在那儿过得很快活，有大量的好酒好菜，睡的是苔藓床，有年轻漂亮的女人侍奉，我可能会把她们当作模特儿呢。

我承认，他对这些洞穴和它的居民的这番描述，引起了我的好奇心；他们已把强盗故事中的情景变为现实，而我一直认为那只是出于幻想的创造。要是我的伙伴能使我感到更安全一些，我是会高兴地接受他的邀请，去看看这些洞穴的。

我开始感到自己的处境不是那么痛苦了。我显然已博得强盗头的好感，我希望他拿到一笔适当的赎金就把我放了。没想到新的惊恐已在等待着我。正当强盗头焦急地等待着派往公爵那儿去的信使回来时，那个站在面临拉·莫拉洛平原的大山边上的瞭望哨朝我们跑了过来，"我们被出卖了！"他大声喊道，"弗拉斯卡蒂的警察来追捕我们了。一队骑枪兵刚才已停在山下的旅馆里。"接着他手按着短剑，狠狠赌咒发誓说，只要他们朝山上走一步，就要我和与我同俘的几个人的命。

强盗头又恢复了原来那副凶残模样，赞同他伙伴说的话；待到那哨兵回到岗位上去后，他的样子又温和了一些，"我必须做得像个头儿，"他说，"迁就一下我的危险的部下。我们的法律是宁可杀掉我们的俘虏，也决不让他们获救。但不要慌，万一我们遭到袭击，就跟在我身边，和我们一起逃，我会对你的生命负责的。"

这种安排并没有使我感到任何安慰，这样一来，我将处于双重危险之中。如果要逃的话，我实在不知道是哪种危险更叫人担忧，是追捕者的卡宾枪还是被追捕者的匕首。不过我保持着沉默，努力摆出一副平静的模样。

我这样惴惴不安地过了一个小时。强盗们蹲伏在树叶茂密的隐蔽处，警惕地注视着下面的骑枪兵，骑枪兵在旅馆旁边游荡，有时懒洋洋地靠在门口，有时消失了几分钟；接着，他们出发了，检查了一下武器，指指不同的方向，显然是在询问有关附近的情况。他们的一举一动片刻也没有逃过强盗们敏锐的目光。最后我们解脱了恐惧。骑枪兵们休息过了，已拿起武器，继续沿着山谷向大路走去了，大山渐渐遮没了他们的身影。"我敢肯定，"强盗头说，"他们不是派来追我们的。他们很清楚，在类似的情况下，落入我们手中的俘虏会落得个什么下场。我们的法律在这方面是一成不变的，为了我们的安全，必须如此办，如果我们在他们面前退缩一次，那就甭想再得到什么赎金了。"

还没有信使回来的迹象。正当我准备重新开始画画时，强盗头从他的背包中抽出一叠纸。"来，"他笑着说，"你是个画家，给我画个像。你的画夹里的纸张太小了，画在这上面。"我高兴地答应了，因为一个画家是很难得碰到这样的实习机会的。我想起了萨瓦特·罗萨，他年青时自愿在卡拉伯理的匪徒们中间逗留了一段时间，脑子里装满了他周遭的荒凉景色和野蛮的朋友。想到这里，我热切地抓起了画笔。我发现强盗头是个最温顺的模特儿，叫他变换了种种不同的位置后，让他摆出了一个符合我心意的姿势。

你想象一下吧，一个严峻的强壮汉子，穿着奇异的强盗服装，腰带上别着手枪和匕首；露着肌肉鼓鼓的脖子，脖子上松松地搭着一条围巾，围巾的两端挂满了各种各样的戒指耳环，都是从旅客那儿抢来的战利品；他的胸前挂着勋章和纪念品；他的帽子上缀着色彩缤纷的丝带，鲜艳的马裤和背心都绣得非常漂亮；脚登高筒靴，或者系着绑腿。且想想，他站在高山之巅，周围是一片巉岩和粗壮的栎树，他倚在卡宾枪上，仿佛正在策划着什么惊人之举，下面远处可看见村落和别墅，那是他可去抢劫掠夺的场所，辽阔的大平原隐隐约约直伸远方。

强盗头对这幅素描非常满意，好像在观赏纸上的自己。我刚画好，派去取我的赎金的雇工来到了。午夜两小时后他到达了土斯库鲁，当时公爵已上床了。他给我带来了一封公爵的信。不出我所料，他认为这项要求太过分了，只肯出五百元作为我的赎金。当时他身边没有钱，就写了一张条子，凭条可付款给能带我平安回到罗马的任何人。我把那张条子交给强盗头。他肩膀一耸接了过去。"手条对我们有什么用？"他说，"我们能派谁护送你到罗马去接这笔钱呢？我们都是受人注意的人，每个城门口每个军事哨所和村子里教堂的门口，都知道我们是什么人。不，我们必须有金子和银子；要等这笔钱用现款付清了，你才会恢复自由。"

强盗头又把一张纸铺在我面前要我向公爵传达他的决心。待我写好信，把这张纸从那一叠纸上取下来时，发现这张纸的反面有我刚才画的那幅肖像。我想把它撕下来交给强盗头。

"慢着!"他说,"把它送到罗马去吧,让他们看看我长的是副什么模样。也许,公爵和他的朋友会像你一样,看了我的脸会对我怀有好感哩。"

这句话是开玩笑说的,但很显然,骨子里却潜藏着虚荣。这个小心翼翼、疑心重重的强盗头,也居然一时忘记了他通常那种深谋远虑和小心谨慎,像大家一样希望获得赞美。他根本没想到这张画在追捕他和给他定罪时会派上什么用场。

信折好后就发出,信使又起程去土斯库鲁了,现在是早晨十一点钟,可我们什么都还没吃过。我尽管忧虑重重,却开始感到冒起了一股强烈的食欲。因此一听到强盗头说要吃点什么东西,心里好高兴。他说,他们已在岩石和深林中潜藏了三天三夜,考虑着向土斯库鲁进军,这段时间,他们所有的食物都消耗光了。现在他得设法去搞点供应才行。因此,他把我交给了他显然绝对信任的伙伴。他走了,向我保证说不出两小时,我就会美美地吃上一顿。食品从哪儿来的,这对我来说是个谜,尽管事情很明显,这帮家伙在各地都有他们的秘密朋友和代理人。

的确,那些山里的居民,都是跟怀抱他们的山谷一样的粗野和半文明不文明的。在阿布鲁兹森林间的小镇和村庄,都与外界隔绝,几乎像是些未开化的洞穴。这么原始的住所,这么鲜为人知、无人拜访的地方,居然会被环抱在欧洲旅客最多、最文明的国家之一的腹地,真是不可思议。在这些地区内,强盗可平平安安地悄然来去。山里人谁也不会在给强盗提供避难所和帮助时犹豫不决,在山上照看羊群的牧羊人是强盗们的最喜欢的使者,他们会把索取赎金或者食品供应和信件带到山谷下去。

阿布鲁兹牧羊人跟他们熟悉的景色一样地粗野。他们身穿黑色或者棕色的粗糙羊皮外衣，头戴圆锥形帽。简陋的皮革鞋用皮条缠在腿上，跟强盗们的穿着一个模样。他们随身带着长棍棒，当身子倚靠在上面时，在这孤寂的景色中形成一副很别致的画面。他们的身子后边，总是跟随着他们的坚定的伙伴——狗。他们都好奇而多疑，随时愿和过路人聊上几句，以排解自己的单调寂寞；那时狗也会聚精会神地竖起耳朵，像它的主人一样摆出一副精明好奇的表情。

我的故事走题了。现在，我独自一人和一个强盗待在一起，他是强盗头最信赖的伙伴，在这伙人当中数他最年轻，最强壮，他的脸上有种肆无忌惮的凶残表情，似乎与这种无法无天的生活方式非常符合，但仍不失男子汉的美。作为一个艺术家，我情不自禁心怀爱慕，我注意到，他看上去像心不在焉似的，时不时显露出内心痛苦和急躁的表情。他现在坐在地上，胳膊支着膝踝，两只紧握的拳头撑着个脑袋，呆呆地盯着地面，流露出一副悲伤和冥思苦想的神情。经过一次次交谈，我已和他渐渐熟悉，并发现他比其他的强盗心境要高一些。我急切想抓住每个机会探索这些独特人物的感情世界。我觉得，我在这张脸上已觉察出一丝自责和悔恨；加上我轻易地获得了强盗头的信任，也鼓起了我在这个家伙身上获得同样感动的希望。

寒暄几句之后，我大胆地问他：抛下自己的家庭，干这种危险的行当，是不是感到后悔。"只有一件事使我感到后悔，"他回答道，"而且只有到我生命结束时才会了结。"

他说这句话时，将紧握的拳头压在胸口，咬紧牙关吸了口气，又情味深深地说道："这里面有些事真让我憋气，像是一块燃烧的铁在烤灼我的心。我可以给你讲一个悲惨的故事——但不是现在，下次再谈吧。"

　　他又恢复了先前的姿势，双手托头坐在那儿，断断续续地喃喃自语，有时听去像是在恶言咒骂。我看他不愿意受人打扰，就让他独自坐在那儿。没多久，他由于感情上的耗损，也可能由于出门的疲劳，开始打瞌睡了。他挣扎了一会儿，但暖洋洋、静悄悄的中午使人无法抵抗睡意，他终于在草丛上摊开身子睡着了。

　　我现在看到，逃跑的机会已唾手可得。我的看守躺在我面前，任凭我摆布——他一睡着，强壮的四肢已松软无力，敞开的胸部任人击打，卡宾枪已从无力的手中滑落下来，撂在他的身边，那把随身携带的匕首从口袋中掉出了一半。眼下看得见的只有他的两个伙伴，他们都在相当远的山边上，背对着我们，在集中注意地瞭望平原。透过一排介在中间的森林，在一个陡峭的山坡脚下，我看见了洛卡·帕里奥雷的村落，眨眼之间，我就可把这个睡着的强盗的卡宾枪弄到手，夺过他的匕首，一下插进他的胸膛，让他无声无息地死去。我就可以一下冲过森林，在被发觉之前就向下面的洛卡·帕里奥雷跑去。万一发出警报，我也远比强盗们占先，很可能逃到他们的射程之外了。

　　现在是个既能逃跑又可报仇的机会，虽然冒险，却有强大的引诱力，如果我的处境再危险些，就决不会犹豫了。我还是考虑了一会儿，如果我的企图成功了，我的两个同伴囚犯就会命丧黄泉，他们这会儿都睡得很熟，不可能一下唤醒过来就逃跑。那个去取赎金的雇工，也可能在强盗的盛怒之下成为牺牲品，他带来的钱也派不了用场。此外，强盗头对我的举止也使我确信自己会很快被释放，这些考虑打消了最初强烈的冲动，我让冲动引起的激情平静了下来。

　　我又取出了我的画画工具，陶醉在壮丽景观的描绘中了。

现在已到中午时分，万物沉沉，都像在我面前睡觉的强盗一样地休息了。中午的寂静笼罩着群山，下面辽阔的景色中，远处的城镇隐隐闪现，零零落落散布着一些住宅，显出生活的迹象，但一切都那么安静，使我获得一种强烈的感受。群山之间的山谷也有一股独特的幽静气氛。中午几乎没有任何声音来打破这片沉静。有时，赶骡人独自吹着口哨，和他懒洋洋的牲口一起慢吞吞地沿着山谷中间的弯曲道路走来；有时隐约听见牧羊人在山边吹芦笛；或者，有时听到一头驴子慢步走过的铃声，后面跟着一个秃头光脚的修道士，正把食物送到他的修道院去。

我在沉睡的伙伴中间继续画了一会儿，最后，看到强盗头回来了，他后边跟着一个牵了一头骡子的农民，骡背上驮着一个装得鼓鼓的袋子。一上来，我还以为又有什么新的猎物落入了强盗手中，但那个农民一副心甘情愿的神情很快使我放了心，我高兴地听说，那就是他所许诺的给我们的美餐。强盗们都有秃鹫般的敏感嗅觉，大家立刻从山的三边跑了过来，人人忙着卸下骡背上的袋子，将里面的东西打开。

首先露出来的是一只大火腿，那火腿的颜色和肥硕会使特尼斯①禁不住拿起笔来；接着是一大块乳酪，一袋煮栗子，一小桶酒和一大堆美味的家制面包。所有的东西都整齐地排放在草地上。强盗头把他的刀递给我，要我自己动手。我们大家围着食物坐下来，一时间除了用力的咀嚼声和酒在桶内轻快旋转的汩汩声之外，听不到别的声音。我长久没吃东西了，加上山里的空气和活动，使我胃口大开，我只觉得从来没有吃过比这更好更妙的食物了。

---

① 小戴维·特尼斯（1610–1690），著名的佛兰芝画家。

时不时派个强盗去观察一下平原。附近没有敌人，晚餐不受干扰，那个农民因提供的食物而收受了近三倍的价钱，买卖做成，高高兴兴下山去了。丰盛的晚餐使我精神倍增，尽管我昨晚受伤的地方还很痛，但不断呈现在我眼前的奇特场面仍使我不由地大感兴趣，满心欢喜。这批粗莽汉和他们的出没之所，一切都显得那么富有情趣，他们的露营地，他们的哨兵，他们午间在山顶上懒洋洋地休息，他们在岩石和林间草地上的狂吃滥饮——一切都值得画家描绘；但在夜幕降临时，我这才感到又激起了最高的热情。

太阳在广漠的大平原后面渐渐垂落，向树木葱葱的阿布鲁兹山巅射来万道金光。远处，几座覆盖着白雪的山给照得灿亮夺目，而另外的一切则已笼罩在暮色苍茫之中，呈现出一片深紫色，和明亮的雪山形成鲜明对照。当夜晚降临时，黑沉沉的景色显出一副严厉的面貌。四下里幽静无声，荒山野岭破碎了，分别成了岩石、悬崖，其间掺杂着的巨大的栎树、栓皮槠、栗树；这幅图画的前景中还有一群群强盗，使我想起萨尔瓦特·罗萨的粗犷景象。

为了消磨时间，强盗头让他的伙伴把他们的贵重饰物和浮雕宝石摊在我面前，以为我无疑一定能判断这些物品，给它们作出估价。他带了个头，其他人跟着学样，片刻之间我眼前的草地上摆满了闪闪发光的珍珠宝石，那简直会使古董商或是贵妇人都为之眼花缭乱。

其中几块珍贵的宝石，古老的凹雕玉石和价值很高的浮雕宝石，无疑是从有身份的旅客身上抢来的。我发现，他们惯常总是把他们的战利品带到边远的市镇上去出售，那边，一般说来，居住的都是些贫苦、寒酸的人，极少有旅客光顾，这种贵重、风雅和奢侈的物品是没有市场的。我向他们提议，罗马挤满了有钱的外国人，这些珠宝准能马上在他们中间卖个好价。

这一番话立即明显地对他们贪婪的心灵起了影响。一个默默无闻的青年强盗向强盗头提出来，让他第二天就化个装，启程上罗马去进行这项交易，并以强盗的忠诚作保证（他们中间一种神圣的誓约），他于两天后就回到指定的任何一个地方。强盗头子答应后，一场奇怪的情景发生了；强盗们都急忙涌到那个青年的身边，把他们想卖掉的珠宝交托给他，告诉他要卖多少钱。强盗们互相讨价还价，交换和出售小玩意儿。我注意到，青年强盗商花了六十元钱买走了那个无赖从我身上抢走的手表，那块表有根链条，还刻有一些珍贵的印记。我现在心怀一线希望，如果表被卖到罗马，说不定我还能设法将它买回来。①

这时已近黄昏，还没有信使从土斯库鲁回来，想到又要在森林中过上一晚，特别令人丧气，因为这时我对强盗生活已经看够了。强盗头现在命令他的人跟着他，这样他好把他们安置在各自的岗位上，他又说，如果信使在晚上之前不回来，他们就必须转移到别的地方去。

我又和刚才看管过我的那个年轻强盗单独待在一起了；他还是那样地神情忧郁，目光憔悴，时而还冷冷地苦笑一下。我打定主意要探索一下这颗破碎的心。提醒他说，他曾答应过我，向我说说他痛苦的原因。在我看来，这些不安的灵魂仿佛很高兴能得到一个排遣的机会，和一些清新健康的心灵沟通一下。我一提出这个要求，他就坐到我身旁，给我说了下面——就我记忆所及记下的——这个故事。

---

① 这位画家的希望没有落空：那个强盗在罗马城门口被拦住了。他的面色和举止引起了怀疑，他被搜了身，那些贵重的小装饰品已足以弄清他的身份，画家向警方提出申请后，手表发还给了他。——作者注。

年轻强盗的故事

　　我出生在阿布鲁兹边缘地带的弗洛西农小镇。我父亲做生意积累了一些财产，让我受过点教育，因为他打算叫我去当牧师；但我只爱结伴游乐，对僧衣不感兴趣，这样我长大后成了个四处闲混的人。我为人不够谨慎，时常喜欢和人争吵，但总的来说，性情挺好的，所以一度日子过得还凑合，这样，直到有一天我坠入了情网。我们镇上住着一位公爵的监督，或者说土地监管员，他有个年轻的女儿，一个十六岁的漂亮姑娘，看上去比我们镇上的一般人都强。她几乎整天待在家里。我偶然见了她一面，就疯狂地爱上了她——她看上去是那么鲜艳、温柔，和那些我平时见惯的皮肤黝黑的娘们全然不一样。

　　有父亲供我钱花，我总是打扮得好好的，利用一切机会到这个小美人眼前炫耀一下，以博取她的青睐。我常在教堂遇见她；我会弹吉他，傍晚时常在她的窗子下面弹奏上一曲，我设法在她父亲的葡萄园里和她幽会，葡萄园离镇里不远，她有时会在那儿散步。她显然很喜欢我，但她年纪小，又害羞，而她父亲对她看管又很严，对我的殷勤十分警惕，因为他对我没有好感，想为他的女儿找个更好的对象。我在当地被认为是最英俊的小伙子之一，已习惯了在女人中间轻而易举地获得成功，现在遇到了阻碍，不禁怒火中烧。

　　她父亲从附近的镇上给她带来了一个求婚者——一个有钱的农场主，结婚的日子都定下了，准备工作正在进行。我在窗口看到了她，感到她也在伤心地望着我，我下定决心，不管付出任何代价，也不能让他们举行婚礼。我在市场上遇到了她那个未来的新郎，便抑制不住心中怒火。争吵了几句后，我便拔出了匕首，刺进了他的心窝。我逃到附近一个教堂躲藏起来，花了点钱，获得了宗教赦罪，但我不敢冒险从避难所出来。

那时，我们的头头正在招兵买马。他从小就认识我，听到我的情况后，就偷偷来找我，在他的竭力撮掇下，我同意了加入他的队伍。我知道山里几个勇敢分子，他们经常在镇上的年轻人当中挥金如土，我的确早就不止一次想去过这种生活了。这样，一天深夜，我就离开了我的避难所，赶到指定的会面地点，按规定发了誓，成了这支队伍中的一员。我们有段时间停留在偏远的山区，狂热的冒险生活引起了我的奇思妙想，分散了我的心思。可最后我的心思又汹涌澎湃地转了回来，又想起了罗塞塔。我经常感到自己很孤独，这使我有时候经常想到她的模样，每当晚上，我在山里为我们扎营沉睡的人放哨时，腾升起来的激情几乎搞得我发狂。

最后，我们要转移驻地了，打算从泰洛西纳和那不勒斯中间的那条路下去。在行进的路上，有一两天要穿过高耸于弗洛西农之上的树木繁茂的丛山。我无法告诉你，在我朝下面的那个地方张望，辨寻出罗塞塔的住处时心里是什么滋味。我下决心要和她会上一面——可又想达到什么目的呢？我不能期望她会离开家，到山里来跟我一起过这种冒险生活。她太娇生惯养了，受不了的。当我看到跟我们队伍里一些人在一起的女人时，我就不敢想要她来跟她们做伴。回到我从前的生活中去吧，那根本就毫无希望，因为正在悬赏缉拿我。可我还是决心要见一见她，事情的危险性和徒劳无益，反而促使我疯狂地想完成它。

　　三个星期来，我一直在劝说我们的头头到弗洛西农附近去，说有可能会在那儿诱捕几个重要人物，迫使他们支付赎金。傍晚时分，我们埋伏在离罗塞塔父亲的葡萄园不远的地方。我悄悄地从我的伙伴那儿溜开，走过去侦察她经常散步的地方。我看到葡萄树中有件白衣服在一闪一闪，心跳得多快呀！我知道那准是罗塞塔，本地女人很少有穿白衣服的。我悄然无声走上前去，拨开葡萄藤，突然站到她面前。她发出一声刺耳的尖叫，但我一把抓住她，将她拉进怀里，用手捂住了她的嘴，叫她别出声。我的激情一倾而出，我表示要摈弃自己的生活方式，把我的命运交在她的手中，逃到我们可以平平安安住在一起的地方去。我所说和所做的一切，都没有使她平静下来。充满她的心头的是恐惧和惊吓，而不是爱。她挣扎着半脱开了我的手臂，空中充满了她的哭叫声。强盗头和我的其余的伙伴一下子将我们团团围住了。

　　此时此刻，我真愿不惜付出一切代价，让她安全逃脱我们的手掌，回到她父亲的屋子里去。可是太晚了。强盗头宣布说她是个战利品，命令把她带到山里去。我向他提出，她是我的战利品——我才对她有优先权，我还提到了我从前的恋情。他尖刻地冷笑一下，说强盗和村里的人无私情可言，按照队里的规定，所有这一类掠夺来的东西，都由抽签决定分给谁。爱和嫉妒在我心中燃起熊熊怒火，但我必须在服从命令和死亡之间作出抉择。我把她交给了强盗头，我们向山里进发了。

　　她简直吓坏了，脚步摇摇晃晃的，不扶住她不行。一想到我的伙伴们会去碰她，我就受不了，但我还是强装作心平气静的，乞求他们将她交付给我，因为她对我更习惯一些。强盗头以锐利的目光对我注视了片刻，但我没有退缩，他答应了。我把她抱在怀里，她几乎已失去了知觉。她的头靠在我的肩上，我的脸感觉到她的呼吸，好像在对吞噬我的火焰一扇一扇似的。噢，天哪！我抱着这块闪闪发光的珍宝，但想想看它却不是属于我的！

　　我们来到山脚下。爬山很困难，特别是在树林稠密的地方，但我不会丢弃我的可爱的负担。我心头火冒三丈，但仔细一想，还是认为非得马上这样干不可。我想得人都要发疯了：这样一个可爱的宝贝，一定得摆脱掉我的粗野的伙伴，我只想手握短剑，在他们中间杀开一条血路，带着她成功地逃跑。刚想到这个主意，我就知道这样做太莽撞了；但我的头脑发热，一心想着只有我才配享受她的娇媚。我加快步伐，尽力超越过我的伙伴，走在前头，离开他们一段路，以便有个逃跑的好机会。全是白费劲！强盗头突然一声令下，叫大家停下。我颤抖着，只好服从命令。可怜的姑娘半睁着失神的眼睛，但没有力气，也不能动弹。我把她放在草地上。土匪头怀疑地狠狠瞪了我一眼，命令我和我的伙伴们到森林里去搜索一下，看看有没有可送信给她父亲的索取赎金的牧羊人。

　　我立即看出了危险。用暴力进行抵抗肯定是死路一条，可是丢下她不管，听任强盗头——在激情和绝望的驱使下，我情绪激昂地把话说出了口。我提醒强盗头，是我第一个捉住她的，她是我的战利品，我以前就爱恋她，他应当不受我的伙伴们的侵犯。因此，我坚持说，他应对我信守诺言，他要尊重她，要不，我就不再听从他的任何命令。他唯一的回答，是扳上了卡宾枪，一见这个信号，我的伙伴们也端起了枪。对我这种无济于事的愤怒，他们只是残酷地笑笑。我还能做什么呢？我知道抵抗的话就是疯了。我四面都受到威胁，伙伴们强迫我跟他们走。她一个人留在头头这儿——是的，一个人——而且差不多已奄奄一息。

　　说到这里，那个强盗情绪激昂，说不下去了。额头上冒着大颗的汗珠；他是在喘气，而不是呼吸；他的肌肉结实的胸部，像翻滚的海浪一样在一起一伏。待他稍稍平静了一些，他才继续说他的故事。

　　他说：不久我就找到了一个牧羊人。我像只鹿一样飞速奔跑着，一心只想尽可能挽救我所担心会发生的事。我把我的伙伴们远远甩在后面，他们还没走到我走过的一半路，我已回到了他们中间，我叫他们赶快回到强盗头那儿去。我们走近时，我看到他坐在罗塞塔身边。他那副得意的神气，以及那个不幸的姑娘的凄凉的模样儿，使我一下就明白了她的命运。我不知道该如何压下我的怒火。

　　他抓着罗塞塔的手，好不容易让她写下了几个字，要求她的父亲送来赎她的三百元赎金。信由牧羊人送去。牧羊人走后，强盗头声色俱厉地转向我说："你是反抗命令、任性胡来的典型，"他说，"如果放纵不管，就会毁掉我们的队伍。如果按照我们的规矩处置，这颗子弹就要穿过你的脑袋。但你是我的老朋友，我耐心地容忍了你的狂怒和愚蠢。甚至保护你不让你因愚蠢的激情而丧失男子汉气概。至于那个姑娘呢，我们自会按团伙规约对她作出制裁。"说着，他就下达了命令：抽签，那个无依无靠的姑娘这样就给大伙儿了。

　　说到这里，强盗又停了下来，愤激地喘着气，好一会才重新开始说他的故事。

　　他说：妈的，我气坏了。我看出我无法为自己雪耻。按照我们订立的共同遵守的条款，我知道头头是对的。我发疯似的跑开了，一头扑倒在地上，双手撕着青草，痛苦得直捶自己的头，狂怒得咬牙切齿。最后，在我转身回去时，我看见那个可怜的受害者，脸色苍白，头发蓬乱，她的衣服已给撕破。

一股怜悯之情一时间抑住了我更强烈的感情。我将她背到一棵树下，让她轻轻地靠在上面。我拿出盛满酒的葫芦，递到她的嘴唇边，尽量让她喝上一点。她落到了什么地步啊！——她，我一度视为是弗洛西农的骄傲，不久前，我还看到她在她父亲的葡萄园里嬉戏玩耍，多么鲜艳，多么美丽，多么幸福！现在，她牙关紧咬，眼睛瞪着地面，身子一动不动，完全处于麻木状态。我惴想着她所经受的种种极度的痛苦，加上现在又看到她这种苦恼的模样，悲伤欲绝。我惊惶地朝我的伙伴们瞄了一眼，他们活像许多魔鬼，正在为一个天使的死亡而兴高采烈，我为与他们是同党而感到恐怖。

强盗头总是疑心重重，以他惯常的洞察力，看出了我的内心活动，命令我爬到树顶上去，向附近地区观察一下，等那个牧羊人回来。当然，我强压住心中的怒火，服从了命令，尽管此时此刻，我觉得他是我的头号死敌。

去的路上，我心中竟闪过一个念头。我看出来强盗头只是在严格执行我们发誓要忠诚信守的那些严厉的条律；若他不是克制忍耐，秉公而断的话，凭我那种感情冲动，是可以把我置于死地的。他看透了我的灵魂，采取了预防措施，把我支开了，免得我在盛怒之下轻举妄动。这样一想我感到还是能原谅他。

怀着这些想法，我来到山脚下。乡间冷落安静，没一会儿，我远远看到牧羊人正在穿过平原。我急忙迎了上去。他什么也没得到。他找到了她的父亲，看他伤心透了。他激动不安地看了送去的信，接着突然竭力平静了下来，冷冷地回答说："我的女儿已被那批坏蛋们糟蹋了，让她不付赎金回来吧——要不就让她死吧！"

听到这个回答，我人都发抖了。我知道，按照我们队伍中的规矩，她是难免一死了。我们的誓约就要按此办理。可是，我觉得，纵使她不能属于我，总不能叫我成为她的索命鬼啊！

强盗又激动得停了下来。我坐在那儿，默思着他最后这几句可怕的话，它表明，一旦感情挣脱精神的拘束，任性而为，那将会造成什么后果。在这个故事中，自有一种令人感到可怕的真理，它使我想起了但丁的某些悲剧小说。

强盗接下去说道：现在我们已到了性命攸关的时刻。牧羊人报告后，我和他一起回去了。强盗头从牧羊人口中得知她父亲拒付赎金。他打了个大家都明白的手势，我们就跟着他来到了离受害者稍远一些的地方。他当场宣布将她处死。人人都站在那儿，准备执行他的命令，但我出面拦住了。我说：有些事是应该公正处理，但应该讲点怜悯心；我跟大家一样赞成这条不能变更的法律，它是对所有犹豫不决，不愿为我们的俘虏支付赎金的人的一个警告；但是尽管杀死这个姑娘是应当的，可是不必搞得很残酷。天已晚了，我继续说，"她马上就将进入睡乡，就在那时再杀死她吧。现在我只求比以前干得仁慈一些，就让我来戳这一刀吧。我肯定会干的，只是干得比别人厚道一些罢了。"有个人高声反对我的提议，但强盗头示意他们安静下来。他告诉我，可以把她带到远处的灌木丛去，他相信我的保证。

我赶紧抓起我的猎物，我终于成了她独一无二的拥有者，这是一种可怜的胜利，我将她背到了密林深处。她还处于无知无觉的昏迷状态。我很感谢她没有想到是我，要是她轻轻念叨一下我的名字，我就受不了了。最后，她躺在要刺死她的人的怀中睡着了，我在扎下那一刀之前，心里矛盾重重。但我最近的一连串斗争，已使我的心发肿化脓。我唯恐拖延了时间，别的人就会来充当她的刽子手。她又继续安睡了一会儿，我轻轻抽身脱离了她，因为我不想惊动她的睡眠，然后突然抓起我的匕首，一刀刺进了她的胸膛。只听得一声痛苦、沉重的喃喃声，没有任何痉挛动作，随着她吐出最后一口气，这个不幸的人就这样完了。

他停住了，不再说下去。我坐在那儿，听得毛骨悚然，双手捂着脸，仿佛是要躲避他向我披露的那副恐怖情景。强盗头的声音把我从沉静中惊醒过来。"你睡了，"他说，"该走了。来，我们必须离弃这块高地，天快黑了，信使还没有回来。我会派人到山边去叫他带信使到我们过夜的地方来。"

这对我来说不是什么令人愉快的消息。听了这个可怕的故事，我感到好恶心。我既烦恼，又疲劳，看着这帮强盗，越来越让我难以忍受了。

强盗头集合好队伍，我们迅速走下早上费了那么大的劲才登上来的森林，很快就来到了一条看上去常有人来往的大路上。强盗们警惕地朝前走去，背着他们上了膛的枪，疑神疑鬼的眼睛不住地向四下张望。他们害怕遇到城市巡逻队。我们已将洛卡·帕里奥雷甩在身后。旁边有条泉水，我渴极了，请求停下来喝口水。强盗头亲自用他的帽子给我端了些水来。我们继续上路了，这时，在一条横跨大路的小径尽头，我看见有个身穿白衣服的女子骑在马背上。她独自一人。我想到故事中那个可怜姑娘的命运，不禁为她的安全而手里捏着一把汗。

有个强盗也同时看见了她，便一头钻进灌木丛，朝着她那边冲奔过去。强盗在小路边上停下来，单膝跪在地上，拿起他的卡宾枪，准备吓吓她或者她打算逃跑时开枪射她的马，这样等待着姑娘慢慢走近过来。我焦急地盯着姑娘，真想大叫一声警告她有危险，哪怕惹得我自己丧命也罢。眼看着这只老虎缩着身子，就要扑跃了，而那个可怜无辜的受害者却一点儿不知老虎就在近旁，真是令人难受。除非有个意想不到的机会，否则什么也救她不成了。真让我高兴，她时来运转了。她似乎是偶然地登上了对面一条通往树林外面的路，强盗是不敢到那儿去的，正由于偶然偏离了原路，使她获得了安全。

我想象不出强盗头干吗要冒险走这一大段路，离开他已安置好哨兵守望着送信人是否回来的高地。他自己也似乎对这种自我暴露的冒险感到十分担心。他的动作局促不安，我几乎难以跟上他的步伐。最后，可以说经历了三小时的强行军，我们才登上了白天还占领着其顶端的同一座森林的一头。我宽慰地得知，我们已经到达了过夜的地方。"你一定累了，"强盗头说，"但必须对周围查看一下，这样晚上才不会受到惊扰。要是我们遇上了有名的洛卡·帕里奥雷城市卫兵，那你就有好戏看了。"强盗头就是这样深谋远虑和常备不懈，不断显露出自己的军事天赋。

夜晚美妙极了。晴朗无云的天空下，月亮升起在地平线上，朦胧的月光照亮了巍巍高山，在四处闪烁的灯光，说明那是牧羊人孤寂的小屋，它们在广漠的黝黑的景色中宛如在地上的星星。人已累得精疲力竭，加上经历了这许多焦虑不安的事，我准备睡了，心里感到安慰的是，被释放的时刻总是快要到来了。强盗头命令他的同伴去收集一些干枯的苔藓；他亲手用苔藓做了一张床垫和一个枕头，把他的大披风给我当盖被。从这位仁慈的杀人犯身上表现出来的出人意料的殷勤，真使我既惊讶，又欣喜；在粗野的严厉的罪孽的一侧，居然还能流溢出通常生活中才具有的博爱，实在没有比这更叫人吃惊的了。这就像在岩石和火山的灰烬中发现了山谷里温柔的花朵和鲜嫩的小草一样。

入睡前，我又和强盗头深谈了一会儿，他好像十分信任我。他又提到了我们早晨所谈的话题，告诉我，他对他这种危险的行当已经感到厌倦；他已有足够的财产，很想回到世人中间去，与他一家人一起过平静安宁的生活，他想知道我有没有办法帮他搞到一张去美国的护照。我十分称赞他的良好意愿，答应尽力帮助他成功。接着我们道了晚安。我伸手摊脚睡在苔藓床上，劳累之后，感到这张床如同一张羽绒床；又盖着强盗头的那个防潮的披风，使我睡得很酣，一下也没醒，直到听见信号才起床。

快六点钟了，天刚破晓。我们过夜的地方太露眼了，因此又转移到了森林茂密的地方。我们燃起了一堆火，火焰冒出来时，大家就铺开披风将它围住，等火焰灭下去，只剩下发红的灰烬时，强盗们就围着火堆坐了下来。

眼前的场面使我想起了荷马史诗中描写的情景。唯一缺少的就是炭火上的祭品，和一把能将肥滋滋的肉割下来分给大家的圣刀了。我的伙伴们可以与坚强不屈的希腊勇士相匹敌。在阿基利斯和阿加梅农吃过美美一顿的地方，我看到草地上还留着昨晚大家狼吞虎咽后剩下的火腿以及残余的面包、乳酪和酒。正要开始吃简单的早餐时，我又听到了模仿绵羊的咩叫声，是跟我昨天听到的同样的声音。

强盗头也以同样的喊声作了回答。两个人很快从我们昨晚过夜的森林高处走下来。待走近了，看出来的是哨兵和送信人。强盗头起身迎了上去。他打个手势，叫他的同伴们一起过去，他们开了个短会，之后就急忙回到了我身旁，"你的赎金已经付了，"他说，"你自由了。"

尽管我早估计会被释放，但我无法告诉你，听到这个消息我心里是多么高兴。我连饭都不想吃了，准备马上离开。强盗头拉着我的手，要我答应让他给我写信，求我别忘了护照的事。我回答说，希望能够为他办到，现在现款已经付了，我相信他一定会把五百元钱还给公爵的。他吃惊地看了我一会儿，接着好像才醒悟过来，"有道理，"他说，"钱在这里——再见！"他递给我那张条子时，又紧握了一下我的手，我们道别了，几个雇工也被允许和我一起走，我们兴高采烈登上了去土斯库鲁的大路。

法国人停下不说了。大伙儿继续在岸边默默地走了一会儿，这个故事给大家留下了很深的印象，特别是那位威尼斯来的夫人。故事中有关弗洛西农年轻姑娘那一节，使她感触很深。她失声抽噎起来，紧紧靠在丈夫身上，仿佛要仰仗他的保护似的。月光照在她漂亮妩媚的脸上，看去脸比平时更苍白了，眼泪在她美丽的黑眼睛里一闪一闪。

"勇敢些，亲爱的！"她的丈夫说，爱抚地轻轻拍拍挽在他胳膊上的那只白皙的手。

大伙儿回到旅馆，当晚就分手了。美丽的威尼斯夫人尽管性情最为温柔，但因为那个英国人一个晚上都摆着一副对故事将信将疑的态度，使她颇不高兴。她不明白，他干吗要把不喜欢的故事说成是"胡扯"，这种概念似乎支配着他，还好像支配着他的一言一行。

"我敢保证，"晚上回到屋里，她对丈夫说，"我保证，这个英国人装出一副漠然和无动于衷的样子，要是真的看到个强盗，他才心都会发抖呐。"

她丈夫和蔼地叫她别再说下去了。

"对这些英国人我可没这份耐心，"上床后她说，"他们是这么冷漠，麻木不仁。"

英国人历险记

　　早晨，特洛契纳旅店闹哄哄的。破晓时，勇敢的人已启程去罗马，但英国人还没有出发，英国人整装出发总是弄得旅店乱成一团。这一回比平时还要乱，因为那个英国人带了很多东西，相信路上一定很危险，他已向警方提出请求，花了一大笔钱，要了八个骑兵和十二个步兵护送他到丰迪。

　　这也可能是有心想炫耀一下，不过说实在的，从他的举止上却一点也看不出来。英国人像平常一样沉默寡言，冷漠无情地在一群目瞪口呆的人中间走来走去。他发出简短的命令后，约翰已将一大堆晚间必不可少的行李收拾好。英国人镇定自若，他的几支手枪都装上了两倍的子弹，将它们放在马车上的袋子里。他一点儿也没注意到在一群袖手旁观的人中间，有一双目光尖锐的眼睛正在盯着他。

　　那位漂亮的威尼斯夫人走上前来，以甜滋滋的声调提出请求，要英国人的护送队一起护送他们的马车。英国人正忙着为他的仆人的两支枪装子弹，咬着牙齿推弹杆，点点头表示同意，当然，他连眼皮都没抬一下。漂亮的威尼斯夫人认为这态度太冷淡了，有点生气。"噢，天啊，"转身时她轻声叫道，"这些英国人多么冷漠无情。"

　　最后，他们声势浩荡地出发了——八个骑兵高视阔步地跑在前面，十二个士兵殿后，马车在中间缓缓而行，以便那些步兵跟上。他们只走了几百码路，发现丢下了一些必不可少的东西。确实，英国人的皮包不见了，他遣派约翰回旅馆去找一找。这样拖延了一些时间，威尼斯人的马车缓缓地朝前走着。约翰气喘吁吁，一脸愠色地跑了回来。钱包没找到。他的主人恼火了。他记起了放钱包的地方，毫不怀疑是那个意大利仆人将钱包塞进自己的口袋去了。他又叫约翰回去找。约翰转来时还是没带来钱包，后面却跟来了旅店老板和他的全帮人马，一片呼喊和抗议声，和一张张形形色色挤眉弄眼的鬼脸。——"钱包没找到，一定是阁下弄错了。"

"不，我是不会弄错的！钱包放在镜子旁边的大理石桌上；一个绿色钱包，装了半袋子金银。"又是千百个挤眉弄眼的鬼脸，他们以圣·杰纳洛的名义发誓，说根本没看到过这种钱包。

英国人火了，"是侍者把它装进了自己的口袋——店主是个无赖——旅店是个贼窝——这是一个邪恶的国家——我被骗了，到处都遭人抢劫——不过我要报复的——我要把马车直接开往警察局。"

正当他要命令马车夫转身往回走时，他站起身来时移动了马车的坐垫，钱包哐当一声落到了地上。

他一身的血好像都涌到了脸上。"该死的钱包！"他捡起钱包说。然后抓起一把钱掷在脸色苍白、畏畏缩缩的侍者跟前的地上。"好，开路！"他叫道，"约翰，命令马车夫往前走。"

这场争吵大约耗费了近半小时，威尼斯人的马车已悠悠荡荡朝前行驶；车上的旅客不断探出头来张望，巴望护送队随时跟着他们。他们渐渐转过一个弯，看不见了，这支小部队又开始行进了，当它绕过岩底下时，早晨的阳光照得士兵们的武器闪闪发光，煞是一组别致的画面。

英国人懒洋洋地靠在马车里，还在为刚才发生的事而独自烦恼，当然，那是因为对整个世界都不满。对这种事，在以旅游为乐的先生们看来，本不是什么少见的事，根本不值一提的。他们从山上绕下山坡，来到了前面潜藏着出事危险的地段。

"看不见夫人的马车了，先生。"约翰从马车座位上探出身来说。

"呸！"英国人烦躁地说，"别拿什么夫人的马车来骚扰我了。难道我就必须一刻不停地让一些陌生人的事来纠缠我吗？"约翰没再说一个字，因为知道主人的脾气。

道路越来越荒凉，人迹稀少；他们缓缓地从山脚往山上走；骑兵们走在稍微前面一些，刚走到山顶上，他们就惊呼起来，或者，不如说发出了大声喊叫，接着，都策马朝前直奔而去。英国人从闷闷不乐的沉思中惊醒过来。他从马车中探出身，马车已到达山顶。只是在他面前是一条凹陷的长峡谷，峡谷的一边是峥嵘、陡峭，覆盖着稀疏的灌木林的高山。他看到稍远处威尼斯人的马车已被掀翻。一大帮亡命之徒正在搜劫马车；那个年青人和他的仆人已被制服，还给剥去了一部分衣服，那位夫人已落入两个暴徒手中。英国人抓起他的手枪，从马车上一跃而下，叫上约翰跟他走。

与此同时，骑兵们已冲上前去，强盗们正在忙着抢劫马车，他们丢下掠夺品，在大路中间摆开架式，不慌不忙地开起枪来。

一个骑兵倒下了，另一个受伤了，全队人马受到阻挡，一时乱了套。强盗们马上又在装载货物了。骑兵们用卡宾枪射击，但没有什么明显效果，他们又遭到了一阵枪击，尽管没一个人倒下，却也把他们打得乱成千团了。强盗们第二次装载货物时，看到步兵已来到附近，说声"Scampavia！"①他们丢下掠夺品，退到了岩石上，士兵们紧紧追了上去。他们从悬崖打到悬崖，

---

① 快逃。

从灌木打到灌木，强盗们时不时转过身来朝追捕他们的人开枪；士兵们紧跟着朝上攀爬，一有机会就用滑膛枪射击。有时，一个士兵或者一个强盗被击中了，就一个筋斗从悬崖上栽下来。强盗一露面，骑兵们就在下面朝上开火。

英国人急忙赶到作战场地，当他朝前奔时，向骑兵们射来的子弹在他身边嘘嘘飞过。尽管这样，有一件事还是引起了他的注意。那个落入两个强盗手中的漂亮的威尼斯夫人，在一片混战中，他们正在把尖声呼喊的她往山上拖去。他看到她的衣服在灌木中间一闪一闪，就跳到岩石上去阻截正在拖走他们的猎物的强盗。嵯峨的峭壁和纠缠的灌木丛拖延阻碍了他的前进步伐。他看不见那夫人，但还能听到她越来越微弱的呼叫声，就寻声往前追去。他们朝左边去了，但滑膛枪的枪声表明战斗是在右边激烈进行。最后，他来到岩石溪谷中一条被人踩出来的崎岖小路上，看到稍远处强盗们正在急忙忙把夫人往峡谷里带去。听到他走近，一个强盗放开他的猎物，朝他走了过来，端起原来挂在背上的卡宾枪就是一枪。子弹从英国人的帽子上飕地飞过，带走了他几根头发，他用他的一支枪还击，强盗倒下了。

另一个强盗现在也丢下夫人，从腰带上拔出一把长手枪，不慌不忙地朝他的对手开火。子弹从他左边的胳肢下穿过，擦伤了他的左臂。英国人冲上前去，他拿另一支手枪开火，击伤了强盗，但伤势不重。

强盗拔出一把匕首，朝他的敌人扑上来，英国人闪开身，只被轻轻伤了一下，他用手枪自卫，手枪上装有一把弹簧刺刀。他们相互逼近，接着展开了生死搏斗。那强盗长得矮矮墩墩，满面胡须，孔武有力，又很灵活，英国人尽管个子高大，力气还更大，却没有那么灵活，没那么惯于运动和武术，但防卫技术却显得很老练。他们是在一座峻峭的山顶上，英国人觉察到，他的对手正在拼命将他往悬崖边上逼，斜眼一瞥，还看到他刚才打伤了的那个强盗，这时正手握匕首，朝上爬来援助他的伙伴。事实上他已经爬到悬崖顶上了，离他仅隔几步路。英国人感到这下完了，在这时，突然听到一声枪响，那个强盗倒下了。这一枪是约翰放的，他及时赶到，救了主人一命。

剩下的那个强盗，由于出血过多和战斗激烈，已经精疲力竭，踉踉跄跄，站立不稳，英国人乘机追击，朝他逼去，待他浑身无力的时候，猛地一推让他一头栽下了悬崖。英国人过去一看，强盗已一动不动地躺在下面崖石中间。

现在，英国人开始寻找美丽的威尼斯夫人了。他发现她不省人事地躺在地上。英国人在他仆人的帮助下，把她背到大路上。她丈夫像个神经错乱的人一样，正在那儿大叫大嚷。他寻找过她，但没结果，以为她丢了，再也找不到了。现在见到她给安全地带了回来，欣喜若狂得难以自控，要不是英国人挡住了，他会把她那失去知觉的身子一把抱在怀里。现在，英国人真正给唤醒过来了，他显示了情真意切的温柔和男子汉的豪侠，人们看他平常总是那么一副冷漠的样子，都觉得大出意外。无论如何，他的善良是实实在在的善良，不是夸夸其谈的善良。他打发约翰去把马车上所有的营养食品都拿来，全然不顾自己，一心只想着这个受他照顾的可爱人儿。山顶上零星的枪声表明强盗们在边打边退。夫人有苏醒的迹象。英国人只想让她离开这个危险的地方，就将她转移到了他自己的马车上，把它交给她的丈夫照顾，命令骑兵们将他们护送到丰迪。威尼斯人坚持要英国人也上马车，英国人拒绝了。威尼斯人千恩万谢，感激涕零，但英国人只是摆摆手让马车夫上路。

约翰包扎好了主人的伤口，看上去伤势倒并不严重，只是失血过多，他感到四肢无力。他们整理好威尼斯人的马车，安置好行李后，就登上马车，启程前往丰迪。这时士兵们还在继续搜索强盗。

车还没到丰迪，那位威尼斯美人已完全从昏厥中醒过来了，她提了几个惯常的问题：

"我在哪儿？"

"是在英国人的马车上。"

"我是怎样从强盗那儿逃跑的？"

"是英国人救了你。"

她感动得不得了，一次次地狂热喊叫，千恩万谢她的救命恩人，成千百次地责备自己错把他看成只是个冷漠无情的人。一见到英国人，她就奔上前去按他们的民族习惯，热情地扑进他怀里，用手绕着他的脖子，激动得说不出话来。从来没有哪个男人会让一个漂亮女人的拥抱搞得如此窘迫。

"啧！啧！"英国人说。

"你受伤了！"看到他衣服上的血迹，威尼斯美人尖声喊了起来。

"噢！没关系。"

"我的救命恩人！我的天使！"她又紧搂住他的脖子大声喊叫，伏在他胸前抽泣。

"嘘！"英国人声调愉快地说，不过看上去有点可笑，"这全是胡扯。"

从此之后，威尼斯美人再也不责骂英国人冷漠无情了。

第四部
掘金者

录自钦德里希·尼克尔包克尔先生的遗稿

现在，我想起那些老婆婆的话，
我小时候，她们常在冬天给我讲故事；
讲到妖魔鬼怪怎样在黑夜里悄悄溜过，
还有那些埋藏着金银财宝的地方。

——马洛《马尔他的犹太人》。①

---

① 马洛（1564–1593），英国戏剧家。《马尔他的犹太人》是他的一个剧本。

鬼门关

离开著名的曼哈托斯城大约六英里光景，在大陆同纳索岛①或长岛中间的海湾，或者不如说海汊子里面，有一个狭长的海峡，海水一流到这里，就被耸立两边的海岬猛然压缩起来，在乱石和浅滩之中狼狈不堪地流着。有时，这股水流非常凶猛、湍急，因此，遇到了这些障碍，就掀起了一片狂涛，在漩流中沸腾，在浪潮中喧嚣激荡，在急流和暗礁中间汹涌咆哮，总之是尽情颠狂。每逢这种时候，不管哪只倒霉的船，要是敢闯进它的虎口，那就要遭殃。

不过，这种凶悍的脾气，却只在规定的涨潮时候才会发作。譬如说，在低潮的时候，它就很平静，简直和你想象中的任何一条小溪一样；可是，潮水一涨，它又会开始激荡起来；在关潮的时候，它拼命咆哮着，好像一头野牛，嫌水喝得不够，在那儿狂吼；但到了满潮的时候，它却反而恢复了平静，一时间，居然会像一位吃完中饭的市参议员，睡得那样安静。事实上，可以把它比作一个好吵架的酒鬼，在根本不曾喝酒或者酩酊大醉的时候，倒也非常安静，但在半醉的时候，却要闹得天翻地覆。

这个波涛汹涌、呼啸澎湃、醉汉似的小海峡，对于从前的荷兰航海家，是个极危险和极麻烦的地方，它总是极蛮横地威吓着他们那些木盆式的三桅帆船，在漩涡中把它们急剧

———
① 长岛旧名，与纽约隔一条东河。

地转动，船上除了荷兰人以外，几乎没有一个不头晕的；它还常常使船碰在岩石上，或触上暗礁，例如梦想家奥洛夫①的著名的舰队在寻找一块地方建立曼哈托人的城市的时候，就在这地方触过礁。因此，他和他的同伴由于气愤，给这块地方起了个"魔洞"的名称，宣誓把它送给鬼。后来，这个绰号又被很贴切地译成了英文，变为"鬼门关"这个名字。但有些好管闲事的外国来客，他们既不懂荷兰文又不懂英文，却毫无意义地把它叫作"赫尔门"——唯愿圣·尼古拉斯叫他们见鬼去吧！

鬼门关这道海峡，是我小时候非常害怕而又常去冒险的地方。当时，我是这种海面上的航海家，像其他的荷兰顽童一样，很欢喜航海，在假日划船的时候，还不止一次地遇到了覆舟和淹死的危险。事实上，一半由于它这个名字，一半由于和它有关的种种怪事，这地方，在我和我那群逃学的伙伴眼里，简直比斯契拉同查理布狄斯②在从前的航海家眼里还来得恐怖。

在这道海峡中间，在一堆叫作"母鸡和小鸡"的岩石附近，有一只从前卷入漩流，在暴风雨来时触礁的帆船的残骸。人家告诉我们一个可怕的故事，说它本来是一艘海盗船，此外还有凶杀的传说，现在我已经记不起来了。当时，我们听了这个故事，都对它存了很大的戒心，总是在驾船的时候远远避开它。的确，这艘被抛弃的破船的那副凄惨样子，还有它躺着发烂的那个可怕的地方，真是够使人想入非非的。它

---

① 奥洛夫·凡·考尔特兰特（1600—1684），荷兰人，曾任纽约市长。欧文称他为梦想家，因为据说他宣称没有一件事不是他预先梦到过的。

② 斯契拉在意大利的西西里岛附近，是麦辛纳海峡中的一个出名的礁石；查理布狄斯是它对面的一个危险的漩流，在这里，古代的航海家常为了避开斯契拉而陷入查理布狄斯。

上面的一排缆索柱，因为年深月久，发了黑，在满潮的时候，只看见微微露出水面，遇到低潮，船身的大部分都露在外面，巨大的船骨上已经一半没有船板，上面挂着许多海草，看起来就像什么海怪的巨大骷髅。那儿还有半截桅杆，上面有几根绳子和几个滑车在风里旋转着和呼啸着，只见海鸥在这个悲惨的残骸周围盘旋和尖叫。我还隐隐记得一个鬼故事，说是晚上还有人看见了水手的鬼魂在这只破船附近出现，露出光秃秃的头骨，眼眶里虽然没有眼珠，却会发出蓝光；不过，我已经记不得详细的情节了。

事实上，这附近的整个水面，就像古代的柏罗鲁斯①的那些海峡一样，成了我心目中的一个充满神话和冒险故事的地方。从海峡到曼哈托斯一带的桑德湾②沿岸，千变万化，断断续续，尽是锯齿形的岩角，上面倒挂着许多树木，给这一带添上一种荒野浪漫的色彩。我小时候，这一带流传着许多关于海盗、鬼怪、私贩子和藏金的故事，它们曾经迷住了我和我的伙伴的年轻的心。

后来，我接近了中年，为了考查这些奇怪的传说是否真实，我还孜孜不倦地把它们研究了一下，因为我一向就是一个好奇的人，最欢喜考查我故乡历史中的那些宝贵的但是暧昧的部分。可是，我发现，要得到任何确凿的论据，那真是比登天还难。为了搜求一项事实，我常常会发现无数传说。我不预备谈到魔王从康涅狄克退到长岛时，穿过桑德湾，跨海用的"魔鬼的踏脚石"③，因为我知道这些事似乎是我的一位可敬的朋友和当代的历史家进行深切研究的题材，而我已经把一些详细

① 西西里岛旧名，严格地说，是指该岛的东北端，附近就是斯契拉礁石。
② 即本文开始时欧文所指的那种海湾式海汊子。
③ 由长岛到长岛湾的一排礁石。

情节提供给他了。同时,我也不预备谈到那个经常在暴风雨里,戴着一顶三角帽,在鬼门关附近坐在一只小艇的船尾出现的那个黑汉子——大家都把它叫作"海盗的鬼魂"。据说,从前老总督斯泰夫山特还曾经用一颗银子弹打了他一枪——因为我从来找不到一个真正可靠的人,说他见过这个鬼怪,除掉蛙颈岛①上的铁匠曼纳斯·康克伦的寡妇。可是,这个可怜的老婆婆,她又有点老眼昏花,也许是一时弄错了,虽则大伙都说,她在黑地里,比别人都看得远些。

不过,这种种,对于我最感兴趣的有关海盗和他们的藏金的传说,却无关轻重。下面是我在一个长时期里,尽可能地搜罗到一切好像还靠得住的材料。

---

① 长岛湾进口北面的一个岬角。

海盗基德

　　从前，在国王查理二世①刚把新尼德兰一带从荷兰国会议员大人手里夺了过来，地方上还不大安静的时候，这一州，可以说是鲁莽的冒险家、流氓和一切靠小聪明过日子、不欢喜受老式法律同教规约束的、想发横财的家伙聚集的地方。这些人里面，主要是海盗。这群出没海洋的家伙，大概都是战争时期，曾经在海盗的学校——武装民船②上受过教育，尝到过掳掠的甜头，后来始终念念不忘这一行。其实，从武装民船的船员到海盗，只不过隔了一步路，他们都是为了爱掳掠才打仗的，不过后者是要有最大的勇气的，他不仅没有把敌人放在眼里，甚至连绞刑架也不怕。

　　不过，不管他们是在哪种学校里受的教育，这群待在英国殖民地附近的海盗，可真是些不怕死的家伙，他们连在和平的时候，也打劫西班牙殖民地和西班牙商船。当时，由于曼哈托斯港口容易进出，水上可以藏身的地方很多，那个毫无组织的政府的法纪又很松弛，这一带就成了海盗们最好的汇合之地。他们在此可以分赃，可以商量干新的杀人越货的勾当。因为他们带回家来的东西，各种各样，满箱满筐，有热带地方的奢侈品，有从西班牙各省抢来的贵重赃物，而且卖起这些东西来，总是带着俗语所说的海盗的毫不在乎的气

---

　　① 查理二世（1630-1685），英国国王，曾于1664年命令他的弟弟约克公爵，率领大批军舰，从荷兰人手中占领新尼德兰，并命名为纽约州。
　　② 武装民船是帝国主义在十七世纪进行殖民战争时，利用来攻打其他国家的商船的一种私人船只。事实上，它又是一种"合法"的海盗船。

派，所以，曼哈托斯的那些精明的商人很欢迎他们。因此，在这座小城的街上，到处可以看见成群的这类亡命之徒，这些从各个国家、各个地方逃亡来的家伙，在光天化日之下，大摇大摆地走来走去，用肘子推开安静的荷兰人，把他们抢来的阔绰的外国东西，用半价或四分之一的价钱，卖给精明的商人，然后把他们的赃款挥霍在酒店里——在那儿喝酒、赌博、唱歌、咒骂、吃喝，以至在半夜里吵架、狂欢、穷闹，吓得附近的居民不安。

最后，这种无法无天的情形发展到了极点，成了对各州的一种耻辱，人们都大声疾呼要求政府来进行干涉，于是，当局也就采取了适当的措施，来制止这种传布得很广的祸害，把这些害群之马从殖民地驱逐出去。

在政府招来执行这种任务的人中，有一个就是著名的船长基德。他向来是个可疑的人物——他是一种难以形容的四不像的海兽。他好像是个商人，但是更像私贩子，而且带着很多的海盗气派。他曾经驾着一只斜桅的、在无论哪种水面都能行驶的蚊式小船，和海盗们做过多年的生意。他们出没和隐藏的地方他全知道，他总是在神秘的航行中往来疾驰，好像暴风雨中"开雷妈妈的小鸡"①一样奔忙。

当时的政府所以要选上这么一位难以形容的人物，到海上去搜捕海盗，就是根据那句很有道理的古话——"用强盗捉强盗"，或者根据有用海獭捉它们的堂兄弟——鱼的道理。

于是，在公元一六九五年，基德就乘上了一艘武装充实、配备了适当兵力的叫作"冒险号"的战船，向纽约起航。可是，一到了他的老巢，他就根据新的条件，重新选用他的船员，

---

① "开雷妈妈的小鸡"：英美水手对海燕的别称。开雷妈妈即圣母。

招了他的许多老伙伴进去——一群带刀子和手枪的家伙——然后向东方扬帆而去。他非但没有去缉捕海盗，反而连自己也变成了海盗，开到马得拉群岛、波拉维斯塔岛和马达加斯加岛①，并且航行在红海的入口附近。在这里，他除了从海上抢到了许多其他的东西以外，还获得了一艘阔气的高打②商船，那上面的水手全是摩尔人，但船长却是一个英国人。这件事好像是对异教徒的一场圣战，大概基德也一定愿意把它当作一件了不起的功劳，但这类基督教的胜利，政府早已对它丝毫不感兴趣了。

在漂泊了无数海洋，卖掉了他的赃物，从这只船换到那只船以后，基德又大胆地回到了波士顿，而且带来了满船赃物和一群跟在他后面大摇大摆的党羽。

可是，时代变了。在殖民地里海盗们再也不能泰然无事地露面了。新总督柏洛蒙伯爵③，是出名的热衷于扑灭这些不法之徒的人物，现在遇到了基德这样由他委以重任的而又背叛了他的家伙，自然加倍恼怒。因此，基德在波士顿一露面，当局就发出了他重新出现的警报，采取措施，准备捉拿这个海盗。不过，由于基德已往的那种不怕死的性格，以及跟在他后面的那些恶狗似的亡命之徒，还需要稍微等待一下，才能去逮捕。据说，他马上就利用这个机会，埋好他的大部分金银财宝，接着他便昂首出现在波士顿的大街上。他甚至在被捕的时候还企图抵抗，但还是给锁了起来，和他的同党一起关进了监牢。当局觉得这个海盗和他的党羽监禁在本地很危

---

① 马得拉群岛在摩洛哥以西。波拉维斯塔岛在非洲西岸的大西洋里。马达加斯加是非洲东面的一个大岛。
② 地名，在马来西亚群岛。
③ 柏洛蒙伯爵（1636-1701），本名理查德·科特，十七世纪末英国派往驻纽约州和马萨诸塞州的总督。

险，认为最好还是派一只大船，把他们送到英国。有些人还费了很大的气力，想使他不受到法律制裁，可是一点也没有用；他同他的同伴还是受到了审讯，给判了刑，并且给绞死在伦敦法场。基德死时还受折磨，吊他的绳子，因为他身体太重，一上去就断了，弄得他摔到了地上。接着，他又第二次上了绞架，这一趟比较有效；看上去，毫无疑问，那种关于基德有魔法护身，得吊两次的传说，一定是这样来的。

基德一生的梗概，大致就是如此，但后来却引起了无数传说，他在被捕之前埋过大量金银珠宝的那个消息，使得沿海一带所有的老实人脑子里都乱哄哄的。在这儿那儿发现了大量金钱的谣言，一个胜似一个，它有时发生在州里的这一部分，有时又在另一部分；有的钱上还有摩尔人铸的字，分明是从东方抢来的赃款，但一般老百姓瞧见了它们，却怀着一种迷信的敬畏心情，以为这些摩尔文字是一种符咒，或者本身就附有魔力。

有些人说，藏金埋在普里茅斯和考特角附近荒僻无人的地里，但渐渐地，许多其他的地方，不仅在东海岸，而且连桑德湾一带，甚至曼哈顿和长岛，都被这些谣言镀上了一层金光。其实，这不过是因为柏洛蒙伯爵的严厉措施，使得各州各地的海盗，突然感到了人人自危，只好把他们的金银珠宝，秘密地运到荒凉的河岸海岸附近，埋在一些偏僻的、远离公路的地方，而他们自己又四散逃到了各处的缘故。后来，法律的铁掌使得他们之中的许多人，一直没有能够回来掘出他们的藏珍，因此，这些东西就留在那儿，也许一直留到了今天，成为掘金者冒险追求的对象。

这些，就是常常有人说起在树上和石头上发现了神秘的记号，以为它们是指出藏金地点的标志，弄得很多人都去挖掘海盗的赃物的来由。在所有充满了这类事情的故事里面，魔鬼都起着显著的作用。有的人用祭祀和祈祷取得了他的谅解，有的还和他订了庄严的条约。不过，他还是常常欢喜作弄那些掘金的人。有的人掘了一只铁箱，一定会遭到意外的挫折，不是地面突然陷下去，淹没了洞口，就是出现了一些可怕的声音或者鬼魂，吓得在场的人四散奔逃。有时候，魔鬼还会亲自显灵，把他们刚刚到手的横财夺走；可是，如果第二天早晨，他们重新到了那地方，就会发觉他们一夜辛苦的结果，连一丝痕迹也没有了。

　　不过，这种种谣传，都是极其含混的，长期以来，它总是引诱着我，而不能满足我的好奇心。世界上没有什么比真理更难得到了，而我又认为世界上没有比真理更可贵的东西了。我找遍了一切我认为言之有据的人，也就是那些最老的住户，尤其是州里的荷兰老妈妈，可是，尽管我可以不客气地说，关于我故乡的珍闻，我比大部分的人都知道得多些，然而，经过了很长的时期，我仍然没有打听出什么具体的结果。

　　最后，在夏末的一个宁静的日子里，在紧张的工作之后，我到我小时候最欢喜去的水面上，钓了一天鱼，作为消遣。同道的，是我故乡城市里的几位可敬的人物，有一两位还是著名的可敬的人物，有一两位还是著名的市参议员，他们的名字，如果我真敢写出来，一定会使我这篇卑微的文章增光不少。可是，我们的消遣却一点也不出色，那些鱼都不肯随随便便地上钩，我们换了好几个钓鱼的地方，但是运气都不好。最后我们就把船停在曼哈顿岛东岸的一块突出的岩石下面。这是一个很安静、很暖和的日子。水在我们旁边迅速流过去，转着一个个旋涡，不过没有波浪，甚至没有掀起半点涟漪。一点响声都没有，一切都是那样的平静、安宁，因此，每逢我们看到一只鱼狗从一株大树的树枝上倒冲下来，在空中盘旋一会，看准目标，然后突然扑到平静的水面上去捉它的口中食的时候，简直把我们吓了一跳。正在我们都懒洋洋地坐在船上，被温暖宁静的天气和我们的乏味的消遣搞得昏昏欲睡的时候，我们之中的一个，一位可敬的市参议员，困得不得了，于是，当他打盹的时候，他的钓竿上的钩就沉到河底去了。醒来之后，他发现他已经捉到了什么了不起的东西了，因为分量很重，等到把它拉出了水面，我们都诧异极了，原来是一支很古怪的、外国式样的长手枪，从它那种生满了锈的样子和枪柄上尽是虫蛀同粘着无数介壳的情形看来，好像它已经在水底下待了一个很长的时期。我那些爱好和平的同伴，意外地看到出现了这么一件战争的纪念物，不由纷纷猜测起来。当时，有一位就说，这大概是革命战争①时期掉下去的；另外有一位，因为它式样特别，又觉得它可能是属于殖民初期的航海家的，说不定还是当初在桑德湾一带探险，并且发现了后来以乳酪出名的布来克岛的大名鼎鼎的艾德里安·布洛克②的遗物。但其中有一位，把它瞧了一会以后，却认为它准是西班牙造的。

"我敢保证，"他说，"如果这支手枪会说话的话，它一定会讲出许多奇怪的、关于当初西班牙贵族之间的激战的故事。我可以毫不怀疑地说，它一定是从前的什么海盗的遗物；谁知道，说不定还是基德亲手用过的呢？"

"嘿！基德那家伙可真是个做事不落空的人，"一个考德角的铁青脸色的老人叫道，"从前还有一支挺不错的关于他的老歌，里面尽唱些：

---

① 指 1775–1783 年的美国独立战争。
② 艾德里安·布洛克，荷兰航海家，1613–1614 年间曾到过曼哈顿岛。

　　我叫作罗伯特·基德，

　　我扬起帆哟，扬起帆哟，

"后来又讲到了他怎样讨魔鬼的好，埋下了'圣经'：

　　我手里拿着一本《圣经》，

　　我扬起帆哟，扬起帆哟，

　　我把它扔到了沙泥里，

　　我扬起帆哟。

　　"算了吧！要是我真认为它是基德用过的家伙，那就为了好奇，我也要给它标上一个大大的价钱。不过，我倒想起了一个故事，它是我的一个邻居写的，我可以一字不差地背出来，那里面讲的是从前有一个人怎样掘出了基德的藏金的经过，现在，反正鱼不会上钩，我就给你们讲一讲，权且当作一种消遣吧。"说完了，他就跟我们讲起下面这个故事。

魔鬼和汤姆·华克尔

在马萨诸塞州，离开波士顿几英里路的地方，有一个深深的海湾，从查理士湾起，曲曲折折地伸入内陆，一连好几英里，它的终点是一个树木茂密的沼泽。海湾的一面，是一片美丽、阴暗的丛林；对岸，从水边陡峭地耸立着一片高岗，上面疏疏落落地长着几株年代久远的巨大的橡树。根据古老的传说，在其中一株大树下面，海盗基德曾经埋下一笔巨大的财宝。这个海湾是个很方便的地方，只要用一只小船，就可以秘密地在夜里把这笔钱运到山脚下；那儿地势很高，便于望风，同时那些触目的树木又是一种很好的标志，以后很容易找到这块地方。此外，古老传说里又讲，当日埋藏的时候是由魔鬼主持一切的，埋了之后它又亲自看守着这笔款子；但这件事，说起来大家也都知道，埋在地下的金银珠宝，尤其是来路不正的财物，向来都是由魔鬼管的。不过不管怎么样，基德却从没有转来取去他的财物，因为不久以后，他就在波士顿给人捉住，送到英国，以海盗罪绞死了。

大约是在公元一七二七年，新英格兰到处发生地震，吓得许多趾高气扬的罪孽深重的人都跪了下来。这儿附近住着一个瘦削的小气鬼，名叫汤姆·华克尔，他有一个和他一样小气的老婆；他们小气得甚至夫妻之间也要彼此欺骗。

凡是这个女人能够到手的东西，她都要把它藏起来；她总是在一只母鸡还没有咯咯叫起来的时候就守着，等着取那个新生的蛋。她丈夫经常在屋子里窥探，找寻她私下贮藏的东西；为着那些本来应该作为公共财产的东西，两个人也不知道激烈地吵了多少次架。他们住在一所冷落的屋子里，孤零零的，它的外表使人想起饥荒。房子附近，零零落落长着几株杜松，成了贫瘠的标志。它的烟囱里没有冒过烟，也没有一个旅客会在它的门口停下来。一匹可怜的马在一块田里踱着，它的肋骨清楚得和烤肉的铁格子上的铁条一样，田里只有一层薄薄的绿苔，连那点凹凸不平的石子地也遮不住，这东西中看不中吃，只能引起它的饥饿，叫它难受。有时，它会把头靠在篱笆上，可怜地望着过路的人，好像恳求他们把它从这块闹饥荒的土地上救出去似的。

这幢房子和它的住户都有了坏名气，汤姆的老婆是一个高大的泼妇，性情凶恶，讲起话来，嗓音响亮，胳膊也很结实。每逢她跟她丈夫吵起嘴来，常常只听到她的声音。有时，他脸上还会带着几条印子，说明他们的冲突不仅仅限于口角。可是，谁也不敢在他们中间插一句话，一个没伴的过路人，一听到这种可怕的叫骂声，看见这种又抓又打的情景，就立刻畏缩起来，眼睛瞟着这个不和的家庭，赶紧走路；如果是个单身汉，一定还会庆幸自己没有老婆。

有一天，汤姆·华克尔到这一带的一个比较远的地方去了一趟。转来时，他穿过沼泽，打一条他认为是捷径的小路回家。和大多数的捷径一样，这是一条选得很不妙的路。

沼泽里，密密层层长着许多巨大阴森的松树和铁杉，有的有九十英尺高，遮得正午时天色也是黑沉沉的，成了附近所有的猫头鹰栖息的地方。这儿尽是水坑和泥沼，一部分盖着水草同苔藓，绿色的表面常常骗得走路的人落到一坑漆黑胶粘的污泥中；同时，这儿还有许多阴暗淤塞的池塘，已经成了蝌蚪、大青蛙同水蛇的住所了；其中有许多松树干，一半淹在水里，一半在霉烂，看上去就像睡在泥坑里的鳄鱼一样。

汤姆在穿过这座险恶的森林时走了很久，他总是小心谨慎地择路而行。他常常从一丛丛的灯心草和树根中挨次跨过去，这是深坑当中一种靠不住的落脚点；有时，他又会像一只猫似的，沿着倒下来的树干小心翼翼地走着。只要偶尔听到一只鹭鸶突然尖叫起来，或者一只野鸭聒噪一声，从一个荒僻池塘里展翅起飞，他都会吓一跳。最后，他终于走到一块结实的土地上，这地方好像是一个伸到沼泽深处的半岛，当初本来是印第安人同第一批移民进行战斗的一个据点。他们曾在这里造了一个类似碉堡的建筑，把它当作几乎不可攻陷的防御工事，利用它作为他们的妻子儿女避难的地方。现在这座印第安人的古堡，只剩下几堵断垣残壁，正在渐渐变得跟周围土地一般平了，一部分已经长满了橡树和其他林木，它们的枝叶和沼泽里的阴暗的松树和铁杉构成了鲜明的对照。

汤姆·华克尔走到这座古堡的时候，已经暮色苍茫了，于是他就在这儿停下来休息一会。可以说除了他以外，任何人都不会愿意待在这样荒凉凄惨的地方，因为一般人，根据从印第安战争中传下来的掌故，把它看成很坏的场所，他们都深信，那些野蛮人当时曾经在这儿行法念咒，并且对恶鬼献过祭品。

不过，汤姆·华克尔却是一个对这类恐怖故事毫不介意的人。他坐在一株倒下来的铁杉干上休息了一会，倾听雨蛙的不吉利的叫声，把手杖向脚边的一堆黑土里挖下去。

正在他这样无意识地把土翻上来的时候，他的手杖忽然碰到了什么坚硬的东西。他立刻把它从这堆肥土里刨了出来，可是，瞧！摆在他眼前的，是一个裂开的骷髅和一把深深嵌在它里面的印第安战斧，从武器上的锈泥看来，这致命的一击显然发生在好久以前。它正是印第安战士当初在他们的最后立足点上进行激烈斗争的一件悲惨的纪念品。

"哼!"汤姆·华克尔说着踢了它一脚,踢掉它上面的泥土。

"别惹这个骷髅!"有一个粗鲁的声音说着。汤姆抬起头来,只见一个又大又黑的人正好坐在他对面的树桩上面。

他诧异极了,他根本没有听到或者看到有什么人走过来,可是,使他更惊讶的是,在这愈来愈深的暮色里所能看到的这个陌生人,既不像黑人,又不像印第安人。虽然他穿的是半印第安式的粗布衣服,身上还系着一条红腰带,但他那张脸却不黑不红,而是黑黝黝的,好像烟熏过一样,又像涂满了煤灰,好像他经常在炉子边工作似的。他长着一头又粗又黑、从脑袋上向四面八方竖着的头发,肩膀上扛着一把斧头。

他瞪着一对又大又红的眼睛,绷着脸对汤姆望了一下。

"你在我的地上干什么?"黑汉用一种粗厉而低沉的声音说。

"你的地!"汤姆冷笑道,"这地方不是我的,可也不是你的,这是教堂执事皮波迪的地。"

"教堂执事皮波迪该进地狱了,"那个陌生人说道,"如果他不多想想他自己的罪孽,少想想他邻人的罪过,我看他会有这一天的。瞧瞧那边,看看教堂执事皮波迪的情况怎么样吧。"

汤姆朝陌生人指的方向望过去,只看见一株大树,外表很漂亮,很茂盛,但树心里已经腐烂,又看出它已经几乎给砍断了,因此只要起一阵大风就会把它吹倒。树皮上刻着教堂执事皮波迪的名字,这位执事是个地位很高的人,由于跟印第安人做买卖很刻薄,发了大财。汤姆又向周围瞧了瞧,这才发现大多数高大的树木上都刻着一位这块殖民地的伟人的名字,而且多多少少带着斧头砍过的痕迹。至于他坐着的这一株，显然是才砍倒的，它上面刻着克朗宁席尔德的名字。汤姆于是想起了有个很有钱的人，也叫这个名字，他常常俗不可耐地卖弄他的钱财，大家背地里都说这是他在海上打劫来的。

"它就要当柴烧了！"黑汉一面说，一面得意地哼了一声，"你要知道，我喜欢储备充足的柴火过冬。"

"可是你究竟凭着什么权利，"汤姆说，"砍倒教堂执事皮波迪的木材呢？"

"优先权，"对方说道，"这个树林，在你们这批白脸人种还没有踏上这块土地之前，早就是属于我的了。"

"那么，朋友，请让我大胆地问一问，你究竟是谁呢？"汤姆说道。

"哦，我有各种各样的名字。在有些地方，我叫'野猎人'，在另外一些地方，我叫'黑矿工'。在这一带，大家都叫我'黑樵夫'。红种人把这块地方献给了我，从前他们为了对我表示尊敬，时常给我烘焦一个白人，当作香味极好的祭品。自从红种人给你们这群白脸的野蛮人杀绝了以后，我就主持着对教友会和再浸礼教徒的迫害，作为消遣；我是奴隶贩子的伟大保护人和赞助人，萨兰姆巫师们的大总管。①"

"这么说起来，如果我没有弄错的话，"汤姆很坚强地说道，"你就是大家所说的'恶魔'了。"

"那就是我，现在听你的吩咐！"黑汉一面回答，一面颇有礼貌地点了点头。

按照古老的传说，他们的会见就是这样开头的，不过，

---

① 十七世纪末叶，美国马萨诸塞州萨兰姆城的教友会信徒被清教徒控告使用魔法。许多无辜的人民，包括妇女和儿童，都被捕入狱，百分之九十被处死刑。萨兰姆巫师是清教徒对受害人所捏造的名称。

他们的谈话口气太亲热了，令人难以相信。有人一定会想，在这样荒凉偏僻的地方，碰到了这样古怪的家伙，无论是谁都会吓得魂不附体；但是汤姆却是一个硬汉，不容易给吓倒，因为跟泼辣的老婆过久了，所以连魔鬼也不怕。

据说，在这样开头以后，汤姆回家，一路上又和黑汉有过一番又长又起劲的谈话。黑汉告诉他，在离开沼泽不远的高岗上，海盗基德曾经在橡树底下埋下了无数的财宝。

全部藏金都归他支配，都在他的魔力保护之下，因此，除了得到他宠爱的人以外，无论谁都不会找到它们。他愿意让汤姆·华克尔得到这些财物，因为他对汤姆特别有好感，但是必须要汤姆答应某些条件。至于究竟是什么条件，那当然也很容易猜得出来，虽然汤姆从来也没有公开透露过。

总之，这些条件一定是很苛刻的，因为汤姆要求考虑一个时期再作答复，而他又不是一个看到了钱还在小事上斤斤计较的人。后来，他们走到了沼泽的边上，那个陌生人就停下来。

"有什么凭据可以证明你告诉我的都是实话呢？"汤姆说道。

"我给你画个押吧，"黑汉一面说，一面用指头在汤姆的前额上按了一下。正在这样说着的时候，他一转身就回到了沼泽的树丛当中去了，据汤姆说，仿佛在向地里一点、一点、一点地沉下去，后来只剩下他的头和肩膀还看得见，接着，就看不见他的影子了。

汤姆回到家里，发现他前额上有个黑指头印子，好像是烫上去的，无论用什么东西都擦不掉。

他老婆告诉他的第一个消息就是：阿布沙洛姆·克朗宁席尔德，一个有钱的海盗，突然死了，报纸上已经用通行的华丽辞藻宣布：在上帝的选民中，一位伟大的人物已经去世。

汤姆立刻想起了那株树，也就是刚才给他那位黑朋友砍倒、就要当柴烧的那株树。"让这个海盗去挨烧吧，"汤姆说道，"谁管它！"现在，他已经完全相信他所看到和听到的一切并不是幻想了。

他本来是不会轻易让他老婆知道他的秘密的，不过这是一件叫他心里很不安的秘密，于是他就心甘情愿地告诉了她，她老婆一听到藏金，立刻就勾起满肚子的贪欲，她竭力劝她丈夫答应黑汉的条件，把那些可以叫他们阔气一辈子的东西弄到手。可是，汤姆虽然也许愿意把自己出卖给魔鬼，但他为了不肯替他老婆尽力，决定不答应这件事，所以就为了和她作对，断然拒绝了。为了这个问题，他们争吵了好多次，每次都很激烈，但是，她愈说得多，汤姆偏偏愈加坚决不肯为了称她的心去受诅咒。

最后，她决计亲自去谈妥这笔交易，如果成功了，得来的东西就由她自己独吞。她的脾气和她丈夫一样，也是天不怕地不怕的，因此，她就在一个夏天的傍晚，动身到那座印第安古堡去。她去了好几个钟头，回来以后她保持沉默，避免回答别人的话。她只提到一个黑汉子，说她见他时已经黄昏了，他正在砍着一株高大的树木的树根。可是，他很不高兴，不肯妥协；她还得带着赔罪的礼物再去一趟，不过，到底是什么礼物，她却不肯说。

第二天黄昏，她用围裙包着很多沉重的东西，又到沼泽地里去了。汤姆等了又等，总是不见她回来。到了半夜，仍然没有她的影子；早晨到了，中午过去了，晚上又到了，但她还是没有回来。汤姆于是渐渐为她的安全担起心来，等他发现她用围裙把银茶壶、银匙子和一切细软值钱的东西都包了去的时候，他心里更加不安了。又过了一夜，又到了早晨，仍然不见他的老婆，总之，从此再也听不到她的消息了。

因为自以为知道她情况的人太多了，所以她真正的遭遇怎样谁也不知道。这件事到了各种各样的历史家手里，就变成了那种混乱史实之一。有些历史家肯定她是在沼泽的错综复杂的迷津里迷了路，陷到什么水坑或污泥里去了；另外一些，更加无情，暗示她带着家里的细软私奔，逃到别的什么州里；还有一些猜想她是给魔鬼骗到了一片可怕的沼泽里，有人看到她的帽子还在沼泽上面。为了证实这件事，据说，在当天黄昏，有人看见一个身材巨大的黑汉，肩膀上扛着一把斧头，得意洋洋地从沼泽里走出来，提着一个格子花布围裙的包袱。

不过，最流行和大概可靠的说法却是：汤姆·华克尔因为十分担心他老婆和他财产的命运，最后只好亲自到那座印第安古堡里去寻找他们。整整一个漫长的夏天的下午，他在那片阴森森的地方找来找去，一直没有找到他的老婆。他一再喊她的名字，但始终没有听到她的声音。回答他的喊声的，只有尖叫着飞过去的鹭鸶，或者大青蛙从附近池塘里传来的悲惨的咯咯声。最后，据说，到了暮色苍茫、猫头鹰开始怪叫、蝙蝠飞来飞去的时候，他的注意力忽然给在一株柏树上面盘旋着吃死人肉的乌鸦的叫声吸引住了。他抬头一望，只见一个格子花布的包袱，吊在树枝上面，旁边停着一只老鹰，好像在那里看守似的。他欢喜得跳了起来，因为他认出了这正是他老婆的围裙，觉得那里面一定装着家里值钱的东西。

"让我先把这份财物弄下来，"他自己安慰自己地说道，"没有那个女人我也能想办法过日子。"

他爬上树的时候，那只老鹰展开宽大的翅膀飞走了，它一路尖叫着，一直飞到森林里的荫处。汤姆一把抓住了那件格子花布的围裙，可是，一瞧，简直惨透了！什么也没找到，只看见里面包着一颗心和一个肝！

根据最可靠的传说，这就是当时汤姆的老婆所留下来的一切。大概她本来打算用通常搞惯了的对付她丈夫的方法，来对付那个黑汉；可是，尽管一般人都认为女人的咒骂跟魔鬼正好旗鼓相当，但就这一次的情形来说，她似乎倒了霉了。不过，她必定是经过一场决斗才死的，因为据说，当时汤姆还看出在大树周围，有许多很深的偶蹄印①，而且找到了几绺头发，好像是从樵夫的那种又粗又黑的乱头发上抓下来的。汤姆根据自己的经验知道这正是他老婆使的威风。他望着这种狠打狠抓的战迹，不禁耸耸肩膀。"老天爷，"他自言自语地说道，"魔鬼准是也给她狠狠打了一顿！"

汤姆是个坚强的人，所以他就用失去了老婆这件事来安慰他失去了财产的痛苦。他甚至觉得他还应该感谢那个黑樵夫，照他看来，他简直是替他做了一件好事。因此，他很想和他把交情扯得更深一些，但是找了很久都没有找到；那个老赌棍打起牌来总是很谨慎，因为不管大家是怎样想的，他绝不是那种一叫就来的人；在他有相当把握的时候，他是知道怎样出牌的。

据说，最后因为一等再等，刺激得汤姆心里焦急痛苦到了极点，而且已经到了只要把魔鬼答应的那笔钱弄到手，无论什么事都肯同意的地步。于是，在一天黄昏的时候，他终于碰到了那个黑汉，只见他穿着往日那件樵夫的衣服，肩上扛着一把斧头，一面在沼泽里闲游，一面哼着小调，他装出一种对汤姆的拉拢表示非常冷淡的神气，三言两语地回答了他

---

① 指魔鬼的脚印。

以后，仍然哼他的小调。

可是，渐渐地，汤姆终于引他谈起了正事。他们又开始斤斤计较地谈起了让汤姆把海盗的藏金弄到手的条件。其中有一个条件是无须说的；因为大家都知道，凡是遇到魔鬼给人什么好处的时候，都会有这一条；不过，当时还有一些其他的条件，虽然不太重要，黑汉却坚决不肯让步。他坚持着这笔由他的帮助给汤姆弄来的钱必须为他服务。因此，他就建议汤姆应当把它用在运黑货上面——这就是说，他应当备办一条运奴隶的大船。可是，在这一点上，汤姆却无论如何不肯答应；他可以算得上是个丧尽天良的人了，但是连魔鬼自己也不能引诱他去干这种贩卖奴隶的生意。

后来，他发现汤姆在这一点上脾气很怪，就不再坚持下去，而提出了一个代替的办法，建议他变成一个放高利贷的人，因为魔鬼盼望得最迫切的，就是放高利贷的人愈多愈好，他把他们看成了他特有的臣民。

汤姆对这件事，没什么可反对的，因为这正是投其所好。

"你下个月就在波士顿开一家钱铺。"黑汉说。

"如果你愿意，我明天就可以做到。"

"汤姆，"黑汉说，"你放款的利息应当是月息二分。"

"他妈的，我向他们要四分！"汤姆·华克尔回答。

"你应该勒索证券，取消他们赎取抵押品的权利，逼得那些商人破产——"

"我要逼得他们上吊！"汤姆·华克尔叫道。

"你真是个为我放高利贷的好手，"老赌棍很高兴地说，"你预备什么时候要那笔钱呢？"

"就在今天晚上。"

"一言为定！"魔鬼说道。

"一言为定!"汤姆·华克尔说道。于是,他们就握了握手,谈妥了这笔交易。

不过几天的工夫,汤姆就坐在波士顿的一家钱铺的写字台后面了。

他的名气一下子就传开了,大家都知道他是个有现款的人,谁要肯出大利息,他就愿意把钱借给谁;总督柏尔契尔①当权的时代,那种现款奇缺的情形,是人人都记得的。那完全是一个证券时代,政府的债券像洪水一样泛滥各地;出名的土地银行已经成立,投机的浪潮如火如荼;很多人都像发了疯似的,醉心于在荒僻的地方建立新移民区和建造新城市的计划;土地掮客拿着画有许多租地、镇市和埃尔多拉多②的地图,到处兜揽生意,而且人人都准备把这种谁也不知道在哪儿的地方买下来。总之,那种巨大的、每隔一个时期就要在这一带爆发一次的投机热潮,已经发展到了十分惊人的地步,人人都梦想白手起家,突然发财。照例,后来这股热浪终于退下去了,梦已经做完了,那些幻想中的横财也随着它烟消云散;害发财病的人全落到了悲惨的绝境,遍地都是因此而引起的"艰难时代"的呼声。

汤姆·华克尔在波士顿放高利贷的时候,正好碰上了这种社会上灾难深重而对他大吉大利的时机。没有多少时候,他门口就挤满了主顾。其中有急需钱用、不惜冒险的人,有孤注一掷的投机商,有做梦的土地掮客,有不知节省的小商贩,有信用破产的生意人——说得简单一点,凡是给逼得不顾任何方式、不惜任何牺牲来借钱的人,都匆匆跑来找汤姆·华

---

① 柏尔契尔(1681–1757),美国独立革命前马萨诸塞和新泽西的总督。当时,新英格兰一带因为殖民政府滥发纸币,投机盛行,纸币贬值到了一块钱只值两角。
② 十六世纪时,西班牙殖民者认为在南美洲有一片充满黄金和宝石的土地,并称之为埃尔多拉多,埃尔多拉多就成了幻想中的黄金国的代名词。

克尔。

　　于是，汤姆就成了穷困的人们公认的朋友，而且做得也真像一个"救急的朋友"；这就是说，他一直在强迫他们付出头等的利息和作出头等保证。申请人的灾难愈是深重，他的条件也就愈加苛刻。后来，他就累积了许多证券和许多抵押品，渐渐把他的主顾压榨得愈来愈干，最后榨成了干瘪瘪的海绵，就把他们赶出了他的大门。

　　他就这样左一把右一把地捞了不少钱，变成一个有财有势的人，戴着三角帽在交易所里耀武扬威。他照例给自己造了一幢极大的房子，来夸耀一下；但是，由于他的吝啬，房屋大部分还没有造好，也没有陈设好，就搁下了。在虚荣心极盛的时候，他甚至还备了一部马车，但他却差一点把拉车的马饿死了；每逢那些没有上油的车轮在大轴上咯吱咯吱地哼着时，你简直以为听到的是他正在压榨着的穷债务人的阴魂。

　　可是，等到汤姆渐渐老了以后，他的心事反而重了。他在把这个世界上的好东西都弄到手以后，又开始渴望着另一个世界上的好东西了。他一想到当初和他的黑朋友订好的那笔交易，心里就很懊恼，决计要费尽心机去骗过他，避免履行那些条件。因此，他就突然之间，变成了一个热心上教堂的人。他祷告的声音，非常响，非常有力，就像凭着肺部的力量可以占领天堂似的。事实上，你只要从他每星期日的祈祷声中，就可以判断出他在哪一星期造的孽最重。

　　那些不声不响、一直在谦逊而坚定地走向天国的基督徒，看到自己竟然在这条路上，给这位新近皈依基督的人沾了光，都只好对自己大加责备。汤姆在宗教事务上，和他在银钱事务上一样丝毫不苟；他常常会严厉地监督和申斥他的邻居，好像他认为每一个记在他们账上的罪名，都会变成他自己账上的一项功德似的。他甚至主张应当加紧恢复对教友会和再浸礼会教徒的迫害。总之，汤姆的热诚变得和他的财富一样出名了。

然而，尽管汤姆这样严格注重宗教形式，他心里却潜伏着一种恐惧，他生怕归根到底，魔鬼还是要来讨账。因此，据说，为了不至于措手不及被魔鬼抓走，他总在他的上衣口袋里放着一本小本圣经，同时在他账房间的写字台上，还有一部对折本大圣经，找他谈生意的人常常会看到他在那儿读着经文。遇到这种时候，他往往先摘下他的绿色眼镜，把它放在书上，作为读到哪里的一个记号，然后转过头来，毫不留情地谈高利贷的生意。

有些人又说，汤姆在上了年纪的时候，有点神经错乱：有一次，他幻想着他快要死了，就叫人把他的马换上新马蹄铁，配好马鞍，上好辔头，然后把它四蹄朝天地活埋下去，因为他认为到了末日，这个世界会颠倒过来，这样，他就会发现他那匹马站得好好的，让他可以骑上去；同时，他还决定到了万不得已的时候，他可以骑马偷偷溜走，逃避他的老朋友。不过，这种话只好算是老太婆的闲扯。如果他真有过这种预先的防范，那也完全是多余的，至少，那个可靠的古老传说里是这样讲的，而且这段传说是照下面的方式结束的。

有一次，在炎夏的一个很热的下午，天空刮起一阵黑压压的风暴，雷雨眼看就要到来，汤姆正好坐在他账房间里，戴着他的白麻纱便帽，穿着他的印度绸晨衣。当时，他正要取消一个倒霉的土地投机商人赎回抵押品的权利，使这个他曾经声言对他极有交情的家伙完全破产。这个可怜的土地捐客要求他给他几个月的宽限。汤姆于是变得暴躁和不耐烦起来，连推迟一天也不肯答应。

"我简直要倾家荡产，一家人只好到救济院去了。"土地掮客说道。

"慈悲要从自己家里开始,"汤姆回答道,"碰到这样艰难的日子,我得先照顾自己。"

"你已经从我身上赚了很多钱了。"投机商人说道。

汤姆忍不住了,连虔诚也忘了。"要是我赚了你一个小钱,"他说,"让鬼把我捉去。"

就在这时候,有人在街门上很响地敲了三下。他站起来去瞧瞧是谁。一个黑汉正在勒住一匹乱嘶乱吼、不耐烦得四蹄乱跳的黑马。

"汤姆,可找到你了。"那个黑家伙粗声地说道。汤姆连忙缩回去,可是太晚了,他已经把那本小圣经留在他上衣的口袋里,而那本大圣经又在他的写字台上给他正要勾销的抵押凭证盖住了;简直从来没有哪个罪人会这样冷不防给鬼抓住的。黑汉一转眼就把他像小孩子似的一把捉上了马鞍,用鞭子抽了那匹马一下,让它在雷雨声中,驮着汤姆,奔腾而去。那些职员都把他们的笔搁在耳朵后面,从窗口瞪眼瞧着他的背影,只看见汤姆·华克尔一路顺着大街而去,白帽子上下簸动,晨衣给风吹得飘在后面。那匹马每蹬一下,地面便冒出一股火花。等到这些职员再想瞧瞧黑汉的时候,他连影子也没有了。

汤姆·华克尔一直没有回来勾销这张抵押凭证。有一个住在沼泽旁边的乡下人,后来曾经说起,在雷雨正剧的时候,他听到路上传来很响的马蹄得得声和一片呼号的声音,他跑到窗口,只见一个影子,和我刚才描写的一样,骑在一匹奔起来像发疯似的马上,驰过田野,越过山头,一直冲到尽是黑铁杉的沼泽里,奔向那座印第安古堡;过不了一会,就有一道闪电朝那个方向打过去,好像把整片森林都烧着了似的。

善良的波士顿老百姓都摇了摇头,耸了耸肩膀,不过,因为他们从第一次移民到这个殖民地的时候起，早就见惯了各种样子的巫师和妖怪，以及魔鬼的各种把戏，所以他们并没有像一般人料想的那样，被这件事吓得惊惶失措。他们立刻委托了几个保管人来料理汤姆的财产。但一点也没有什么可料理的。他们在搜查他的保险箱的时候，发现他所有的债券和抵押凭证已经都成了灰烬。他那口铁箱里的金子银子，已经变成碎木片和刨花了；马厩里只躺着两具骷髅，那两匹饿得半死的马都不见了；就在第二天，他那幢大房子又起了火，烧得片瓦不留。

这些，就是汤姆·华克尔和他那来路不正的财产的结局，让所有贪婪悭吝的银钱商人都把这个故事记在心里吧。

这完全是真人真事，一点不容怀疑。他从橡树底下掘出基德那笔款子的地洞，直到今天还存在，附近的沼泽里和印第安古堡上，在狂风暴雨的晚上，常常有一个骑在马上，穿着晨衣，戴着白便帽的家伙在那儿作祟。毫无疑问，这一定是那个放高利贷商人的烦恼的阴魂。实际上，这个故事已经变成一句格言，成了新英格兰到处流行的那句人人都说的话——魔鬼和汤姆·华克尔的来源。

这些，就我的记忆所及，即是考德角的那个捕鲸老人讲的故事的梗概。其中还有许多琐细的情节已经给我省略掉了，不过当时却使我们很愉快地消磨了一个早晨，后来，潮水来了，适于钓鱼的时间已经过去，有人提议上岸到树荫下吃点东西，等待中午的炎热退尽。

于是，我们就登上了曼哈顿岛的一处浓荫密布的赏心悦目的所在，这地方原先是属于古老的哈登布鲁克①家族。这儿

---

① 荷兰在美洲的一个移民，曾沿着东河而上，作为探险。

我很熟悉，因为我小时候到海上探险时，常到这儿来。离我们上岸的地方不远，有一个古老的荷兰人家的墓穴，造在河岸的旁边，从前我和我的同学见了这个墓穴最害怕，同时又常常拿它来编造故事。有一次，我们在沿岸航行的时候，曾经向它里面瞧了一下，简直给里面那些腐朽的棺材和霉烂的骨头吓坏了；但是使得它在我们眼里显得更可怕的，却是因为它和鬼门关的礁石之间的海盗船残骸有些关系。有些走私的故事也和它有关，特别是当这个荒僻的地方属于绰号"现款普洛沃斯特"那个著名人物的时期，大家常常悄悄地说，他和海外各地都有秘密来往。不过，这一切在我们脑子里已经混成一团，就像童年时代听到的这类题材混杂的故事一般模糊。

就在我想着这些事情的时候，我的同伴们已经从我们那装着满满的食篮里，拿出了许多东西，放在一株大栗树底下的草地上，这片草地一直伸展到河边。于是我们就在这炎热的中午，在绿绒毯子似的阴凉的草地上，尽情享受起来。当我躺在草上，沉迷于我素来欢喜的沉思冥想的时候，不由勾起了儿时关于这地方的许多凄凉的回忆，像记不清楚的梦一样，把它们讲给我的同伴听，作为消遣。我讲完之后，有一位可敬的老先生，也就是从前跟我讲起道尔夫·海立格尔的奇遇的那位约翰·约瑟·范德尔莫尔，打破了沉寂，讲起他所记得的一个藏金的故事，而且就发生在这附近，也许可以用来补充我儿时听来的传说。我们因为都知道他是州里一位讲话最可靠的人，就求他把详细的情形讲给我们听。接着，我们大家便用干干净净的长烟斗，抽起布拉斯克·摩尔的最好的烟丝，可靠的约翰·约瑟·范德尔莫尔便讲起了下面的故事。

渥尔弗尔特·魏伯尔或黄金梦

公元一千七百……我记不准是哪一年了……不过，总是上个世纪的初叶，在那个曼哈托斯古城里住着一位可敬的市民，名字叫作渥尔弗尔特·魏伯尔。他是荷兰市布瑞勒城的老考巴斯·魏伯尔的后代。老考巴斯·魏伯尔是一位最初的移民，以种卷心菜著名，当初他到这一州来的时候，这地方的总督还是绰号叫"梦想家"的奥洛夫·凡·考尔特兰特。

考巴斯·魏伯尔最初安家和种卷心菜的那块田地，一直保持在家人手里，子子孙孙，都种的是这一种菜。我们荷兰市民的这种可钦可佩的、坚持不懈的精神，素来是很出名的，全家人的天才，经过了好几代，都只用来研究和培养这一种高贵的蔬菜；魏伯尔家的卷心菜所以会得到广大的名声，可以说，毫无疑问，是要归功于他们把才智都集中了起来。

魏伯尔王朝世代相传，从来没有中断，而且每一支系都能提出不容怀疑的凭据，来证明他们是合法的。大儿子总是不仅继承了父亲的土地，同时也继承了他的代表；假使把这一脉相传的太平群王都画下肖像的话，那么我们面前就可以看到一排形状大小和他们所统辖的那种蔬菜惟妙惟肖的脑袋。

政府所在地一直是那幢祖传的大厦，从来没有变动，那是一幢荷兰式的房子，那门面，或者说，黄砖砌的三角墙，愈到上面愈尖；顶上照老规矩，装着一个铁做的风信鸡。这个建筑的每一样东西，都带着定居已久的人家那种舒服安稳的气派，钉在墙上的小笼子里住满了一群群的沙燕，还有许多寻常的燕子把巢筑在屋檐下面；而且人人也都知道，这些爱屋子的鸟，一向都是在哪幢房子上安了家就会给哪幢房子带来好运气的。要是在一个明朗的夏天早晨，这就是说，在初夏，听到它们那种高兴的歌声，那可叫人太快活了。遇到这种时候，它总是一方面在纯净芬芳的空气里掠来掠去地玩耍，一面叽叽喳喳地，仿佛正在歌颂魏伯尔家族的伟大繁荣。

于是，这个极优秀的家庭，就这样安安静静、舒舒服服，在一株巨大的筱悬树的荫庇之下繁殖了起来，而这株树也一点一点地愈长愈大，竟然完全遮住了他们的官院。同时，城市的郊区也渐渐扩展到了他们的领地周围。新造起来的房屋又挡住了他们的远景。附近的乡下小巷子都开始变成了熙熙攘攘、人声嘈杂的大街；总之，尽管他们还保持着农村生活的一切习惯，他们也开始感到自己已经成了城市的居民。不过，他们仍然保持着祖传的性格和祖传的产业，像德意志帝国之中的一位小小王公一样顽固。渥尔弗尔特是这一支人的最近一代，因此登上了门口的那张族长专用的板凳，在传家大树下面，执掌着他祖先的权柄，俨然成了大都市中的一位土皇帝。

可是，做了君王，也得有个人来同甘共苦才行；于是，他就给自己找了一位内助，一位极贤德的、欢喜活动的女人；这就是说，那种著名的、专门爱无事忙的小主妇。不过，她的活动，却只限于一个特殊方面：她这一辈子就仿佛一直在致力于紧张的编织；不论在家出门，走着坐着，她那几根针总是不停地穿来穿去，有人甚至说，由于她这种不知疲倦的勤快精神，几乎全家人一年到头的袜子都是由她供给的。

这一对可敬的夫妇只养了一个女儿，他们对她非常疼爱，非常用心抚养；他们为她的教育，比任何父母都来得操心，因此，她不仅会用各种方法挑花，而且会做各种泡菜和蜜饯，甚至还会把她的名字绣在花样子上面。她这种趣味，就是在家庭的花园里也看得出影响来，连那儿也开始露出了点缀之中掺杂着实用的风味；成排的火辣辣的万寿菊同灿烂的蜀葵，围绕着一片片的卷心菜畦子盛开，同时巨大的向日葵都把它们那宽大快活的脸蛋耷拉在篱笆上面，好像正在非常亲热地对过路的人抛着媚眼。

于是，渥尔弗尔特·魏伯尔就这样太太平平、心满意足地统治着和耕种着他祖先留下来的田地。可是，他和所有其他的统治者一样，也未尝不一阵一阵地遇到一些要他操心烦神的事情。有时，他的故乡城市的成长会引得他十分烦恼。那些街道和房子尽在一步一步地逼近他这一小块领土，夺走它的空气和阳光。有时，他还会一阵一阵地受到那些住在他的边境旁边的人的打扰，而一个大都市的街道上又往往挤满了这样的人：他们常常会在半夜里来劫掠他的领土，并且把他的高贵臣民①整排整排地当作俘房带走。有时，在篱门大开的时候，还会不时闯进来一只流浪的大猪，把所有的东西都糟蹋得不成样子；那些爱恶作剧的顽皮孩子又会一下子砍掉许多出名的向日葵的脑袋，破坏他的花园的光荣，而且往往是在它们把脑袋亲热地偎在墙上的时候。可是，这一切不过是一些小小的麻烦，它们不过一时一时在他脑子里引起一点恼意，就像一阵夏天的清风偶尔吹皱池塘的水面，绝不会打乱他心灵深处的安宁。他只要抓起那根靠得住的、放在门背后的棍子，突然地冲出去，朝侵略者的背脊上，不管是猪还是捣蛋的小鬼，赏他一棒，再回到屋子里，他就会觉得非常

---

① 指渥尔弗尔特田里的卷心菜。

之轻松，非常之心平气和。

然而，对老实的渥尔弗尔特来说，烦恼的主要原因还是城市的不断增长的繁荣。日常生活的开支已经加到了原先的两倍三倍，但他却不能把他的卷心菜的大小也加大到两倍三倍；竞争的人这样多，要涨价也办不到；因此，这样下去，他周围的人都一天一天地阔起来，渥尔弗尔特却越来越穷，而且，就是他竭尽全力，也想不出摆脱这种厄运的方法。

这种不断增长的、一天比一天加深的忧虑，已经在我们这位可敬的公民身上渐渐发生了影响，最后，就在他前额上印上了两三条皱纹；这是一种在魏伯尔家族里从来没听说过的东西；它好像使他那顶三角帽的棱角也翘起了，显出一种焦虑不安的神气，和他那些显赫的祖先显得泰然自若的、宽帽檐、低帽顶的海狸帽子，简直完全相反。

假使说，他所需要操心的，只限于他自己和他的妻子，那么，也许连这种局面也不会打乱他内心的安宁，可是这里还关系到他的正在渐渐成熟的女儿，而全世界的人都明白，到了女儿开始成熟的时候，简直没有哪一种水果或者鲜花会比她更需要小心照料。我没有描写女人丰姿的才能，否则我倒也情愿描写这位小荷兰美人的发育过程。她的眼珠色彩怎样愈来愈蓝，她的樱桃嘴唇愈来愈红，她怎样在十六岁那年初夏的时候，一天比一天长得成熟，一天比一天丰满，而到了十七岁的春天，她就仿佛要突破她的胸衣，长成一朵半开的玫瑰花蕾了。

嗨，别提啦！我只希望我能够写出来，当时她怎样在一个星期日的早晨，用她母亲托付给她的钥匙，把那只老式荷兰衣橱里的传家的漂亮衣服取出来，打扮成奇奇怪怪的样子。那是她祖母的结婚礼服，已经改成了合时的样式，上面有许多零星的装饰，而这就是那件传了多少代的传家之宝。

她怎样在自己的浅褐色头发上涂了奶酪，把头发从漂亮的前额上分成两面弯弯的样子。还有那根围在她脖子上的赤金链子，那个小十字架，刚刚放在温软的幸福谷的入口，好像它会使这儿显得更加圣洁。还有……可是，呸！……一个到了我这么大年纪的人还来谈论女人的美，也太不像话了；我只要这么说也就够了，艾美已经满十七岁了，她的绣花布上，老早就出现了一对给小箭紧紧穿在一起的心，上面还有用深蓝色的丝线绣好的同心结；她明明是在渴望着什么比种向日葵和泡黄瓜更有趣的职务。

就在这女人一生中的紧要关头，当一个少女怀里的心也像挂在胸前那个心形装饰镀品一样，到了只能容纳一个形象的时候，渥尔弗尔特·魏伯尔的家里，开始出现了一位新客人。这就是德尔克·华尔德隆，一个可怜的寡妇的独子。可是，他倒是个能够吹嘘他比这一州里任何少年都多几个父亲的人，这不过是因为他母亲曾经嫁了四个男人，而且只养了他这么一个儿子；因此，尽管他是在她最后一次结合里养下来的，他倒满可以自命为一个经过了长期培植的晚结的果实。这位有四个父亲的儿子，把他所有的父辈的优点和魄力都集中到他一个人身上。如果说他从前没有一个大家庭，他却像以后准会有一个似的，因为你只要看到这个精神勃勃、逍遥快活的少年，也就会明白他是生来要做一个庞大家族的创始人的。

这个小伙子渐渐就成了这个家庭的一位熟客，他说得很少，但坐得很长。每逢那位父亲的烟斗空了，他就给他装上一袋烟，如果那位母亲的织针或者绒线团掉到地上，他马上就去拾起来；他抚摸着那只玳瑁猫的光滑皮毛，每逢那位女儿的茶壶空了，他就拎起在火炉上唱歌的光亮的铜壶，替她加点开水。这种不显眼的小殷勤也许说来不值一提，可是等到真正的爱情翻译成了荷兰话，那它就正是用这种方式雄辩地表明了自己。这些动作并没有在魏伯尔一家人身上落了空。这个得势的小伙子已经在那位母亲眼里博得了非常的好感；至于那只玳瑁猫，它虽然是它同类中最庄重、最爱假装正经的家伙，可是连它对他的访问也表示了不容怀疑的赞许；那把铜壶简直是一看见他来就唱起令人高兴的欢迎曲；如果那位女儿的含羞一顾，可以正确理解的话，那么，当她露出酒靥，矜持地坐在她母亲身旁做针线的时候，她的一番好心，也就无论比魏伯尔太太，比那只老母猫，还是比那把铜壶，都毫不逊色。

只有渥尔弗尔特一个人，没有看出这些正在进行的事情。他只顾深深地去考虑城市和卷心菜的成长问题，他总是坐在那儿望着火炉，一声不响地吸他的烟斗。不过，有一天晚上，正当温柔的艾美，按照习惯，掌着灯送她的情人到大门口去的时候，而她的情人也按照习惯，送了她临别的一吻，这一声立刻非常有力地穿过了长长的、安静的过道，居然连渥尔弗尔特的笨耳朵也给惊动了。于是，他就慢慢地给引得担了一层新的心事。他脑子里从来也没想到，这样一个小孩子，一个仿佛在前几天还绕着他的膝盖乱爬、玩着布娃娃和娃娃房子的小女孩，居然会一下子又想到了情人和婚姻。他揉了揉眼睛，考察了一下实际的情形，果然发现，正在他梦想着别的事情的时候，她真的长成了一个女人，而更糟的是，她已经陷入了爱情的罗网。想到这里，渥尔弗尔特又产生了新的忧虑。他是一个慈父，但也是一个很审慎的人。这个年轻人确实是个生动活泼的少年；可是，他既没有钱，也没有地皮。渥尔弗尔特的思想总是围绕在一个问题上：照他看，如果当真配了亲，那就只有一个结果，把他的卷心菜园子分一部分给这一对年轻人，可是整个菜园子的收入才勉强够维持他一家人的生活。

因此，他就和一般审慎的父亲一样，决心来破坏这种正在萌芽的爱情，他禁止这个小伙子再到他家里来，尽管这件事的确叫他这做父亲的心很难过，而且使他女儿明亮的眼睛，暗中流了无数次眼泪，可是，她的表现，却只能说明她是一个孝顺女儿的榜样。她从来没有嘟过嘴，皱过眉头；她从来没有冒犯过父母的权威；她从来没有发过脾气，更没有像许多浪漫的爱读小说的年轻姑娘那样，落到了精神失常的地步，她不是那种人，真的。我可以向你保证，她不会干出冒险的、叛逆的荒唐事情来的。完全相反，她就像一个孝顺女儿那样顺从，她的情人一来，她就把他关在大门外边；如果有时果真答应见他，那也总是让他在厨房的窗户外面，或者菜园的篱笆外面。

渥尔弗尔特脑子里深深考虑着这些事情，不禁忧愁得皱起了前额，于是在一个星期六的下午，他就这样朝一家离城有两英里多路的乡下客店走着。这是当地荷兰人最爱去的一个地方，因为它世代相传，一向都由荷兰店主经管，而且始终保持着当年的风气和情调。它是一幢荷兰式的房子，大概原先还是殖民初期某一殷实人家的乡间别墅。它坐落在那个叫作考尔里尔钩的山岬附近，那地方一直伸到桑德湾里面，浪头无论在涨潮或者退潮的时候，始终都是用非常大的速度冲击着它。这幢古老而又有点破破烂烂的大厦，老远就看得见，因为附近有一块由榆树和无花果树掺杂起来的树林子，它们好像一直在和和气气地招揽生意，此外还有几株垂柳，耷拉着潮湿的枝叶，好像瀑布似的，给人带来一种凉快的感觉；

于是，这地方就成了炎夏时最吸引人的一个所在。

因此，正像我说过的那样，这儿就成了曼哈托斯那许多老住户常来的地方，一到这儿，有些人就玩起了推宝盘①，扔铁环，或者九柱戏，其他的就悠闲地抽起烟斗，谈论国家大事。

不过，渥尔弗尔特到这家客店去的时候，却是一个刮大风的秋天的下午，那一丛榆树和垂柳已经成了光杆，它们的叶子正在旷野里呼呼地打转。玩九柱戏的场子里一个人也没有，因为当日的早寒天气已经把那伙人赶到门里去了，同时，又因为这是星期六的下午，他们的俱乐部照例举行常会，这个俱乐部的成员一般都是规规矩矩的荷兰市民，但有时候也会夹上几个不同性格和不同国籍的人物，在这种人品混杂的地方，这也是自然的事情。

壁炉旁边，坐在一张皮垫扶手椅子上的，是这个小天地的独裁者，年高德劭的雷姆，或者，照当地的口音说，莱姆·拉普里。他是一个瓦龙人②，因为家世古老，非常有名气，他的曾祖母是这一州里养出的第一个白人小孩。不过，更出名的，却是他的钱财和尊贵的地位。他老早就登上了市议长这样高贵的职位，而且是一个连总督本人都摘下帽子对他行礼的人。他始终占着这张有皮垫子的扶手椅，说起来，也不知有多少年了。自从坐上这张执政的宝座，他就渐渐胖起来，不过几年工夫就占满了全部地盘。他的只言片语，对他的下属都是金科玉律；这是因为他太有钱了，谁也不指望他还需要用什么论证来支持任何意见。客店的老板服侍他的时候，更是特别殷勤，这并不是因为他付起账来，比他的邻人慷慨，这不

___

① 一种赌博游戏。
② 居住在法国和弗兰德尔边境的一个民族。1624年有一百多个瓦龙人移居到纽约。

331

过是因为从阔佬手里得来的钱似乎总是特别令人满意。这位店主总是用一些好听的言语和笑话，在威风凛凛的莱姆耳边，向他曲意奉承。说真的，莱姆从来就没有笑过，而且，事实上，他总是对我们的店主摆出一副同獒犬相似的严肃架子，而且神气也很阴沉；但是有时候，他也会用一点赞许的表示来酬答我们的店主：这种表示，虽然不多也不少，只是一哼，但对这位店主来说，却比一个穷人的哈哈大笑要称心十倍。

"今儿晚上对那些掘金子的人来说，可真够呛。"我们的店主说道，这时候，正好有一阵大风，吹得满屋子呜呜地响，同时刮得窗户直动。

"怎么！他们又在干他们那种活了吗？"一个拿半薪的英国船长①说道，他只有一只眼睛，是一位常到店里来的熟客。

"嗨，可不是吗，"店主说道，"他们很可能在搞。最近，他们很走运，他们说，在田里掘出了一大罐钱，就在斯泰弗山特的果园后面，大伙儿都认为一定是从前彼得·斯泰弗山特，当时的荷兰总督，埋在那儿的。"

"完全是胡说八道！"那个独眼的船长一面说，一面给杯子里剩下的一点白兰地掺上了一小部分水。

"唔，信不信由你，"我们的店主说，有点不耐烦起来，"可是每一个人都知道，当初在英国人的军队夺取这一州，荷兰人遭了麻烦的时候，那个老总督的确把他的钱埋了一大堆在地下。他们还说，这位老人家现在还在走动；真的，他穿的衣服简直就跟挂在老宅子里有一张画上的完全一模一样。"

"胡说八道！"拿半薪的船长说道。

"胡说八道，你爱怎么说就怎么说吧！可是，考尔尼·凡·詹

---

① 指退了休的船长。

德特不是在半夜里瞧见他用那条木头假腿在草地上踱来踱去，手里拿着一把拔出了剑鞘的宝剑，亮得像火花一样吗？再说，如果不是因为有人在他从前埋金子的地方捣乱，他又何必在那儿走动呢？"

　　说到这儿，店主就被莱姆·拉普里喉咙里几声哼哼打断了，这个兆头说明莱姆·拉普里正在用一种很不寻常的方式，煞费心计地动脑筋。同时，因为他这个人太伟大，绝不容许一个小心翼翼的酒店老板来轻视他，我们的店主只好恭恭敬敬地闭上嘴，等他来发表意见。这时候，这位大人物的肥胖身体已经露出了各种兆头，好像一座就要爆发的火山一样。最初，只看见肚子一起一落，和地震有点相仿；拉普里就从火山口，也就是他那张嘴里，喷出了一股烟草的云雾；这时候，他喉咙里又咕噜了几声，仿佛那个主意正在一路挣扎，要穿过那个尽是黏痰的地带；后来就喷出了几个不连贯的字句，在一阵咳嗽之中停了下来；最后，他的声音才硬冲出来，变成一种缓慢而绝对不准反驳的口吻，好像他这个人很知道他的钱包的分量，但不一定明白他的意见有多少力量；当时，他每讲完一部分，就喷出一股急促的浓烟作为一种记号。

　　"是谁说老彼得·斯泰弗山特在走动来着？——噗——难道这些老百姓就不会尊重人吗？——噗——噗——彼得·斯泰弗山特可懂得把钱用到别的地方，要比埋在地下好得多——噗——我就认识斯泰弗山特家里的人——噗——他家里的每一个人——噗——全州都找不出比他们更值得尊敬的人家——噗——标准的老派——噗——勤勉的当家人——噗——他可不像你们这种想一步登天的人——噗——噗——噗——少跟我说那些彼得·斯泰弗山特在走动的话了——噗——噗——噗——噗。"

　　说到这儿，威风凛凛的莱姆就皱起眉头，紧闭着嘴，直到两边嘴角都皱了起来，于是他就加倍凶猛地抽着烟斗，喷得一圈圈的烟雾很快就绕住了他脑袋，好像包围着可怕的伊特纳火山①顶的浓烟一样。

　　大伙给这位极有钱的人突然骂了一顿之后，都不作声了。不过，这种事情太有趣了，一时也丢不开，不一会，这些话就又从皮契·普劳·凡·霍克嘴里谈了出来，他是这个俱乐部的一位史官，是一位废话连天、讲起来没完的老头子，这种人好像总是年纪愈老，愈是害上了说话没有节制的毛病。

　　无论什么时候，皮契都能在一天晚上，讲出足够叫他的听众要一个月才能消化完的那么多故事。当时，他就重新提起了话头，肯定地说，据他所知，在这座岛上的许多地方，过去的确前前后后掘出了不少钱。那些走运的人，总是在发现它们之前，要在梦里梦见它们三次；更值得注意的是，这些藏金向来只有古老的荷兰人家的什么后代才能找到，因此也就很清楚地证明了，它们都是在古时候由荷兰人埋下去的。

　　"又是你们荷兰人，简直是胡说八道！"拿半薪的船长叫了起来，"荷兰人跟它们一点也搭不上。它们全是由那个叫基德的海盗和他手下的人埋下去的。"

　　这句话触到了正题，打动了所有在座的人。在那种时代，船长基德的名字就像符咒一样，成千上万的神怪故事都和它有重要关系。

　　这位拿半薪的船长于是就领头讲了起来，他在那些掌故里，把摩根②、黑胡子③和全部杀人如麻的海盗的抢劫同他们

---

　　① 意大利西西里岛的一座活火山。
　　② 摩根（1637—1690），十七世纪著名的威尔士海盗，被捕后，英国查理二世反而封他为爵士，任命他为牙买加的总督。
　　③ 十七世纪著名海盗爱德华·梯奇的绰号。

的冒险事业，都归到基德身上。

在俱乐部的这班爱和平的成员中间，这位船长是个极重要的人物，这是因为他生性好战，所讲的故事都带着火药气的缘故。可是，他那一大套藏金的故事，不论是关于基德本人，还是关于基德埋下的赃物，都受到皮契·普劳的故事的顽强对抗，皮契·普劳绝不肯让一个外国强盗把他的荷兰祖先弄得这样暗淡无光，因此，他就用彼得·斯泰弗山特和他同时代人的宝藏，使得附近的每一块田地和每一道海岸都变成了富源。

渥尔弗尔特·魏伯尔一字不漏地把这些话都记了下来。他念念不忘地回到家里，脑子里充满了宏大的理想。他的祖居的小岛上的土壤，好像全变成了金沙，仿佛每一块田里都充满了金银财宝。他一想到，该有多少次，他一定是毫不经心地错过了许多埋着无数宝贝的地方，而且它们就在他脚底下，一层薄薄的土，几乎盖也盖不住，他的脑袋就不由摇晃起来。他的心沉浸在这些新的理想的旋涡所卷起来的波澜之中。等到他望见了他祖先的那幢老房子，以及魏伯尔家族在这么久的时间里这样心满意足地繁殖生长的那一小块王国，他就不由想到自己的命运穷苦，气得要呕。

"倒霉的渥尔弗尔特！"他叹息道，"别人都能一睡到床上，就梦见整片的金矿银矿，只要早晨拿起一把铲子，就会把道布隆①像马铃薯一样地挖出来；可是你偏偏一定要梦见艰难困苦，醒来仍旧是个穷汉——偏偏一年到头掘你的地，而且长出来的只有卷心菜！"

渥尔弗尔特·魏伯尔怀着沉重的心情躺到床上，那些关

---

① 西班牙从前的金币。

于金子的幻想在他脑子里扰了好久，才让他睡熟。可是，这些幻想偏偏又跑到他的梦中，而且变得比以前更加具体。他梦见他在菜园的中心发现了一笔极大的藏金。他的铲子，掘一下就露出一个金锭；钻石十字架在泥土里闪闪发光；一只只给银元或者古老的道布隆塞得胀鼓鼓的大钱袋把肚子露了出来；还有一口一口的箱子，也是给无数的摩阿道尔①、杜卡特②和皮斯塔林③塞得满满的，而且都在他那欢喜得要命的眼睛前面张开大口，吐出里面那些亮晶晶的东西。

渥尔弗尔特一觉醒来，反而比平常更穷。他已经没有心思再去做他日常要做的事了，那些事情好像是那样微不足道，那样毫无价值；他只是整天坐在炉旁，暗暗把那一堆火幻想成无数金锭和成堆的金子。当天晚上，他那场梦又出现了。他又到了菜园子里面，掘呀掘的，挖出了大批大批的藏珍。这可太奇怪了，一连两次都是这样的梦。他于是胡思乱想地又过了一天；虽然这是大扫除的日子，家里面，按照一般荷兰人家的习惯，上上下下都在忙乱，他却毫不理会，竟然在一片嘈杂声中，一动不动地在炉边的老地方坐着。

第三天晚上，他一上床心就怦怦乱跳。他把那顶红睡帽翻了个面戴在头上，希望能交上好运。直到深更半夜，他那颗焦急的心才定下来，睡着了。黄金梦又出现了，他又瞧见他的菜园里满是金锭和钱包。

渥尔弗尔特第二天早晨起来，心里简直完全给搞糊涂了。一个梦，一连做了三次，从来就没听说还会有假；如果真是这样，那他可就发定了财啦。

---

① 葡萄牙从前的金币。
② 从前在几个欧洲国家使用的金币，有各种币值和形式。
③ 西印度各半岛使用的一种西班牙钱币。

　　他这么一紧张，就把坎肩的背面穿到了前面，这可真是一个千真万确，要走好运的证据[1]。他再也不怀疑了，大概他菜地里的什么地方，一定埋着很大一笔款子，而且正在羞答答地等他去找哩；于是他就埋怨自己，为什么在这样长的时间里，总是在地皮上刮来刮去，而不一直挖到它的中心。

　　他在吃早饭的时候，脑子里充满了这种猜测，因此竟要他女儿放一块金子到他的茶里；他把一盘薄饼递给他老婆的时候，也请她随便拣一块道布隆。

　　现在，他最操心的，就是怎样把这一大笔金银财宝弄到手，而不让别人知道。他再也不能像往日那样安安分分白天到菜地里去干活了，如今他只能偷偷在晚上爬下床，拿起铲子和铁锹，从这一头到那一头，把他祖先留下来的菜地掘翻。于是，这座本来整整齐齐地种着一排排的卷心菜，好像一支全副武装的植物大军的菜园子，过了没有多久，就弄得面目全非了，只剩下一片荒芜。而狠心的渥尔弗尔特，就这样头戴睡帽，手里提着灯拿着铲子，迈开大步穿过给他屠杀了的队伍，成了毁灭他自己的蔬菜王国的凶神。

　　每天早晨的情景，都证实了前一天晚上，老老少少、形形色色的卷心菜所受的摧残，从柔软的嫩苗到完全成熟的大棵菜，都被他从安静的菜畦里，凄惨万状地连根掘了出来，就像一钱不值的杂草一样，随它们在太阳下面枯萎。他老婆的忠告根本不起作用；他的宝贝女儿看到她心爱的万寿菊给毁了，哭了一场也不济事。"我会让你有一种叫你猜不透的金花的，"他一面喊着，一面又摸摸她的下巴，"我准会给你一串弯曲的杜卡特当作结婚项链的，我的孩子。"他家里的人都担

---

[1]　西方古时迷信，衣服前后穿反，是要走运的征兆。

着一大把心事，唯恐这个可怜的家伙真的害了神经病。晚上，他总是在梦里咕噜着关于金矿银矿、珍珠钻石和金锭的胡话。白天，他总是心情沉闷，精神恍惚，像掉了魂似的走来走去。魏伯尔太太经常都在跟附近的老婆婆一块开会；一天里面，几乎每一个时辰，都会看见成群的老婆婆在她门口附近摇晃着她们的白帽子，这时候，可怜的女人就会凄惨地对她们又背上一遍。他的女儿，也时常和她心爱的小伙子德尔克·华尔德隆偷偷会面，到他那儿去寻找安慰。平时，她常常唱些快活的荷兰小曲子，来调和家里的气氛，现在连这种歌声也一点一点地少了，她常常会忘掉了手里的针线，愁眉不展地望着她父亲坐在炉子旁边想心事的那副面孔。有一天，渥尔弗尔特发现她两只眼睛正在这样焦急地盯着他，不由一时从黄金梦里惊醒过来。"提起精神来，我的姑娘，"他兴高采烈地说道，"你为什么要这么丧气呀？……准有一天，你会和布林霍甫、谢尔麦尔毫恩、凡·豪恩，还有凡·丹姆①家里的姑娘一样，也把头抬得高高的。我敢对圣·尼古拉斯赌咒，将来就是地主老爷也高兴要你做他的儿媳妇！"

艾美听到他这种虚张声势的吹牛，不禁摇了摇头，她简直比以前更怀疑这个善良的人的理智是否健全了。

在这一段时间里面，渥尔弗尔特还是在掘呀掘的，不过这片田太大了，他的梦又没给他指出一个准确的地方，他只好到处乱挖。冬天到了，他连这片大有希望的地方的十分之一还没有挖完。

土地渐渐都冻硬了，晚上又太冷，不好用铲子干活。

可是，春天的暖意才刚刚让泥土松动了一点，小青蛙才开

---

① 这些都是新阿姆斯特丹的旧荷兰殖民地上的有钱有势的人家。

始在草地里唱歌，渥尔弗尔特已经重振旗鼓地恢复了他吃力的工作。操劳的时间仍然是那样以日当夜，以夜当日。

他并没有在大白天里高高兴兴地去种他的菜，整理他的菜田，他反而成天沉思冥想，无所事事，总是要等到黄昏的黑影来临，他才去秘密地苦干。于是，他就这样不断地，一夜一夜、一周一周、一月一月地挖了下去，可是连一个小钱也没有找到。完全相反，他愈是挖得勤快，就愈是穷得厉害。菜园里的肥沃泥土都掘光了，下面的沙子石头都翻到了上面，最后，整片田地里就出现了一种黄沙遍地、寸草不生的景象。

这时候，季节也在渐渐地转移。那些在初春的时候本来在草地里唱歌的小青蛙，到了炎热的夏天都像大青蛙似的嘎嘎叫了起来，后来就一声也不响了。桃树发了芽，开了花，结了果。燕子和沙燕飞来了，在屋檐附近叽叽喳喳叫了一阵，筑好了它们的巢，养好了它们的小鸟，在屋檐下面开过了全体会议，于是都鼓起翅膀去寻找另一个春天。毛虫织好了它的寿衣，把身体裹在里面，吊在屋前的大筱悬树下，后来就变成了飞蛾，在末伏的阳光里扑来扑去，接着也都不见了；后来，筱悬树的叶子就变黄了，再后来又成了褐色，于是一片一片沙沙地落到地上，在风沙的小旋涡里滚滚而上，悄悄地告诉人们冬天快要到了。

到了岁暮，渥尔弗尔特才渐渐从他的发财梦里清醒了过来。他一直没有去培植他的蔬菜，以便他一家人可以在冬天没有收成的时候有吃有用。这一冬又长又冷，他这家人于是第一次窘到了衣食不全的地步，渐渐地，渥尔弗尔特脑子里就产生了一种极端相反的念头，这样的人，在他们的黄金梦给折磨人的现实打乱了以后往往都是这样。这个念头于是就慢慢袭上了他的心头，仿佛他一定会落得缺衣少食似的。先前，因为失去了数不清的未发现的钱财，他早已认为自己是全州最不幸的人，如今，成千上万英镑搜索不到，却让他为几个先令和便士而苦恼，这可真是残忍到了极点。

愁虑使他的脑门子的皱纹更多了；他走来走去，总是带着一种找金子的神气，他的眼睛就像要钻到土里似的，两只手全插在衣袋里，那些没有别的东西好放到衣袋里的人，往往都是这样。每逢他走过城里的救济院的时候，他总要愁眉苦脸地对它望上几眼，仿佛那地方已经确定了是他将来的安身之所似的。

他这些奇怪的行为和神气，当时就引起了许多猜测和议论。有一个很长的时期，大家都以为他是疯了，于是每一个人都觉得他很可怜；最后就开始怀疑到他是穷了，因此，人人都避开了他。

这时候，他相识的那些老财主，每逢他来拜望，就到门外去会他，在门槛上客客气气地招待他，临了再和和气气地跟他握了一下手；等到他走开了，他们就摇一摇脑袋，露出一种"可怜的渥尔弗尔特"的慈悲表情。如果他们在街上散步，凑巧看到他走过来，他们就会很灵巧地转一个弯。他家附近有一个理发师和一个皮匠，还有一个衣衫褴褛的裁缝住在他邻近的一条小巷子里，现在，甚至连这世界上三个最讲究和最喜欢寻快活的人，也用一种热烈的，但通常只对缺衣少食的人才有的同情眼光来看待他了，可惜他也是囊空如洗。不然的话，毫无疑问，他们一定肯把自己的口袋完全交给他的。

于是，每一个人都跟魏伯尔的那幢房子断绝了交往，就仿佛贫穷也和瘟疫一样会传染似的；其中，只有诚实的德尔克·华尔德隆仍然经常去跟那位女儿偷偷会面，仿佛他情人的家道愈是衰落下去，他反而愈跟她来得亲热。

340

一连过了好几个月，渥尔弗尔特始终没有去过他的老地方——那家乡下的客店。有一天，在一个星期六的下午，他正在一面独自散步，一面默默想着他的窘况和多次的失望，走的时间一长，两条腿就不知不觉朝它们习惯了的方向迈了过去，等到他如梦初醒，他才发现自己已经到了客店门口。最初，他还有点犹豫，不知道应不应当进去，但他心里渴望找个人谈谈，而一个倾家荡产的人，除了到像酒店那样既没有正经的榜样，也没有正经的忠告让他丢脸的地方，还能到哪儿去找更好的伙伴呢？

渥尔弗尔特发现里面有几个常到客店里来的老主顾，他们仍然是站在老地方，坐着老位子；只少了一个人……伟大的莱姆·拉普里，多少年以来，他一直盘踞在那张有皮垫子的宝座上面。现在，他的位子给一个陌生人坐上了，可是他坐在这张椅子上，待在这个酒店里，却完全像在家里似的。他长得相当矮，但胸脯很厚，四四方方，一身的肌肉。他的宽肩膀，坚强的骨节，以及他的罗圈腿，都给人一种力大无穷的印象。他的脸是黑黑的，饱经风霜；还有一道很深的伤疤，好像给弯刀砍出来的，几乎把他的鼻子分成了两截，并且在上嘴唇里留下一道深沟；而嘴像凶狗似的，露出亮晃晃的牙齿。最后，加上那一头乱蓬蓬的铁灰色的头发，就使他这副难看的相貌显得更加灰白了。他的衣服是一种水陆两用的式样。他戴着一顶帽檐上镶着褪了色的绿边的旧帽子，照军队的式样歪戴着，只遮住了半边头，他穿的是一件发黄了的蓝色军装上衣，钉着许多铜扣子，还有一条宽大的短裙子式的裤子，但因为裤脚管是扎在膝盖上的，又可以说是一种灯笼裤。他用一副唯我独尊的神气命令着他周围的每一个人，说起话来叽叽叭叭地，就像锅底下柴草炸开的声音；他对店主和仆役，开口就是"该死的"，完全没有一点忌讳，可是，他们服侍他，就连对伟大的莱姆本人，也从来没有这样卑躬屈膝。

渥尔弗尔特的好奇心顿时就给引起来了，他很想知道这个陌生人是谁，怎么会居然篡夺了这个古老王国的绝对统治权。于是，皮契·普劳就把他拉到旁边，走到大厅里的一个偏僻角落，在那儿低声低气、小心谨慎地把他对这件事所知道的一切全告诉了他。好几个月之前，在一个黑沉沉的狂风暴雨的晚上，这个客店曾经受了一次惊动，大伙都听到了一种接连不断的、拖长了的叫声，仿佛狼嚎似的。这声音是从河边传过来的，最后才听清楚是有人用一种驾海船的方式，在对这幢房子吆喝："看见房子啦！"店主当时就带着领班的茶房，兼酒保，兼马夫和跑腿的——这就是说，他的老黑人卡夫，奔了出去。等到走近声音传来的地方，他们就发现了这个水陆两栖模样的人物，在河边孤零零地坐在一口极大的航海用的橡木箱子上。至于他是怎么来的，究竟是从什么小船上的岸，还是从坐在他那口箱子上漂上岸的，那就谁也不知道了，因为他似乎不欢喜回答问题；而他的相貌态度又带着一种一概不许提问的神气。就这么说吧，当时他就在客店的一角占了一个房间，并且叫大伙费了很大气力把他的箱子搬到了那间房里。从此以后，他一直住在这儿，平常只在客店左右和它附近的地方走动。当然，有时候，他也会一下子出去一天、两天，甚至三天。可是，他出门回家从来不通知任何人，他从来也不谈他活动的经过。他总是好像有很多钱，不过常常都是一种花纹很奇怪的外国钱；每天晚上他总是在临睡之前把账付清。

他把他住的房间按他自己的爱好，重新布置了一下。他不睡普通的床，只从天花板上吊下了一张吊床，并且在墙上挂满了生锈的手枪和外国造的弯刀。一天的大部分时间，他都待在这间房里，总是坐在可以眺望桑德湾的那扇窗户旁边，嘴里衔着一根短短的老式烟斗，肘子旁边放着一杯加了糖水的烧酒，手里拿着一副袖珍望远镜，用它来侦查在海湾里行驶着的每一艘小船。那些装着横帆的大船，好像倒不十分引起他的注意；但每逢远远地看到什么挂着羊肩形的三角帆的东西，或者看出有一艘驳船、舢板或小艇被波浪一掀到他视线之内，他马上就会举起望远镜，极用心地把它仔仔细细端详一番。

这种种情形，本来倒不一定会引起多大的注意，因为在那种时候，这一州一向就是各种性格和各种国籍的冒险家最爱来的地方，服装和行动上有点奇怪，并不会引得谁来留神。可是，过不了多久，这个莫名其妙地给刮上陆地来的海怪，就开始冒犯已经在这儿树立了很久的风气和这儿的老主顾来了。他总是在滚球场里和客厅里，用独裁的手段对所有的事情进行干涉，最后，他终于篡夺了对全客店的绝对统治权。就是你想违抗他的命令也没有用。他并不是一个真正爱吵架的人，可是，他就像一个在甲板上横行惯了的人那样暴躁，那样不容分说；他的一言一行都带着一种上刀山下油锅也不怕的神气，因此旁边的人见了都悬着一颗心。甚至连那位在这个俱乐部一直逞英雄的拿半薪的军官，也一下子给他弄得一声不响了；那些安静的市民看到他们那位性如烈火的武士居然轻轻易易、不声不响地就给压服了，都不由诧异得瞪起了眼睛。

同时，他讲的那些故事，也真是可以叫一个平稳怕事的人听了汗毛倒竖起来。简直可以说，过去的二十年里发生的每一次海战、每一次抢案或者海盗的冒险，没有哪一桩他不是了如指掌的。他最爱谈在西印度群岛和西班牙海上^①海盗的冒险事迹。每逢他形容起他们怎样拦路打劫装着金银的船，怎样不顾死活地砍杀，怎样帆桁碰着帆桁——船舷碰着船舷——怎样跳上巨大的西班牙商船把它俘虏过来的时候，他那双眼睛就别提有多亮了！每逢他形容起他们怎样在富庶的西班牙殖民地登陆，怎样用长枪攻打教堂，怎样洗劫修道院的时候，他总是笑声不绝，谈得津津有味！等到他形容当时怎样用火来烤一位西班牙贵族，逼他献出金银财宝的时候，你简直会以为是在听一个嘴馋的人，夸大其辞地形容在米迦勒节^②烤一只鲜美的肥鹅——而且说得详详细细，使在场的每一位老财主听了，都在椅子上如坐针毡。这一切，他一谈起来就快活得不得了，就像他认为这是一个绝妙的笑话似的；而且，说着说着，他还会盛气凌人地瞟一下他邻座的脸，逼得那个可怜的家伙心冷气短，只好也陪着他哈哈一笑。可是，无论他讲什么故事，如果有人敢于跟他抬杠，那他可就要马上发起火来。甚至连他那顶歪戴的帽子也会一时间露出凶狠的神气，仿佛连它也厌恶这种顶撞似的。"见什么鬼，你怎么会知道得跟我一样清楚？——我告诉你，就是照我说的那样。"他一面说着，嘴里还会发出一连串霹雳似的咒骂和许多极难听的水手的行话，在这个太平无事的客店四壁之内，从来也没人听到过这样的话。

事实上，那些可敬的市民也开始猜想到了，大概这些故事并不是什么道听途说，他可能还深知其中的底细。一天一天地过去，他们对他的猜测也愈来愈变得无稽和可怕。他来

---

　　① 指加勒比海靠近南美洲东北岸的部分，因为当时西班牙商船在这一带航行，故有此名。
　　② 基督教纪念天使长米迦勒的节日，时在每年的 9 月 29 日。

得这样奇怪，举动又这样特别，一切都是那样神秘，这一切全使他在他们眼里显得不可理解。对他们来说，他简直是一种海里的怪物——他好像是一条人鱼——他好像是一头河马——他好像是一条鳄鱼——说得简单一点，他们都不知道他究竟是个什么东西。

最后，这个来势汹汹的海怪的那种蛮横霸道的脾气，终于变得令人不能忍受了。他是个不尊敬任何人的家伙；他会一点也不犹豫地跟那群极有钱的财主抬杠；他居然占据了那张神圣不可侵犯的扶手椅，那个不知从什么时候起，一直由显赫的莱姆·拉普里执掌大权的宝座。不，有一次，他甚至在那种粗野地乱开玩笑的劲头之下，拍着那位伟大市民的背脊，喝着他的加糖的烧酒，当着他的面对他挤了一下眼睛，放肆得简直叫人不敢相信。从这一回起，莱姆·拉普里就不再在客店里露面了；接着，有几个身价极高的主顾也学着他的榜样不来了，因为他们钱太多，绝对受不了那种给别人吓唬得不敢发表意见，或者听了别人的笑话不得不陪着笑几声的局面。客店的老板几乎走投无路了；可是他又不知道有什么办法可以请走这位海怪和他那口航海的大箱子，他们仿佛都生了根，就像肉瘤似的生长在他这片客店里。

这些，就是讲故事的人，皮契·普劳，小心谨慎地悄悄对着渥尔弗尔特的耳朵说的。当时，他在大厅的一个角落里抓着渥尔弗尔特身上的纽扣，隔一会儿就提心吊胆地朝客厅的门口望一眼，生怕他这些话给他故事里的那位可怕的主角无意中听到。

渥尔弗尔特于是一声不响地在房子里的一个偏僻的地方，找了个位子坐下来；心里对这位不知名的，但非常熟悉海盗历史的人物，怀着深深的敬畏。对他来说，这简直是一个革掉伟大帝国的命的绝妙的例子，年高德劭的莱姆·拉普里就这样被赶下了王位，接着一个粗野的水手就在他的扶手椅上独断专行起来，他威吓着所有的元老，使这个安静的小王国充满了呵斥和作威作福的声音。

这天晚上，那位陌生人好像比平时还欢喜发表意见，他正在讲许多在大海上掳掠烧杀的吓人的故事。他津津有味地说着；这些故事对他的平稳怕事的听众越是产生影响，他就越是添油加醋地把可怕的情节说得更加详细。于是，他就大吹大擂地谈起了一艘西班牙商船被俘虏的经过。那是一个漫长的夏日，风平浪静，船停泊在一个小岛附近，这小岛是海盗隐藏的地方。他们已经从岸上用小望远镜把它侦查了一遍，并且搞清楚了船的性质和船上的兵力配备。晚上，一队挑选出来的不怕死的家伙就乘上捕鲸船朝它划了过去。他们压住桨声前进，只看到它随着海浪一摇一晃地停在那儿，上面的帆不停地拍打船桅。他们驶到了船尾下面，甲板上的警卫才发现他们是在靠拢，警报发出来了；于是那些海盗就把手榴弹扔上去，手里拿着刀，顺着主锚的铁索攀登上去。

船上的水手急忙去拿刀拿枪，但混乱极了：有的给海盗开枪打死了，有的就躲在桅樯上面，有的被追得落水淹死了；有的就短兵相接地从中甲板打到后甲板，英勇地争夺每一寸地方。船上有三个带了夫人的西班牙贵族，抵抗得最顽强。他们保卫着房舱口的楼梯，砍倒了几个来杀他们的人，打起仗来像凶神恶煞一样，因为他们都给房舱里女人的尖叫的声音引得发疯了。其中有一个上了年纪，过不了多久就给干掉了。其余的仍然勇猛地守着他们的地盘，虽然连海盗头目也在向他们进攻，正在这时，中甲板上传来了一片胜利的喊声。"船归我们啦！"海盗们都叫起来了。

其中有一个西班牙贵族立刻丢下宝剑，投降了；另一个是性情激烈的小伙子，才结婚不久，他一下就把海盗头目砍了个满脸大开花。那头目只来得及清楚地说了一句："不留活口。"

"后来他们把那些俘虏怎么办了呢？"皮契·普劳说着，神色非常焦急。

"把他们扔到海里去了。"这就是他的答复。接着便是一片死寂。皮契·普劳悄悄回到他的位子上，就像他一时不小心，暗暗闯进了一头睡狮的巢穴似的。那些老实的市民都在心惊胆战地瞟着陌生人脸上那道很深的刀疤，把他们的椅子稍微挪开了一点。至于那个陌生人，他却丝毫不动声色地继续抽他的烟斗，仿佛他既没有看出，也不屑于去留心他在他的听众身上所造成的不利影响。

第一个打破沉寂的人是那位拿半薪的船长，因为他总是到了熬不住的时候，就要徒劳无功地去冲撞那位海上暴君一下，以便恢复他在那些老伙伴们眼里失去了的威望。

当时，他就讲了几个和陌生人的那种带火药气的故事旗鼓相当的传说，竭力想来跟它们比美一下。和往常一样，他故事里的英雄仍然是基德，他好像搜罗了许多关于基德在这一州的流行传说。那位水手一向是对我们的独眼战士抱着一种怨毒难解的态度。这一次，他听起来好像比平常还要不耐烦。他坐在那儿，一只手叉着腰，另一只手拿着小烟头，把肘子靠在桌面上，乖张地喷云吐雾；他把一条腿搁在另一条腿上，用一只脚咚咚地踏着地板，常常像妖蛇似的斜瞟一下那位唠唠叨叨的船长。最后，这位船长就讲到了基德曾经带着他的水手，沿哈得逊河逆流而上，把他搞来的赃物秘密地运到岸上。

"基德沿哈得逊河到上游去过！"那个水手大叫了起来，同时口里还咒骂着——"基德从来没有沿哈得逊河到上游去过！"

"我告诉你，他去过，"对方说道，"真的，他们还说，他把一大笔金银财宝埋在一小块伸到河心的沙洲上，那地方叫作魔鬼的死胡同。"

"滚你和你的魔鬼的死胡同的蛋吧！"水手叫了起来。

"我告诉你，基德从来就没有沿哈得逊河到上游去过。见鬼，你怎么知道基德和他常去的地方？"

"我怎么知道？"拿半薪的船长应声说道，"哼，他吃官司的时候我就在伦敦；他妈的，真高兴，我还看到他在法场上给绞死的呢。"

"好吧，先生，让我告诉你，你看到绞死的是世上第一条好汉，不是吗？"他一面说着，一面把脸向那位军官凑拢去，"那些瞧热闹的陆上的傻瓜①，有许多都应该替他去荡秋千。"

拿半薪的船长给封住嘴了，但闷在心里的怒火却燃烧得非常炽烈，他那只独眼已经像煤炭一样红了。

皮契·普劳是个从来不能闭住嘴的人，他于是说，那位先生的确有理。基德从来没有沿哈得逊河逆流而上，或者到那一带任何地方去埋过钱，尽管有很多人肯定这是事实。埋钱的人其实是布莱狄席②和其他的海盗；有的说是埋在乌龟湾③，有人又说是在长岛，还有一些说是在鬼门关附近。"真的，"他接着又说，"我还记得在好多年之前，黑人渔夫山姆有过一段冒险的经历，有些人都认为这件事跟海盗多少有点关系。既然我们在这儿都是朋友，这些话也不会传到外边去，现在我就跟大家谈一谈吧。

---

① 水手对在陆地上的人的轻蔑的称呼。
② 布莱狄席：十七世纪英国著名的海盗，据过去美国一般的传说，他和他的同伙也曾在长岛埋下大笔的金银财宝。
③ 纽约东河中的一个小河湾，在考尔里尔钩以北两英里。

"很多年以前，在一个漆黑的晚上，黑人山姆从鬼门关一带打完鱼回来……"

故事才一开始，就在这里被那位无名氏的一个突然动作打断了，他把一只铁拳头在桌子上一捶，指节向下，在桌板上沉重有力地打下了一个印子，同时扭转头从肩膀上凶恶地望过去，龇着牙齿，好像一头发怒的狗熊似的——"你听我说，邻居，"他一面说，一面郑重其事地点了一下头，"最好你还是少提那些海盗跟他们的钱吧——老头儿、老太婆别管他们的事。他们为了钱作战；他们为了钱不要命，不要灵魂；无论他们的钱埋在哪儿，放心好了，谁想弄到手，就得跟魔鬼肉搏一场！"

这样突然大发一阵脾气之后，满屋子的人连出气也不敢大声了。皮契·普劳缩成了一团，甚至那个独眼船长的脸也变白了。渥尔弗尔特在这间房的一个阴暗角落里，一直抱着十分起劲的心情听着这一大套关于埋藏珍宝的故事，他不由又害怕又尊敬地瞧着这位大胆的海盗，因为他的确疑心他就是那种人。他那些关于西班牙海的故事，处处都带着金子叮叮当当的声音和珠宝钻石的光芒，好像他说的每一句话都很值钱似的；渥尔弗尔特觉得，只要能搜查一下那口又沉又大的航海箱子，无论什么条件他都愿意答应，因为照他想象，那里面一定是塞满了金制的圣餐杯，耶稣受难的金像，以及许多给道布隆塞得满满的、叫人看了就欢喜的钱袋。

最后，这片笼罩在众人头上的死寂气氛，总算给那个陌生人自己打破了；他掏出一只极大的怀表，式样很特别、很古老，在渥尔弗尔特看来，无疑是一种西班牙式样。他按了一下弹簧之后，怀表敲了十点钟，于是，陌生人就吩咐算账，他掏出一把外国硬币付清了账款，喝光了他杯子里剩下的酒，也不向任何人告辞，就大摇大摆地走出了这间房，自言自语地嘟囔着，登上楼梯，回到他卧室里去了。

过了好一会，在场的人才从那种吓得都不敢吭声的局面里恢复了常态。这时候，甚至连听到陌生人的脚步在他房间里一阵一阵走来走去的声音，也会引起恐惧。

可是，先前大伙谈起的那些话实在太有趣了，只好接下去重谈。正在他们谈得入迷的时候，外面却不知不觉地响起了雷声，刮起了暴风，雨像大河决了口似的倒了下来；在暴风雨停止之前，一切回家的念头都是妄想。因此，他们就聚得更拢了一点，恳求可敬的皮契·普劳把那段先前给无礼打断了的故事，继续说下去。他立刻答应了，不过，他只好用一种比喘气大不了多少的声音悄悄地讲起来，只要偶尔遇到一阵滚滚的雷鸣，他的声音就给淹没得听不见了。有时候，他听到陌生人的脚步声，还会一阵一阵地停下来，显然很害怕他侧耳倾听。

下面是那个故事的大意。

黑人渔夫历险记

　　大概人人都认识黑山姆，那个老黑人渔夫，通常都把他叫做"烂泥山姆"；在上半个世纪里，他常常在桑德湾一带打渔。现在说起来，这已经是好多年以前的事了，那时候，他简直跟州里的任何黑人小伙子一样活泼；有一次，他在长岛的基里安·苏丹姆田里干活，干完活以后，天色还早，于是他就在安静的夏天黄昏里，到正好靠近鬼门关一带的地方去打渔。

　　他乘的是一只轻便小艇，因为他对水流和旋涡很熟悉，他就按照潮水的趋势，把停船的地方从母鸡岛和小鸡岛挪到猪背岛，从猪背岛挪到罐子岛，后来又从罐子岛挪到了菜锅岛。不过，因为他干这种玩意儿的时候，心里很起劲，他并没有瞧出潮水正在很快地落下去，后来还是一团团漩涡吼叫的声音给了他一个处境危险的警告；于是，他就费了一番周折，把他那只小艇从岩石和暗礁当中像箭一样地划出去，驶到了布莱克威尔岛①的尖端。他在这儿抛下锚，待了一阵子，打算等潮水涨起来，让他可以回家。天黑下去的时候，风的声音和来势更凶猛了。乌云从西面一团一团地滚过来，不时还会有一阵低沉的雷声，或者电光的一闪，告诉他一场夏天的暴风雨要到来了。因此，山姆就借曼哈顿岛作掩护，沿岩划过去，到了一块有树木遮掩、又正好在一片凸出的峭岩荫庇之下的地方；那儿有一株从岩石缝里伸出来的大树，枝叶散布得很广，

---

　　①　纽约东河中的一个狭长的小岛，位置在纽约和长岛之间。

像华盖一样罩着水面，于是他就把小艇拴在这株树的根上。这时，狂风已经横扫过来，刮得河面上白浪滔滔；雨水从树叶当中噼噼啪啪地打下来；雷声轰隆隆地比现在还要响，闪电好像在舐着河里的白浪；可是，山姆却舒舒服服地待在岩石和大树的掩蔽之下，蜷起身子躺在小艇里，简直让波浪把他摇晃得睡着了。

等他醒来的时候，一切都是静悄悄的。狂风已经过去了，只有偶尔的电光在东方微微一闪，说明它去的方向。夜色黑沉沉的，丝毫没有月光，山姆只能从潮水判断，已经快到午夜。正在他要解开小艇的绳索，准备回家的时候，他忽然看见有一线灯光沿着远处的水面闪耀，而且正在很快地挪过来。等到它走近了，山姆才看出那是一盏挂在一只船头上的提灯，正在陆地的暗影之下一路划过来。它在一个小湾子里勒住了船身，那地方就在他眼前。一个男人跳上岸，提着灯找来找去，接着就喊道："就在这儿——找着那只铁圈了。"这时候，小船已经拴好了，那个人就回到船上，帮着他的同伙把一个很重的东西搬到岸上。灯光在他们当中闪来闪去的时候，山姆看出他们是五个强悍的、亡命之徒似的人物，除了一个领头的戴着三角帽以外，其余的都戴的是红羊毛便帽，而且有一些人还带着匕首，也许是长刀子之类的兵刃，另外还有几柄手枪。他们彼此说话的声音很低，有时还会说上几句叫他听不懂的外国话。

上岸之后，他们一路从荆棘当中穿过去，并且轮班把他们搬来的那个东西拖上岩岸。山姆的好奇心完全给勾起来了；于是他就离开小艇，悄悄地爬到一个可以俯视他们那条小船的山脊上面。他们停下来休息了一会，领头的那个人提着灯在荆棘当中张望了一阵。"你把铲子带来了没有？"有一个人说道，

　　"都在这儿啦。"另外一个回答，他肩膀上扛的正是几把铲子。于是，第三个人又说道："我们一定得挖深一点，这样就不会有给人发现的危险了。"

　　一阵寒气蹿过了山姆的全身。他觉得好像看到眼前是一帮杀人凶犯，正在要埋下他们的牺牲品。他的两个膝盖彼此相撞。紧张之中，他不觉把树枝摇动了，他在悬崖边往下瞧的时候，身子就靠在这株树上。

　　"那是什么？"那帮人里有一个叫了起来，"有个人在树丛里动。"

　　那盏灯举起来向声音来的方向照着。一个戴红帽子的人把手枪上了膛，对准山姆站的地方。他站在那儿一动也不动——连呼吸也停止了；料定再过一刹那，他就没有命了，幸而他那张又脏又黑的脸还对他有利，没有在树叶子当中露出什么亮光。

　　"根本没有人，"提灯的那个人说，"见什么鬼！你是不是想放一枪，把四乡都惊动起来！"

　　手枪退了膛；又开始搬运了，那伙人全在慢慢地沿着河岸跋涉。山姆还是盯着他们，瞧他们往哪儿去；灯光在穿过滴着雨水的树丛的时候，射出一阵阵的亮光，直到他们走得差不多看不见了，他才冒着风险，自由地吸了一口气。这时候，他本来想回到他的小船上，逃出这些凶险的家伙的势力范围；不过好奇心简直是万能的。他犹豫不决，留恋不去，听了又听，渐渐地，他听到了铲子铲土的声音。"他们在掘坟呢！"他自言自语地说着，冷汗从他头上冒了出来。铲子每动一下，那种声音就会透过寂静的树丛，一直钻到他心里。他们明明是在尽量避免弄出声音；样样事情都带着一种可怕的、神秘鬼祟的意味。山姆一向最欢喜恐怖——对他来说，讲了谋杀的故事简直就等于请他大吃了一顿；他是个经常到刑场上看热闹的人。他实在克制不住心里的冲动了，他情愿不顾一切危险，偷偷溜到离那个神秘场合近一点的地方，从上面瞧瞧这群走夜路的家伙干的勾当。因此，他就非常小心地、一寸一寸地爬过去，在枯叶子当中极其小心地走着，生怕沙沙的声响会把他暴露出来。最后，他到了一个和那群家伙隔着一块峭岩的地方，因为他看见灯光照到对面的树枝上。山姆慢慢地悄悄爬到那块岩石上，把头伸到光秃秃的岩石边上，只瞧见那伙坏蛋就在他下面，这简直太近了，他虽然也担心会给他们发现，但又不敢退回去，生怕稍微一动就会被他们听见。于是，他只好照这个样子等在那儿，把一个又圆又黑的脑袋探在岩石边上面，就像从地平线初升上来的太阳，或是一座钟上的圆脸蛋的月亮一样。

那群戴红帽子的人差不多已经把他们的工作干完了；坟已经给填起来了，他们正在很仔细地把草皮重新放上去。做完这件事以后他们还在那地方撒下了许多枯叶子。"现在，"那个领头的人说道，"我敢赌咒，就是魔鬼亲自来了，也找不出它在哪儿。"

"杀人犯！"山姆不由自主地叫了一声。

那伙人全吓了一跳，抬头一望，只见山姆那个又圆又黑的脑袋正好在他们头顶上。他的白眼珠一半睁出了眼眶，雪白的牙齿抖个不停，满脸都是亮晶晶的冷汗珠子。

"我们给人发现了！"一个家伙喊道。

"把他干了！"另外一个人喝道。

山姆听到了手枪上膛的声音，可是没有等到他们开枪，他已翻过山岩乱石，穿过树丛荆棘，像刺猬似的滚下了好几个坡，又像头山猫似的爬上了好几个坡。耳朵里只听得四面八方都有他们的人在包围他。最后，他到了一道沿河的岩石重叠的山脊上；一个带红帽子的家伙在他后面追得正紧。一片悬崖像一堵墙似的正好挡住他的去路；它好像把所有的退路也斩断了，幸而这时候瞅见了一根粗壮的葡萄藤枝子，耷拉在悬崖的半中腰。他马上拼命使出力气，猛地一跳，双手抓住它，因为年轻力壮，终于把自己荡到悬崖顶上。红帽子扳动手枪开火的时候，他正好站在那儿把身体的轮廓鲜明地印在天际。子弹嗖的一声从山姆脑袋旁边飞了过去。幸而他起了一个人到万分危急关头就会想到的好主意，他惨叫了一声，倒在地上，同时又推开一块山石，让它摔到河里，打得水花四溅。

“我把他干掉了，”红帽子对一两个正气吼吼赶来的伙伴说，“他已经没有机会跟人瞎说了，除非他跟河里的鱼去唠叨。”

追他的人这时都转过身子，和他们的伙伴碰头去了。山姆于是悄悄溜下悬崖，不声不响地钻进他的小艇里面，解开绳子，乘着激流逃了出去，这股水流得就像磨坊的小河里一样快，不一会就把他冲得离开了这一带。可是，直到他漂出去了一大段路，他才敢划起桨，把他的小艇像箭一样驰出鬼门关的河峡，一点也没想到还有罐子岛、菜锅岛，甚至猪背岛之类的危险。直到他回到了苏丹姆的那幢古老农舍，安安稳稳蜷缩在阁楼里的床上，他才真正觉得是心上的一块石头落了地。

说到这里，皮契·普劳就停下来喘一口气，端起放在肘子旁边的那只作为谈助的大酒杯，呷了一口。他的听众待在那儿，也张着嘴，伸长了脖子，像一窝燕子等食似的希望再听他讲下去。

“怎么，全讲完了吗？”拿半薪的船长叫道。

“是呀，故事里的事情全讲完了。”皮契·普劳说道。

"难道山姆从来没有发现那群红帽子埋下去的是什么东西？"渥尔弗尔特说着，神色非常焦急，他脑子里，除了金锭和道布隆就没有想到别的。

"我不知道，"皮契说道，"他得干活，腾不出时间，而且，说老实话，他可真不高兴冒那种险再到岩石丛中去赛跑。再说，他又怎么记得起哪儿是他们掘坟的地方呢？一到大白天，无论什么看起来都会两样。还有，既然没法把那伙凶犯捉来吊死，去找一个死人的尸首又有什么意思呢？"

"是呀，可是你敢保险他们埋的准是死人的尸首吗？"渥尔弗尔特说道。

"当然，"皮契·普劳叫了起来，完全是一副得意扬扬的神气，"难道那一带不是直到今天还一直闹鬼吗？"

"闹鬼！"在场的人有几个跟着叫了起来，他们的眼睛比以前张得还大，椅子也挪得比以前更靠拢了。

"是呀，闹鬼，"皮契重复了一句，"难道你们就没有听说有个'红帽子神甫'，经常在靠近鬼门关的桑德湾旁边林中一幢烧了的老农舍里出没？"

"哦，当然，我先前也听说有这么回事，可是那时候，我只把它当成了老太婆的瞎扯。"

"不管是不是老太婆的瞎扯，"皮契说道，"反正那幢房子就在出事地点的旁边。它一向都是空着的，至于空了多久，那就谁也记不得了，那是在湾里一个很偏僻的地带，到那附近打鱼的人常常会听到里面有奇怪的声音，晚上还有人看见树林子里露出灯光；有人还不止一次地看到一个戴红帽子的老家伙站在窗户旁边，大伙都认为他就是埋在那儿的那个人的阴魂。从前有三个当兵的到这幢房子里过夜，他们上上下下地搜查他，后来总算找到了老'红帽子神甫'，他跨开腿坐在地窖里一个苹果酒桶上，一只手拿着一把酒壶，另一只手端着一个大酒杯。他还请他们拿他的杯子喝一口，可是其中有一个兵刚把酒杯送到嘴唇边——嘿！——地窖里马上起了一蓬烈火，烧得一连几分钟他们谁也睁不开眼睛，等到他们恢复了视力以后，酒壶、酒杯和'红帽子'都没影了，剩下来的只有那个空空的苹果酒桶。"

那个醉醺醺、快睡熟了的拿半薪的船长，本来对着他的酒杯直打瞌睡，一听这话，他那只半睁半闭的独眼，忽然像快要烧光了的灯芯似的重新亮了起来。

"完全是胡说八道！"他说，这时候，皮契刚刚讲完他上面那个故事。

"好吧，反正我自己也不肯定这全是真话，"皮契·普劳说道，"不过全世界都知道那幢房子和那块地有点古怪；至于说'烂泥山姆'的那段故事，我相信它跟我亲身遭遇的一样可靠。"

这一阵子，在座的人因为对他们的谈话发生了极深的兴趣，一点也没听出外面风雨的咆哮，到现在突然给一片震天响的霹雳打得他们像触了电似的。接着，马上又是天崩地裂的一下，震得这幢房子连地基都动了。大伙全从椅子上跳起来，都以为这一定是一场地震，不然的话，那就准是"红帽子神甫"用种种骇人的手段来到了他们当中。他们听了一会，可是只听见雨水在打窗户，狂风在树林里怒吼。

这场爆炸不久就搞清楚了，一个老黑人把他那鬼怪似的光头从门口探了进来，他那雪白的、凸出的眼睛和他那一头漆黑的短发成了鲜明的对照，头上给雨淋得湿漉漉的，亮得像酒瓶一样。接着，他就用一种勉强听得懂的、不连贯的语言，说厨房里的烟囱已经给雷电劈倒了。

外
国
文
学
经
典
阅
读
丛
书

　　狂风暴雨一阵阵时起时伏，忽然阴沉沉地停了一会，造成一段暂时的沉寂。在这段间歇里面，只听见毛瑟枪砰地一响，接着又是一长声呼喊，好像惨叫似的，从河岸上激荡过来。于是，人人都挤到窗口去了；毛瑟枪又砰地响了一下，又是一长声呼喊，掺杂在刚刮起的暴风呼号里面，显得非常阴森恐怖。听上去就仿佛这种喊声是从河心里发出来的；因为尽管一道一道的闪电不停地照得岸上通亮，可是连一个人影也瞧不见。

　　突然之间，楼上那间房里的窗户也打开了，那个神秘的陌生人高声叫了一下。双方一来一往地招呼了好几趟，但都用的是一种使客厅里的人谁也听不懂的话；接着，大伙又听到窗户关上了，楼板上起了一片很大的响声，好像整间房子的家具都在拖来拖去，搬上搬下。黑人侍者给喊上去了，过了不一会就瞧见他帮着那个老水手，把那口巨大沉重的航海箱子拖到了楼下。

　　客店的老板吃了一惊。"怎么，难道在这样大的暴风雨里，你还要到河上去吗？"

　　"暴风雨！"对方说着，露出一种极瞧不起人的口吻，"你把这么一点噼噼啪啪的天气叫作暴风雨？"

　　"你会给淋透了的——你会给淋死的！"皮契·普劳说着，口气非常亲热。

　　"天打雷劈的！"老水手叫了起来，"少拿天气跟我说教，老子在旋风飓风里都驾过船。"

　　一味巴结奉承的皮契又给打闷了。水上又传来了声音，好像带着不耐烦的口气；站在旁边的人都瞪着眼，加倍害怕地瞧着这个"暴风雨"的人，好像他本来是从大海里钻出来的，现在大海又来喊他回去。于是，他就由黑人帮着，抬起那口沉重的大航海箱子，慢慢向海岸走去；这时候，大伙全用一

358

种迷信的眼光瞧着他——多少有点怀疑他会不会真的乘上这口箱子，漂到凶险的波涛里面去。因此，他们就提着一盏灯，隔开一段路，跟在他后面走了出去。

"把灯灭掉！"水面传来一片暴戾的吼声，"这儿没人要灯！"

"天打雷劈的！"老水手立刻回过头，对他们骂了起来，"你们全给我滚到屋里去！"

渥尔弗尔特和他的伙伴们都吓得缩了回来。不过他们的好奇心却不准他们完全退却。这时候，有一道很长的闪电掠过了水面，它立刻照出了一只小船，上面载满了人，刚刚泊在一个岩石重叠的小海岬下面，它正在随着汹涌的波涛一起一伏，每一个浪头都会引得它溅起一片水花。船上的人好容易才用篙杆的钩子钩住岩石，因为那一带的水流在海岬周围冲激得非常凶猛。当时，这个老水手就把那口笨重的航海箱子的一头抬到船舷的边缘上面，然后抓住另一头的提手把它拎进船，这个动作立刻把船推得离了岸，接着，箱子就从船缘上滑了下来，沉到大浪里，顺势又拖着这位老水手倒栽了下去。岸上的人全都高声尖叫起来。船上的人都破口大骂，不过潮水来势很猛，很迅速，船和人马上就给激流带走了。接下来，只剩了一片漆黑。渥尔弗尔特·魏伯尔觉得他好像清清楚楚听见了救命的声音，而且看见了那个快淹死的人正在抬手求救；可是等到闪电重新把这一带的水面照亮的时候，一切都是空空洞洞的；船或人都不见了，什么都没有了，只剩下匆匆逝去的波涛的冲激和滚滚翻腾的声音。

这伙人于是回到客店，等暴风雨停下来。他们重新坐在各人的位子上，一个个心惊胆战地你瞪着我，我瞪着你。

经过只占了不到五分钟，一共不过说了十来句话。等到他们瞧了瞧那把橡皮椅子的时候，他们简直不能想象那个陌生人前不久还高踞在这上面，充满了生气和赫克力斯一样的气力，现在居然会成为一具死尸。他刚才喝的酒杯还在那儿，从他吸过的烟斗里磕出来的烟灰也在那儿，仿佛那儿还留着他的最后一息。可敬的市民们把这些事情想了又想，顿时就起了一种可怕的、深信人生无常的念头，于是人人都觉得，仿佛连他站过的那块地，因为他那可怕的榜样，也变得不大稳了。

不过，因为在场的人大多数都抱着那种宝贵的哲学观点，那种使人能够以坚忍不拔的精神抵制他邻居的灾难的哲学，过了不久，他们就又在安慰自己不要为那个老水手的悲惨结局难过了。当时，客店老板尤其快活，因为那个可怜而又可爱的家伙，到底还是在出去之前付清了账款；于是，他就趁此机会发表了一篇类似送别的演说。

"他在暴风雨里来到这儿，"他说，"他在暴风雨里走了出去；他来的时候是晚上；他走的时候也是晚上；他从谁也不知道的地方来到这儿，现在他又走到谁也不知道的地方去了。说不定他又坐上他那口箱子，下海去了，也许他会在世界的那面登陆去麻烦别人！可是叫人万分难过的倒是，"他接着又说，"假使他真走到了大卫·琼斯的箱子①里面，他居然没把他自己的箱子留给后人。"

"他的箱子！圣·尼古拉斯保佑保佑我们吧！"皮契·普劳叫了起来。"我可不情愿让他那口航海的箱子放在这幢房子里面，无论给多少钱也不行；我敢担保，一到晚上，他准吵吵闹闹找那口箱子，把这座客店弄成闹鬼的房子。可是，说到他蹲在箱子里到海里去，我倒又想起了船主昂德尔顿克的那

---

① 大卫·琼斯是西方水手给海里的魔鬼起的诨名。大卫·琼斯的箱子，指葬身海底的人的坟墓。

艘船，从阿姆斯特丹起航之后的一段遭遇。

"有一次，在暴风雨里，水手长死了，大伙儿只好用一块被单把他包起来，放在他自己的航海箱子里，把他扔下船。但是，仓促之间，他们都忘了为他说两句祷告的话——这时候，暴风狂呼怒吼的声音，比以前更猛了，他们忽然瞧见那个死人坐在他的箱子里，用他的尸衣当作一面帆，紧紧跟在船后面追赶，海水在他前面分开，掀起来的浪花好像火焰；于是，他们就日日夜夜不停地奔逃，以为船随时都会沉下去。每天晚上，他们都会瞧见那个死了的水手长，坐在他那口航海的箱子里，拼命追赶他们。同时，他们还会听见他不断吹着比怒吼的暴风还要响的口哨，好像他正在催动大海掀起山一样高的浪头来追赶他们，简直要把船灌满海水打到海底，幸而当时船舱的窗盖都关好了，才没出事。这样，一直到了离纽芬兰不远的地方，遇上一场大雾，他们才没有再看见他，都以为他已经掉转方向，到死人岛去了。把一个人葬在海里而不给他做祷告，结果就是这样。"

这时候，留住大伙儿的雷雨停息了。大厅里的杜鹃钟告诉大家已经到了午夜；于是每一个人都催着要走，因为这些好静的市民一向难得耽搁到这样晚的。出门之后，他们发现天空又平静了。先前把它遮盖得黯然无光的暴风雨已经滚滚逝去，一团团羊毛似的云堆在地平线上，给一弯晶莹的新月照得亮了起来，月亮就像一盏小小的银灯挂在云宫里面。

夜里的恐怖遭遇，以及他们讲的那些恐怖故事，已经在每一个人脑子里留下了一片迷信的感觉，他们向那个海盗失踪的地点，战战兢兢地望了一眼，几乎都指望看见他在冷冷的月光之下，坐在他的箱子上航行。颤抖的月光沿着水面不停地闪烁，然而一切又都是那样恬静，流水只在他沉下去的地方打着漩涡，像酒屑一般。这伙人紧紧贴在一块，组成一个小团体，一路回家；尤其是当他们走过曾经有人给暗杀了的那片旷野的时候，甚至连那位教堂执事，照理说，应当是跟妖魔鬼怪混惯了的人，现在到了不得不一个人赶路的时候，也宁愿兜一个大圈子，不敢从他自己的教堂墓地旁边经过。

当时，渥尔弗尔特·魏伯尔就把这一大堆新鲜故事和新鲜念头，带到家里反复琢磨起来。这种在这儿那儿、在每个地方、在那些荒凉河岸附近的岩石和河湾子里面都埋着一罐罐金钱和西班牙人的宝藏的说法，几乎把他的头都搞晕了。"多福的圣·尼古拉斯呀！"他不禁叹息起来，而且声音相当高，"难道碰上一个这种埋金子的地方，一转眼就阔起来，是不可能的吗？如今却给逼得只好这样辛辛苦苦地干下去，一天又一天地掘呀挖呀，只弄到一口面包；其实只要时来运转，一铲子下去也就可以让我后半世天天坐在马车里啦！"

当他把刚才听到的关于黑人渔夫的奇怪遭遇，从头到尾在脑子里反复想过以后，他的非分之想就把这个传说涂上了一种完全不同的色彩。他从那帮红帽子身上，只看到一伙正在埋藏赃款的海盗，现在，总算有可能找到这种鬼鬼祟祟的宝藏的一些踪迹了。于是，他的贪心就又给勾起来了。事实上，他这种病态的幻想简直给每一样东西都涂上了一层金子的颜色。他觉得自己就像那个贪婪的巴格达人一样，眼睛里已经被术士涂上了魔油，能够看见世界上的一切宝藏。一盒一盒埋在地里的宝石，一箱一箱的金锭，一桶一桶的外国硬币，似乎都在从它们的藏身处向他献媚，恳求他把它们从那还不该下葬的坟墓里解救出来。

接着，他就私自打听了几次那个传说中的"红帽子神甫"作祟的地方，结果越来越相信他的估计一次比一次可靠。他打听出那地方已经有人去瞧过好几次，而且都是听了"黑人山姆"的遭遇的有经验的掘金专家，但都没有达到目的。相反，他们还总是碰到这种那种倒霉的事情，照渥尔弗尔特看来，这都是因为他们去干的时候，时辰选得不对，又没有举行过适当的仪式。最后一个去碰运气的人是考巴斯·删肯波斯，他挖了整整一夜，所碰到的困难简直叫人不能相信，因为每逢他从那个洞里掘出一铲土，马上就会有几只看不见的手往里面倒进两铲。不过，他总算有点成绩，居然挖出了一口铁箱子，但跟着就在洞旁边出现了一群相貌狰狞的家伙，发出一种可怕的吼叫和乱跳乱发脾气的声音，最后他就给许多看不见的棍棒暴打了一顿，打得他只好逃出了这块禁地。这些话都是考巴斯·删肯波斯临死的时候，在床上当众讲的，因此，一点也没有疑问。他是一个一生中花了好多年致力于掘金的人，大伙都认为如果他不是新近在济贫院害上脑热病，把命送了，最后他还是会成功的。

当时，渥尔弗尔特不由又起了一种慌张狼狈、满心烦躁的忧虑，生怕有什么对头冒险家也嗅到了这种藏金的气味。他决定先私下去找到那个黑人渔夫，让他充当一名向导，领他到他亲眼见过的那个神秘的埋东西的地方去。山姆这个人，找起来倒是容易得很；因为他正是那种在一个地方住久了，自然在大众心目中占了一个地位，而且在某种程度上成了出名人物的老头子。镇上那些倒霉的顽皮孩子，可说没有一个不认识渔夫山姆的，而且都以为他们有一种作弄这位老黑人的权利。半个多世纪以来，山姆一直过着一种两栖式的生活，在河湾两岸附近和桑德湾的渔场里干活。他的日子大部分都是在水上水下度过的，尤其是鬼门关附近；在坏天气里，往往就被人当作了经常在河峡一带作祟的一个鬼怪。无论在什么季节，无论在什么天气，你都会在那儿找到他；有时他会待在他的小艇里，在漩流之间抛下锚，或者像一条鲨鱼似的在什么沉下去的船只附近穿来穿去，据说，在这种地方，鱼群最多。有时他会一个钟头一个钟头地坐在一块岩石上，在蒙蒙细雨里，像只孤单的苍鹭守在那里单等食物似的。桑德湾一带，从瓦拉色特湾到鬼门关，从鬼门关直到魔鬼的踏脚石的每一个岩洞，每一个角落，他都熟悉得不得了；有人甚至肯定地说，他还知道河里的每一条鱼的教名。

渥尔弗尔特在山姆的木房子前面找到了他，那是一个比一间像样的狗房也大不了多少的地方。它是用破船的碎料和河里漂来的木头潦潦草草搭起来的，就盖在古堡脚下的岩岸上，正好是目前的炮台口的那一带。这地方充满了一种"年深月久的鱼腥味"，几根长橹、短桨和钓竿靠在古堡的墙上；沙滩上晾着一张摊开了的渔网；小艇已经给拖到河滨上面；木房门口就是烂泥山姆，他正在享受着真正的黑人的奢侈——躺在太阳地里睡觉。

现在，离山姆喜欢冒险的青年时代，已经过了好多年了，无数次寒冬的大雪已经把他头上乱蓬蓬的鬈发染成了斑白。可是，他还清清楚楚记得当时的情形，这是因为大家常常要他来讲上一遍的缘故，不过他的说法有好多处都跟皮契·普劳讲的不合，那些言必有据的历史家往往是这样的。至于后来那些掘金者搜索的结果，山姆简直一点都不知道；在这种事情上，他可真是外行；再说，小心谨慎的渥尔弗尔特当然也不愿意惊动他，让他为这种事来烦神。他的唯一指望，就是把这位老渔夫弄来充当到那儿去的领港，而这件事立刻就说妥了。自从上次黑夜里探险之后，长久的岁月早已磨光了山姆对那地方的畏惧心情，只要答应给一点微薄的报酬，立刻就会把他从睡眠和阳光里惊醒过来。

可是，这时候正在退潮，走水路很不方便，渥尔弗尔特急得要命，一定要立刻赶往那个向往的地方，不能等潮水再涨上来；于是，他们就从陆路出发，走了四五英里路，他们就到了一片树林子旁边。当时，这岛东面有很大的一部分都布满了树林。这地方正好处在风景宜人的布鲁门—戴尔[①]地区以外。他们在这里转上了一条狭长的小路，在树木和荆棘当中偷偷摸摸地前进，看那长得过分茂盛的杂草和元参梗的样子，好像很少有人来过，上面的枝叶又遮得密密的，只有一种朦胧的光线透进来。野葡萄藤盘在许多树上，扫着他们的脸；荆棘在他们走过的时候，总是钩住他们的衣服；花蛇在他们的路上窜来窜去；斑斑点点的癞蛤蟆在他们面前跳来跳去，蹒跚地走着；不安静的猫声鸟从每一片树丛里对着他们喵喵地叫。假使渥尔弗尔特·魏伯尔曾经熟读种种的浪漫传说，他大概就会幻想到自己是闯进了魔窟禁地，也许，这些东西就是看守宝藏的什么卫士。实际上，地方这样荒凉，又有那许多怪诞的故事和它牵连在一起，这种种都在他心理上起了应有的作用。

走到狭路下面的时候，他们发现自己已经到了桑德湾河岸的附近，这地方好像一个半圆形的剧场，周围都是参天大树。这一带本来是一片草地，但现在却满目荒凉，长了不少荆棘和蔓草。在那一头，也就是刚好靠近河岸的那个地方，有一幢坍塌了的房子，简直比一堆垃圾好不到哪儿，只有一根烟囱像一座孤塔似的矗立在它的中央。桑德湾的潮流就在它下面冲激而过，许多野生的树都把枝子垂到了浪花里面。

---

① 欧文写这篇小说时离纽约四英里路的一个村子，现在是纽约的一部分。

　　渥尔弗尔特觉得毫无疑问，这一定是"红帽子神甫"作祟的那幢房子，因此也就想起了皮契·普劳讲的那个故事。暮色正在下降，天光恍恍惚惚地落在树木丛生的地方，给这片景色带来一种凄凉的调子，恰好引起潜伏在内心里的畏惧或者迷信的感觉。夜鹰，一面在极高的高空里盘旋，一面发出它那乖张的不祥的叫声。啄木鸟不时地在一株空心树上发出一种单调的叮叮声，还有金驹鸟展开那深红的翎毛从他们旁边掠过。

　　这时候，他们已经走到了一座废园的遗址。它一直伸到一片峭岩的脚下，但并不比一块生满了杂草的野地好多少，只不过零零落落有几丛绞成一团的玫瑰，或者一两株桃梅李树之类的树木，成了乱蓬蓬的野树，上面长满青苔。走到花园下面的时候，他们在一个临河的土坡那儿，经过了一个好像墓穴似的地方。它的外表像一间收藏土豆、大头菜和树根的屋子。门虽然已经朽了，但仍然很结实，好像是新近修补起来的。渥尔弗尔特把它推开了。门上的铰链发出一种粗厉的吱嘎的声音，而且好像撞到了一个匣子似的东西上，接着就骨碌一声，只见一个骷髅滚到地面上。渥尔弗尔特战战兢兢地缩了回去，但是，等到那个黑人告诉他这是一个拥有这片产业的古老荷兰家族的家坟的时候，他心里又安定了下来。这种说法虽然得到了证明，接着他就看出里面的确堆着各种大小的棺材。山姆幼年的时候，对这些景致看得很熟，现在，他知道大概这就离他们要找的地方不远了。

　　于是，他们就朝河边走去，爬上一层层悬在水面上的崖石，为了免得失足落到又深又急的河里，常常只好紧紧抓住什么矮树或者葡萄藤。最后，他们就走到一座小洞前面，或者不如说，河岸上一块凹进去的地方。它两旁都是陡峭的岩石，上面有一片密密的橡树或者栗树的浓荫把它遮掩起来，甚至可以说是隐藏起来。河滩逐渐倾斜着通到洞里，但沿着岩洞凸出的地方，水流却冲激得又深，又黑，又快。黑人停下来，抓起他那顶残缺不全的帽子，搔了一会他那斑白的鬈发，望着这个角落，突然拍了一下手，趾高气扬地迈步向前，指着一个牢牢地钉在岩石上的很大的铁环，那地方有一块宽广凸出的岩石，正好可以当作一个宽敞的码头。这正是那帮红帽子登陆的地点。岁月早已改变了这地点的那些比较容易消亡的标记，但岩石和铁环却只慢慢地受着时间的影响。再逼近一瞧，渥尔弗尔特又看出有三个十字，正好刻在铁环顶上的石上，毫无疑问，这些东西一定有什么神秘的意义。老山姆立刻认出这块悬空的崖石，当初，他的小艇正是停在它下面躲避那场雷雨的。可是，要照那群干夜活的家伙走的路线再走上一趟，却又艰难得很。当初，在那怪事层出不穷的当口，他脑子里只注意着这出戏里那几个角色，一点也没有留心周围的环境，而且这些地方在黑夜里瞧起来，又跟在白天大不相同。不过，他们在附近溜达了一阵以后，终于走到了树林里一个宽敞的地方，据山姆说，很像那个地点。这儿有一块凸出的、不太高的岩石，像一堵墙似的立在一面，山姆认为这可能就是当初他居高临下望着掘东西的人的地方。渥尔弗尔特仔细地检查了一下，最后发现有三个和铁环上面一样的十字架，深深刻在岩石面上，但已经差不多给长在地上面的青苔遮没了。他欢喜得心跳起来；他一点也不怀疑了，这一定是那群海盗的暗号。

现在剩下来的就只是要弄清楚那些金银财宝究竟埋在什么确实地点了，因为不然的话，他也许就会在这三个十字架附近胡乱挖来挖去，而始终挖不出盗赃，这种徒劳无益的事，他早就干够了。可是，提到这一点，老黑人却完全说不出什么名堂，充其量只能提出几种不同的意见，让渥尔弗尔特去纳闷，因为他记起来的那些情形全是混乱的。有时，他认为那一定是在附近的一株桑树脚下；接着又说是在一块很大的白石头旁边；再过一会，又说是在离开这块凸出的岩石不远的一片小草坡底下，最后就把渥尔弗尔特搞得也和他一样糊里糊涂起来。

这时，黄昏的暗影已经伸展到了树林上面，岩石和树林开始混杂得有点分不清了。眼前要想干什么，显然也太晚了。再者，渥尔弗尔特这一趟也实在毫无准备，就是要去挖，也没有工具。不过，把地方弄清楚了，总算满意，因此他把这儿的一切标志都记下来，以便再来的时候好认，然后就开始朝回家的路上走去，决计要毫不迟延地实现这个掘金的伟业。

现在，那种把他的一切心思都吸住了的焦急情绪，既然已经多少缓和了一点，幻想也就开始活动起来，在他重新穿过这片闹鬼的地区时，给他召来了成千的幽灵鬼怪。海盗仿佛都给链子吊了起来，在每株树上晃来晃去，同时，他几乎又指望会瞧到什么西班牙贵族，脖子从左耳朵直砍到右耳朵，慢慢地从地里升起来，手里还摇晃着一个幽灵似的钱袋。

他们回去时所走的那条路，还是经过那座荒凉的花园，这时，渥尔弗尔特的神经已经变得非常敏感了，一只小鸟的忽然一飞，一片树叶的沙沙一响，甚至一颗栗子掉下来，也足以吓得他大惊失色。当他们走到花园范围以内的时候，他们一眼瞅到了一个影子，正在隔开一段路的地方，慢慢沿着其中一条小路过来，背上背着沉重的东西，身子都给压弯了。他们一心一意瞧着那个家伙，他好像戴着一顶羊毛便帽，但更叫人心惊胆战的却是帽子的颜色，一种充满了血腥气的红色。

那家伙走得很慢，后来上了坡，就站在墓穴的门口。他正要进去的时候，忽然向周围望了一眼。渥尔弗尔特可吓坏了，原来他看到的，正是那张淹死了的海盗的灰白面孔！

他恐惧得叫了一声。那家伙慢慢举起他那只铁拳头，用一种可怕的威胁方式对他摇晃了两下。渥尔弗尔特也顾不得再瞧下去了，他只好尽那两条腿的本事赶快逃跑；山姆跟在他后面，脚力也着实不慢，往日的一切恐怖心情全复活了。

于是，他们就逃了出去，匍匐着穿过灌木丛和蕨丛，一遇到刺挂住他们的下摆，就吓得魂飞魄散；直到一路连跌带爬地跑出了这片危险重重的树林，完全踏上通到城里的大路，才敢停下来喘一口气。

现在，要使渥尔弗尔特能够鼓起足够的勇气去实现他的伟业，还得再过几天。那个从天而降的脸色灰白的海盗，不论是人是鬼，可把他吓坏了。在这一段时间里，内心的折磨简直使他太痛苦了！家里的一切事情，他都不放在心上，他只是成天地愁眉不展，神魂不安，胃口也差了，思想言语一直是恍恍惚惚，阴错阳差的事也不知做了多少。他的睡眠也被破坏了，只要他一睡着，梦魇就会变成一个巨大的钱袋，蹲在他的胸口上。于是他就会糊里糊涂地说起什么数不清的款子，幻想着自己正在掘金。他把被子一时推到左面，一时推到右面，以为他正在铲开烂泥，接着就在床下摸来摸去地寻找金银财宝，并且把他梦想中的那一罐数不清的金子，硬生生地拖出来。

魏伯尔太太和她的女儿看到这种情形，都灰心透了，在她们看来，这简直有点像疯病复发。当时，有两个人被家家奉为神明，荷兰主妇们每遇到什么疑难大事，总要问他们之中的这个或那个——一个是牧师，一个是医生。这一次，她们找的是医生。那时候，这一带有一个又小又黑、十分无聊的医生，在曼哈托斯族的老主妇当中很有名气，他不但精通医术，而且对各种古怪神秘的事情都很在行。他的名字叫作尼帕尔豪森医师，但大家都用一个更通行的称号"高等德国医生"①来称呼他。因此，这两个可怜的女人跑到他那儿去请教，求他治好渥尔弗尔特的神经错乱、胡思乱想的毛病。

她们发现医生正坐在他的小书房里，裹着他那件黑羽缎的长袍，戴着一顶黑天鹅绒便帽，模仿着波尔海夫②和凡·赫尔蒙特③以及其他医界圣手的气派；一副嵌在黑牛角架里的绿眼镜架在他的大头鼻子上，正在仔细瞧着一部对开本的德文书，这本书正好反映出他那副黑沉沉的相貌。她们讲起渥尔弗尔特的病症的时候，医生一直是专心致志地听着，但等到他们提起他尽说些有什么金银财宝埋在地里的胡话的时候，这个矮子却忽然竖起了耳朵。哎呀，可怜的女人啦! 她们只会找他帮忙，却一点也不知道他要帮的是什么忙。

尼帕尔豪森医师这一生，有一半的时间都在致力寻找发财的捷径，过去很多人都把毕生的精力浪费在这上面。他年轻的时候，曾经在德国的哈尔兹丛山里住过多年，并且从矿工那儿得到很多宝贵的知识，都是关于寻找埋在地下金银财宝的方法的。同时，他还在一位游方术士手下学过道法，而这位术士又是个善于把许多行医诀跟魔术和障眼法结合运用的人物。因此，他的脑子就充满了各种的神怪法术；此外，他还搞过一点占星、炼金、卜卦算命之类的把戏，懂得怎样去查出被人偷掉了的钱，怎样告诉人家泉眼藏在哪儿；一句话，由于他那神秘的常识，他已经得到了"高等德国医生"这

---

① 毫无疑问，这一定是在道尔夫·海立格尔的故事里提到的那位同名医生。——作者原注。
② 波尔海夫（1668–1738），荷兰著名的工程师和哲学家。
③ 凡·赫尔蒙特（1577–1644），佛兰德尔著名的医师和化学家。

个跟妖道差不多相等的称号。过去，这位医生时常听到岛上到处都埋着宝藏的谣言，而且早就热衷于寻找它们的踪迹。因此，她们刚把渥尔弗尔特在醒着睡着的时候所说的胡话悄悄告诉了他，他马上就看出这些现象准是一个掘金病例的症状，立刻一点时间也不耽误地去进行彻底调查。渥尔弗尔特因为长期以来心里一直被藏金的秘密折磨得很痛苦，同时又因为一位家庭医药顾问实际上也就是一种听忏悔的神甫，所以，只要有机会，总是乐于把心里的负担一齐倒出来。这位医生非但没有把病人治好，反而连他自己也得了这个毛病。渥尔弗尔特向他透露的种种情形，马上唤醒了他满脑子的贪欲；他觉得毫无疑问，一定有一笔钱，埋在那些神秘的十字架附近的什么地方，于是就表示愿意同渥尔弗尔特去合伙调查。同时，他又告诉他，要干这一类事情，少不了要严守秘密，处处小心，这笔钱只能在夜里去掘，要按照一定的规矩和一定的礼节，而且得烧起几种药品，念上几句神秘的咒语。但最要紧的是，找东西的人必须首先弄到一根探宝神杖，这个宝贝有一种妙用，它会从地面上指出确实地点，告诉你那下面埋着金银财宝。既然这位医生的脑筋过去大半都用在这类事情上，他于是把一切必要的准备工作全揽到了自己手里，再者，又因为这时候月亮的方位最吉利，他就答应在某天晚上，一定把这根探宝神杖预备好。

渥尔弗尔特遇到了这么有学问、有本事的一位帮手，心里快活得直跳。一切都进行得很秘密，也很顺利。医生和病人会商了好多次，家里的女眷全称赞他出诊的效果可喜可慰。同时，那根妙用无穷的探宝神杖，打开大自然秘密的伟大钥匙，也如期准备好了。为了这一次出动，医生已经用大拇指翻脏了他所有的道书；黑人渔夫已经约定了，将来就由他用自己的小艇把他们送到那个干大事的地方，用铲子和尖嘴锄头掘出地下的宝藏，然后再用这只小驳船把他们认为一定会找到的沉重盗赃搬运回来。

最后，该去干这番危险事业的那个指定的晚上终于到了。离家之前，渥尔弗尔特先劝他的妻子和女儿上床睡觉，并且告诉他们，如果他晚上不回来，绝不要担心。可是跟所有知情达理的女人一样，一听说叫她们不要担心，她们立刻慌张起来。她们马上从他的态度里看出有一件非同小可的事就要开始；先前对他精神失常的状态所感到的种种恐惧，现在全以十倍的力量复活了。她们团团地围着他，求他不要在晚上出去受风，但都没有用。渥尔弗尔特一旦骑上了他的木马①，要叫他从鞍子上下来可不是容易的事。当他走出魏伯尔王宫大门的时候，正是一个满天星斗的晚上。他戴着一顶护耳很大的大帽子，可是他女儿怕他晚上受潮，另外用她自己的一块手帕裹住他的帽子，在他下巴底下打了个结。魏伯尔太太一面也把她的一件又长又红的斗篷披在他肩上，并且把斗篷领子系得稳稳当当。

医生的女管家，处处留心的依尔塞太太，也把医生装扮收拾得一点也不含糊；出门的时候，他把那件羽缎长袍当作外套穿在身上，把他的黑丝绒便帽戴在三角帽底下，腋下夹着一本厚厚的有搭扣的书，一只手挽着一篮药品和干草药，另外一只手拿着那根妙用无穷的探宝神杖。

渥尔弗尔特和医生走过教堂墓地旁边的时候，教堂的大钟正好敲着十点，守夜的跟着就用他那粗嗓子，拖着又长又惨的调门，吆喝了一声"一切平安"！一片深沉的睡意已经落

---

① 指嗜好。

到这座有原始风味的小城顶上；除了偶尔有一条放荡的、好走夜路的狗吠上一声，或者一只浪漫的雄猫唱两句小夜曲以外，一点也没有什么来打扰这可怕的寂静。不过，说句实话，渥尔弗尔特却以为他听到了在他们后面一段路的地方，有人偷偷落脚的声音，而且听见了不止一次；可是，这也许只是他们自己的脚步沿着寂静的街道引起的回声。此外，有一次，他又好像觉得，他还看见一个高高的人影悄悄地跟在他们后面——他们停，他也停，他们走，他也走；但是，昏暗不定的灯光照射出来的光亮和影子如此模糊，这一切也许又都不过是一时的幻觉。

他们找到了老渔夫，他正在船尾一面抽烟斗，一面等他们，那只小艇正好停在他的小木房前面。船舱底下放着一把尖嘴锄头和一把铲子，一个昏沉沉的灯笼，还有一个陶器瓶子，装着上等的荷兰壮胆酒。毫无疑问，老实的山姆很相信这种东西，甚至比尼帕尔豪森医师对他的药品还要相信得多。

于是，这三位勇士就登上了他们那只海扇壳一般大的小艇，怀着和那三位坐在木碗里到海上冒险的哥丹姆的聪明人①不相上下的智慧和勇气，去从事夜间探险。这时，潮水正在上涨，迅速地向桑德湾里涌来。潮水一路上把他们送上去，几乎可以不必再划什么桨。小城的侧面完全在暗影里，只有一点零零落落的灯光从什么病人的卧房里，或者从抛锚在河上的什么船的客舱窗户里，微弱地闪耀出来。

没有一丝浮云遮住那深邃的、满天星斗的穹苍，星光在平静的河面上不停地闪烁；忽然间一颗流星，正好朝着他们去的方向，在天上划了一道灰白的印子，接着就给医生解释

---

① 指英国儿歌《鹅妈妈》中的三个坐碗下海的傻瓜。歌丹姆本来是英国的一个村落，傻子和笑话特别多，欧文将这个名字移用于纽约，后来成了纽约的浑名。

成了一个大吉大利的兆头。

　　不一会，他们就驶过了考尔里尔钩的山岬和那座乡下客店，那个晚上的惊险场面以前就是在那儿出现的。店主一家人都上床睡觉了，房子又黑又静。驶过海盗失踪的那个河岬时，渥尔弗尔特觉得一阵冷气透过了他的全身。他把这个地方指给尼帕尔豪森医师瞧了一下。他们瞧着瞧着，就觉得好像真看见了一只小船正好躲在那儿；但河岸投在水边的影子那样暗，无论什么都看不清。他们走了没有多少路，就听见远处有低低的桨声，仿佛划得非常小心谨慎。山姆于是用加倍的气力划着双桨，这一带的漩涡和水流他都清清楚楚，因此，马上就把那些盯梢的家伙——这就是说，如果他们真是在盯梢的话——远远抛到后面了。没有多久，他们就驶过乌龟湾和吉甫湾①，把自己掩蔽在曼哈顿岛一带河岸的漆黑的暗影里，保证不会被人瞧见，一路飞快地向前划去。最后黑人将他的小艇像箭似的划到了一个在树枝树叶黑沉沉的掩蔽下的小河湾里，把船拴在那个熟悉的铁环上面。接着，他们就上了岸，点燃提灯，带了各种家伙，慢慢穿过树丛向前走去。他们一听到声音就吓得一跳，甚至连自己的脚步踏在枯叶子上也是如此。当时还有一只声音尖厉的猫头鹰，从附近那片废墟的破烟囱上唬唬地叫着，叫得他们浑身的血都冷了。

　　可是，尽管渥尔弗尔特当初非常谨慎，早把认路的标志记下来，但要找到树林里那片被认为埋着金银财宝的空地，还是费了一段时间。最后他们终于到了那块凸出的岩石旁边，渥尔弗尔特借着灯光检查了一下它的表面，立刻认出了那三个神秘十字。他们的心都扑扑地跳了起来，现在，决定他们的

---

　　① 纽约东河上的一个考尔里尔钩下面一点的小河湾。

374

希望的那场重大考验已经来了。

这时渥尔弗尔特·魏伯尔手里提着提灯,医生拿出了探宝神杖。这是一根叉形的树枝,他两只手各紧紧地握住一根枝桠,正中的枝条,笔直地指向天空。医生把这根魔杖捧得和地面隔开一点、从这儿到那儿地挪来挪去,可是忙了好一会儿,一点也不起作用;在这段时间里,渥尔弗尔特一直掌着灯,让灯光完全照在那根神杖上,一面紧张得连气也不敢出地注视着它的动静。后来,那根神杖终于慢慢开始转动了起来。医生抓得也更认真了,因为心里紧张,两只手不由抖了起来,垂直地指着下面,始终指着一个地点,就像磁针指着磁极一样地一动也不动。

"这就是那地点!"医生用一种几乎听不出的声调说道。

渥尔弗尔特的心简直跳到嗓子眼里来了。

"我好挖了吗?"那个黑人一面说,一面抓起了铲子。

"见鬼,不许动手!"矮小的医生急忙回答了一句。他马上命令他的同伙要跟他靠紧一点,并且要极严格地始终保持缄默;为了防止待在宝藏附近的鬼怪来扰乱他们,必须要事先采取小心防备的步骤,同时,还得举行某种仪式。因此,他立刻在地上画一个足够把大伙都围在里面的圆圈。

接着,他又拾来了许多干枯的树枝、树叶,生起一蓬火,并且把他篮子里带来的一些药品和干草药丢在火上,一股浓烟冒了起来,发出一种强烈的,好像里面很神秘地带着硫磺和臭橡胶的气息,可是不论这种气息对鬼怪的嗅神经多么愉快,它却差一点把可怜的渥尔弗尔特呛死了,而且弄得整片树林里都是咳嗽和喘气的声音。接着,尼帕尔豪森医师就打开了他夹在腋下带来的那部印着红字黑字的德文书的搭扣。渥尔弗尔特掌好提灯以后,医生就戴上眼镜,用拉丁文和德文念了几段咒语。于是，他就吩咐山姆抓起尖嘴锄头，开始干起来。但是土结得很坚固，好像多年未动一样，锄开了面上的一层土以后，下面又是一层黄沙碎石，山姆立刻拿起铲子，很利落地左一铲右一铲地把它们扔到外面。

"听！"渥尔弗尔特说道，他好像听见了一种踩着枯树叶、沙沙地穿过灌木丛的声音。山姆停了一会，他们听了听，附近并没有脚步声。蝙蝠默默地从他们旁边掠过，一只鸟儿，给树林中一闪一闪的亮光惊动得从巢里飞出来，在火焰周围盘旋。林子里一片沉寂，他们简直可以听出潮水沿着石岸淙淙激荡，以及远处鬼门关一带时细时粗的声音。

黑人继续干着他的活，已经掘开了一个相当大的洞。医生站在洞边，时不时念上几句他那本黑字大书里的咒语，或者给那蓬火添上点药品和干草药；渥尔弗尔特焦急地把腰弯到洞口上，注视着铲子的每一下动作。任何一个人，只要亲眼瞧见这种给火光、灯光和渥尔弗尔特的红斗篷的反光照得通亮的场面，恐怕都会把这个矮小的医生，错认为一个讨厌的魔术师在那儿忙着念咒作法，同时以为那个头发斑白的黑人，正是受他差遣的一个黑鬼。

最后，渔夫的铲子终于碰到了什么敲起来声音空空洞洞的东西。这声音一直震到了渥尔弗尔特的心里。他又铲了一下。

"是个箱子。"山姆说道。

"准是装满了金子，我敢保证！"渥尔弗尔特叫了起来，欢喜得把两手紧紧捏在一起。

他才说出这几个字，耳朵里就听见上面有个声音。他抬起眼睛，瞧吧！借着正在熄灭的火光，他瞧见正好在圆盘似的岩石上面，露出了一个凶恶的面孔，这正是那个淹死了的海盗，他正在上面对他狰狞地龇着牙。

　　渥尔弗尔特大叫了一声，不觉把提灯摔到了地上。他的恐惧立刻自动地传到了他同伙的身上，黑人跳出了洞，医生扔下了他的书和篮子，开始用德文祷告起来。一切都是恐怖和混乱。火星散了一地，灯也熄了。惊慌混乱之中，他们你碰我我碰你，彼此咒骂起来。他们好像觉得有一样从地狱里放出来的鬼怪正在朝他们扑过来，而且他们从散开的火星捉摸不定的光线里，看见许多怪物，戴着红帽子，在他们周围叽叽喳喳乱叫和乱跳。医生朝这面逃跑，黑人朝那面逃跑，渥尔弗尔特笔直朝河边奔了过去。正在他一路亡命挣扎，穿过灌木和丛林的时候，他又听到了后面有人追赶的声音。他栽栽跌跌，发狂地向前奔去。那些脚步声离他愈来愈近。他觉得自己给人抓住了斗篷，突然间，追他的那个家伙又给另一个人攻了上来，开始了一场凶猛的扭打和挣扎，在手枪一响，岩石和灌木霎时一亮的那个当口，有两个扭成一团的人影露了一下，接着就是一片漆黑，比以前还要暗。殴斗还在继续进行，打架的人彼此扭着、喘着、哼着，在山石当中滚来滚去。还有嘶嚎咆哮，像恶狗一样的声音，同咒骂掺杂在一起，渥尔弗尔特觉得他好像还能从这里面辨别出那个海盗的声音。他本来打算逃出去，但是他已经到了悬崖边上，不能再往前走一步了。

　　这时，打架的人又都站了起来，又在狠打猛捶，拼命挣扎，好像只有气力才能决定胜负。最后，其中有一个从悬崖边上摔了下去，一头栽进下面正在打漩涡的深河里。渥尔弗尔特听到了落水的声音，以及一片哑闷的、冒泡似的喃喃声，但晚上黑沉沉的天色在他面前蒙住了一切，水势正急，一会儿就把所有的东西冲到听不见的地方去了。总之，有一个格斗的人已经给干掉了，是友是敌，渥尔弗尔特现在说不清，两个是否都是敌人，他也不知道。他听到那个活着的家伙正在走过来，恐怖的感觉又复活了。他看出在岩石的侧影和水平线相接的地方，有个像人的模样的家伙正在走过来。他绝不会看错，这一定是那个海盗。往哪儿逃哩？——一面是悬崖绝壁，一面是杀人凶犯。敌人过来了——他已经到了跟前。渥尔弗尔特打算舍命跳下悬崖。

他的斗篷却给崖边的一蓬荆棘挂住了。他一挣，两腿就滑了出去，悬空地吊在半空中，他简直被他那小心的妻子用来把斗篷在他脖子周围拴紧的绳子勒得半死。渥尔弗尔特觉得他的死期到了，可是，他刚把自己的灵魂交给圣·尼古拉斯，绳子就断了，他顺着河岸滚下去，从这块石头撞到那块石头，从这蓬灌木跌进那蓬灌木，撇下那件红斗篷像一面血红的旗帜似的飘在半空。

渥尔弗尔特过了很久才清醒过来。当他睁开眼睛的时候，一道道红色的朝霞早已射下了天空。他发现自己已经给摔得遍体鳞伤，躺在一只小船的舱底。他打算坐起来，但浑身疼痛，骨节僵硬，连动也不能动。一个人正在用友好的语气劝他安安静静地躺着。他把眼睛朝说话的人转过去，原来是德尔克·华尔德隆。他一直跟在他们一伙人后面，是魏伯尔太太和他的女儿郑重委托他这样做的，因为她们本着女人那种值得称赞的好奇心，早已偷偷听到了当初渥尔弗尔特跟医生的那些秘密会议。最初，德尔克一直追不上渔夫那艘轻便小艇，后来总算刚刚赶到，把这位可怜的掘金家从追他的敌人手里救了出来。

这件冒险的事业就这样结束了。医生和黑人山姆也各自觅路，回到了曼哈托斯人的地方，并且各自讲了一套心惊胆战的冒险故事。至于可怜的渥尔弗尔特，他非但没有载着一袋袋的金子凯旋而归，反倒在一群吵吵闹闹、好奇心重的顽童护送之下，给人用一扇百叶窗抬了回来。他的妻子和女儿远远看到这个悲惨的队伍，不由得大哭大叫，惊动了左邻右舍；她们都以为这个可怜的男人，准是一时发起那种倒霉脾气，突然跟老天结清了那一大笔孽债。可是，等到发现他仍然活着，她们就一面赶快把他安置在床上，一面召集附近的一班老妈妈，商量应当怎样给他治疗。这时，全城都在纷纷议论着这群掘金家的遭遇。有很多人还跑到他们前一天晚上遇险的地方去；不过，尽管他们找到了掘开的那块地，他们还是没有发现什么东西，来酬答他们的辛苦。有些人说，他们发现了一口橡木箱子的碎片和一把铁壶的盖子，两者都带有强烈的藏金的气味，同时，他们还在那个古老家族的墓穴里，找到了包裹和匣子的痕迹；但这些话全都很靠不住。

事实上，整个故事里的秘密，直到今天也没有给谁发现。至于是不是有什么金银财宝果真埋在那儿；或者，假定有，是不是已经给那些埋金子的人在当天晚上带走了；再不然，金银财宝仍然埋在那儿，在地神和精怪的监护之下，要等到将来由适当的人把它找到，那都是一种猜测。就我来说，我倒有点相信后一种说法，而且觉得毫无疑问，在那边，还有在这个岛和它附近的其他地方，从海盗和荷兰殖民地的时代开始，一定就埋着大量的钱财；同时，我还要向我那些没有从事其他投机事业的同胞们，认真建议他们去继续找寻。

当时，大家对那位在考尔里尔钩的小帮会里称霸了一个时期，但失踪得如此奇怪，又在那样可怕的情形下重新出现的海上怪人，也有许多猜测，不知他到底是谁，是干什么的。有人认为他是个走私的家伙，驻扎在那儿帮助他的同伙，在这个岛的许多乱石重重的小河湾当中，把他们的私货运上岸。另一些人，又认为他是基德或者莱狄席的一个老伙伴，回来运走从前藏在这儿的金银财宝。当时，只有一件事多少在这

旅客奇谈 美国文学经典

379

桩神秘公案上给了大家一点模糊的启发，这是一个流行的传说，据称有人看到了一艘外国造的奇怪的双桅船，它的样子很像一艘海盗船，在桑德湾一带徘徊了好几天，既没有靠岸，也没有通报船名，但晚上却有人看见有一些小船划到它旁边去又划回来；掘金的人出了乱子以后，有人还看到它在灰蒙蒙的黎明里，停在港口外面。

同时，另外还有一个传说，也是不能略而不谈的，但我也承认，这种话全不足信。据说，有人还看见那个大家以为已经淹死的海盗，在天刚要破晓之前，手里拿着那盏提灯，叉开腿坐在那口航海的大箱子上，在风浪刚开始变得加倍凶猛的当口，驶出了鬼门关。

在这个好说闲话的圈子里这样充满了议论和谣言的时候，可怜的渥尔弗尔特却害了病，愁眉不展地躺在床上，不仅身上伤痕累累，内心里也给折磨得非常凄惨。他的妻子和女儿尽了一切的力量来包扎好他的伤口，医治他的肉体和精神上的创伤。这位善良的老太太始终没有从他床边挪动一步，她总是从早到晚地坐在那儿编织东西；她的女儿也在他周围忙来忙去，极亲切地小心服侍他。同时，他们也不缺少外来的援助。不论大家怎么说人到患难的时候朋友就都不来了，在这一方面，他们却没有什么可抱怨的，附近的老婆婆，就没有一个不曾丢下自己的家务，挤到渥尔弗尔特·魏伯尔的屋子里，来探问他的病况和他那段冒险经历的详细情节。而且，没有一个不是带着她那一小壶薄荷、鼠尾草、香膏或其他草药泡的茶，欢欢喜喜地趁此再表示一下她的好心和医道。可怜的渥尔弗尔特简直没有一样药没有大量地灌下去过，可是全没有用！当时的情形真使人难过极了，你只看到他一天天地衰弱下去，变得愈来愈瘦，愈来愈苍白得像鬼一样，总是在那床旧百衲被下面，愁眉苦脸地盯着那群老婆婆。她们好意地聚在他旁边，一个个唉声叹气，摆出难过的神气。

只有德尔克·华尔德隆似乎给这个一片哀声的家庭带来了一线阳光。他满面红光、精神勃勃地进来，尽量给可怜的掘金家那颗灰了的心鼓气，可是仍然没有用。渥尔弗尔特已经完全垮了。如果说，还需要一件东西才能使他失望到底，那就是一张在他患难之中给他的通知书，通知他市政当局准备开辟一条直接通过他那片卷心菜园中心的新街道。现在，他看出前途只剩下了贫穷和破产；他的最后依靠，他祖先的菜园，马上就要给毁掉了，他的妻子和女儿以后又怎么得了呢？

有一天早晨，他望着孝顺的艾美走出房门，眼睛里不由充满了泪水。德尔克·华尔德隆正好坐在他旁边。渥尔弗尔特抓住他的手，指了指他女儿的背影，接着就第一次打破了他从生病以来一直保持着的沉默。

"我快完了！"他一面说着，一面无力地摇着头，"等我完了，我的可怜的女儿……"

"把她交给我好了，老爹！"德尔克雄赳赳地说道，"我会照应她的！"

渥尔弗尔特抬起眼睛，瞧了瞧这个生气勃勃、高大结实的小伙子的面孔，知道没有谁比他更能好好照应一个女人。

"好吧，"他说，"现在她就是你的人了！给我找个律师来——让我立好遗嘱再死吧。"

律师给带进来了——是一个乖巧伶俐、忙乱不停的圆脑袋的矮子，名叫鲁尔拜克（或者，按照当地的口音，罗勒拔克）[①]。一看见他，女眷们都放声痛哭起来，因为她们认为在

---

① 鲁尔拜克（Roorback），按原意，系指美国政客在选举前用以欺骗选民的谎言。罗勒拔克（Rolebuck）是"银元滚滚"的谐音。

遗嘱上签字，就等于在死亡证上签字一样。渥尔弗尔特无力地摆了摆手，叫她们不要出声。可怜的艾美只好用帐子遮着她的脸和她的悲哀。魏伯尔太太重新做起针线来掩饰她的痛苦，可是仍然露了底，一滴透明的泪珠悄悄滑下来，吊在她那高高的鼻尖上面；在所有的家眷里面，只有那只猫若无其事，仍然玩着好心的老太太的绒线团，弄得绒线团在地板上滚来滚去。

渥尔弗尔特仰面朝天地躺着，睡帽拉到了前额上面，眼睛闭着，完全是一副死人的神气。他请求律师要简短一点，因为他觉得已经到临终的时候了，已经没有时间可耽搁了。于是，律师就削尖了笔，摊开了纸，准备写下去。

"我愿意把我的小农庄，"渥尔弗尔特无力地说道，"传给并且赠送给……"

"怎么！全部吗？"律师叫了起来。

渥尔弗尔特睁开了一半眼睛，望着律师。

"是的，全部。"他说道。

"怎么！难道就是种了那些卷心菜和向日葵的那块地，就是市政府正要修一条大街从里面穿过的那块地？"

"正是这样。"渥尔弗尔特说着，不禁深深叹了一口气，倒在他的枕头上。

"我可真得向继承这份产业的人道喜！"矮小的律师一面说着，一面不由自主地略略笑起来，搓着双手。

"你这句话是什么意思？"渥尔弗尔特说着，又睁开了眼睛。

"因为他会变成本地最有钱的人了。"矮小的罗勒拔克喊道。

垂危的渥尔弗尔特好像从人世的门槛退了回来，他的眼睛又露出了亮光，他撑着身子从床上坐了起来，把他的红绒线睡帽推到后面，瞪着大眼望着律师。

"你不是这么说的吧！"他叫了起来。

"老天在上，我，的确是这么说的！"对方应声说道。

"哼，要是那一大块菜地和那一大块草地给辟成了街道，分成整整齐齐一段段的造房子的地皮——哼，难道有了这块地皮，还用得着见了贵族老爷就摘帽子吗！"

"你真是这么说的？"渥尔弗尔特一面叫唤，一面已经把半条腿伸到床外，"唔，那么我看，现在先不忙立遗嘱吧。"

人人都为之一惊，这个要死的人居然完全好了。生命的火花，本来在他的眼眶里只剩下了一点微弱不定的亮光，现在已经从矮小的律师灌到他灵魂里的欢喜油里得到了新的燃料。它马上就烧成了一蓬熊熊的火焰。

你们这些想把一个精神破了产的人的肉体挽救回来的医生呀，还是用点治心病的药吧！不过几天工夫，渥尔弗尔特就离开了他的卧室；再过几天，他的桌上已经摆满了契约，以及种种开辟街道和修建房屋的草案。矮小的罗勒拔克经常和他待在一起，成了他的得力助手和顾问；他已经用不着替他立遗嘱了，他现在换了一个更称心的差事，就是帮助他发财。事实上，渥尔弗尔特·魏伯尔在曼哈托斯人里边已经成了那种可敬的荷兰财主之一，一种说起来好像是不由自主地发了财的人物；他们一直死守着祖传的田地，在城市的近郊种了许多大头菜和卷心菜，连糊口也很困难，直到市政局硬要残忍地把街道从他们住的房子当中穿过去的时候，他们才从昏沉中醒了过来，在大惊之下发现自己已经成了富翁。

过了没有几个月，一条宽广热闹的大街终于穿过了魏伯尔菜园的中心，正好通过他梦想着发现宝藏的地方。他的黄金梦总算做成功了；他果真找到了一种料想不到的财源，因为，等到他把祖先的田地分成了许多块造房子的地皮，租给了稳当的租户，不出产不值钱的卷心菜的时候，它们就给他带来了大量租金；一到交付租金的日子那真是一种壮观景象，只见他的租户从早到晚地来敲门，而且每人都带着一个大肚子的小钱口袋，好像地里出产的金子一样。

他祖先的那幢老屋子仍然保存着，但已经不是菜园里的那幢荷兰式的黄门面小房子了，现在，它威武地伫立在一条大街中间，成了附近最讲究的住宅；因为渥尔弗尔特已经把它扩大，在每一头盖了一间耳屋，又在它顶上造了一个大圆顶，当作茶点室，以便热天爬上去，在那儿抽他的烟斗；后来日子一长，整幢房子充满了艾美·魏伯尔和德尔克·华尔德隆的圆脸蛋的后代。

当渥尔弗尔特上了年纪，有了钱，发胖起来的时候，他又弄到了一辆姜饼色的大马车，由一对尾巴扫在地上的弗兰德尔种黑肚马拖着；为了纪念他的伟大地位的来源，他又叫人在车厢旁边画了一棵盛开的卷心菜作为他的纹章，另外还写上了一句简洁的格言："Alles Kopf"，这就是说，"全凭脑袋"。意思是：他所以会爬得这样高，完全是因为靠了脑袋的努力。

为了使他的伟大更加圆满，后来时机成熟，等到著名的莱姆·拉普里跟他的祖先一道长眠去了的时候，渥尔弗尔特·魏伯尔就在考尔里尔钩那家客店的谈话室里，坐上了那张有皮垫子的扶手椅；他在这儿统治了很久，威望很大，很受尊敬，简直从来没听说他讲的故事还有谁不相信，他说的笑话还有谁敢听了不笑的。

译本附记

  本书第一、二部为王星贤先生遗译；第一部万紫校，第二部汤真校；第三部前三章万紫译，后五章因译稿遗失，临时请汤定九译出；第四部为万紫译。

1993 年 5 月

图书在版编目（CIP）数据

旅客奇谈 / （美）欧文著；王星贤，万紫，汤定九译. –– 南昌
: 百花洲文艺出版社, 2014.5
　（外国文学经典阅读丛书.美国文学经典）
　ISBN 978-7-5500-0934-9

　Ⅰ. ①旅… Ⅱ. ①欧… ②王… ③万… ④汤… Ⅲ.①长篇小
说 – 美国 – 近代 Ⅳ.①I712.44

中国版本图书馆CIP数据核字(2014)第072401号

旅客奇谈

[美] 欧　文　著

王星贤　万　紫　汤定九　译

出 版 人　姚雪雪
责任编辑　刘　云
美术编辑　彭　威
制　　作　周璐敏
出版发行　百花洲文艺出版社
社　　址　南昌市红谷滩世贸路898号博能中心A座9楼
邮　　编　330038
经　　销　全国新华书店
印　　刷　江西千叶彩印有限公司
开　　本　787mm×1092mm　1/16　印张　24.75
版　　次　2014年9月第1版第1次印刷
字　　数　290千字
书　　号　ISBN 978-7-5500-0934-9
定　　价　39.00元

赣版权登字　05-2014-99

邮购联系　0791-86895108
网　　址　http://www.bhzwy.com
图书若有印装错误，影响阅读，可向承印厂联系调换。